天空之蜂

天空の蜂

東野圭吾 著

王蘊潔 譯

KEIGO HIGASHINO
東野圭吾 作品集——15

導讀——

莫待蜂螫

【資深新聞評論員】范立達

近年來，東野圭吾的小說在台灣書市快速竄紅，大量的作品競相譯出後，由不同的出版社爭先恐後般地推出，而且銷路大多不差。歸究其原因，一方面，當要拜日劇之賜，因為日劇把東野多部暢銷小說改編後搬上螢幕，相當叫座，也讓東野圭吾這位作家的名氣大大提升；另一方面，也跟東野在磨劍多年後，文筆愈來愈好，故事題材愈來愈多元有關，讀者在看過他的小說後，也多半給予正面評價。這也使得東野圭吾在當今台灣的推理小說市場上，有逐漸超越他人，而成為新天王的氣勢。但除非是天才，否則任何一位作家，都不可能從出道開始，作品就維持在最高品質的程度。所以，在看慣東野圭吾多部成熟作品後的今天，回頭再去看他早年的創作，應該是一種很有趣的體驗。

這部《天空之蜂》是東野圭吾在一九九五年出版的小說，距離他以《放學後》拿到第三十一屆江戶川亂步賞，已有十年的時間。那時的他，在日本文壇已然小有知名度，但仍難躋身暢銷作家之林。《天空之蜂》雖然入圍第十七屆吉川英治文學新人獎，但可惜最後仍與獎座擦身而過。

不過，十餘年後的今天，再次回顧這部小說，卻是特別有意義的事。

先說明東野創作這部小說的時空背景。一九九五年的元月十七日，日本關西地區發生芮氏規模七點三的超級大地震。這場後來被稱為「阪神大地震」的震災，造成萬人傷亡、三十多萬人無家可歸的慘劇。面對如此強大的天災，和多數日本人一樣，東野也會想到，如果再次發生類似的強震，而且震央萬一又接近核能電廠，會不會發生讓日本居民更難以承受的浩劫？

當年的東野當然不能預見，在二〇一一年的三月十一日，日本宮城縣發生了較阪神地震更強的超級強震。地震規模高達芮氏九，隨後還引起大海嘯，捲起的巨浪超過四十米高。這次的災害造成至少一萬五千人死亡，將近三千人失蹤，另有六千多人輕、重傷，房屋毀損超過一二〇萬棟。隨後，因為地震和海嘯的衝擊，震央附近的福島核電廠發生氫氣冷卻劑爆炸、反應爐爐心融毀的重大核災，日本政府還將這次事故歸類為國際核事件分級表中最高的第七級。日本人心中最大的夢魘——複合式災變，一夕成真。

《天空之蜂》就是在阪神大地震發生後，這樣的社會背景下誕生的。

東野在書中構築出一起恐怖份子威脅事件。署名「天空之蜂」的不明人士劫持並改裝一架軍用直升機，以遙控方式讓飛機停佇在日本新型核電廠反應爐上空，並要求日本政府承諾終止全國核電廠的運作，否則，飛機燃油耗盡時，就會墜毀在這座核子反應爐上。而陰錯陽差的，飛機上竟然載了一名九歲的兒童……

恐怖份子的威脅，當然讓日本政府大為恐慌。執政團隊擔心的是，核子反應爐的強度，能不能承受飛機墜落的巨大破壞力？如果承受不住，政府以往對民眾宣傳的核電廠安全神話，就等於不攻自破。其次，日本核電廠若全數停止發電，日本社會能不能繼續維持運轉？如果可以，所謂缺電、非核電不足以補足電力缺口這種說法，就會被推翻。

對於政府部門來說，最好的解決方案，就是在飛機燃油尚未耗盡之前，想辦法逮捕疑犯，化解危機。於是，整部小說就像一齣節奏明快的好萊塢式動作片，在充滿緊張、刺激等等元素的情節下展開。日本防衛廳、直升機製造商、核電廠員工、警探及美女等角色一一登台，場面浩大，出場人物眾多，在東野圭吾的創作生涯中，實屬罕見。

出身理工科系背景的東野圭吾，在這部小說中，當然也沒有放過一展所長的機會。他在書中大量加入了核能發電、飛機線控傳導等非常艱深的專業知識。但同時，東野也將他對於社會問題的關懷放入書中。在這部作品裡，除了探討核安問題外，他也對校園霸凌、民眾對公共政策的疏離感等社會現象多所著墨。顯然，東野圭吾在創作這部小說時，是充滿野心的。《天空之蜂》除了結構龐大外，看得出來，東野圭吾也希望將他關注的社會問題儘可能地一網打盡，全數呈現在讀者眼前。

當然，以東野現在作品的水準來比較，《天空之蜂》的場面雖然宏大，上場人物雖然眾多，但在人性刻劃的細膩程度上，卻仍有些不足，而專業知識的過度描述，又不免流於賣弄，這是比較可惜的地方。但初生之犢不畏虎，也正因為當年年輕，所以才有這種企圖心，敢於嘗試大格局的創作，並挑戰敏感的核安爭議話題。

日本是全世界唯一曾經受過核武攻擊的國家，吊詭的是，如今的日本，卻也是核能發電密度最高的國家之一。在日本，不少反核人士都擔心，如果核能電廠發生事故，日本可能又會再次遭受核災，這對日本住民而言，是何等難以承受的傷害。

但就如同溫水煮青蛙效應似的，慢慢加熱的水，不會讓青蛙有所警覺，等到一旦覺得水快沸騰時，已經無力跳出湯鍋。一座一座興建的核電廠，讓日本大多數民眾難以查覺四伏的危機，待他們驀然醒覺時，環顧周遭，已被核電廠包圍，威脅性早已超過了臨界值。

這種現象，又何止僅在日本發生？台灣不也相同？

看看目前仍在興建中的核四廠，歷經多年施工，預算一再追加，目前已成為全世界造價最貴的核電廠，而且安全性堪虞。但對於這樣的危機，除了少部分反核團體外，卻乏人關注。

或許，對大部分民眾來說，要關心的事太多了，離自己看似遙遠的核安問題，很難擺在第一位。又或者，對普羅大眾而言，艱澀難懂的核電廠存廢問題，是學者、專家或是政客該去傷腦筋的議題。因為事不關己，所以已不關心。可是，一旦災害發生，那時再圖補救，可能已經追悔莫及了。

「小孩子被蜜蜂叮過之後，才會知道蜜蜂的可怕。」這是東野圭吾在《天空之蜂》中最想傳達的概念。採用極端的震撼療法，是不是能夠喚醒沉默的大多數？東野沒有答案，這答案，必需由每一位讀者自己去追尋。

其實，殷鑑不遠，日本在三一一大地震時發生的福島核災，對社會的衝擊，已遠遠不只是「蜜蜂叮過」的程度。前人創造經驗，後人吸取經驗，對處於台灣的我們，該怎麼看核安問題以及核電廠的存廢？絕不該立場先行，而應平心靜氣的仔細思考這道嚴肅的課題了。

1

五點整，電話鈴聲響了起來。一分鐘之前，就輪流看著手錶和電話的他在第一次鈴聲還沒結束之前，就按下了手機的通話鍵。

「喂？」

「喂，請問是蜂田先生的府上嗎？」電話中傳來一個男人的聲音。

「是的。」

「是我，」對方立刻改變了說話的語氣，聲音也低了八度，「剛才搞定了。」

「辛苦了。」他說。「『她』的心情怎麼樣？」

「心情特別好，這下子保證會乖乖聽我的話。」

電話中的男人胸有成竹。聽到男人這麼說，他覺得對方「果然有兩下子」。

「太好了，這樣我就放心了，看來今天的『約會』應該會很順利。」

「一定會玩得很痛快，唯一要擔心的就是天氣的問題。」

「天氣沒問題，我剛才確認過了，今天是晴朗的好天氣。」

「真是約會的好日子，你那裡的情況怎麼樣了？」

「萬事俱備，遊戲隨時可以開始。」

電話中的男人輕輕笑了笑說：

「遊戲已經開始了。」

「也對，那就期待你下一次聯絡囉。」

「OK。」

電話掛斷了。

他端詳電話片刻，放回了桌上，忍不住重重地嘆了一口氣。

遊戲已經開始——的確是這樣，已經無法回頭了。

幾個小時後，一切就會拉開序幕。

他看著眼前電腦CRT螢幕❶，畫面上顯示的是用Word打的文章。他寫了三個多小時，而且修改了好幾次。

檢查完最後一次，他沒有關電腦，躺在榻榻米上。為了以防萬一，他設定了兩個鬧鐘，把毛巾被蓋在身上。即使只有兩個小時，他也覺得睡一下比較好。因為他知道，今天將成為他這輩子最漫長的一天。

但是，他也知道不可能睡得著，因為他意識到自己處於過度的緊張和興奮狀態，而且，也不得不承認，這件即將發生的事令自己心生恐懼。

同時，他也以第三者的冷靜態度面對自己即將做的事。和至今為止的踏實人生相比，他即將要做的事太脫離常軌，也許只是在逃避現實。他閉上眼睛，一次又一次告訴自己，這不是夢，而是現實。

不一會兒，陽光從窗簾的縫隙中洩了進來。強烈的光線讓人不禁有預感，今天又是一個炎熱的夏日。他覺得陽光很可靠，他希望整個日本列島熱得像在燃燒。

他微微轉動脖子，看著桌子。桌上有一個小相框，裡面放了一張照片，揹著背包的少年

❶舊型電腦螢幕，因體積大、較耗電、含輻射等缺點，現已漸漸為液晶顯示器所取代。

大約小學生的年紀，站在岩石上笑得很開心，少年的背後有一棟白色圓頂的建築也入鏡了。

他吐了一口氣，用毛巾被蓋住了頭。

2

清晨七點剛過。錦重工業小牧工廠的正門前人影稀疏，灰色柏油路面反射著陽光。

湯原一彰把廂型車駛進正門後停了下來。大門旁警衛室內的警衛正訝異地探出脖子張望，湯原舉起一隻手向他打了招呼，走下了車子。

一頭花白頭髮、脖子上圍著毛巾的警衛從警衛室走了出來。湯原猜想他也是從自衛隊退役後來這裡當警衛。除了警衛以外，單身宿舍的舍監、停車場管理員都是退役後的自衛隊員，工廠員工都私下說，這些人也算是空降部隊。

湯原從胸前的口袋內拿出識別證遞到警衛面前，警衛特地核對了識別證上的照片和他的臉。如果再晚一點來，或是和其他員工一樣走路進來，警衛就不會這麼仔細核對了。

「車上的是誰？」警衛用下巴示意，朝向廂型車內問道。湯原每次和這些人說話都忍不住想，自己對僱用退役軍人並沒有意見，但至少在僱用時，該挑選一些說話有禮貌的人。

坐在副駕駛座上的篤子很不自在，坐在後車座的高彥從兩個椅背之間探出頭。

「我太太和我兒子，」湯原回答。「因為他們想參觀直升機的試飛，事先已經申請了許可證。」

車上的篤子剛好從手提包裡拿出了資料。是許可證。湯原把許可證交給警衛。

警衛瞥了一眼，立刻露出失去興趣的表情。「你知道車要停哪裡嗎？不要隨便亂停。」

湯原向警衛微微欠身後上了車。

「每天來上班時，警衛都會這麼嚴格檢查每一個人嗎？」篤子問。

「對外人特別嚴格，因為畢竟是隸屬防衛廳❷的單位，但平時上班時間對員工的檢查很鬆懈，只要出示識別證，就直接走進去了，從來不核對照片和相貌，和在車站的剪票口出示月票的感覺差不多。」

「所以，也可以冒用別人的識別證進去嗎？」

「對啊。」

「那不是很危險？」

「對啊，所以我都隨時帶在身上。」湯原拍了拍胸前的口袋。

錦重工業小牧工廠佔地一百二十六萬七千平方公尺，這裡有一個名為航空事業總部的部門。顧名思義，這裡專門進行飛機相關的研究，並製造相關零件和產品，但航空事業總部的交易對象分別是防衛廳和宇宙開發事業團，是兩大資產幾乎無上限的單位。

湯原剛才向警衛出示的識別證上印著「航空事業總部技術總部自轉旋翼機研究開發課」幾個字，這個部門的主要工作就是開發新型直升機，所以，最大的老主顧就是防衛廳。

經過正門後，一條筆直的道路伸向前方，兩側都是廠房。湯原把車子開了進去，由於時間還早，路上沒有行人，但現在這個工廠內並不是完全沒有人。為了今天即將舉行的儀式，應該有人和湯原一樣，一大早就來工廠上班。即使沒有舉辦活動，技術本館內的研究室也很少會完全沒有燈光。研究人員隨時都面對必須盡快解決的問題。

❷防衛廳為今防衛省的前身，於二〇〇七年升格為防衛省，約等同我國國防部。

湯原駕駛的廂型車來到T字路口，左右兩條路的盡頭就是試飛機場。

湯原把車子停在機場前的停車場，高彥一下車，立刻向鐵網內張望。

「什麼都沒有。」他不滿地說。「爸爸，你的直升機在哪裡？」

「還在停機庫裡。」

「哪一個？」

「就那一個。」湯原指著最前面的停機庫說道。

錦重工業航空事業總部共有十個大小不同的停機庫，他手指的是第三停機庫，主要用於大型機體。

「是喔。」高彥雙手抓著鐵網點了點頭。

背後傳來輕輕的喇叭聲。回頭一看，一輛白色豐田皇冠正準備停在湯原他們的車子旁。這輛好幾年前上市的舊型皇冠汽車蠟打得亮閃閃的，可能是為了迎接這個特別的日子吧。湯原覺得很像是山下的風格。

「早安。啊，湯原太太，上次真是太感謝了。」山下一走下車，立刻頻頻鞠躬。或許因為身材微胖的關係，汗水不停地從他的臉上流了下來。他說的「上次」，是之前他搬家時，湯原他們也一起去幫了忙。

山下貸款二十五年，買了一棟四房一廳的獨棟房子，經常向辦公室的同事炫耀那棟房子有一個拱形露台。

一個身穿淺色襯衫的纖瘦女人，和穿著短褲的少年打開後車門走了下來，他們是山下的妻子真知子和獨生子惠太。惠太比高彥小一歲，在雙方的父母相互打招呼時，兩名少年一起抓著鐵網，相互談論著各自的想像。他們預測不久後，現在還空無一物的機場上會出現多麼驚人的飛機。

「我們等一下要去技術本館，你們可不可以去那裡休息一下？快要試飛時，我會去叫你們。」湯原指著數十公尺外的細長形建築物對篤子說。那裡是廠區內的福利中心，一樓有商店，二樓是會議室和舉辦懇談會用的和室。「商店可能還沒有開始營業，但自動販賣機有賣飲料，也可以看電視。」

「最重要的是那裡有冷氣。」山下用手帕擦著額頭的汗說道。

「什麼時候可以看直升機？」篤子問丈夫。她當然對直升機沒有興趣，而是擔心兩個男孩很快就會覺得無聊。

「一個小時後，維修人員會把直升機從停機庫裡拖出來。」

「幾點開始試飛？」

「原則上是九點，但還要看對方，所以無法斷言。」

所謂對方，當然是指防衛廳派來的人。湯原的公事包裡塞滿了等一下向他們說明時需要使用的資料，他昨晚熬夜到兩點才終於完成。

「真是沒辦法。」篤子和真知子互看了一眼，看向兩個仍然趴在鐵網前的兒子。「高彥，要走了。」

「那就一會兒見。」湯原向山下太太點了點頭，和山下一起離開了。技術本館是一棟七層樓的建築，位在和福利中心相反的位置。

「你太太今天好像有點意興闌珊。」山下問。

「是啊，高彥一直吵著要看，所以她才勉強陪他一起來，你太太呢？」

「也差不多啦。只是她覺得讓兒子見識一下父親的工作很有意義。」

「搞不好她只是自己想確認一下，老公並不是不中用的中年男子而已。」山下苦笑著說。

「你太太真了不起。」

「她們也很辛苦，和她們分享一下我們的成果也是應該的。」

「她們真的很辛苦，我們每天很晚才回家，即使假日也見不到人，而且加這麼多班，大部分都沒有加班費。我昨晚回想了一下，自從四年前最後一次全家出遊之後，一家人就再也沒去旅行過。那時候，惠太還沒上小學，就算被說是不稱職的老公、不稱職的父親，也真的無話可說。整天在為公司賣命，把家人晾在一旁。雖然我剛買了房子，但從看房子到辦理貸款，全都是真知子一手包辦，我恐怕有好一陣子都會在她面前抬不起頭了。」

「這些話還真耳熟啊，因為我家也差不多。」

湯原不禁思考，自己多久沒和家人一起去旅行了？他記得曾經一起去過海水浴場，但怎麼也想不起來是多久以前的事。

湯原一彰進入錦重工業已經十六個年頭，在大學讀電力工學系的他，負責各種飛機電力系統的開發和研究，主要課題是在操縱系統電子化，取代原本的機械式，也就是所謂的線傳飛控系統。在他進公司第五年，獲選加入民航機的共同開發小組，在西雅圖研究新型客機操縱系統整整四年。

他在去西雅圖前和篤子結了婚。篤子是在其他公司上班的粉領族，湯原經由朋友的介紹認識了她，當時還沒有考慮到結婚的問題，但既然決定要出國，就必須先作出決定。

篤子的態度讓湯原下定了決心。得知他要去美國時，她露出燦爛的表情說：「真讓人羨慕。」一看到她的表情後，湯原幾乎是在衝動之下，脫口問她願不願意和他同行。湯原問這句話之前並沒有經過深思熟慮，但是，篤子理所當然地認為湯原是在向她求婚，而他也沒有收回這句話，決定當作是求婚。

她說要考慮一天，但看到她從頭到尾都眉飛色舞的樣子，不難察覺她當時已經決定了。

湯原並沒有後悔，他很喜歡篤子的外貌和不拘泥小事的性格。比起單槍匹馬去陌生的國度，帶著聽到要去美國，就一臉興奮喜悅的篤子同行，生活一定可以快樂好幾倍。

但是，換一個角度來說，這也顯示他並沒有那麼重視結婚這件事，當時的他只覺得結婚是「人生中一項很麻煩的手續」。既然是免不了的手續，那就趁早辦一辦。如果不趕快把這個手續辦完，周圍的婆婆媽媽就會囉哩叭嗦，到時候又要花時間尋找結婚對象，承受精神上的壓力。這麼一來，就沒辦法好好投入工作了。

和篤子共同生活後，湯原的這個想法，有了很大的改變，不過本性仍然沒有變。最好的證明，就是他在高彥讀小學之前，難得陪太太去採買，在為兒子挑選書包時，他滿腦子都在思考導航系統的專利問題。

回顧至今為止的生活，他覺得當年選擇篤子是正確的決定，但對篤子來說，似乎沒有抽到好籤。尤其回想從美國回來至今為止幾年來的生活，他覺得自己沒資格笑山下。

「無論如何，」山下說：「今天結束之後，可以暫時喘一口氣，總算能夠稍微過一陣子像樣的生活，也可以好好陪陪家人了。」

「希望如此。」湯原發自內心地同意山下說的話。

但前提是今天必須一切順利。他很想祈禱今天的一切都順利。

他不由得想起「B系統計畫」剛開始的日子。從防衛廳提出設計概念的那天開始，就展開了他完全犧牲私生活，全心投入工作的日子。

走進技術本館，湯原舉起一隻手，向二十四小時都有人值班的櫃檯揮了揮。櫃檯前的是推開旁邊的柵欄走了進去。因為這裡的業務內容涉及防衛廳的機密，所以戒備也特別森嚴。

門禁系統有一道金屬柵欄，湯原推開柵欄往前走，柵欄順暢地打開了。山下也和他一樣，

前的讀卡機上刷了一下，紅色的燈立刻變成了綠色。

經過櫃檯後，就是有點像自動剪票機般的門禁感應系統。湯原拿出識別卡，在門禁系統

他認識的警衛，在上班時間，都由總務課的人坐在櫃檯負責接待工作。

福利中心內的商店果然還沒有開始營業。商店拉下了鐵門，鐵門前豎了一塊牌子，上面寫著營業時間從八點開始。篤子和真知子在自動販賣機買了咖啡，在旁邊的長椅上坐了下來。她們的兒子也在喝果汁，但紙杯裡的果汁一喝完，立刻打破了片刻的安靜，他們立刻開始在空蕩蕩的休息室內四處探險。

篤子和真知子因為丈夫是同事，所以才會認識，兩個人年紀相仿，聊天時也很投緣。山下真知子雖然外表溫柔嫻雅，聊天之後，發現她內心隱藏著大膽的一面，所以，篤子今天也很期待可以和她聊天。說句心裡話，她對丈夫開發了多麼了不起的直升機並沒有興趣，甚至對這家公司在機體完成的試飛秀時，邀請主要相關人員的家屬一起參加的獨特習慣很不以為然。高彥還是嬰兒時，她總是找各種理由婉拒參加，如今，兒子提出想要來參觀，她也就沒有理由拒絕了。

「我還是覺得聰明升學班比較好，光和補習班的學費很貴，教育方法也很老派，完全跟不上時代。最近的升學率好像也一直不理想。」真知子小聲而又快速地說道。她雙手捧著咖啡紙杯放在腿上，身體挺得筆直。

「但我上次看到光和招生廣告上的合格者名單，感覺很壯觀。」

「那是夾報廣告吧？我也看到了。那些名單中也包括了曾經參加過光和學習塾模擬考試的學生，這是升學補習班最常用的手法。」

「是嗎？原來是這樣。」

「對啊，所以，我想讓惠太讀聰明升學班，聽說那裡公佈的升學率比較實在。」真知子喝了一大口咖啡。

兩位家庭主婦從小孩子聊到時尚，又聊了一陣各自有興趣的事，話題再度回到小孩子身上。她們很少提到各自的丈夫，更別提他們所開發的直升機，根本無法在她們的腦海中佔據任何一個小角落。當她們聊得口沫橫飛時，高彥跑了過來。

「我們可以去外面玩嗎？」

「為什麼要出去？在這裡就好了嘛，坐著看電視吧。」

「電視一點都不好看，就出去玩一下嘛。」

篤子不知所措地看著真知子，真知子用眼神回答說：沒關係，讓他們出去玩吧。

「真是拿你們沒辦法，不要跑太遠了，等一下找不到你們就慘了。」

「好，知道了。」高彥衝向出口，惠太也跟在他身後。

目送兩個孩子離開，他們的母親繼續聊了起來。

高彥和惠太跑出福利中心後，來到剛才試飛機場旁的鐵網前，但仍然沒有看到任何飛機或直升機，所以很快就膩了。

高彥沿著鐵網往第三停機庫的方向走去，惠太跟在他的身後。

「我們的爸爸造的直升機就在那裡。」高彥說。

惠太用鼻子拉著長音「嗯」了一聲。

他們繼續往前走，發現有一道門可以走進鐵網內，門敞開著。高彥左顧右盼，發現四下無人。他走進鐵網的內側，惠太也跟了進去。

「千萬不能告訴爸爸他們。」高彥說。惠太默默地點頭。

他們在戶外發電車和油罐車的掩護下，慢慢靠近第三停機庫。第三停機庫是半圓形狀的巨大建築物，裡面可能沒有人，完全沒有任何動靜。

第三停機庫有一道門，高彥轉動門把，但門鎖上了，打不開。他沿著建築物的牆壁走著，牆上有一整排窗戶，每走到一扇窗戶前，他就試著打開。玻璃窗上裝了半透明的玻璃，看不到裡面的情況。

每扇窗戶都鎖住了，正當他覺得可能看不到裡面，準備放棄時，突然輕輕鬆鬆地打開了最角落的窗戶。高彥嚇了一跳，把脖子縮了起來，然後又戰戰兢兢地探出頭。從打開的窗戶可以看到放了一排置物櫃的小房間，裡面沒有人。

「可以看到直升機嗎？」惠太在旁邊問。他比高彥矮一個頭。

「看不到，但可以從這裡爬進去。」

聽到年紀稍長的高彥這麼說，惠太忍不住緊張起來。如果被爸爸、媽媽發現，一定會被痛罵一頓，但要是這麼說，高彥肯定會笑他。而且，他也很想進去看看裡面到底是什麼樣子。

高彥無視惠太內心的掙扎，踩在窗框上，一下子就跳了進去。惠太最害怕獨自留在這裡，慌忙叫著：「等一下，我也要去。」在高彥的協助下也爬了進去。

高彥打開了房間的門，向門外張望。外面靜悄悄的，好像還沒有人來上班，但光線很昏暗，看不到外面有什麼。他鼓起勇氣走了出去，惠太也跟在他的身後。

眼睛漸漸適應後，終於察覺周圍有許多大小不同的機器。當他們定睛一看，才終於發現停機庫有多大，天花板有多高。

不一會兒，他們看到中央有一團巨大的黑色東西。高彥覺得就像是一座山。

「太厲害了。」高彥驚叫著走了過去。出現在他眼前的是機身長三十三點七公尺，螺旋槳直徑三十二公尺的超大型直升機，螺旋槳和尾翼支撐部都已經張開，所以他親眼見識到實體的大小。

機身右側向側面伸出的突出梁前方，就是飛行員的出入口。高彥東張西望，看到了附有輪子的舷梯，把舷梯推到機身的出入口下方。

進出機身的門只有下半部分關著，上半部分敞開著。高彥沿著舷梯衝上去後，跨過那道門，進入了直升機內。

直升機內就像是一個細長形的倉庫，中間放了一個像是大型電視般的木箱子。他不知道那個木箱子是什麼，但木箱子用繩子綁在地上好像軌道般的東西上。像軌道般的東西叫滾筒輸送機，但高彥當然不可能知道這個名字。

「拉我一下。」出入口傳來說話的聲音。惠太站在舷梯上。

高彥也把他拉了進來。

兩個人走去駕駛座，發現和他們想像中的太空船駕駛艙很像。兩個人看得出了神。

他們不敢坐上駕駛座，高彥和進來時一樣，跨出了門外。惠太還留在直升機裡。

這時，高彥突然想要惡作劇，走下舷梯後，他悄悄把舷梯移開，打算在惠太哭著央求之前嚇嚇他。

快要八點了。

男人看了一眼手錶，時間快到了。他把車子停在小山丘的半山腰，俯視著錦重工業的試飛機場。距離差不多五百公尺左右。他用三腳架固定望遠鏡，旁邊放著無線遙控裝置。車身很高的廂型車擋住了他，即使有車子經過，也看不到他。

望遠鏡的視野範圍可以看到第三停機庫和前方數十公尺的空間，所有的計畫將在這個範圍內進行。他覺得這次計畫的成功率最多不會超過百分之五十，萬一運氣不好，就只能放棄。他告訴自己，這代表自己只有這點運氣而已。他的「搭檔」也這麼說。一旦失敗，「搭檔」可能會很失望，但人的運氣無法改變。

他又看了一眼手錶。剛才在電話中已經對過時間，他默默地倒數計時。

五、四、三、二、一……

定時器正常運作，用來控制停機庫正面大門的電磁開關打開了。

停機庫內響起馬達的聲音。

高彥一開始不知道發生了什麼事。因為他一直看著直升機，聽到馬達的聲音，他不假思索地離開了直升機。他以為留在直升機內的惠太闖禍了。

但是，發生變化的並不是直升機。高彥發現周圍突然亮了起來，強烈的光線照進停機庫，照在直升機巨大的灰色機身上。高彥把頭轉向光線進來的方向，停機庫的大門緩緩打開了。從門縫中照進來的光帶越來越寬，終於佔據了他整個視野。巨大的框架中出現了不見盡頭的機場和機場後方的藍天。

「惠惠，趕快下來。」高彥叫著還在直升機內的惠太，他知道不能繼續留在這裡了。但是，他隨即想起剛才的惡作劇。舷梯放在離直升機有好幾公尺的地方。

高彥正想走向舷梯，低沉的轟隆聲卻震撼了空氣。那絕對是直升機的聲音。如果高彥具有和他父親相同的知識，就會知道那是輔助動力裝置APU的聲音。

APU透過輔助齒輪，用油壓帶動主動力傳動齒輪箱運轉，進而轉動三根齒輪箱驅動軸，透過變速器，將動力傳送給三台渦輪軸發動機。

三台渦輪發動機幾乎同時點火，帶動了驅動軸的轉動，使主動力傳動齒輪箱產生運轉。低沉的引擎聲漸漸變得震耳欲聾，七片螺旋槳開始旋轉。

高彥驚叫著向後退。他已經沒有勇氣靠近舷梯，只能仰望著直升機的出入口，看到惠太的臉出現在門內。惠太哭喪著臉，不敢跳出直升機。

螺旋槳的速度越來越快，形成的氣流吹散了周圍的東西。灰塵和紙都飄了起來，四周的小型機器、櫃子和架子都倒了。高彥也無法站在原地，矮小的身體緊貼著停機庫的牆壁。他抱著頭蹲了下來，沙粒宛如冰雹般打在他的身上。

螺旋槳微微前傾。巨大的直升機因此獲得了向前的推進力，緩緩向前移動。惠太哭了起來，但高彥已經聽不到他的聲音。由於周圍的風壓太大，高彥甚至沒有發現直升機開始移動。

「喂，怎麼回事？大B動了，到底想幹嘛？」站在技術本館五樓窗前的技術人員說道。正在會議桌旁討論的湯原一彰和山下同時抬起頭。

「直升機嗎？可能在做準備工作吧？」

「但螺旋槳在轉動。」

「什麼？」湯原衝到窗前。

從五樓的窗戶可以俯視試飛機場。他們看到今天即將舉行表演秀的最新型直升機轉動著螺旋槳，緩緩駛出第三停機庫。

「到底在幹什麼啊？」湯原語帶怒氣。「怎麼可以在停機庫中發動引擎？簡直是亂來。」

「我去看看。」山下率先衝了出去，湯原也跟在他的身後跑了出去。

兩位母親仍然在福利中心交換育兒心得，但湯原篤子先聽到了聲音。

「那不是直升機的聲音嗎？」

山下真知子也住了嘴，豎耳靜聽建築物外的聲音。「好像是。」

「沒想到這麼早，那我們去看看。」

「好啊，」真知子也站了起來，「雖然我沒有太大的興趣。」

篤子也皺了皺眉頭。

她們走出福利中心，一邊走，一邊看著鐵網內的機場。看到巨大的直升機正在移動。

「真大啊。」篤子坦率地說出了感想。

「真的。」

「感覺不像直升機。」篤子說著，巡視著周圍。她正在找她們的兩個兒子，但沒看見高彥和惠太。

「奇怪了，那兩個孩子跑去哪裡了？」

「咦？」真知子也一臉不安地東張西望，她的目光停留在某一點。「篤子，在那裡。」

她指著第三停機庫。

篤子也看向那裡，發現高彥正朝著她們跑過來。

「他去那裡幹什……」

她的話說到一半就停了下來，因為她察覺兒子的神色不對勁。高彥正在大哭。

篤子也跑向兒子，「高彥，你去那裡幹什麼？惠太呢？」

「惠惠，惠惠……」高彥滿臉是淚，忍著哭泣，指向直升機的方向。「他坐在上面。」

「什麼？你說什麼？」真知子張大了眼睛，忘了高彥不是自己的兒子，用力搖著他的肩膀，「怎麼回事？這是怎麼回事？」

但是，高彥拚命搖頭，一個勁地哭。真知子可能覺得再問也沒有用，便叫著惠太的名字，跑向停機庫。

當直升機順利駛出停機庫時，男人終於把憋著的一口氣吐了出來。因為他認為最大的難關終於克服了。在這個過程中，只要操作稍有失誤，巨大的螺旋槳就會撞到停機庫的門，整個計畫將化為泡影。

但是，現在還不能鬆懈，還有另一道難關擺在眼前。如果說，停機庫是可以看到的難關，接下來的就是肉眼看不到的難關。

男人用望遠鏡追蹤直升機，小心翼翼地操控遙控器。當直升機完全駛離停機庫有一段距離時，他讓直升機停了下來。

接下來，他只要按下開關就好。只要按下開關，直升機就會升空，他的任務就完成了。

駕駛普通的直升機時，光是起飛就需要獨特的技術。當有輪子著地時，即使駕駛桿和尾舵不在最佳位置，機身也不會搖晃，但在機身懸空的那一剎那，這些影響會同時出現，甚至可能導致機身旋轉或是水平移動。為了避免這種情況發生，必須在起飛時，使操縱桿、尾舵和總距桿之間保持協調。具體來說，必須靠尾槳抑制螺旋槳的反扭矩導致的機身旋轉，同時，要靠主螺旋槳的傾斜平衡尾槳引起向右的移動。像這樣移動某個操縱桿，會對其他操縱桿產生影響的情況稱為耦合效應，不光是起飛的瞬間，駕駛直升機時，耦合效應無所不在。

但是，他現在駕駛的直升機上搭載了特殊的系統，即使不需要這些技術也可以順利起飛。電腦可以根據加速度和角加速度的回授控制系統，有效防止耦合效應的發生，而且，只要事先輸入程式，甚至有能力自動起飛。

問題是——

問題是該系統是否能夠確實發揮功效。他雖然對自己動的手腳很有信心，但必須建立在這架直升機的電力系統設計並沒有大幅度變更的前提下。廠商從新商品發表會到驗收期間，通常不會公佈微幅調整的情況。

「乖孩子，拜託了，乖乖聽我的話。」他在嘴裡嘟囔著，把手指伸向遙控器。

直升機來到跑道中央，暫停片刻後，三台渦輪軸發動機的轉動聲頓時越來越大聲。直升機緩緩浮了起來，宛如上帝伸手把它拉了起來。車輪離開地面的同時，巨大的機身稍微向右搖晃了一下，但隨即又穩住了，開始上升。螺旋槳產生的風和巨大聲音用力向下壓。

湯原他們跑出來時，直升機已經來到上空約一百公尺的位置，而且還在繼續上升。

「這到底是怎麼回事？誰在駕駛直升機？」湯原仰望著天空問道。巨大的直升機在逆光下，逐漸變成藍天中的一個黑點。

這時，身旁的山下嘀咕道：「真知子為什麼會在那裡……？」

湯原順著他的視線望去，發現山下真知子站在第三停機庫旁。由於距離太遠，看不到她臉上的表情，但好像遊魂般站在那裡。她也抬頭仰望著直升機。

湯原看到了真知子的前方，他的妻子和兒子蹲在地上。兒子正在哭，山下惠太不在那裡。

到底發生了什麼事——他有一種不詳的預感。雖然他無法具體想像發生了什麼事，但他走向妻兒時，幾乎確信發生了天大的事件。

3

上午八點十三分，名神高速公路上，一輛從關之原向米原行駛的廂型車駕駛聽到右後方傳來巨大的轟隆聲，聲音越來越近。

「喂，那是什麼聲音？」他問坐在副駕駛座上的同事。坐在副駕駛座上的是和他在同一家汽車經銷商上班的同事，他們是保養廠的技術員，準備去顧客家中取車代為車檢。

副駕駛座上的搭檔頭向後轉，隔著後方車窗看聲音傳來的方向。

「看不清楚，但好像是直升機的聲音。」

當搭檔這麼說時，轟隆聲已經來到車子的正上方，很快超越了他們。

駕駛微微探出身體，仰望著天空。

「哇，真是有夠大的。」駕駛不禁讚嘆。那不像是直升機，簡直像一艘船在天上飛。

「我第一次看到這麼大的……」副駕駛座上的搭檔也說。

駕駛用力踩油門。他想追上去，時速立刻超過了一百三十公里。

但是，他當然不可能追上，直升機發出轟隆聲，轉眼之間就在前方飛遠了。

上午八點二十四分。敦賀車站附近的人行道上擠滿了上班族的身影。有人準備去公司上班，也有人已經打完卡，準備去拜訪客戶了。一大早，氣溫就逼近將近三十度，大部分人都脫下西裝上衣，也有人鬆開領帶，用手帕擦著汗。所有人的襯衫後背都被汗水濕透了。

這時，路上的行人同時停下了腳步。有的人聽到了轟隆聲，有的人看到了出現在大樓間隙上空的龐大物體，也有的人跟著別人停下了腳步。但是，他們在停下腳步後，個個抬頭仰望著天空。

灰白色的直升機以驚人的速度掠過上空，由於速度太快，一下子就消失在附近的建築物之間，但那些人仍然站在原地抬著頭。

「那是什麼啊？」其中一個人問道。

「直升機怎麼會飛來這裡？真難得。」

「未免太大了吧。」

大家討論著剛才看到的飛行物。

不一會兒，其中一個人嘀咕道：

「那架直升機要飛去核能發電廠嗎？」

時針指向八點三十分。快滋生反應爐原型爐、新陽發電廠廠長中塚一實換上工作服，剛在座位上坐下來。他的辦公桌上放了好幾份文件，最上面那一份是關於日前電力輸出量變動的調查報告。他瞥了一眼，發現似乎並無異狀。中塚從抽屜裡拿出了眼鏡。最近老花越來越嚴重，不戴眼鏡時，看小字很吃力。

他戴上眼鏡，正在看第一頁時，桌上的電話響了。響鈴的聲音顯示是外線。

「新陽發電廠，你好。」

「喔，是中塚嗎？是我，坂本。」對方的聲音略微有點緊張。他是反應爐・核燃料開發事業團，簡稱爐燃的敦賀事務所所長。

「你好，上次多謝你幫忙。」

不久之前，美國視察團曾經來新陽發電廠參觀，當時，坂本幫忙安排了很多事。

「別客氣。中塚先生，詳細情況我還不是很瞭解，好像有一架直升機飛去你那裡了。」

「直升機？」

「我也沒有看到，這裡有幾名員工看到了，聽說相當大。」

「等一下。直升機？是哪裡的直升機？」

「我也不清楚，應該是自衛隊的吧？」

「迷航了嗎？」

「我猜八成是這樣，不然就是美軍的。」

「是喔……」

中塚有一種不祥的預感。擔任這裡的廠長以來，第一次遇到這種事。

運輸省航空局針對民航業者進行指導，要求民航業者在飛行時，避開核電設施上空的區域。防衛廳和美軍也要求飛行員在核電設施半徑三公里、高度三千五百英尺的範圍內不得進行訓練，但這只是指導而已，即使真的有飛機闖入，也沒有任何嚴格懲罰，甚至沒有任何機制確認是否有飛機闖入這個區域。

「我打算立刻通知爐燃總公司，但在此之前，還是先通知你一下。」

「我知道了，謝謝你特地通知我，我會小心的。」

「拜託了。」

掛上電話後，中塚皺起了眉頭。雖然他不知道是哪裡的誰搞出來的花樣，但這個世界上，就是有些人喜歡做一些莫名其妙的事。飛機飛向這裡？到底想去哪裡？前面只有日本海，難道打算去朝鮮半島嗎？中塚不瞭解直升機到底有多少續航力。

他打算先通知控制室。正當他再度拿起電話時，聽到窗外傳來斷斷續續的機械低鳴聲，震撼了空氣。中塚起身跑到窗邊，那扇窗戶朝南，也就是朝向內陸的方向。

東南方的天空中，出現了一個灰色物體。不，並不是出現在那裡而已，而是直直地朝這裡飛了過來。中塚打開了窗鎖，推開窗戶。轟隆聲隨著潮濕的空氣一起飄了進來。

物體越來越近，也越來越清晰。

中塚目瞪口呆。當然，他並沒有察覺自己此刻臉上的表情。

由於直升機在上空飛行，無法正確推估大小，但中塚還是發現那架直升機非常巨大。雖然外形是直升機，但巨大的外形完全顛覆他對直升機的概念。

巨大直升機在地面投下不祥的陰影，漸漸飛到了中塚的頭上。在戶外工作的職員也都站在原地抬頭看，每個人臉上都露出呆然的表情。

中塚衝出廠長室，跑向面向大海的辦公室。其他職員也都站在窗前。

「去哪裡了？」中塚大聲咆哮，「直升機去了大海那裡嗎？」

「不，沒有……」站在他旁邊的年輕男職員歪著頭回答。

面向東方的窗戶只能看到卸貨碼頭和防波堤，後方是若狹灣，空中沒有直升機的影子。但是，直升機的轟隆聲持續傳來，而且就在很近的地方。

「到底在哪裡？聲音是從哪裡傳來的？」中塚把頭探出窗外，在天空中巡視。今天的天氣很晴朗，只有飄著幾朵棉絮般的薄雲。

「廠長，在北側。」不知道哪裡傳來了叫聲，「從北側的窗戶可以看到。」

「北側？」

中塚衝出房間，在走廊上奔跑著。這棟綜合管理大樓從南側到北側全長將近四十公尺。帶著超過八十公斤的龐大身軀跑過這條走廊很辛苦，但此刻他也完全沒有意識到這件事。

北側的辦公室內，職員都擠在窗戶前看著外面，中塚也擠了進去。

新陽就在窗戶的正前方，新陽前方分別是渦輪發電機和柴油發電機的廠房，後方長方形的是反應爐輔助建築，核能反應爐在更後方的圓頂形建築物內。

「直升機在哪裡？」中塚大叫著。因為直升機的轟隆聲就在附近，如果不大聲說話，根本聽不到。

「在那裡。」站在他旁邊的職員幾乎垂直地指著天空。

但是，在他的視野範圍內，並沒有看到直升機的影子。

中塚用力轉著脖子看著天上。灰色的影子出現在比他意料中更高的位置，那個影子越飛越高。

「直升機在上升嗎？」

「好像是。」

巨大的直升機在中塚和其他員工的注視下，以驚人的速度持續上升了十幾秒。不一會兒，直升機終於停止上升，但距離地面有七、八百公尺，比飛來時高了很多。

中塚又默然不語地抬頭觀察了一陣子，直升機似乎暫時無意離開。核能快滋生反應爐核電廠廠長內心的焦躁也越來越強烈。

「這是怎麼一回事？為什麼停在那裡？到底想要幹什麼？」

但是，沒有人能夠回答他的問題。

中塚繼續嘀咕，「這不是在反應爐的……正上方嗎？」

4

轟隆聲好像越來越大。

閉著眼睛蹲在地上的山下惠太戰戰兢兢地張開眼睛，他幼小的內心懷抱著一線希望，以為情況或許會好轉。

但是，從右舷機組人員出入口上半部看到的景象，頓時粉碎了他的希望。那裡只能看到一片天空。

「爸爸、媽媽……」他再度哭了起來，眼淚撲簌簌地流，鼻涕也跟著流了出來，剛才流的鼻涕已經乾了。

直升機起飛後，惠太一直坐在機內的角落，緊緊抓著在角落折起的士兵座位鋼管。鋼管左右兩側最多可以坐五十五人，但此刻直升機上只有他一個人，沒有其他人。

由於今天的天氣不錯，直升機只有微微搖晃，但惠太還是不敢動。一方面是因為害怕而雙腿發軟，但更擔心一旦輕舉妄動，事態會變得更加嚴重。

他以為是因為自己和高彥闖了禍，瞞著大人偷偷溜進直升機，到處亂摸，不小心摸到了哪裡的開關，轉動了螺旋槳，直升機才會突然動起來。他極度後悔，覺得自己完蛋了，也開始痛恨讓自己遭遇這一切的高彥。

惠太覺得自己可能快要死了。他以為直升機在天上亂飛，直升機是因為自己的調皮搗蛋起飛的，當然不可能好好飛，更不可能安全著陸。

他不禁害怕死亡。在今天早上之前，他作夢都沒有想到會突然面對死亡，光是想到死這件事，就讓他陷入了混亂，眼淚奪眶而出，身體發抖，全身起了雞皮疙瘩。

他放聲大哭，哭了一陣子，才開始東張西望地觀察。他終於覺得自己該做些什麼。

他正在貨物室。這裡除了中央有一個木箱子以外，沒有其他東西。他猜想這架可能是運送士兵的直升機，因為他父親並沒有告訴他有一種掃雷直升機，更不知道海上自衛隊向錦重工業購買這架直升機後，會由技術人員將掃雷器材的曳航裝置搬上直升機。

惠太鬆開了士兵座位的鋼管，趴在地上。機身好像在海浪上漂浮般搖晃不已，但他還是沒有伸手抓鋼管。他趴在地上慢慢向前爬，準備前往駕駛室。這個行為需要很大的勇氣。他一步一步靠近駕駛室，他還沒有想到要去那裡做什麼，但爬去那裡是眼前唯一能做的事。

他終於來到駕駛艙的入口，抓著駕駛室和貨物室之間的隔板，雙腿發抖地站了起來。他看到了整個駕駛艙，兩個駕駛座中間的黑色框架內有一整排儀表，有幾個亮著LED燈，還有電腦螢幕顯示了數字。惠太當然搞不清楚這些東西。

但是，他的腦海中立刻浮現出一個字眼。無線電。

如果可以用無線通訊器和別人通話——他閃過這個念頭。因為他有一個同學在玩無線通訊器，雖然他自己沒玩過，但曾經看過那個同學操作。

他探出身體，想從複雜的儀表類中尋找哪一個是無線通訊器。

這時，他看到了大海。

惠太從駕駛座斜下方的視野窗看到了大海，從他的位置可以看到一望無際的大海和天空，完全看不到陸地。

來到海上了，直升機離開日本了——

當時，他以為這架直升機帶他遠離了日本列島，卻沒想到直升機的下方是敦賀半島。他癱坐在地上，恐懼再度向他襲來。

「爸爸，救救我……」他再度閉上眼睛，眼淚又再度流了下來。

5

湯原一彰仍然還不知道那架直升機的去向。直升機起飛至今已經四十多分鐘，相關人員才好不容易在福利中心二樓的會議室集合。對於眼前發生的突發狀況，相關人員的應對卻如此緩慢。最大的原因，就是「沒有人知道到底發生了什麼事」。

直升機完全消失在北方天空後，在場的人仍然呆若木雞地站在原地，甚至沒有意識到出了大事，大家都覺得，總會有人知道是怎麼一回事。

湯原一邊安撫泣不成聲的高彥，一邊問他到底發生了什麼事，但還是無法相信兒子說的「駕駛座上沒有人，直升機自己飛了起來」。他始終無法排除因為某種疏失，有人擅自操作飛行的懷疑，無法相信兒子說「飛機上絕對沒有其他人」這番話，所以打電話去試飛飛行員的休息室確認，但飛行員都還沒有來報到。

只有一種可能，但湯原說不出口。山下的兒子坐在直升機上，他不能隨便發言。

湯原迅速思考後，決定通知技術本部的部長笠松。笠松還在離公司不遠的家裡，在出門上班前接到這通電話，可能立刻有了不祥的預感，所以他接電話的聲音很不開心。這位上司在緊張時，就會用這種聲音說話，這是他的習慣。

湯原盡可能簡潔地向本部長說明了目前發生的情況，但笠松無法立刻理解，重複問了好幾次相同的問題，也再三確認直升機上只有一個九歲的孩子。

「這是怎麼回事？怎麼會有這種事？直升機怎麼可能自己飛起來？」笠松的聲音快把湯原的耳朵震破了。

「目前正在調查原因，但並非完全沒有頭緒。」

「有什麼頭緒？」

湯原遲疑了一下說：「可能被人動了手腳。」

「動了手腳？讓直升機可以自己飛起來嗎？有辦法做到嗎？」

「我打算立刻去確認，但有一種可能。」

電話中傳來笠松的嘆氣聲。

「……AFCS❸嗎？」

「對。」聽到湯原的回答，這位上司的嘆氣聲更大了。

「我想必須立刻聯絡駐官，同時還要報警。」

在進行與防衛廳有關的研究開發工作時，防衛廳一定會派主管層級的人員到現場擔任駐官，隨時掌握進度。

「現在還沒有通知任何地方吧？」

「對，還沒有。」

笠松在電話彼端陷入了沉默。湯原也知道有很多必須考慮的問題，擅自起飛的直升機屬

❸為 aircraft flight control system 的簡寫，即飛行控制系統。

於海上自衛隊，和民航機遭到劫機的情況完全不同。

「好，我知道了。我會負責通知各單位，你在那裡召集『B系統』的相關人員，在我到達之前，絕對不能走漏風聲，知道了嗎？」笠松氣鼓鼓地指示。他的喜怒哀樂向來都寫在臉上，此刻無法克制激動的情緒。湯原深知這位上司雖然情緒容易激動，但遇到問題時，可以作出冷靜的判斷。

他決定聽從上司的指示。

但他還是忍不住想，為什麼偏偏在今天發生這種事。無論對公司還是對他來說，今天是最重要的日子，卻偏偏在今天發生了意外。他最大的心願，就是今天一切順利。

還是說，正因為今天是特別的日子，才會發生這種事？

湯原忍不住這麼想。

防衛廳內有人戲稱「B系統計畫」為「卡車的燈飾」[4]，當然，這並不是一個正面的暱稱。因為防衛廳採購了大型直升機，所以需要推動這項計畫。

海上自衛隊採購的CH-5XJ掃雷直升機和之前的直升機在許多方面大不相同，最大的特徵，就是這架直升機內正式採用了線傳飛控系統。

線傳飛控系統用電子系統取代機械飛行系統，把飛行員的動作轉化為電子訊號，由電腦傳送至各個液壓系統。F16戰機已經採用了這項技術，但目前全世界幾乎都沒有任何一架直升機運用這項技術。

線傳飛控系統有兩大方面的好處。首先是有助於機身輕量化，以後的直升機會逐漸採用自動安定裝置等使用電腦控制的飛行控制系統，因此，一開始就將飛行員的操作轉化為電子訊號，有助於簡化整個系統。

第二大好處，就是可以使駕駛操作更簡單。在各種飛機中，直升機的操作性方便性最差，因此，需要花很長時間訓練飛行員，導致飛行員的技術也會有很大的落差。尤其隨著直升機的性能提升，直升機飛行時的最高速度和最高高度得到飛躍性地提升，只要些微的操作失誤，就可能變成致命的錯誤。再加上目前自衛隊員人數成長呈現停滯狀態，優秀的飛行員可遇不可求。一旦採用由電腦支援的線傳飛控系統，無論新人還是老手，控制技術都不至於有太大的差別。

但是，防衛廳內大部分人基於多種理由，對直升機引進線傳飛控系統一事持反對意見。

首先是信賴度的問題。不可否認，和透過力學傳送訊號的機械式相比，電子式飛控系統比較無法讓人相信。除了斷線故障或接觸不良的問題，還必須考慮到電磁感應等產生的雜音，以及遭受雷擊可能造成的影響。為了因應這些情況，必須將系統多重化，或是結合自我診斷裝置，或是在某些部分使用光纖，但由於目前還缺乏運用的實例，所以的確有很多人對此感到不安。

即使可以藉由這些方法解決問題，造價方面的問題也會自然浮上檯面。如果是戰鬥機還情有可原，直升機有必要花費這麼多錢嗎？防衛廳內有不少幹部私下認為武器和軍人都是可拋棄式，防衛廳預算無法順利增加也成為一項不利因素。

但防衛廳最後還是決定要採購CH-5XJ，是因為一旦採用這架直升機，就可以避免淪為單純的專利代工製造。

❹日本有部分大貨車司機喜愛以閃亮的燈飾裝飾卡車，由於只是做為純裝飾用，並無實際用途，因此在這裡引伸暗喻為「空會在儀表板上閃爍明滅，卻沒什麼重要作用的非必要裝置」。

專利代工製造，就是日本的民間企業和國外企業共同簽署使用相關技術的合約，向國外廠商支付工業產權的使用費，在對方同意的情況下進行生產。也就是日本企業為外國企業的產品「代工」，戰鬥機等許多飛機都採用這種方式在日本製造。理由很簡單，就是號稱技術立國的日本，在這個領域的技術還很落後，其中有很大的原因是在敗戰後，盟軍總司令部的備忘錄禁止日本在一定期間內，研究、實驗和生產飛機。

防衛廳之所以並沒有直接進口成品，而是採用專利代工製造的方式，委託國內的廠商生產，是因為一旦發生軍事狀況，就無法仰賴進口，同時，也迫切希望日本的航空開發技術可以趕上先進國家。

因此，在引進掃雷直升機時，還是不得不仰賴美國的技術。如果是多用途的小型直升機，或許可以完全靠國產，但國內在總重量超過十噸，兵員輸送能力超過二十五名的大型直升機方面的技術還很不成熟，況且，製造生產這種大型直升機的國家也屈指可數。因為不僅開發費、生產費和運用費昂貴，無論是民間還是軍用，除非遇到非常特殊的情況，並不需要使用這種大型直升機，只有擁有龐大的軍隊，有可能用直升機空運戰鬥部隊，展開大規模作業的美國是唯一的例外。

CH-5XJ和傳統的專利代工製造稍有不同。這是在美國的艾洛克普特開發的CH-5XE上，搭載前述的線傳飛控系統，但線傳飛控系統是由艾洛克普特公司，和日本錦重工業技術合作共同研究開發，錦重工業在戰鬥機還沒有引進線傳飛控系統時，就開發了「FWH（fly-by-wire control system for helicopter，直升機線傳飛控系統）」，領先投入了這個領域的研究。當時，錦重工業認為，想要突破由美國主導的現狀，唯一的方法，就是從差距比較小的電子工學方面下手，而且日本國土不大，地形起伏卻很大，今後對直升機的需求將不斷增加。

因此，如果由錦重工業代工製造 CH-5XJ，至少不需要支付線傳飛控系統這個部分的工業產權費。今後針對這個部分進行改造和設計變更時，也不會受到有一大堆法律條文的合約限制，與之前相比，自由度大為增加。這點對防衛廳來說，無疑是極大的吸引力。

雖然防衛廳內部在這件事上出現了正反兩方面的聲音，但經過一番曲折的過程，最後還是決定採購 CH-5XJ。防衛廳希望藉此促進國內航空產業發展的用心，也發揮了正面的作用。

決定採購這一型直升機之前，防衛廳和錦重工業之間就達成某項協議，在採購這款直升機第五年時，錦重工業必須開發某項新技術，運用在 CH-5XJ 上。

錦重工業方面建議開發的這項新技術，可以最大限度發揮線傳飛控系統的優點。正如前面所說的，這部分的改造並不會違反合約精神。

如果沒有這項提案，防衛廳可能不會採購 CH-5XJ。因為贊成採購派無法說明為什麼要引進線傳飛控系統，但一旦有了這項提案，他們就有了正當且積極的理由。

在防衛廳決定採購 CH-5XJ 後，錦重工業立刻投入了這項新技術的概念設計，立刻得到了防衛廳的同意。

於是，「B 系統計畫」就正式開始運作。

計畫團隊分為幾個不同的小組，剛從美國回到日本的湯原一彰負責中樞部門。

五年來，和防衛廳技術研究總部的航空開發部合作研究，今天終於將舉行交貨飛行。

交貨飛行就是在防衛廳相關人員參與的情況下飛行，進行驗收，確認沒有任何缺失的最終手續。如果是新採購的機種，通常稱為初飛，但這次是改造機，所以用這種方式命名。

總之，完成這個儀式後，就可以正式交貨，湯原等計畫團隊的成員也終於可以卸下肩上的重擔。

原本一切將在幾小時後順利結束。

如今，這架直升機卻載著山下惠太不知去向。

除了湯原、笠松、「B系統計畫」的主要成員、維修人員和試飛員等錦重工業的十名員工以外，還有駐官加藤幸廣一佐❺、加藤的副官，防衛廳技術研究本部航空開發一部的中林開發官，以及調度實施總部的負責窗口戶田三個人都聚集在會議室內。防衛廳的幾名高官原本要來參加今天的交貨飛行，但戶田已經向防衛廳辦妥了中止手續。

「有什麼理由說是被偷了？」加藤露出銳利的眼神看著湯原問道。

「停機庫大門開關上被人安裝了一個定時器，」湯原回答說，「維修人員剛才發現了，定時器的時間設定在上午八點打開。」

「之前並沒有這個定時器吧？」

「沒有。」維修組的負責人藤本回答，他臉色有點蒼白，或許內心感到不安，覺得自己必須對眼前的情況負一部分責任。

「我昨天離開停機庫時並沒有看到。」

「原來是這樣。」加藤一佐的臉色更加凝重了。

「請問要不要聯絡警方？」湯原問。

「不，這件事交給我們來處理。」加藤回答時並沒有看他。

「但直升機的去向……」

「目前正請各方面調查，應該很快就會發現。」加藤瞥了一眼手錶後回答，似乎不希望別人干涉他們的處置方式。

湯原猜想這件事還沒有報警，防衛廳的幹部一定希望靠自衛隊的力量解決問題。

「所以，現在來討論發現直升機後的解決方法。」加藤看著中林說，「如果有人搶走了直升機，是用什麼方法？」

「用GPS。」中林說。「應該是GPS。」他的語氣有點不悅。

「我也這麼認為。」湯原也說。

加藤歪著嘴，嘆了一口氣。

「所以這意味著本來就不應該加裝一些莫名其妙的東西。」

所有人都理解他這句話的意思，會議室內陷入一陣尷尬的沉默時，門打開了，所有人都看向門的方向。山下佈滿血絲的雙眼從門縫中露了出來，他神情緊張，頭髮很亂，襯衫被汗水濕透，領帶也歪了。

「什麼事？」笠松不悅地問。湯原猜想笠松真的很生氣，因為有小孩子在直升機上，導致事態更加複雜嚴重了。

「我也是團隊的成員之一。」山下說。

「你去陪你太太就好。」笠松冷冷地說。

山下一臉快哭出來的表情。

「部長，」湯原開了口，「我也覺得讓山下加入比較好，他比我更瞭解『大B』的飛行控制系統，需要他協助建立對策。」

笠松露出佛然的表情，但似乎找不到理由否決湯原的提議，只能默默點頭。

❺一佐：軍階的一種，相當於上校。

山下鞠了一躬，在湯原的身旁坐了下來。
「你太太的情況怎麼樣？」湯原問他。
「她躺在醫務局的床上，剛才注射了精神安定劑……」
「你不陪她沒問題嗎？」
「沒問題，她睡著了。」
「是嗎？」
湯原想像著如果此刻自己的兒子坐在直升機上，自己應該無法像山下一樣參加會議。
這時，會議室角落的電話響了。電話旁的年輕研究員接起電話，露出不知所措的眼神後，把電話遞了過來。
「是不是找到了？」
加藤起身接過電話，對著電話說了兩、三句話後做著筆記。他的臉色仍然凝重，湯原猜想情況應該並不樂觀。笠松也一臉擔心地看著加藤。
掛上電話後，加藤皺著輪廓很深的臉回到了座位。
「情況怎麼樣？」笠松問。
加藤低頭看著剛才記錄的便條紙，用壓抑的聲音說：
「直升機在敦賀半島前端的上空停止北上，然後在原地升空，目前在八百公尺左右的上空盤旋。」
「敦賀半島？」笠松驚訝地問：「為什麼去那裡？」
「問題有點棘手。」
「什麼意思？」

加藤瞪著笠松，然後巡視著所有人說：

「因為直升機的正下方就是新陽核電廠的快滋生反應爐原型爐。」

6

快滋生反應爐原型爐「新陽」位在敦賀半島北端的灰木，在距離新陽大約一公里的灰木村，是一個有二十戶人家，人口九十六人的小漁村，靠漁業和經營提供給戲水遊客的民宿維生。每年深秋至初春為捕魚季節，主要用定置漁網的方式捕魚。寒鰤是這一帶最具代表性的種類，還有比目魚、魷魚、紅鮒等，如果連採海藻也包括在內，村裡的每戶人家都從事漁業。漁港和新陽發電廠在海灣兩側相對的位置，漁港和發電廠之間是一片長滿松林的岩石區，小孩子都在那裡戲水，觀光客也經常在那裡烤肉休閒。從那片岩石區繼續往新陽的方向走，有一條小路通往發電廠。那是施工車輛的專用道，目前當然已經封鎖了。

上午八點三十五分，漁港內聚集了二、三十個人，四分之一是本地的漁民，其他都是觀光客。灰木的二十戶住家都經營民宿，每年夏天，都有觀光客造訪，最多的時候，是整個村莊人口的四倍。

所有人都面對新陽的方向，而且都抬頭看著天上。

「到底是怎麼回事？直升機怎麼會出現在那裡？」一個戴著草帽，看起來像漁夫的男人問道，他的聲音充滿憤怒和不安。

「核電廠上空不是禁航區嗎？」看起來像是家庭主婦的中年婦女自言自語地問，但是，沒有人回答她的問題。

所有人都抬頭看著在新陽上空盤旋的大型直升機。正在漁港整理魚網的漁夫最先看到了這架直升機，不一會兒，聽到陌生引擎聲的本地居民和觀光客都紛紛聚集在這裡。

「是不是用直升機運送什麼？」另一個男人問。

「可能吧，搞不好是運送核廢料。」

「這樣沒問題嗎？」

「誰知道啊，政府做的事，誰搞得懂。」

他也站在不遠處看著直升機。為了偽裝成來海水浴場玩的遊客，他特地穿上T恤和短褲，踩了一雙夾腳拖鞋，戴著墨鏡用望遠鏡觀察著。

他確認直升機的狀態沒有任何問題後，拿起一旁公用電話，插入電話卡。

八點三十八分，新陽發電廠綜合管理大樓內，一台傳真機開始接收傳真。

這台傳真機主要用來寄發傳真。當發電廠內發生任何問題時，就會同時用傳真的方式將發生的問題內容，和對周圍環境的影響通知各單位。寄送的單位除了爐燃總公司以外，還有本地公所、消防單位、福井縣原子能安全對策課、敦賀勞動基準監督署、敦賀海上保安部等超過二十個單位。

副廠長飯島剛好經過那裡，看到傳真機在動，以為是哪個單位寄來了直升機的相關資訊。看到前所未見的巨大直升機在反應爐的上空盤旋，他有一種難以形容的不安，很希望趕快瞭解詳細的情況。

那份傳真大約是A5的尺寸，飯島撕下傳真後，看了上面的內容。只看了三分之一，就忍不住全身發抖。他拿著傳真紙衝了出去，中途還絆了一下，差一點跌倒。

廠長中塚仍然站在北側的窗邊，抬頭看著直升機。聽說這架直升機是從自衛隊的基地偷來的，這代表開直升機的人是罪犯。歹徒讓直升機在核電廠上空盤旋到底有什麼目的？中塚擔心不已，雖然已經向敦賀警察分局報了案，但分局也沒有任何確切的消息。

這時，飯島神色慌張地衝了進來。

「發生什麼事了？」

「廠長，這個……剛才收到的。」飯島遞上傳真，他的手還在發抖。

中塚接過紙，把手伸進胸前的口袋，打算拿出老花眼鏡，但即使不戴眼鏡，也可以看到傳真紙上的字。

「這……」中塚說不出話。

八點四十分，原子能安全對策課長長內在福井縣政府的走廊上奔跑。雖然他很矮，但體重超過八十公斤的他在冷氣房內仍然大汗淋漓，目前只有他知道這些汗中有百分之幾是冷汗。他右手上拿著一張紙。

來到知事❻室門前，敲了一次門，不等門內的回答就打開了門。四名職員坐在桌前工作，紛紛抬頭看著他，最年長的女職員站了起來。

「請問有什麼事嗎？」

「知事呢？他在吧？」

❻知事為日本地方行政區的行政首長，相當於台灣的縣市長。

「在──」

他沒有等女職員說完，就大步走向裡面那道門。女職員慌忙打算用內線聯絡知事，但他已經搶先打開了門。

福井縣知事金山滋穿著襯衫，坐在地毯上，正在做柔軟操。金山今年七十歲，靠著每天早上做柔軟操，可以在站立的姿勢時將身體前傾，雙手碰地。他經常在選舉發表演說時表演這項特技，證明他的體力還沒有衰退。

「怎麼了？發生什麼事了？」門突然打開，打斷了金山每天早上的習慣，他忍不住皺起了花白的眉毛。

「知事，請看這個。」長內把手上的傳真遞到金山面前。

「這是剛才傳到我這裡的。」

金山站了起來，接過那張紙，緩緩地拿起桌子上的老花眼鏡，慢慢戴好。長內看到他一連串的動作，內心極度焦急。

但金山知事悠然的表情只到這一剎那為止，他老花眼鏡後方的雙眼隨即露出嚴肅的眼神，抬頭看著長內。

「喂，這是……」

「沒錯……」長內神情緊張地點了點頭，「是恐嚇信，我剛才打電話向新陽確認過了，並不是惡作劇，他們也收到了同樣的恐嚇信。」

「荒唐！」金山拍著桌子，太陽穴的血管鼓了起來。

「到底是誰幹這種荒唐的事？」

讓金山看了火冒三丈的傳真並不是手寫，而是用電腦打字的，內容如下：

「各位相關人士：

我方已經劫走了自衛隊的直升機『大B』。如果我方的計算正確，目前直升機正在快滋生反應爐原型爐新陽上空約八百公尺的位置盤旋。

目前，直升機的操縱完全掌握在我方手中，任何人都無法移動直升機，我方也暫時沒有改變位置的打算，只有高度會改變。隨著燃料消耗，機身會變輕，因此會階段性地增加盤旋的高度，最終將達到兩千公尺左右。

隨著時間漸漸過去，燃料當然會耗盡，直升機就會墜落。順便提醒各位，直升機上載了大量爆裂物，一旦墜落，新陽當然不可能平安無事。

只有一種方法可以避免這種危險發生。只要接受以下的條件，並立刻執行。一旦確認完成了我方的要求，就會將直升機移至安全的地方。

・立刻破壞目前正在運轉和定期檢查的核電廠。具體來說，就是破壞加壓水式反應爐的蒸氣產生器，和沸水式反應爐的再循環幫浦。

・停止建造尚未完成的核電廠。

・在全國電視網實況轉播以上的作業。

但是，不可停止新陽的運轉，一旦停止，直升機將立刻墜落。

為了今天的交貨飛行，直升機的輔助油箱中也加滿了汽油。根據我方的計算，可以持續飛行到下午兩點左右。

刻不容緩，期待相關人員立刻作出決定。」

最後一行署名為『天空之蜂』。

7

上午八點五十二分，他仍然在灰木村。

灰木的海邊有將近一百個人，每個人都不安地看著新陽的方向。

「很少有直升機飛來這裡嗎？」一個看起來像是觀光客的中年男子問本地的漁夫，他的妻子和兩個兒子站在他身旁。兩個兒子看起來是正在讀小學的年紀，手上都拿著小網子，可能打算去抓魚。

「不是很少，而是從來沒有。核電廠的上空禁止飛行。」本地漁夫偏著頭回答。

「是嗎？但直升機可能沒問題吧。」

「不知道……」

「不，直升機也不行。」一旁的年輕男人說。

「是不是核電廠發生了狀況？」那個觀光客的妻子問。

「如果真的發生狀況，還是趕快回家吧。」觀光客開玩笑說完，輕輕笑了笑，但沒有人跟著他笑。

「不管怎麼樣，既然派了直升機，應該會事先通知我們。」本地的一個男人說道。

「對啊，到底是怎麼回事？」

「高山先生去問了，怎麼還沒回來？他在搞什麼啊？」

高山是灰木村的村長，在準備建造新陽時，他以居民代表的身分，和反應爐・核燃料開發事業團進行談判。當時，大部分的居民都表示反對，最後，高山村長出面說服了他們。

一名身穿背心和牛仔褲的年輕男子從民宅的方向跑了過來。

「三郎，高山先生問到結果了沒有？」草帽男子問。

那個叫三郎的男子用手背擦著黝黑臉上的汗水。

「高山先生不重要啦，大事不妙了。」

「怎麼了？」

「問題大了，那架直升機要墜落在新陽上。」

聽到年輕人的話，所有人都鴉雀無聲。

「墜落？這是什麼意思？」一個年長的男人問，他的聲音有點沙啞。

「是人為故意墜落。不知道誰寫了恐嚇信傳到公所的傳真機，傳真上這麼說的，說要把那架直升機墜落在新陽上。」

「什麼？」

「真的假的？」

「真的啊，如果你不相信，就自己去看啊。」

一個人衝了出去，十幾個男人也跟了過去。剩下的人都一臉不安地再度仰望著天空。

「真的會讓那個直升機墜落嗎？」看起來像觀光客的中年女人問。

「應該不可能吧，但若果真如此，真的就大事不妙了。」回答她的應該是她的丈夫。

「那是不是該早點離開？」

「對喔，喂，孩子們去了哪裡？趕快去把他們叫回來。」

除了那對夫妻以外，其他攜家帶眷的住宿客也紛紛走回民宿。沒有人開口說話，但從他們加快的腳步就知道，每個人都想趕快離開。

他也離開了現場。他坐上停在漁港的三菱帕傑羅越野車，發動了引擎。每個人都只顧著自己，根本沒有人注意他。

三菱越野車駛過灰木村民房林立的海岸道路，開上了很陡的上坡道。坡道中途是輻射觀測局的小房子，正隨時監測環境輻射。這裡偵測到的數據資料每隔十分鐘，就會透過無線電傳送到中央監視局，當然，現在傳送的數據沒有任何異常。小房子旁邊是通往新陽的工程車輛專用道路，目前掛著禁止通行的牌子。

來到曲折的坡道頂，前方是一個十字路，左轉可以通往新陽發電廠的大門，大門前方有一條隧道，經過隧道後，就是發電廠的入口。

他在十字路口緩緩右轉，從照後鏡中察看後方的情況。大門附近有幾名警衛站著說話，從他們緊張的神情，他猜想那些人應該已經知道恐嚇信的事。

他一路小心駕駛，沿著這條路南下行駛了數公里，很快在右側看到近畿電力公司美花核電廠的三個安全罩。一號機和二號機是相同大小的圓筒狀，三號機比較高，一號機因為準備交換蒸氣產生器，目前呈拆開的狀態。

前往美花發電廠須經過一座專用橋，前方有一道小門，門旁是宣傳館。他放慢速度，緩緩經過小門和宣傳館前。這裡也有幾名警衛，從他們的神情來看，應該還沒有接到任何通知。

經過美花核電廠後又開了一段路後，他把三菱越野車駛入一條小路。在掛著旅館招牌的建築物正後方，有一棟兩層樓的公寓，他把車子停在公寓前。

他住的二〇三室是位在二樓角落的房間。從三個月前開始，這裡就是他的祕密住家，安裝的電話也是為了執行這次的計畫。

一進房間，他先喝了一杯水，坐在放了電腦的書桌前。他剛才就是利用這台電腦寄發傳真給各單位。只要用電話線將訊號傳到這台電腦，電腦就會自動寄出事先設定的內容。他剛才在灰木村用公用電話傳送啟動訊號。

他設定向十五個單位寄送傳真。新陽發電廠、爐燃總公司、福井縣政府、科學技術廳❼、通產省❽、灰木村公所、敦賀市公所、福井縣警總部、敦賀警察分局、鄰近的三個村公所，以及美花核電廠等附近三個核能發電廠。

確認傳真順利傳到各單位後，他敲打著鍵盤，又用滑鼠操作了一下，然後靜靜地等待。不一會兒，連結電腦的NTC❾螢幕擴音器傳來數位通訊特有的聲音，彩色螢幕上出現了複雜的圖案。其中一部分是海岸線，陸地的區域可以看到幾棟建築物。影像雖然有顏色，但並不是實際的顏色，而是塗了深淺不一的紅色或藍色，就連大海的顏色也不均勻，畫面的某些地方出現了數字。

他端詳螢幕片刻，心滿意足地點點頭，然後又操作滑鼠，用JPEG檔壓縮了影像資料。當他完成這項作業時，放在一旁的手機響了。他立刻拿起手機，按了通話鍵。

「喂？」

「請問是蜂田先生的府上嗎？」電話中傳來男人的聲音。

「對。」他回答。「蜂田」是他們之間約定的暗號。

對方停頓了一下問道：「『那個女人』的情況怎麼樣？」

❼日本舊有政府單位，於二〇〇一年改制和文部省合併成為「文部科學省」。

❽正式名稱為「通商產業省」，現「經濟產業省」之前身，主要管理國家經濟與產業。

❾Negative Temperature Coefficient 的簡稱，指「負溫度係數」。

「『她』嗎？一切按計畫進行。」
「所以目前在約定的地方？」
「分毫不差。」
「我想也是，」電話彼端的男人輕輕笑了笑，「因為是我安排的『約會』嘛。」
「你現在人在哪裡？」
「長濱，我要準備回去了。」
「好。」
「『情書』呢？」
「寄出去了。」
電話中再度傳來輕笑聲，「他們現在一定驚恐萬分。」
「接下來還會更驚恐。」
「沒錯，對了，『那個男人』情況怎麼樣？應該沒有辭職吧？」
「沒有問題，正在努力工作，我剛才確認過了。」
「畫很漂亮嗎？」
「很漂亮，真想讓你親眼看一下。」說著，他讓影像資料再度出現在電腦螢幕上端詳著，「我會看時機，把這個也奉送給他們。」
「真期待他們的反應。」
「沒錯。」
「那就先這樣。」說完，對方的男人掛上了電話。
由於是手機，必須考慮到談話內容可能遭到竊聽，所以，他們在談話中用了很多暗號。

「她」和「那個女人」指的是直升機，「那個男人」是指快滋生反應爐原型爐「新陽」。

他看著電腦畫面，思考著該在什麼時機寄這些圖片影像。

他起身站在窗邊，看著他剛才經過的那條通往新陽的路。

從灰木方向駛來的車輛數量似乎增加了。

大地震之前，老鼠都會四處逃竄——

他想起這件事。

8

上午九點零二分，原子能安全對策課長長內、山根副知事和防災課的諸田課長都出現在福井縣政府的知事室，除了長內以外，另外兩個人都站著，一臉緊張的表情。金山知事正在講電話，這通電話是官房長官石倉尚介打來的。

「……好，我們剛才已經通知警方了，要派三十多名機動隊員前往現場，已經請求自衛隊協助運送……不，目前還無法掌握具體的情況……喔，是這樣嗎？……好的，我們會做好萬全的準備……是，這點敬請放心……好的……好的。」

掛上電話後，金山重重地嘆了一口氣。長內覺得聽起來像是慘叫聲。

七十歲的知事靠在椅子上，好像講完這通電話，就已經完成了自己的使命。

「官房長官⑩也知道這件事了嗎？」長內問。

⑩內閣官房為設立於內閣中的一個行政機關，負責輔佐總理大臣。

「對，歹徒也把這份傳真傳到了科學技術廳核能局的安全課。聽官房長官說，爐燃總公司和通產省的資源能源廳也收到了，簡直是到處寄發恐嚇信。」

「官房長官有什麼指示？」

「雖然不知道歹徒到底是不是玩真的，目前先交給警方處理，但為了以防萬一，我們要做好防災準備。」

「目前並不打算同意歹徒的要求嗎？」

「也許會視事態的發展，由首相官邸和相關省廳進行協商，但無論如何都不可能答應歹徒的要求，絕對不可能答應這種要求。」金山用手指重重地敲著桌上的傳真，然後抬頭看著防災課的諸田課長問：「你那裡的情況怎麼樣？有沒有通知消防單位？」

「已經通知了，最靠近那裡的消防分局已經派了數輛消防車前往現場。」

「裝備沒有問題吧？」

「各消防分局應該都有準備輻射防護衣等因應特殊災害的裝備。」

「是嗎？」

金山點了點頭，似乎對裝備的詳細內容沒有興趣。長內鬆了一口氣，因為他很清楚，輻射防護衣、防毒面具和輻射偵測器等最低限度的裝備數量並不充足，無法提供所有消防隊員穿著。

金山抱著雙臂呻吟著，然後抬頭看著長內。

「對了，萬一墜落，會發生什麼情況？」他費力地擠出聲音問。

「啊……？」

「我是說新陽發電廠。如果直升機墜落，會造成什麼結果？」

「這就……目前並不知道是怎樣的直升機，恐嚇信上說，直升機上載了爆裂物。」
也許是因為長內的回答不夠明快，金山毫不掩飾臉上的不悅，撇著滿是皺紋的嘴說：
「之前好像有一個外國的學者說，一旦新陽發生意外，威力不輸給原子彈爆炸，所以，也可能發生這種情況。」
「不，我認為不可能。」
「真的嗎？」
「不會有問題。」
「不會發生車諾比那樣的情況嗎？」
「也不可能。」長內收起雙下巴斷言。
「是嗎？所以說——」金山摸著臉頰，自言自語地說：「只有現場附近的人要警戒囉。」
「對。」長內在點頭時發現，原來這個老頭子正在擔心這裡有沒有危險。當直升機墜落時，留在這裡會不會有問題——
「總之，我們要努力做好防災準備。那就通知各單位執行緊急撤離計畫。」
「緊急撤離計畫……嗎？」長內問。
「對啊，有什麼問題嗎？」
「沒有，只是……我在想這樣好嗎？」
聽到長內的回答，金山露出納悶的眼睛。
「有什麼不好？」
「當核電廠發生意外，有輻射危險時才要執行緊急撤離計畫，但現在並沒有發生意外。」
「在意外發生之前撤離，防患於未然不是比較好？」

「但這就代表預料會發生意外。」

「這樣不行嗎？直升機不是有可能會墜落嗎？當然會預料可能發生意外啊。」

「但是，當初曾經向當地居民保證，即使發生飛安意外，也絕對不可能導致輻射汙染。」

「什麼？」金山好像被潑了一盆冷水，立刻收起了銳利的眼神。

「如果現在要求當地居民撤離，就代表縣政府承認，一旦飛機掉落在核電廠，有可能造成輻射汙染。」

「啊……」發出聲音的是山根副知事，諸田課長也張大了嘴。

「但不能因為這樣就不採取防災措施啊。」

「那當然，如果要求當地居民撤離，理由就……」

長內的話還沒說完，桌上的電話聲就響了，金山用不像是老人的俐落動作接起了電話。

「是我……嗯，接過來吧。」金山捂住電話，小聲地告訴長內他們：「是縣警總部的部長打來的。」不一會兒，電話接通了。「總部長，這次要辛苦你們了。」他拉高嗓門說道，但聲音隨即就變得低沉而模糊。「……啊，你說什麼？……怎麼會這麼荒唐？為什麼會有這種事？」

看到知事慌亂的樣子，在場的另外三個人也緊張起來。長內發現金山的臉漸漸變得鐵青，老知事接下來這句話，讓這三個人懷疑自己聽錯了。

金山對著電話問：「直升機上只有一個小孩子？」

9

「你好，這裡是新陽發電廠……啊，對，目前正在調查……是的，我們的確收到了，但目前還不知道歹徒是否真的……不，廠長目前無法接聽電話。」

「已經報警了，警方很快就會抵達……不，我們目前無法採取任何措施，只能靜觀事態變化……您這麼說，我也……對，我們很瞭解您的不安，也知道需要各位當地居民的大力支持。」

「目前還不瞭解詳細的情況。……所以還不知道啊……雖然很傷腦筋，但現在也沒辦法。」

「沒問題的，不用擔心。……不會發生核爆，沒問題，沒問題的。」

新陽發電廠綜合管理大樓內，大部分職員都忙著接聽電話。歹徒似乎把恐嚇信寄到了當地的公所，看到恐嚇信的人奔走相告，消息一下子就傳開，大家紛紛打電話向發電廠求證。

廠長中塚也在講電話，對方是離這裡不遠處的小漁村副村長。

「我只是想問一下，是不是需要撤離，大家都很害怕，不知道該怎麼辦，覺得應該趁早離開，發電廠那裡的情況到底怎麼樣？」副村長似乎很激動，好幾次都結結巴巴，說不出話。

「要不要撤離必須由知事或是警方決定，發電廠這裡現在還沒有發生任何事故。」

「但不是有可能會發生嗎？一旦直升機掉下來，就會發生事故了。」

「警方說，絕對會阻止歹徒的行徑。」

「這種話聽聽就好，萬一真的掉下來怎麼辦？」

「即使真的發生這種事，我們也會及時處理，避免對周圍地區產生危害。」

「你不要給我官腔官調的，車諾比當初不也是想要處理，結果變成了那樣嗎？」

既然這麼不安，就趕快逃啊——中塚很想這麼說，但還是忍住了。爐燃總公司的筒井理事長剛才打電話給他，筒井的話仍然留在他耳邊。

「中塚啊，我想居民可能會打電話去你們那裡瞭解情況，千萬不能輕易說要撤離。現在急著撤離，就等於否定了核電廠的安全性。」

即使飛機掉落，也不會發生輻射外洩的事故——不光是新陽，日本全國各地的核電廠都向民眾保證。如果在處理這次事件的過程中驚慌失措，就等於和之前的宣傳自相矛盾。

而且，還必須顧及青森的問題。建在青森六所村的核電再處理工廠附近就是三澤基地，自衛隊和美軍的軍機每天都會進行飛行訓練，擔心飛機墜落會造成危險的反對聲浪至今仍然沒有平息。如果現在撤離新陽發電廠附近的居民，絕對會再次炒熱這個話題。

中塚終於掛斷了副村長的電話，看了一眼手錶。快要九點二十分了，警方差不多快到了。

他站在窗邊，看著安全罩的上空。灰白色機體仍然在藍天下盤旋，發出可怕的引擎聲，停留的位置和剛才差不多。

有人打算用直升機衝撞新陽，而且，直升機上載著大量爆裂物。

那個人一定瘋了。中塚在核電廠工作多年，從來沒有想到會發生這種事。

但是，這顯然不是惡作劇。如今，正如歹徒所說，直升機就在反應爐上空盤旋，而且，不是普通的直升機。據警方提供的消息，那架直升機可能是從自衛隊偷來的，從歹徒同時把恐嚇信寄到縣警總部和爐燃總公司，顯然歹徒的決心不容小覷。

中塚忍不住思考萬一直升機掉落的情況，回想著反應爐和安全罩的強度和耐震性，以及萬一發生狀況時的多重防護系統。然而，即使動員他所瞭解的所有知識，也難以預測會發生什麼狀況。他對新陽的安全性很有信心，但並不包括眼前這種罕見的情況。

目前還沒有任何公所發出撤離命令，但中塚接獲消息，一部分灰木村和附近的居民已經從敦賀半島南下撤離。他無意嘲笑他們的行為，甚至認為趕快撤離比較安全。

話說回來，到底是誰做這種事——

正當他用手把花白的頭髮向後梳理時，看到運轉課課長西岡走了過來。西岡個子不高，抬頭看著中塚，筆直向他走來。他面色凝重，金框眼鏡後方的雙眼帶著血絲。

中塚示意他在旁邊的椅子上坐下，但西岡沒有坐，所以，中塚也只好站著和他說話。

「你看到傳真了嗎？」

「看到了。」西岡的聲音微微發抖。

「你也對作業員說了嗎？」

「說了，不可以說嗎？」

「不，沒關係，作業員的情況怎麼樣？」

「怎麼樣……」西岡連續眨了好幾次眼睛，「他們都很驚訝，我也一樣。」

「我想也是，但你還是要指導他們冷靜地執行工作。」

「我知道。」

「警方很快就到了，應該會說服開直升機的歹徒之類的，但為了以防萬一，我們也必須做好準備。」

「好。」西岡的面色仍然凝重。

「要做好準備，一旦有指示，就隨時可以緊急停止。如果沒有事先通知，只有我和飯島副廠長能夠指示停止運轉，不必理會其他人的命令。」

「好的。」

「其他的運轉問題和平時一樣，就全權交給你負責。如果作業員中有情緒不穩定而影響正常工作者，立刻告訴我，我會安排其他小組的人員接替。」

「好，但這件事不用擔心，他們都是很優秀的作業員。」

「那就好。」中塚點了點頭，露出了笑容，但只有這個瞬間暫時忘記了緊張。「如果緊急停止，必須動員所有力量冷卻爐心，就像平時模擬訓練時一樣，一定要冷靜應對。」

「是。」

西岡鞠了一躬，快步離開了。

目送他離開後，中塚找來了副廠長飯島。

「請大家做好隨時可以離開的準備，以保護資料為優先，之後還可以拿到的資料就不必管了。」

「要撤離嗎？」飯島問。他的臉上露出了鬆了一口氣的表情，似乎早就在等待這個指示。

「目前不知道歹徒會讓直升機在哪裡墜落。雖然目前在安全罩的上方，但沒有人能夠保證不會掉在其他建築物上。考慮到萬一的情況，請非必要的人員馬上移動到廠區外。」

「好，要去哪裡呢？」

「去N公司的宿舍吧。」

「好。」副廠長點點頭。

N公司是承包新陽維修業務的公司，他們的宿舍就建在發電廠旁。

「準備就緒之後，你指揮大家按秩序離開。」

「好，廠長，那你呢？」

「我繼續留在這裡，不能只留下作業員孤軍奮戰。」

飯島張大眼睛時，一名年輕職員跑向中塚。

「筒井理事長的電話。」

「好，」中塚拿起職員指的電話，「我是中塚。」

「反應爐沒有停止運轉吧？」筒井用獨特的沙啞聲音問道，但他今天的聲音中感受不到平時的從容。

「當然，運轉一切正常。」

「好，繼續運轉，絕對不能停。」

「科技廳方面有沒有什麼指示？」

「科技廳指示繼續運轉，但問題越來越棘手了。」

「怎麼了？」中塚內心湧起不祥的預感。

「那架直升機啊，」筒井停頓了一下，他不是在故弄玄虛，而是在吞口水。「歹徒不在上面。」

「不在上面？」中塚忍不住看向窗外，可能因為角度的關係，目前看不到直升機。「那誰在駕駛？」

「是電腦自動駕駛，歹徒不在直升機上，而是遠距離遙控操作。」

「這……」

各種念頭在中塚的腦海中浮現，但他最先想到的是，即使直升機墜落，歹徒也不會有任何犧牲。

「不瞞你說，還有更大的問題。」

筒井接著說出來的內容，讓中塚不禁愕然。原來直升機技師的兒子被關在直升機內。

「小孩子……怎麼可能？」

「雖然難以置信，但這是真的。警察廳那邊也已經通知我了。」

小孩子在那架直升機上，而且，歹徒遙控駕駛那輛直升機——

中塚的思考幾乎陷入混亂，即使明知道自己正在講電話，他也不知道接下來該說什麼。

「所以，無論如何都不能讓直升機掉下來。」筒井叮嚀道。

「這麼說，會接受歹徒的要求嗎？」

「應該不可能，但事到如今，這已經不是我們能夠決定的事，只有交給政府處理了。」

「既然歹徒不在直升機上，警方也無法出手，因為根本不知道歹徒在哪裡。」

「關於這件事，警方似乎打算透過電視向歹徒喊話。」

「電視？所以，很快就會報導這件事嗎？」

「嗯，媒體也已經察覺到了，警察廳長決定搶先召開記者會，並在記者會上告訴歹徒，直升機上有兒童這件事。」

「原來是這樣……」

「目前打算訴諸歹徒的良心，希望歹徒不是良心泯滅的人。」

「是啊。」

搞不好會讓歹徒多了一個要挾的材料。只能說是賭博。

「但如果在電視上報導，又會衍生其他的問題。」中塚說。

「會造成恐慌嗎？」

「沒錯。」

「這個問題，」筒井嘆了一口氣說，「在某種程度上也是無可避免的。」

中塚不再說話，不禁在心裡咒罵，你少在那裡說風涼話。

10

室伏周吉的妹妹住在面向若狹灣的菅濱町，接到妹妹打來的電話，他才得知這起事件。菅濱位在新陽發電廠所在的灰木南下約八公里的地方。

「哥哥，哥哥，有人恐嚇說，要把直升機墜落在新陽，這是真的嗎？」今年四十歲的妹妹在電話中尖聲問道。

室伏雖然已經醒了，但正搖著扇子坐在被子上，看著簷廊。聽到妹妹的聲音，手上的電話差一點掉了。他沒有用無線電話，是不希望被人竊聽。

「妳說什麼？新陽怎麼了？」他拿好電話問道。

室伏住在敦賀市內，所以，聽到「新陽」，立刻知道是新陽發電廠。

「左鄰右舍都在討論，說相關單位收到了恐嚇信，而且，也有人真的看到了直升機。」

「什麼？妳再從頭說一遍。」

室伏盤腿坐在被子上，把放在枕邊電話旁的便條紙拉了過來，拿起掛在上面的原子筆。他妹妹不知道恐嚇信的詳細內容，聽鄰居說，村公所收到了恐嚇信。妹妹一開始還半信半疑，但發現觀光客的車子紛紛南下。她問了正在等紅燈的司機，得知那些觀光客真的看到直升機在新陽上空盤旋，又得知了恐嚇信的事，所以就提早結束度假離開了。

「鄰居都準備撤離，哥哥，我該怎麼辦？我老公說，等接到撤離命令再走。」

室伏聽到這裡，立刻掛上電話，然後撥電話到自己在福井縣警察總部內工作的地方，也就是搜查一課。今天他剛好放假。

接電話的是他的上司澤井股長。澤井比室伏大一歲，個性溫和，很難想像他會當刑警。

「原來是老伏啊，我正想打電話給你。」說話向來慢條斯理的澤井聲音有點緊張，室伏知道妹妹告訴他的事並非空穴來風。

「核電廠的事嗎？」

室伏問，澤井沉默片刻問：「你怎麼知道？」室伏把接到妹妹電話的事告訴了他。

「果然在當地引發了恐慌。」澤井說。室伏可以想像他皺起眉頭的樣子。

「恐嚇信上寫什麼？」

「現在沒時間向你詳細說明，簡單地說，就是如果不希望直升機掉在新陽上，就立刻廢掉全國的核電廠。」

「什麼……？」

「就是有一些莫名其妙的傢伙，總之，這裡已經忙翻了。課長也一直跑來跑去。」

那隻老狐狸跑得動嗎？室伏差一點開玩笑說，但還是把話吞了下去。

「我馬上過去。」

「拜託了，不，等一下。」澤井和旁邊的人討論了幾句，然後才對他說：「老伏，你不用來這裡，就等在家裡，要請你去敦賀附近瞭解情況。」

「向誰瞭解情況？」

「我會派關根過去，他會告訴你。」

「好。」

「那就拜託了。」澤井匆匆掛上電話。他難得說話這麼急促。

室伏掛上電話後掀開被子，來到簷廊的走廊上向外張望。

藍天中，飄著幾朵像棉絮般的雲。庭院朝西，這裡還看不到陽光，但因為反射的關係，天空中的光線很亮很刺眼，無法長時間盯著看。

室伏豎起耳朵，試圖瞭解鄰居的情況。妹妹說，她的鄰居已經開始撤離，他以為這一帶的情況也差不多，但可能鄰居還沒有接到消息，似乎和平時沒什麼不同。

直升機墜落在新陽——

室伏並不知道這會帶來多大的危險，雖然他覺得只不過是直升機掉下來而已，沒什麼大不了，但從澤井的態度來看，似乎無法這麼樂觀。

室伏是京都人，在他讀小學時，因為在銀行工作的父親調職，舉家搬來敦賀市。父親之後沒有再調職去其他地方，所以他們就在敦賀市區買了房子。雖然室伏不瞭解詳情，但猜想是父親在京都時捅了什麼樓子，才會被調到這裡。

室伏目前所住的就是父親當年買的房子。十五年前，曾經改建了其中一部分，但他現在站著的簷廊仍然保持原來的樣子。

他並不是搬來這裡之後，就一直住在敦賀。雖然高中畢業之前，他都沒離開過敦賀，但大學時去了名古屋。他在大學時讀化學系，只是他的同事也很少知道這件事。

他之所以選擇當警察，是因為他覺得如果進入企業工作，恐怕很難回到福井縣。他很喜歡福井縣，尤其喜歡敦賀這個地方。只要騎上腳踏車，就可以去釣魚；想要去山上走走，穿著拖鞋就可以去爬山。他喜歡這樣的環境，四年的名古屋生活讓他知道自己並不適合住在大城市。

父親以前的言行或許對他的影響最大。父親直到最後，都無法喜歡敦賀這個地方，他看不起來銀行辦理業務的客人，輕視附近的居民，認定這種地方永遠不可能有任何發展。父親每天晚上回家，就喝酒抱怨發牢騷，令室伏產生了孩子氣的正義感和憤怒。況且，學校的同學親切地接受了轉學新來的他，所以，他對敦賀這個地方也產生了感情。

他沒有當一般公務員，而是選擇當警察也是有原因的。他對一般公務員的印象來自市公所內對市民頤指氣使的櫃檯人員，警官就是派出所的巡查，在他思考自己更適合成為哪一種公務員時，毫不猶豫地選擇了後者。

進入福井縣警後，他在宿舍住了一陣子，父親因病去世後，他才搬回老家。當時，妹妹已經出嫁，他和母親兩人同住，之後，室伏就從來沒有離開過敦賀。這段期間內，他相親結婚，有了孩子，母親也去世了。

可以說，他至今為止的人生幾乎都是在這裡度過的。

但是──

雖然他住在敦賀，卻很少強烈意識到核電廠的事。他當然知道民眾的反核運動，和他縣的人相比，對核電廠也有比較多的瞭解。除此以外，還因為工作的關係，曾經多次和核電廠有交集。比方說，當初建造新陽時，他曾經去處理反對派的抗議。

但是，在日常生活中，他很少意識到核電廠這件事。就連阪神大地震時，他也沒有想到附近有核電廠的存在。之後，看到各大媒體爭相討論地震和核電廠的問題，他才終於發現事態的嚴重性。只是他覺得自己也無能為力，再加上也已經習慣了。無論如何，都證明他的感覺很遲鈍。

這次也一樣。雖然他知道事態嚴重，卻有一種不真實感。

但是，這種想法很可怕。

沒有任何根據可以證明他可以樂觀，唯一的根據，就是「到昨天為止都很安全，今天和明天應該也很安全」的幻想。室伏意識到自己的神經錯亂了，有一種說不出的焦躁。

室伏脫下睡衣，換上放在枕邊的衣服。即使休假的日子，他也會穿隨時都可以出門的衣服。這是他多年的習慣。

「你要出去嗎？」妻子佳子剛好經過時問他。她拿著裝了內衣褲和毛巾的籃子，似乎準備去洗衣服。

「對，等一下接到電話就要出去了。」

「要不要吃飯？」

「嗯，那就吃碗茶泡飯吧。」

佳子把籃子放在走廊上，準備走回廚房。室伏叫住了她。

「等、等一下。」

「怎麼了？」

「基男去了哪裡？」

「應該在他自己房間吧。」

基男是他們的兒子，今年讀高二。

「是嗎？」室伏走向佳子，小聲地說：「不用吃茶泡飯了，妳趕快帶著基男回奈良的娘家。」

「啊？為什麼？」佳子瞪大了眼睛。

「我也不是很清楚，只知道核電廠可能會有危險。」

「什麼？」佳子臉色大變，「核電廠？哪裡的？」

「新陽啊。」

佳子正色，收起下巴。室伏看了，忍不住想，原來我老婆不像我神經這麼大條。

「只要帶上貴重物品和最低限度的換洗衣服，盡快離開這裡，大行李就先留著吧。」

「那你呢？」

「我要工作，這也是沒辦法的事。我會去奈良找你們。」

「你今天休假，不可以和我們一起逃嗎？」

「我也想啊，但不行啦。至少你們先撤離，不要磨蹭了。」

「好。」佳子回答後，猶了一下，走向玄關。

「喂，妳要去哪裡？」室伏慌忙問道。

「去隔壁啊。」佳子轉頭回答。

「去隔壁幹什麼？」

「什麼幹什麼，」佳子露出納悶的眼神看著丈夫，「我要通知他們，核電廠很危險啊。」

「笨蛋。」室伏說。「等妳自己收拾好再去，如果鄰居都恐慌起來，陷入一團混亂，不是很不方便逃嗎？」

「啊，」佳子用手掩著嘴，「那倒是。」

「趕快去準備吧。」

「好。」佳子快速衝上樓梯。

室伏看了手錶。即將九點二十分。

11

九點二十分剛過，愛知縣警察總部的偵查員就抵達了錦重工業。稍早之前，小牧警察分局的局長就已經帶領大批警官趕到，負責保護安全罩等現場。湯原他們從分局的局長口中得知，偷走直升機的歹徒用快滋生反應爐原型爐新陽威脅政府，雖然難以相信，但這是不可否認的事實。上了年紀的局長臉色鐵青地說，無論如何，都要從錦重工業的現場尋找線索。

刑事部長木谷代表縣警總部來到現場，五十歲左右的他看起來很沉穩，在關鍵時刻也可以發揮應有的冷靜。

自衛隊的直升機遭竊的確是重大事件，但通常刑事部長不會親自到現場，木谷的出現也顯示了事態的嚴重性。

木谷到達現場後，立刻前往錦重工業相關人員聚集的福利中心二樓會議室，希望可以在那裡成立指揮總部。技術本部的笠松部長當場同意。

指揮總部旁邊的幾個小房間內，警方正在向相關人員瞭解情況。湯原和山下也被叫進了其中一個房間，愛知縣警搜查一課特搜組的警部高坂在房間內等他們。高坂的眉毛、鼻子和下巴線條都很銳利，照理說，能夠當上警部應該有一定的年紀，但他的臉上完全看不到皺紋，只是也不會覺得他年輕，反而有一種令人心裡發毛的威嚴。湯原坐在他對面的椅子上時立刻覺得，他在面對歹徒時，這種可怕的感覺一定可以發揮威力。

高坂警部的兩側坐了兩名年輕刑警。

「你們應該已經聽說發生了什麼事吧？」高坂看著湯原他們問道。

「對，大致聽說了。」湯原回答。

「很好，」高坂點了點頭，「首先向你們傳達警察廳交代的事，請你們緊急派遣熟悉該直升機的人員前往現場，也就是位在敦賀半島的新陽發電廠。人選由你們決定，但是，」高坂停頓了一下，注視著湯原，「這也是警察廳的指示，務必要確認當事人的意願。如果當事人拒絕，絕對不可勉強。」

一定是因為目前無法預測接下來會發生什麼事，無法確保人身安全，所以才會特別提醒。湯原舔了舔乾燥的嘴唇說：

「好，那我去。」

「不，我去。」一旁的山下也說，「GPS是我的專長。」

「你還是留下來陪你太太，我去吧。」

山下頻頻搖著頭。

「惠太發生了這種事，我不可能死守在這裡，而且，真知子看到我在這裡什麼也不做，也會覺得不安。拜託你，讓我去吧。」

湯原嘆了一口氣。

「那我們一起去。只要有我們兩個人，大部分問題應該都可以解決。」

然後，他轉頭看著高坂問：

「這樣沒問題嗎？」

「當然沒問題，那就拜託兩位了。我們會準備直升機，請你們搭直升機去那裡。」

高坂說完，問坐在他右側的下屬：「直升機準備好了嗎？」

那名下屬個子不高，但眼神很銳利，他看了一眼手錶回答：「差不多還要十分鐘左右。」

「十分鐘嗎？你們要多少時間準備？」高坂問湯原他們。

「只要去拿一下資料就好，五分鐘就夠了。」湯原回答。

「好，那我就先佔用你們五分鐘。」

高坂從西裝內側口袋裡拿出一張紙，遞到湯原面前。那是恐嚇信的影本。以「各位相關人士」開始的恐嚇信中寫著令人震驚的內容。

「怎麼樣？」高坂察覺湯原看完後問道。

「太令人震驚了。」這是湯原真實的感想。

高坂輕輕笑了笑，他的表情非但沒有因此變得柔和，反而更強調了他的威嚴。

「我也有同感，但有沒有想到什麼？」

「看了恐嚇信之後嗎？」

「沒錯。」高坂雙眼看著湯原，收起了尖下巴，「有沒有什麼內容或字眼讓你可以想像歹徒的樣子？」

湯原聽了，又看了一遍恐嚇信，但並沒有任何字眼讓他有特殊的感覺。

「我沒有任何感覺。」

「是嗎？」高坂似乎並沒有太失望，又接著問山下：「那你呢？」

「我也沒有特別的感覺，」山下說完，忍不住偏著頭，「只是……」

「只是什麼？你發現了什麼？」

「不，談不上是發現，只是有點在意『蜂』這個字……『天空之蜂』這幾個字？」山下看著湯原，徵求他的意見。

「有道理，」湯原立刻心領神會，「被你這麼一說，的確是。」

「什麼意思？」高坂問。

山下遲疑了一下說：

「被偷的直升機正式名字是 CH-5XJ，但為了和改造前的 CH-5XE 加以區別，我們都稱它為『大B』，英文字母的B，取自這個計畫的名字『B系統計畫』。」
「原來如此，所以呢？」
「所以，相關者都稱它為『蜂』，蜂的英文不是bee嗎？剛好也是英文字母B的諧音。」
「真有意思。」警部露出銳利的眼神，應該是偵查員特有的威嚴，「誰知道這件事？」
「並沒有刻意當成是祕密。」山下向湯原露出求助的眼神。
「和計畫有關的人，以及周邊的人知道也很正常。」湯原接著補充道。
「但知道的人數相當有限。」
「是啊……但歹徒可能只是碰巧使用了『蜂』這個字眼。」
湯原說道，但高坂伸出右手制止了他。
「這件事我們會判斷，現在時間緊迫，我再問下一個問題。我剛才聽小高局長說了直升機被偷的大致情況，可不可以請你們再說得詳細一點？」
「沒問題。」
「這位是二瓶，」高坂介紹了坐在他左側的高個子下屬，「他是犯罪防治課專門負責電腦犯罪，是電子工學系畢業的怪胎，但我覺得應該可以理解你們的專業，就把他借調過來了，所以，即使有一些專業知識也沒有問題。」
「請多關照。」二瓶點了點頭，湯原他們也欠了欠身。
「我們想知道的是，」高坂開始發問，「希望你們告訴我們，歹徒到底動了什麼手腳？他要怎麼做，才能讓超大型直升機自己離開停機庫飛走。」
「好，」湯原點了點頭，垂下眼睛數秒鐘，思考要從哪裡開始說起。然後，抬起頭，同時看著高坂和二瓶的臉，「從結論來說，歹徒把『大B』改造成可以用遙控的方式操作。」

「從狀況來判斷，似乎是這麼一回事，但問題是可以輕易辦到嗎？」

「無法輕易辦到。」湯原立刻回答，「如果是普通的直升機，絕對不可能。美國有一家廠商出售專用配件，可以將除役的直升機改造成遙控操作，但即使使用了專用配件，也不可能在一個晚上就完成。只不過『大B』的情況不太一樣，只要在某種程度上動手腳，就有可能辦到。因為那是一架特殊的直升機。」

「哪裡特殊？」

「傳統的直升機是透過機械的連結，將飛行員的操縱動作傳到螺旋槳，但CH-5XJ可以將飛行員的操作內容轉化為電子訊號，之後由電腦進行處理，轉成最適當的訊號，傳送到操作直升機的各個部分。線傳飛控系統在固定翼飛機中是相當普及的技術，但在實用直升機中，CH-5XJ是首例。」

「這是數位式嗎？」三瓶停止記錄問道。

「當然。」

F16戰機初期的型號曾經使用類比式，但最近的線傳飛控系統幾乎都是數位式。

高坂抱著雙臂。

「使用了這種裝置就可以遙控操作嗎？」

「只要動一下手腳，用另一種方式把原本應該由操縱桿等發出的訊號輸入電腦就可以了。」

「你說得好像很簡單。」

「光用嘴巴說，就只是這樣，但實際做起來又是另外一回事了。」

「總之，歹徒動了手腳，用好像操作玩具遙控直升機的方式，讓那架直升機飛上了天嗎？」

「不，再怎麼厲害，也不可能做到這種程度，」湯原搖了搖頭，「歹徒只能用遙控的方式操作直升機駛出停機庫到起飛之前。在地面上移動並不會太困難，但起飛和飛行就沒有像玩具那麼簡單了。」

「所以，還有在其他部分也動了手腳嗎？」

「對。應該說，那才是主要的部分。歹徒應該動了ＡＦＣＳ的程式。」

「ＡＦＣＳ？」

「這是自動飛行控制系統的簡稱，就是高度自動駕駛裝置，也可以說是用電腦取代了飛行員。」

「喔。」高坂的身體微微向後仰，露出了笑容。「簡直就像科幻電影。」但是，他的眼睛沒有笑。

「可以自動化到什麼程度？」二瓶問。

「只要事先輸入程式，可以自動起飛，之後也可以自動飛在指定的航線，如果事先輸入程式，也可以在飛行後，在某個定點盤旋。」

「那不是不需要飛行員了嗎？」高坂十分驚訝。

「如果只是巡航，飛行員幾乎不需要做任何事，但降落又是另外一回事了，因為很難用自動化的方式降落。」

「但還是很厲害。」

「全世界只有那架直升機可以做到。」

搭載ＡＦＣＳ——這就是「Ｂ系統計畫」的內容。當初就是以運用這項新技術為前提，才會採購線傳飛控系統的CH-5XJ，湯原和山下也為此犧牲家庭，奮鬥了五年——

「所以說，歹徒只要事先輸入程式就可以了嗎？」

高坂問。湯原微微偏著頭說：

「光是這樣還不行。歹徒首先必須用遙控的方式把直升機駛出停機庫，這是用標準模式操作，但自動起飛和在指定航線的自動巡航，必須切換模式，啟動AFCS，需要有另一個遙控裝置。」

高坂看著二瓶問：「聽得懂嗎？」

「聽得懂。」二瓶點點頭，對湯原說：「但這應該不至於太難。」

「只要是瞭解AFCS構造的人應該就沒問題。」湯原回答。

「如果是你呢？」高坂指著湯原的胸口問：「如果要改造你剛才說的內容，你有辦法做到嗎？」

「想做的話應該沒問題。」湯原回答。

「需要多少時間？」

「時間……嗎？」湯原和山下互看了一眼，想了一下。

「如果事先準備好配件，三、四個小時應該可以完成。」山下看著湯原，徵求他的意見。

「對，差不多這點時間就夠了。」

「你說的配件是指？」

「可以透過無線電把訊號輸入電腦的配件，只要事先準備好，接下來只要安裝和接線就完成了。」

「所以，歹徒可能在昨天晚上改造……」

「完全有這種可能，」湯原說，「應該說，這是唯一的可能。如果是更早之前改造的，維修人員在確認時會發現。」

「外人呢？外人有沒有可能完成你剛才說的改造？」

聽到高坂的問題，湯原又和山下互看了一眼。

「即使是外人，只要用某種方法瞭解『大B』上所使用的AFCS的構造，搞不好也能夠辦到。」

「如果告訴你這個構造，你有自信可以完成嗎？」高坂問二瓶。

高個子偵查員搖了搖頭。

「雖然瞭解理論，但涉及實際操作，如果不瞭解直升機的特性，比方說，曾經開過直升機之類的，恐怕沒辦法。」

「你認為呢？」高坂看著湯原。

「的確必須精通飛行技術的人才能做到。」湯原無奈地回答。

特搜組長似乎很滿意他的回答，高坂用力點了點頭，看著手錶說：

「超過了不少時間，請你們趕快做出發的準備。」

湯原和山下去技術本館拿了「大B」的相關資料後，再度回到福利中心，去篤子他們等待的房間。篤子摟著高彥的肩膀，坐在鐵製摺疊椅上。高彥似乎終於停止哭泣，眼睛又紅又腫，真知子坐在他們的對面，用手帕蒙住眼睛，一動也不動。

湯原他們走進去時，篤子和高彥抬起頭，真知子稍微移開了手帕。

「我和山下馬上要去直升機那裡，」湯原不是對自己的妻兒，而是先對真知子說話，「我們一定會把惠太救回來。」
真知子抬頭看著湯原，然後將視線移向丈夫。
「惠太……有救嗎？」
「我們會想辦法，」山下說，「一定會有辦法的。」
他連同手帕一起握住了妻子的手，他的舉動讓真知子再度啜泣起來。
湯原回頭看著妻兒，母子兩個用求助的眼神看著他。他在篤子身旁蹲了下來。
「真知子就拜託妳了，現在只能靠妳了。」
篤子沒有點頭，害怕地皺著眉頭。
「直升機在核電廠的上空，不是嗎？」她問。她可能從警官口中得知了這件事。
「是啊，所以我們要馬上出發。」
「可能會掉下來嗎？」
「不會掉下來的。」湯原瞥了山下他們一眼說，「我和山下去，就是不讓飛機掉下來。」
「真的沒問題嗎？」
「對，」湯原點了點頭，右手摸著高彥的頭，「媽媽就拜託你了。」
「爸爸……請你救救惠太，我想要趕快見到他，向他道歉……」
高彥再度哭了起來，湯原用力點頭。
離開房間，走在走廊上時，湯原忍不住思考，是否該告訴妻子，為了以防萬一，盡可能撤離得越遠越好？但在山下夫婦面前，他無法提起萬一墜落的話題。
來到福利中心的一樓，發現偵查員都聚集在電視前。湯原伸長脖子，從他們腦袋的縫隙中看著電視螢幕。電視上出現了主持晚間新聞節目的女主播的上半身。

「現在再度為大家插播臨時新聞。今天早上八點左右，發生了自衛隊的大型直升機在愛知縣的某家重工業公司遭竊的事件。目前，歹徒用遙控駕駛的方式，讓直升機在福井縣敦賀市的新陽發電廠上空，約一千公尺的位置持續盤旋。歹徒用傳真的方式，向發電廠、科學技術廳等單位寄發了恐嚇信，要求立刻廢棄國內所有核能發電廠。另外，該公司技術人員的一名讀國小三年級的兒子目前被關在直升機上——」

12

他坐在電視前。臨時新聞剛報完，主播在播報完新聞後說：「今天上午九點四十五分，警察廳長將舉行記者會，請各位不要轉台。」

畫面上立刻出現了記者會現場。正面放了一張長桌子，幾個男人坐在桌前。中間的是警察廳的蘆田廳長，他的一頭白髮梳成三七開，一臉狡猾的樣子。

蘆田廳長低頭看著手上的紙，首先說明了目前的情況，和剛才女主播播報的內容幾乎相同，唯二的不同，就是更沒有重點，以及公佈了重工業公司的名字是錦重工業而已。參加記者會的記者似乎事先已經知道這件事，並沒有引起騷動，只有閃光燈閃個不停。

「接下來，警方要鄭重呼籲歹徒。」蘆田說完，巡視了記者席，再度看著手上的紙。

他拿起電視遙控器，把音量調大了。

「謹告自稱是『天空之蜂』的歹徒，正如剛才所公佈的，你們搶奪的直升機上，有一名九歲的孩童。不難猜想，這是你們意料之外的事，這件事成為執行計畫中的重大失誤。政府期待你們迅速將直升機降落在安全的地點，讓我方盡快營救孩童。如果在執行上有任何問題，也請立刻和我方聯絡，我方將盡最大努力解決這些問題。」

雖然蘆田說得語重心長，但說白了，就是命令直升機趕快降落。而且，他隻字未提恐嚇信中所提的要求，代表政府無意接受這些要求。

之後，記者紛紛發問。

「請問政府不理會歹徒要求破壞全國核電廠的要求嗎？」

「關於這個問題，目前首相正召集相關人員協商，政府首腦認為無法聽從歹徒的要求。」

「如果歹徒一再提出相同的要求怎麼辦？考量到人命關天，是不是只能接受呢？」

「在歹徒有進一步聯絡之前，無法回答這個問題。」

「如果歹徒沒有進一步聯絡怎麼辦？」

「我方會盡最大努力營救孩童，讓直升機平安降落。」

「用什麼方法呢？」

「目前正在研究。」

「請問警方認為歹徒的目的到底是什麼？」

「不清楚。」

「萬一直升機墜落，會造成多大的危害？」

回答這個問題的不是蘆田廳長，而是坐在他旁邊的科學技術廳原子能局局長。他認識這個油光滿面的男人。

「直升機墜落的地點不同，危害的程度也會不同。」

「目前能夠設想的最大危害呢？」

「這個問題……很難推測，但可以明確告訴各位一件事，即使直升機墜落，也絕對不會造成大量輻射外洩的意外。」原子能局長特別強調了「絕對」這兩個字。
「請問有什麼根據？」
「日本的核電廠都有多重防護系統，也有好幾層安全裝置，即使一個壞了，還有下一層安全裝置可以防護，我們堅信這個系統可以發揮正常功能。」
「歹徒說，直升機上裝了爆裂物，會不會破壞你們引以為傲的系統呢？」
「恐怕很難。」
「你的意思是說，如果直升機上沒有孩童，即使直升機掉下來也無所謂嗎？」
「我無法回答這種假設性的問題。」
他關掉電視，拿起手機，按了號碼。
鈴聲響了三次，對方就接了電話。
「喂？」
「我是蜂田。」他說。
「為了小鬼的事嗎？」對方的男子問道，他似乎也看到電視了。
「對，你移動『她』的時候沒發現嗎？」
電話中傳來吐氣的聲音，對方輕輕發出了笑聲。
「離那麼遠，怎麼可能發現？」
「是嗎……你認為是真的嗎？」
「上面有小鬼的事嗎？應該是真的，否則設這種陷阱對他們也沒什麼好處。」
「也對，但如果是真的，這樣恐怕不太妙吧。」他說，「如果上面有小孩，就無法達成原本的目的了。」

沉默片刻後，男人說：

「是啊，至少無法達成你的目的。」

「怎麼辦？」

對方的男子又笑了笑。

「這不是你該思考的問題嗎？」

沒錯。他無言以對，只能閉了嘴。他的腦海中浮現出幾個想法，但立刻自動減少成兩個選擇，該選擇哪一條路？

「要投降嗎？」或許是因為他沉默不語，對方這樣問道，「舉白旗投降也很有男子漢氣概。」

這是他正在考慮的兩個選擇之一。

「如果我們舉白旗就可以解決嗎？」他問。

「不知道，會有人出來解決吧。」對方的男子似乎覺得很好笑，讓他有點惱火。

他再度陷入了沉默，但這次的沉默並沒有持續太久。

「繼續吧。」他說。

「好啊，這也很像男子漢。小鬼怎麼辦？」

「救他。」

他的話剛說出口，就聽到了奇怪的聲音。男子在電話彼端噗哧笑了起來。

「你沒糊塗吧？要怎麼救？」

「正確地說，是讓他們去救。」

「要怎麼救？」

「這個問題不需要我們思考。」

「喔，原來如此，」男子的聲音忍著笑，「我不反對，但這很危險，等於移開了抵在對方喉嚨的刀子。」

他能夠瞭解男子所說的意思。

「不會把刀子移開，」他說，「在不把刀子移開的情況下讓小孩子下機。」

對方的男子沉默不語，沉默持續了將近二十秒。

「那就看他們怎麼處理了，」男子說，「如果他們是一群笨蛋，就是在浪費時間。」

「試試看吧，雖然有很多笨蛋，但應該有幾個有腦筋的人。」

「只能這麼期待了。」男子的聲音中再度帶著笑意。

13

警察廳長的記者會實況轉播結束後，刑警關根打電話給室伏。室伏從新聞中得知了恐嚇信的內容，和直升機上有小孩子的事。

室伏發現，從新聞中開始播報這件事開始，鄰居就開始慌慌張張。雖然科學技術廳的人聲稱安全上沒有問題，但民眾並不相信，似乎準備撤離。他也覺得應該這麼做。

和關根約定見面地點後，室伏在樓梯下方對著二樓大聲地說：「喂，你們還在磨蹭什麼？再不趕快走，等一下就擠成一堆了。」

「你催也沒有用啊，那麼多東西要收拾。」佳子回答道。

「我不是說了嗎？只要帶貴重物品就好。喂，基男，你有沒有幫忙？」

「有啦。」樓上傳來基男不爽的聲音。

「佳子，我要出門了，那就拜託妳了，記得鎖好門，關好瓦斯，代我向妳媽問好。」

「好啦好啦，路上小心。」

室伏聽著佳子不耐煩的回答，走出了家門。

戶外飄著瀰漫著灰塵的悶熱空氣，到處傳來家庭主婦歇斯底里的叫聲。目前正值暑假，大概是要家裡的小孩子幫忙收拾細軟。

來到商店林立的街道，有些店已經關門了。咖啡店的老闆正把看板收進店內，在店門口掛上「準備中」的牌子，室伏從咖啡店門前走了過去。店內飄出咖啡的香味，顯然前一刻還在營業。難道老闆把客人趕走了嗎？還是說，店裡有電視，客人看到電視後落荒而逃？一輛廂型車快速從室伏身邊駛過。如果是平時，恐怕不會有任何感覺，此刻卻覺得那輛車也在倉皇逃命。

後方又傳來有人穿著拖鞋的奔跑聲。室伏回頭一看，一名身穿牛仔褲的中年婦女神情緊張地奔跑著，根本沒有多看一眼走在路上的這個落魄中年男子。室伏走到人行道的角落，女人超越了他，跑了十公尺左右放慢了腳步，走進旁邊的店家。那是一家便利商店。

原來如此。室伏走過便利商店門口時，隔著玻璃向店內張望。雖然裡面的人不如他想像的那麼多，但非假日的上午難得看到這麼多客人。大部分都是家庭主婦，剛才的女人正從冰箱裡拿出寶特瓶裝水。

無論是撤離還是躲在家裡一段時間，都需要準備食物，等一下絕對會有更多客人湧入便利商店，室伏不禁開始同情店員。

「這裡是怎麼回事？好多人，發生什麼事了嗎？」

「不知道，都是一些老女人。」

兩個瘦得像竹竿，穿著鬆垮垮的T恤和鬆垮垮短褲，看起來像高中生的男生探頭向便利商店內張望，不耐煩地討論著。這兩個頭髮都染成相同咖啡色的年輕人似乎還不知道出了事，不知道是一大早就出了門，還是昨晚沒回家，現在他們的家人一定手忙腳亂。室伏原本打算上前告訴他們，最後決定作罷。因為他能料到如果對他們說最好打電話回家，一定會被兩個年輕人罵：「少管閒事。」而且，他對其中一人胸前口袋裡放著香菸也很不滿。

室伏離開便利商店前，心想可能還有很多人不知道這件事。雖然電視報導了這件事，但目前還沒有看到有車子在街上廣播宣傳。相關單位可能不會派車宣傳。照理說，一旦核電廠發生重大事故，政府有義務用各種方式通知周圍的居民，還是說，在新陽附近的居民都已經充分瞭解狀況了？

室伏想像那些官員也不知所措。讓宣傳車在街上行駛，要廣播什麼內容？要說一切很安全，大家不要恐慌？還是說目前處於危險狀態，大家隨時待命，等待靜一步指示？

他們應該死也不會說「危險」這兩個字。因為只要說一遍，就等於否定了核電安全的神話。

一輛深藍色豐田可樂娜停在室伏平時也經常去的郵局旁。那是將近十年前的車款，當他走近時，坐在駕駛座上的關根向他輕輕揮了揮手。

「偏偏在你休假的時候發生這種事。」室伏坐在副駕駛座上，關根笑嘻嘻地對他說。這名年輕的搜查一課刑警興趣是打網球，即使夏天，也會穿上一身西裝，成為他的註冊商標。

「我真是運氣太好了，剛好在這種時候休假。原本可以和家人一起逃命，沒想到正在收行李時，就接到股長的電話，太令人失望了。」

關根似乎察覺了這是室伏特有的幽默，輕輕笑了笑，什麼也沒說，拿起放在後車座的資料夾，遞給這位前輩刑警。

「這是什麼？」

「我們要去明察暗訪的對象。」

「是喔，要去問什麼？」

「首先是昨晚到今天早上的不在場證明，以及是否有直升機的執照，對於無線電、爆裂物有多瞭解，和核電廠的關係。還有家裡有沒有傳真或電腦，尤其是電腦。差不多就這些內容。」

「電腦？」

「寄給各單位的傳真應該是從電腦發出去的，據說是從收到的時間和文章的狀態推測出來的。」

「是喔。」

室伏第一次知道電腦可以傳真，但他沒有多說什麼。

室伏打開資料夾，迅速瀏覽了一下，上面總共有數百人。這些名字分成好幾組，每一組都有名稱，用紅筆圈起的那部分應該是室伏和關根負責的對象。

室伏立刻察覺了這份名單的意義。

「這份名單會不會太不用大腦了？」他問。

「總部也有人提出相同的意見，」關根點了點頭，發動了車子的引擎，「但現在還是朝這個方向偵辦，警察廳也這麼指示。」

那是一份在福井縣各地活動的反核團體成員名單，總人數當然不止數百人，恐怕只列了各團體的重要人物，或是參與和電力公司談判的人，可能也包含了曾經被檢舉的人。

「首先要重點清查曾經參加『新陽』抗議活動的人。」

「那當然沒問題，但這次的事不像是反對派所為。」

「我也這麼認為，」關根也表示同意，「雖然有些人的行為很激進，但這種破壞活動不像是他們的手法。話說回來，歹徒痛恨核電廠這一點應該錯不了。」

「我也有同感，」室伏摸了摸下巴，這才想起今天忘了刮鬍子，「歹徒可能對核電廠很不滿，但覺得那些示威抗議根本沒用。」

「為什麼對核電廠……不滿呢？」

「可能受到了直接的危害，大部分反核派只是基於對核電廠的不安而反對，也就是擔心以後會出現危害，擔心萬一發生像阪神大地震那樣的災難怎麼辦，萬一發生像車諾比那樣的情況怎麼辦。這些人和這次的歹徒所感受到的憤怒有本質上的差異。」

「你說的直接危害，是指對漁業方面的影響嗎？」

「可能也包括吧。」

「還可能因為附近建了核電廠，所以民宿都沒有客人上門。」

「也不排除這種可能，但如果談到錢的問題，反而可能因為建了核電廠而受惠。」

「雖然公所方面的確會有回饋金，但個人應該沒什麼受惠吧？」

「也對，但說到危害，有些人可能受到更嚴重的危害。」

「你是說為核電廠工作的人嗎？」

關根似乎瞭解室伏想要說什麼。

「而且是那些下游和下下游的承包商，他們必須進入充滿輻射的環境工作，受到輻射汙染的危險也很高。」

「的確常聽到在核電廠工作的人受到輻射影響而生病的消息。」

「雖然有些人在做這份工作時，就在某種程度上有了心理準備，但也可能有些人毫不知情，被花言巧語誘騙，從事危險的工作。遇到這種事，並不是只有當事人才會心生恨意。」

「你是說被害人家屬嗎？」關根說到這，似乎想起什麼，說了聲：「不好意思。」拿起放在室伏腿上的資料夾，指著其中一部分問：「是這個團體的人嗎？剛好符合你剛才說的。」

那個團體的名稱叫「田邊佳之職災爭取會」。

「這是什麼？」

「田邊佳之是近畿電力下下游承包商的工人，因為白血病死亡，家屬向公司展開了抗議活動，認為應該屬於職災給付的範圍。」

「喔喔喔，原來是這樣。」

「剛好在我們負責調查的名單中，我原本打算從近的地方開始調查，要不要先調查田邊佳之的家屬？」

「嗯，」室伏想了一下，搖了搖頭。「不，還是按順序來吧，即使我們再怎麼趕，恐怕也來不及。」

「來不及？」

「來不及在直升機墜落之前查完，反正早晚會墜落，乾脆慢慢來吧。」

「歹徒是玩真的嗎？」

「這可不是開玩笑的事。」室伏把資料夾丟到後車座。

「那就走吧。」

14

愛知縣警設置在錦重工業福利中心二樓會議室的現場指揮總部內，以刑事部的木谷部長、搜查一課的吉岡課長和公安一課的石橋課長等人為中心，正在繼續討論偵查方針。當然，小牧警察分局的小高局長也參加了討論。

搜查一課特搜組長高坂警部正在發言，他極力主張歹徒是內部人員。

「從湯原和山下的談話中可以發現，外人不可能改造直升機的操縱裝置，從前一天偷溜進停機庫，和知道交貨飛行日期這兩件事來看，歹徒應該是相關人員，而且是非常瞭解內部情況的人。」

「我基本上同意這種說法，問題是要縮小範圍到何種程度。」木谷部長抱著雙臂說道。

「那就把範圍縮小到參與這項計畫的所有人。」吉岡課長轉頭看著上司。

「總共有幾個人？」木谷問高坂。

「如果是參與這個計畫的所有人，應該不下數百人。」

聽到特搜組長的回答，所有人都皺起了眉頭。

「有這麼多嗎？」

「直升機的每一個部分都由數人到數十人參與，總數加一加就變這麼多了。如果再加那些下游承包商，人數就更加可觀了。」

「我對製造業不熟，不太能瞭解這種感覺。」石橋課長自言自語後苦笑起來。

「如果只考慮有辦法在直升機上動手腳的人，是不是可以縮小範圍呢？」木谷問道。

「如果只是負責歹徒改造的操縱系統的人，人數就會比較少，錦重工業和防衛廳的人加起來，應該是一百人左右。」

「防衛廳？」石橋的表情嚴肅起來。

「聽說是航空開發部的人。」

高坂從錦重工業技術總部的笠松部長口中瞭解了關於這件事的大致情況。

引進新技術時，廠商和防衛廳航空開發部之間會密集交換意見。大致分為三個階段，第一階段是概念設計，由廠商向防衛廳方面提出開發內容。其次是基本設計，進入這個階段時，防衛廳航空開發部內每個月會舉行一次小組會議，廠商方面派二十名左右的技術人員出席，按討論項目分組，和防衛廳的開發官進行討論。討論告一段落之後，廠商就會召開基本設計審查會。

最後是詳細設計的階段。詳細設計和基本設計一樣，也要經過小組會議、詳細設計審查會，防衛廳同意後，廠商終於開始製造。聽笠松說，其實在更早之前就會開始製造了，否則就無法在交貨期之前完成。

在之後的製作過程中，也會持續在小組會議上向防衛廳報告進度，有時候也會從自衛隊派維修人員和飛行員去廠商那裡，針對各自熟悉的領域提出建議。

「好，防衛廳的人就交由警察廳去處理。」木谷看著空中的某一點說道。

「除此以外，就是錦重工業的員工，可以問到所有的人。」吉岡向木谷的方向微微探出身體，「因為幾乎所有人都來上班了，偵查員不需要四處去找人。」

「目前在公司的人應該都沒有嫌疑，因為人在公司的話，根本沒辦法遙控操控直升機。」公安一課的石橋課長說。

「不，聽湯原說，只要切換到自動駕駛，歹徒之後就不需要再做任何事。」高坂有所顧慮地說。「所以，在直升機起飛之後，就可以若無其事地來公司上班。」

「原來是這樣。」石橋似乎也同意。

「但還是要特別注意今天請假的員工。」吉岡顧及石橋的面子補充道。

「反核團體呢？」木谷問公安一課課長石橋。

「已經列了名單，最近並沒有團體在愛知縣內有任何大型的抗議活動，當然，如果把範圍擴大到東海地區整體又另當別論了。」

「最近都集中在三重縣的蘆原發電廠。」高坂說。

「對，那裡是蘆原發電廠預定地，引起了當地民眾的強烈反彈，町議會接受了反應環境影響調查的請願，但愛知縣內並沒有任何積極的反對運動。」石橋露出微笑後，轉頭看向木谷的方向，「至於錦重工業的員工，無論個人理念如何，加入反對團體的可能性相當低。」

「為什麼？」

「因為錦重工業也投入了核電產業，近畿電力所有的核電廠幾乎都有份。」

錦重工業的重機開發事業本部參與了核電產業，工廠位在茨城縣。

「也就是說，因為顧及公司，所以不會參加這些團體。」

「可不是嗎？」

「以前曾經發生過問題，」高坂想起以前曾經在報上看到的新聞，「涉足核電產業的大型電機廠商向員工施壓，要求他們不要在反核運動中署名。」

「自從那起事件後，就不會再大張旗鼓地做這種事，但默然的壓力還是存在。」石橋接下去說道。

高坂想起幾年前，某搖滾樂團的反核歌曲突然停止發行，因為唱片公司的母公司也涉足核電產業。

「所以說，」木谷雙手抱在腦後，整個人靠在椅子上，「錦重工業的員工即使反對核電廠，也沒有地方可以表達。」

「假設有個人的仇恨，因為沒有正當的發洩管道，很可能會轉而從事破壞活動。」吉岡領悟了刑事部長的意思說道。

「好，那就指示負責調查錦重工業員工的偵查員也要考慮到這個問題，首先調查參與這項計畫的人，如果沒有任何線索，再進一步擴大範圍。」木谷一口氣說完後，轉頭看著周圍，「對了，在附近明察暗訪的成果怎麼樣了？差不多該有消息了，沒有目擊者嗎？」

「關於這件事，」小牧分局的小高局長舔了舔嘴唇後開口。或許是因為面對警視正⓫的關係，他明顯有點緊張。「附近的居民看到在試飛機場北側，曾經停了一輛可疑的廂型車。」

「廂型車？麵包廂型車嗎？」吉岡問。

「白色廂型車，車種不明，昨天晚上十點左右停在路邊，但沒有看到車上的人。」

「那輛車現在不見了嗎？」

「不見了，但深夜一點左右還停在那裡。」

「歹徒的車子嗎？」吉岡看著高坂。

「很有可能。」高坂斬釘截鐵地回答，「我也實地去看了一下，周圍都是樹林，不容易

⓫日本警界的警階由下而上依次是巡查、巡查部長、警部補、警部、警視、警視正、警視長、警視監和警視總監。小高局長的位階屬於警視。

被人發現，而且，只要使用望遠鏡，就可以非常清楚地看到試飛機場的情況。尤其是直升機被偷的第三停機庫，幾乎就在正面。」

「距離多遠？」

「到第三停機庫的直線距離大約五、六百公尺。」

「這個距離可以用無線操控嗎？」石橋課長偏著頭問。

「專家認為，只要增加輸出功率就好。」高坂立刻回答。

「有沒有留下車痕？」吉岡再度轉頭看著小高。

「現場採取到輪胎的痕跡，還有菸蒂和幾根毛髮，但恐怕並不是歹徒昨晚留下的。」

「所以，車子是唯一的線索……」木谷皺起眉頭摸著下巴，「歹徒可能開白色的車子，至於這件事能夠查到多少……」

「應該是偷來的車子，」石橋用斷定的語氣說，「歹徒不可能沒想到萬一車牌被人看見的情況。」

「和偷直升機相比，廂型車根本是小巫見大巫。」

其他人也紛紛點頭，似乎同意他的意見。

聽到搜查一課吉岡課長的這句話，會議室內暫時陷入了沉默。

15

新陽發電廠快滋生反應爐原型爐——

中塚廠長走向第二管理大樓。除了他以外，只有技術課、重機一課、二課、輻射管理課和技術開發部的十幾名主要負責人員轉移到這裡，其他職員都在飯島副廠長的帶領下，安全撤離到發電廠外的Ｎ公司宿舍避難。

第二管理大樓建在綜合管理大樓五十公尺南側的斜坡上，離發電設備比較遠，但因為離反應爐所在的反應爐廠房中心只有兩百公尺的距離，所以仍然無法保證安全。

但中塚不可能離開發電廠，因為歹徒指示反應爐必須持續運轉，所以，作業員無法離開中央控制室，身為負責人的自己當然也必須堅守崗位。

中塚站在第二管理大樓前，看著新陽反應爐的廠房。他知道那棟建築物很牢固，也知道一旦遭到破壞，防護系統就會發揮作用，但他還是感到不安，因為完全無法預測接下來會發生什麼狀況。

目前的狀況和他之前在茨城工學中心，為了確認新陽安全性而進行各種事故模擬的條件和參數完全不同，誰會想到會發生明知道有人試圖丟下爆裂物，卻必須讓反應爐持續運轉的情況？

不，甚至沒有人想到會有飛機掉下來的情況。核電廠及相關設施的上空禁止飛機飛行，既然禁止飛行，當然不需要假設飛機可能會墜落的情況。這是之前行政處理核能發電問題的想法，根本沒有想到會有人故意讓飛機墜落在反應爐上。

「太愚蠢了。」他小聲說道。他覺得因為沒有料想到這種情況就感到不安太缺乏科學性，這不就和主張「因為不知道會發生什麼事，所以核電廠很危險」的懷疑派沒什麼兩樣了嗎？

他告訴自己必須充滿自信，並在腦海中確認了多重防護系統的流程。

話說回來，中塚忍不住繼續想道。歹徒為什麼挑新陽下手？

既然歹徒在恐嚇信中要求廢止全國所有核電廠，似乎並非只是仇視新陽而已，而是在攻擊政府整體的原子能政策。
為什麼偏偏挑中——
新陽？
可能是因為新陽是日本原子能政策象徵的關係。
快滋生反應爐原型爐和日本目前商業用核電廠所採用的輕水式反應爐，在各方面都有很大的不同，最大的不同就是燃料。輕水式反應爐使用的是鈾 235，快滋生反應爐原型爐使用的是鈽 239。
為什麼要用鈽？因為天然鈾中的 235 含量只有百分之零點七，無法確保能夠永續供應。天然鈾中剩下的百分之九十九點三都是鈾 238 這種物質，幾乎無法做為燃料使用。根據科學技術廳的試算結果，隨著世界各地的核電廠增加，繼續使用鈾 235 做為燃料，七十五年後就會消耗殆盡。
是否鈽 239 就大量存在？其實也不是，相反地，自然界中幾乎不存在這種物質。
前述的鈾 238 吸收中子後會變成鈽 239，鈽 239 就可以做為燃料使用。
當燃料改變時，反應爐的結構當然也會改變。輕水式反應爐的燃料浸在水中，為了使鈾 235 產生核分裂反應，必須降低在燃料之間穿梭的中子速度，因此，在這種情況下，需要使用水做為減速材料。
但是，鈽 239 產生核分裂反應時並不需要降低中子速度，所以，用液態鈉代替水，穿梭的中子維持高速，因此稱為「快反應爐」。
至於「滋生」，就是在燃燒燃料的同時，可以得到更多的燃料。具體來說，在鈽 239 的周圍放鈾 238，放入反應爐中產生核反應。於是，鈽 239 就會發生核分裂，釋放出熱量和高速中子，鈾238吸收中子後，變成了鈽239。只要在最初增加鈾238的量，產生的鈽239就會大於消耗的量。

快滋生反應爐原型爐這個名字是由這樣的構造而來的。

根據科學技術廳的計算，只要使用這種方法，未來的數千年都不必為反應爐的燃料問題發愁。

中塚他們認為，這個理想的構造是解決下一個世紀必定會出現的能源危機唯一的方法。但是，理想的構造往往很複雜，不可諱言，相關技術也不像輕水式反應爐那麼成熟。正因為這樣，所以使用實驗反應爐研究了將近十年，目前仍然在使用原型爐的過程中不斷研究檢討，日後將經過實證反應爐的階段，才會實際運用。中塚不認為那個時候自己還活在世上，但如果現在不進行這項工程，真正面臨危機就為時太晚了。正因為基於這種想法，所以才持續進行研究。

但是，民眾對這個問題缺乏充分的認識。

由於把核武原料的鈽用來做為燃料，以及使用了高難度的液態鈉，因此有人比之前更強烈主張核電廠的危險性，尤其在最近，這種傾向越來越明顯。

最主要的原因在於世界各國紛紛停止了之前持續研究快滋生反應爐的計畫。比方說，英國在一九九四年封閉了原型爐，德國花費了十八年的歲月在卡爾卡鎮（Kalkar）建造了快滋生反應爐原型爐，卻在九一年中止了這項計畫。法國的超級鳳凰也改變成燃燒、研究爐，超級鳳凰2的計畫也宣告中止。俄羅斯的實證爐BN800計畫也宣佈凍結。美國自從卡特總統在七七年宣佈，「無限期延後再處理設施的商業化」後，也否定了鈽路線的政策，八二年的克林曲河（Clinch River）原型爐計畫中止一事，也反映了這項政策。

為什麼其他國家紛紛停止，只有日本繼續這項政策？民眾當然會產生這樣的疑問，但中塚和其他核電專家不能忍受有人提出一些不切實際的臆測，認為日本此舉的真正目的在於和國產火箭Ｈ２的開發計畫結合，想要偷偷研發核武。

中塚認為，其他國家中止計畫並不是因為快滋生反應爐本身有危險，而是各有盤算。美國之所以推動反鈽路線，只是核不擴散政策的環節之一。卡特總統發表那番宣言，是因為印度成功地從研究爐的核廢料中提煉了鈽，並成功地用於核武實驗。英國則是很大程度地受到發現了北海油田這件事的影響，因此，不需要急著研究快滋生反應爐。德國和俄羅斯則有政治因素，和安全性並沒有關係。法國只是暫時停止，並沒有說要廢棄超級鳳凰。

日本並不像那些國家，有必須中止研究的理由，換句話說，日本完全沒有條件可以中止這項政策。一旦再度發生類似石油危機的能源不足問題，再慌忙來研究核燃料的循環就為時太晚了。

目前鈾燃料的價格還很便宜，擁有太多鈽會引發國際問題。從成本的角度來看，眼下的確沒有太大的益處，電力事業聯合會也要求重新檢討比快滋生反應爐原型爐更先進的新型轉換爐的實證爐建設計畫，最後卻不得不宣告停止。

站在中塚的立場，他認為不能只看眼前，這些研究並不是為了現在活在世上的人，而是為了下一代。

現在不能半途而廢，為什麼那些人無法理解這一點——中塚仰望著可怕的灰色恐嚇者，感到心浮氣躁，再度感受到自己的使命。

在職員撤離期間，警方和消防相關人員陸續到達，中塚決定立刻在第二管理大樓二樓的會議室內召開會議。一旦發生核電事故，必須由副知事擔任現場對策總部的總部長，但是，包括原子能安全對策課長在內的縣政府官員在內，目前並沒有任何一個人到場，也沒有接獲他們正趕來此地的消息。可能眼下並沒有發生事故，縣府官員也不知該如何處理。無論如何，現在沒時間等他們。

「東京方面對今後的處理有什麼指示嗎？」當全員都坐下後，福井縣消防總部特殊災害課的佐久間課長首先開口問中塚。佐久間身材壯碩，一身黝黑的皮膚，雖然個子並不高，但隔著制服，也可以感受到他渾身厚實的肌肉。

「目前通產大臣和科技廳長等人正在首相官邸協商，但還沒有接獲正式的指示。」中塚回答了從爐燃總公司的筒井理事長那裡聽到的消息。

「政府應該不可能接受歹徒的要求。」說這句話的是從福井縣警總部剛趕到的警備部長今枝。雖然他個子瘦小，但因為抬頭挺胸的姿勢和看人時，習慣微微揚起下巴，所以成功地讓他看起來比實際身高稍高。「所以，關鍵在於歹徒對警察廳長剛才的呼籲有什麼反應。」

「歹徒會中止計畫嗎？」佐久間語帶懷疑地問。

今枝嘆著氣搖了搖頭。「不知道，我個人認為，應該不可能。」

「但搞不好會把要求改成金錢，這也是廳長在電視上呼籲的意圖……」坐在中塚旁邊的綜合技術主任小寺有點誠惶誠恐地發言，他和副廠長分別在不同的領域輔佐中塚。他的媒體曝光率在爐燃總公司內無人能出其右，和反對派的關係也很熟絡。

今枝否定了小寺的意見。

「這種可能性很低，如果是為了錢，一開始就會提出要求。而且，一旦要求金錢，就必須考慮取款的問題，對歹徒來說太危險了，他們不可能不瞭解這一點。」

雖然今枝說話的語氣很平靜，卻斬釘截鐵，不容他人爭辯。也許他認為語氣不堅定，會讓其他人產生不切實際的期待。中塚也贊成這位警方代表的意見，這次的歹徒並不是為了金錢。

「如果歹徒不中止計畫該怎麼辦？」小寺的聲音微微發抖。

「政府不接受歹徒的要求，歹徒就不會移動直升機，時間一到，直升機就會墜落。」

「怎麼說得好像事不關己……」聽到今枝冷靜的回答，小寺皺起已經花白的眉毛，「警方有什麼解決方案嗎？」

「唯一的解決方案就是逮捕歹徒，目前福井縣警和全國各地的警察都已經動了起來，正因為不可能事不關己，所以大家才這麼拚命，問題在於時間所剩不多了。我相信一定可以把這次的歹徒緝拿歸案，至於能不能在數小時內抓到，我不得不說很困難。」今枝依然維持冷靜的語氣。

遭到反擊的小寺啞口無言，停頓了一下，用徵求其他人意見的語氣問：

「政府會對孩童見死不救嗎？我難以相信。」

沒有人能夠回答這個問題。所有人都覺得政府不可能對孩童見死不救，但也不會接受歹徒的要求。

中塚看著佐久間問：「有沒有什麼救援的方法？」

「營救孩童嗎？」

「對。」

「恐怕沒辦法，我曾經有在救難隊工作的經驗，根本不可能從飛行中的直升機內把孩童救出來。」

「而且，」今枝插了嘴，「即使有辦法，歹徒也不可能眼睜睜地看著我們展開救援，因為一旦要營救那個孩童，就必須有人進入那架直升機。」

言之有理。中塚雙手交握，把兩肘放在桌上，然後用大拇指按了按眼角。他有點頭痛。

佐久間說：「關於這個問題，即使我們在這裡討論也無濟於事，必須取決於政府的決定。我認為現在首先必須考慮直升機墜落時的情況。」

聽到消防代表的意見，中塚抬起頭，頷首表示同意。

「你說得對，我們來著手準備。小寺，資料麻煩一下。」

小寺指示技術課人員把發電廠整體的鳥瞰圖，和主要建築的剖面圖攤在會議桌上。

「我剛才聽說作業員還留在發電廠，是這樣嗎？」佐久間看著桌上的圖向中塚確認。

「對，中央控制室還有八個人，因為歹徒指示反應爐要持續運轉，已經請他們隨時做好緊急停止反應爐的準備，我打算等直升機有墜落跡象時，立刻下令停止。」

直升機目前的位置比原先稍微高，在上空一千公尺左右的地方盤旋。假設直升機最終高度是兩千公尺，如果忽略空氣的阻力，到達地面大約需要二十秒。插入控制棒只需不到一秒的時間，中塚認為只要聯絡時不耽誤太多時間，應該可以及時緊急停止。

「中央控制室的位置在哪裡？」

中塚把從上空俯瞰發電廠的鳥瞰圖拉了過來。鳥瞰圖上，包括安全罩在內的反應爐廠房幾乎呈圓形，像太陽旗般包圍在圓形周圍的長方形建築物是反應爐輔助建築，除了中央控制室以外，燃料相關的設備和熱交換器等也在裡面。

「用鳥瞰圖來說，差不多在這個位置。」他指著反應爐廠房東側的位置說道。

佐久間對照著剖面圖，皺起了眉頭。

「在建築物的最頂樓，天花板的厚度大約數十公分嗎？」他看著圖上的比例尺說，「這麼大的直升機墜落，恐怕不堪一擊。」

中塚無法反駁，佐久間說得完全正確。

「從這裡無法操作反應爐吧？」佐久間向中塚確認道。

「不行。」中塚簡短地回答。

「可不可以減少人數呢？我聽說核電廠每個反應爐都是五人一組負責運轉。」

「的確可以減少，但基於某些考量，所以特地留了八個人。」

「什麼考量？」佐久間露出訝異的表情。

「為了以防萬一，我打算將八名作業員分成兩組，每組四個人。」

「喔……有什麼目的？」

「這件事並沒有對外公開，」中塚壓低了嗓門，再度巡視了在場的所有人後繼續說道：「可以操作緊急停止的控制盤設置在中央控制室以外的其他房間，這是為了預防中央控制室萬一被恐怖份子佔領所設計的設備。」

除了新陽以外，日本全國各地的核電廠都有這種設備，但基於原本的目的，並沒有對外公佈祕密控制盤所在的位置。即使是相關人員，大部分人也不知道，說起來就像是核電廠內的「禁忌房間」。

「目前正在討論讓其中一組人員去那個房間待命。」中塚說。

「有什麼目的？」佐久間問。

「當直升機開始墜落時，要讓反應爐確實停止運轉。當因為某種意外導致無法順利聯絡到他們時，可以命令另一組人員停止。」

「是支援體制嗎？」
「差不多是這個意思。」
「有緊急控制盤的房間在哪裡？」
中塚把剖面圖拉了過來。
「圖上沒有標示出來，大約在這個位置。」說著，他指著中央控制室下方的一個小空間。
「當直升機墜落時，這裡比中央制控制室更安全嗎？」佐久間看著中塚手指的位置問。
「我想應該是。」中塚回答。
佐久間想了一下後問：
「假設停止運轉的命令沒有及時傳達，直升機墜落在運轉中的反應爐上，會造成什麼後果？」
「不會有任何後果。」小寺在一旁立刻回答。
「不會有任何後果？什麼意思？」
「就是不會發生任何事。當然，有一部分建築物可能遭到損毀。」
「你的意思是，反應爐會繼續運轉嗎？」
「如果有辦法運轉，應該是這樣吧。當然，作業員會立刻讓它停止運轉。」
「有辦法運轉是指？」
「只要和發電系統有關部分的其中任何一個出問題，反應爐就會自動停止。反應爐在運轉，就代表沒有任何異常。所謂可以正常運轉的狀態，就是指這種情況。」
「如果自動停止功能無法發揮功能呢？」
「絕對不可能。」小寺斷言。

「原來如此，我想瞭解一件事，反應爐在直升機即將墜落時停止，和墜落後自動停止這兩種情況，會不會有很大的差別？」

「沒有差別，只有數秒之差。」小寺自信滿滿地說。

「既然這樣，」佐久間轉頭看著中塚，「既然反應爐會自動停止，根本沒必要把作業員留在現場。」

中塚發現一旁的小寺屏住呼吸，似乎說不出話了。

「怎麼樣呢？」佐久間追問道。

中塚清了清嗓子後開了口：

「這也不失為一種方法，所有作業員在反應爐運轉的情況下撤離——如果要問我這種方法安不安全，我會毫不猶豫地回答很安全。但是，核電包含了無法像這樣一言蔽之的複雜問題，不能因為即使什麼都不做，反應爐也會自動停止，就認為不需要留任何人員在控制室。為了避免危險的發生，首先必須由作業員讓反應爐停止運轉，萬一無法順利發揮功能，各種自動停止功能就會發揮作用。這就是保護反應爐的多重防護措施。」中塚說完後，又補充說：「請各位務必理解這一點。」

佐久間抱著手臂聽完後，鬆開雙手說：

「所以，作業員守在控制盤前和自動停止裝置，都是多重防護措施的一部分嗎？」

「沒錯。」

「既然這樣，」佐久間瞥了小寺一眼，「怎麼可以說什麼自動停止裝置絕對不可能不發揮作用？多重防護的用意，就是凡事都要想到最糟糕的情況，不是嗎？」

中塚聽到小寺輕輕發出呻吟，他並不是在反省，而是被年紀比他小很多的人斥責，感到自尊心受到了傷害。

「把兩組作業員分別配置在兩個控制室的主意很不錯，萬一直升機在反應爐運轉時墜落，導致其中某個控制系統故障，而且反應爐又沒有停止，就可以用另一個控制系統讓反應爐停止。」

聽到佐久間的話，小寺抬起頭。他一定想說，控制系統出問題，自動停止功能也失常的情況不可能發生，但是，他這次並沒有開口。

「但如果只有作業員，萬一發生狀況時，可能會無法處理，所以，我希望在兩個控制室都安排消防員進駐，有什麼問題嗎？」

「不，沒有問題，拜託各位了。」中塚回答。

「接下來才是問題所在，」佐久間再度挺直身體，「你們之前有沒有做過假設飛機墜落時的事故分析？」

「不，我們沒有做過。」中塚毫不猶豫地回答，應該他覺得不需要在這個問題上含糊。

「果然是這樣。」

「關於這個問題，爐燃總公司目前正在科學技術廳等單位的協助下展開研究，但對反應爐本身應該沒有影響。我又要重複剛才的話，佐久間先生聽了可能又要皺眉頭了，當直升機墜落，假設有某部分遭到破壞時，反應爐一定會停止運轉。反應爐一旦停止運轉，就沒有任何安全上的疑慮。」中塚說話時，察覺到小寺在一旁點頭。

「但建築物會遭到破壞吧？」

「安全罩可能會撞壞，尤其天花板的部分很薄，但是，反應爐壓力槽上方有將近兩公尺厚的地板，無論多重的東西壓下來，無論用任何爆裂物都無法破壞。」

中塚發現自己說話時的語氣漸漸加強，這是他在說明反應爐受到安全保護時的習慣。

但是，這番話還是無法說服佐久間。佐久間露出無法釋懷的表情，不置可否地點了點頭問：「核燃料貯藏庫的情況呢？」

「那裡也沒有問題。燃料相關的設備在反應爐北側的輔助建築物內，從這張圖上也可以看到，燃料罐儲藏室、燃料洗淨室、燃料檢查儀器室，以及爐外燃料貯藏槽都在地下室，而且，最重要的爐外燃料貯藏槽周圍有將近兩公尺厚的水泥牆。」中塚指著剖面圖說明。

「地上物部分的燃料出入設備是什麼？」

「這是在爐外燃料貯藏槽和反應爐壓力槽之間交換燃料的裝置，在軌道上滑行後，移動到反應爐壓力槽的上方，在完全密閉的狀態下交換燃料，但現在裡面並沒有裝燃料。」

佐久間仍然無法釋懷，轉頭看向今枝。

「目前還沒有查出直升機上的爆裂物種類和數量嗎？」

剛才一直默默靜聽的今枝突然被問道，露出不知所措的表情，但隨即回答說：「目前還沒有接到任何聯絡。」

「無論使用哪一種爆裂物，都不可能破壞……」小寺說到這裡，和佐久間視線相會，立刻閉了嘴。

佐久間皺著眉頭盯著剖面圖，然後用手指指著反應爐南側的輔助建築內部。那裡有形狀複雜的管線，液態鈉傳送反應爐產生的熱量，把水變成水蒸氣，水蒸氣轉動發電用的渦輪發電機。

「這裡的情況呢？」他問。

「那裡嗎……？」中塚的語氣變得沉重起來。

「聽說這裡是快滋生反應爐的弱點之一，一旦鈉和水接觸，就會發生鈉火災……」

「的確，如果直升機墜落在那裡，可能會發生鈉反應。」

中塚說到這裡時，有人用力打開了門，一名男職員衝了進來，所有人都驚訝地看著那名職員。

「怎麼了？發生什麼事了？」中塚問。

職員手上拿著傳真紙，臉上的表情十分緊張，他把傳真遞給中塚，手在微微發抖。

「廠長，這是剛才……」

中塚接了過來，從眼角中看到今枝也探出身體。

聽到有傳真，中塚就大致猜到了，一看之下，發現果然是歹徒寄發的傳真，但內容完全出乎中塚的意料。

今枝繞過會議桌走了過來。「上面寫什麼？」

中塚不發一語地把傳真遞給他。

今枝迅速瀏覽了內容，臉上的表情更加凝重了。

「那是什麼？」佐久間問。

「歹徒傳來的。」今枝回答。「指示我方營救孩童。」

在場的所有人都站了起來。

那份傳真的內容如下：

「從警察廳長的記者會中，得知直升機上有孩童，雖然可算是向我方提供了有利條件，但我方無意把無辜的孩童捲入。

因此，我方同意營救孩童。

但是，必須先做到以下的要求。

除了新陽以外，全國各地核電廠的反應爐必須停止運轉。

當我方確認這項要求被接受後，就會協助營救孩童。

救援活動有以下的附帶條件。

・在電視上公佈救援方法。

・救援者不可進入直升機內部。

・不得要求改變直升機的高度和位置。

・不得用牽引等方法強制移動直升機。

・不得要求孩童將直升機內部物品攜出。

只要違反以上任何一項，很遺憾，我方只能讓直升機墜落。

期待政府作出理性的判斷。

天空之蜂」

16

在新陽收到這份傳真的十分鐘後，日本全國都得知了歹徒關於救援問題提出的要求。因為相同內容的傳真也傳到了多家民營電視台。各家電視台正在播放關於新陽事件的特別報導，確認這份傳真屬實後，立刻在節目中公佈了傳真內容。

各個節目立刻開始臆測歹徒的用意，在某個節目擔任來賓的犯罪評論家推測，歹徒具有幼稚的英雄主義，可能是很膚淺的人。一位航空評論家斷言，在這些條件下根本不可能營救孩童，歹徒在瞭解這一點的情況下提出這些要求，顯示歹徒極其陰險，如果歹徒以為在這些條件下有辦法做到，那就是瘋子。持續進行反核運動的環保團體代表認為，歹徒只是希望打一場公平的仗。

除了航空評論家態度略微消極以外，其他人的意見都一致。

他們認為政府必須接受歹徒的要求。

「這根本是天方夜譚。」資源能源廳原子能發電課的藤田課長第一個叫了起來，他光溜溜的腦袋也變成了粉紅色。

「技術上沒有可能嗎？」發問的是警察廳搜查一課的課長結城，在這起事件中，他負責指揮全國的警察。

「從常識來判斷也不可能，」回答的不是藤田，而是坐在藤田旁的公益事業部長岩橋，「你知道國內所有反應爐停止運轉是怎麼一回事嗎？」

「會演變成無法供應由這些核電廠所生產的電力嗎？」

「沒錯，你知道會影響多少電力供應嗎？超過全國總發電量的百分之三十，不，快到百分之四十了，一旦這些電力無法正常供應，絕對會造成全國性的混亂。」

「但是，總不能對小孩子見死不救……」

「有些事能做，有些事不能做。」岩橋的視線從結城身上移開，靠在椅子上，抱著雙臂。

二十多分鐘前，自稱是「天空之蜂」的歹徒將第二份傳真傳到新陽發電廠等相關部門，警察廳長加入了在首相官邸舉行的相關閣員會議，資源能源廳的橋田廳長也前往官邸參加會議。結城來到資源能源廳，在會議室和相關負責人見面，向他說明目前的情況。除了藤田和岩橋以外，原子能產業課、公益事業部開發課、發電課、原子能發電安全企劃審查課、原子能發電安全管理課、原子能發電運轉管理室也都派了課長層級的人員參加。

「如果不是現在這個季節，或許還能夠撐過去。」藤田輕聲嘀咕道。

「現在的季節不好嗎？」結城問。

「當然不好啊。目前是一年中電力消費量最高的時期，因為冷氣的普及率相當驚人，用電量最少的是四月或十月這種氣候良好的月份，和那個時期相比，現在這個季節要多用五千萬千瓦。」

「五千萬千瓦嗎？」即使聽到這個數字，也沒有太多的感覺。

「是用電量較少時期的一點五倍。」發電課長橫井在一旁用柔和的語氣說道。

「一點五倍……那差很多喔。」

「而且，還有時間帶的問題，」原子能發電課的藤田課長繼續說道，「現在還是上午，電力消費量還不算太高，到正午左右，就會急劇上升。在這種時候減少將近四成的核能發電根本就是瘋了，這個季節必須仰賴核能發電，因為雨水不足的關係，水力發電也無法發揮正常的功能。」

「所以，核電廠的定期檢查也盡量避開這個季節。」原子能發電運轉管理室室長穗積補充道。

結城點了點頭，靜靜地思考了一下。歹徒是在瞭解這些情況的基礎上，選擇在這個季節犯案嗎？還是剛好而已？

「蘆田廳長認為該接受歹徒的要求嗎？」岩橋提出警察廳長的名字問道。

「他認為如果有可能，不妨先暫時接受歹徒的要求，對警方來說，救人第一。」

「這不是可能不可能的問題。」岩橋抱著手臂，重重地嘆了一口氣，然後看著藤田問：「聯絡電力公司了嗎？」

「已經安排了，目前他們應該接到通知了。」

「現在恐怕正提心吊膽，不知道會有怎樣的審判結果。」發電課的橫井課長不知道在開玩笑，還是生性如此，一派輕鬆自在地說。

岩橋看著橫井說：

「你去聯絡各家電力公司，研擬反應爐停止運轉時的對策，並告訴他們，有可能會停止運轉。」

「好。」橫井站了起來。

「部長，」藤田露出不滿的眼神看著上司，「一旦核電廠停機，就會引發極大的恐慌。」

「所以才請電力公司研擬因應措施，避免這種情況發生啊。」

「能夠因應的程度有限。」

「不是只有很短暫的時間嗎？」結城說，「不能靠其他電力克服嗎？」

聽到這個問題，藤田歪著嘴，搖了搖頭。

「一旦反應爐停止運轉，再度啟動運轉，需要八個小時才能恢復原本的電力供應，提升百分之二十五就要一個小時，恐怕無法避免最需要電力的時間發生供電不足的情況。」

「那麼費工夫嗎？」結城難掩驚訝，他第一次聽說這件事。

「反應爐最有效率的就是百分之百運轉，」運轉管理室的穗積室長說，「輸出電量隨時變動時，最適合採用火力發電的方式，所以，夜間電力消耗量降低時，就會減少火力的發電量。」

「我之前好像在某本書上看到，核能發電廠在半夜時也要充分運轉，所以很浪費電力。」

聽了結城的話，幾個人忍不住苦笑起來，其他人都板著臉。

「這是反對派的慣用台詞。」藤田說，他也板著臉，「他們以夜間電費用折扣為例，說什麼政府和電力公司聲稱電力不足都是胡說八道。我剛才也說了，不同季節和不同時間的電力消耗量有很大的差異，對供電的電力公司來說，必須因應最大需求量。當然，目前也充分利用揚水發電，努力讓夜間的發電量可以儲存到白天使用。」

「揚水發電？」

「這是一種水力發電，夜晚的時候利用核能發電的電力轉動幫浦，把發電用水打到高處。在白天電力消費量較高時，再利用這些水來發電。雖然會有損耗，但也是間接把夜間的發電量儲存到白天使用。」

結城在腦海中思考著藤田的說明，終於理解了其中的原理。

「原來是這樣，」他點了點頭，「真是好主意。」

岩橋輕輕拍了拍會議桌，似乎表示為外行人授課到此為止，大家的目光都集中在他身上。

「如果政府決定接受歹徒的要求，就請大臣要求各主要企業今天一天暫停營業，甚至可能需要首相在電視上呼籲民眾節省用電。」他的表情似乎在忍耐著痛苦，「這麼一來，應該有辦法克服吧？」

「政府會這麼決定嗎？」藤田擔心地問。

「不知道，但可能性相當高。通常會把技術問題放在一邊，選擇容易得到國民支持的方法。」岩橋不忘揶揄對電力事業完全是大外行的閣員。

「我想到一件事，」穗積輕輕舉起手，「歹徒怎麼知道所有核電廠是否停止運轉？」聽到他的問題，在場的所有人都被問倒了，一時說不出話。

「對喔……」藤田摸著留下青色鬍碴的下巴，「剛才都沒有想到。」他看著岩橋問：「這個方法也很值得檢討啊。」

「也就是說，雖然沒有停止，卻聲稱已經停止運轉嗎？」

「為了欺騙歹徒，可能必須讓兩、三家核電廠停機，但根本不需要全部都停機。」

「歹徒不會發現嗎？」安全管理課長在一旁插嘴問。

「他們怎麼會發現？外面根本看不到反應爐有沒有停止運轉。」

「而且是全國各地的核電廠，歹徒根本沒辦法一一確認。」穗積說。

「有沒有可以即時而集中地確認各核電廠運轉情況的地方？」結城問。討論的內容開始朝向意想不到的方向發展，他有點不知所措。

「各電力公司的供電指揮所可以掌握即時狀況。」穗積立刻回答，「不光是核能發電，所有發電廠運轉狀況都會傳送到那裡。」

「可以攔截嗎？」

穗積噗哧一聲笑了起來，「是用多重無線的方式傳送數位訊號。」

「但這次的歹徒或許有辦法攔截到。」

結城一臉嚴肅地說，穗積立刻收起了笑容。

「我對無線電一竅不通，但我認為不太可能。即使可以攔截到一、兩個，也沒辦法攔截到所有核電廠的供電情況……」

「有沒有可能潛入供電指揮所竊取相關數據資料呢？」

「要怎麼竊取？對各家電力公司來說，那都是機密資料。」藤田不以為然地說。

「如果歹徒在電力公司有內線呢？」

「怎麼可能？」

「我只是打一個比方，但我認為必須考慮到這種可能性。我必須一再重申，畢竟這件事攸關人命。」

「那請各電廠傳送假資訊到供電指揮所呢？」穗積說，似乎不願放棄自己想到的方法。

「不，不要搞這些小動作。」默不作聲地聽下屬討論的岩橋終於開了口，「結城說得沒錯，這次攸關人命，而且，在實際運轉的情況下謊稱停止運轉，反而中了歹徒的計。」

「什麼意思？」藤田問。

「你想一想，如果所有核電廠都停機，仍然可以照常供電，不就讓歹徒要求廢止所有核電廠的要求有了正當性嗎？」

藤田倒吸了一口氣，身體微微向後仰，嘴唇露出僵硬的笑容。

「等事件落幕之後，可以公佈真相，歹徒的正當性也只是暫時的。」

「但是，在事情落幕之前呢？或許會出現支持歹徒的輿論，這麼一來，就會增加和歹徒談判的困難度。」岩橋說完後，很不耐煩地小聲說：「畢竟核電廠很惹人厭。」

「而且，」安全管理課長也說：「即使在事件落幕後公佈真相，也會出現質疑的聲音，等於為反核論者提供了絕佳的材料。」

「反核人士經常說，可以嘗試一次讓所有核電廠停機，實驗一下電力是否真的不夠用。」穗積似乎回想起和反核人士見面時的事，深有感慨地說。

「歹徒應該也是那票人吧？」岩橋氣鼓鼓地說。
這時，年輕職員沒有敲門就走了進來，在所有人的注視下走向岩橋，在他耳邊小聲說話。
岩橋瞪著年輕職員問：「真的嗎？」
「對。」職員點點頭。
「怎麼了？」結城問。
岩橋做了抹嘴的動作，巡視了周圍後說：
「歹徒又寄了傳真，要求必須在電視上轉播核電廠停機的狀況。」

17

「——相關閣員目前仍然在研討中，似乎正在朝接受歹徒要求的方向討論。」
穿著襯衫的男記者站在首相官邸前，用激動的語氣報導著目前的最新發展。他的眼鏡鏡框反射著陽光，汗水順著臉頰流了下來。
他切換著電視頻道，但每一台的新聞節目都在播報相同的內容，他又轉回剛才那一台。看來還沒有任何一家電視台報導要實況轉播核電廠停機的新聞。如果在政府作出決定之前就搶先報導，電視台擔心引發的後果不堪設想。
他剛才傳給各單位的傳真內容如下：
「致各位相關人士：
關於營救孩童一事，補充以下事項。

・核電廠停運時，必須安排當地電視台記者進入控制室，實況轉播停止步驟。
・停運方式採取將控制棒插入核心的急停方式。
・在急停開關切換到ON之後，至少在電視上播出控制盤螢幕三十秒。
所有核電廠都按以上步驟停機，方可營救機上孩童。

「天空之蜂」

雖然是用傳真的方式，但頻繁和對方接觸，很可能遭到追蹤。只不過他有非不得已的理由，必須冒著危險傳送這份內容。

在傳送前一份傳真時，他在某件事上作好了心理準備。

即使政府宣稱接受了他提出的要求，讓核電廠停機，他也無法確認全國各核電廠的反應爐是否真的停機。

即使要求各電力公司公佈供電情況，對方完全可以作假，謊報供電情況。最確實的方法就是攔截核電廠和變電所傳送的資訊，但並不可能做到。

通產省和電力公司不可能沒有察覺到這件事，所以，不會讓反應爐真的停機。這是他經過冷靜判斷後得出的結論。

但是，他認為這也無妨。政府並非欺騙自己而已，而是同時欺騙了所有國民。這麼一來，就達到了目的。

「國民」的聲音改變了他的想法。

他可以從討論板，也就是網路上聽到這些聲音。

這次事件發生後，網路上立刻開設了交流資訊的留言板，留言板上的留言除了哪裡的道路壅塞，萬一發生危險時可以去哪裡避難等防災相關內容以外，也有輻射外洩時，多大的範圍受到影響等專業的解說。

他仔細確認留言的內容，在寫了營救孩童條件的傳真內容公佈後，出現了大量相關留言。有稱讚歹徒正義感的簡單留言，也有很多人指責再怎麼裝腔作勢，惡就是惡。他對這些留言沒有興趣。

他只在意預測政府會如何因應歹徒要求的留言，他想瞭解一般民眾的想法。

於是，他知道大部分民眾並不瞭解核能發電的實際情況，他們不知道哪些地方有多少核能發電廠，也無法想像核電廠停機的結果。有人認為即使核電廠停機也不會有太大的影響，甚至有人擔心是不是該去買蠟燭。

對這個國家電力需求有一定認識的人冷靜地分析，政府不可能完全接受歹徒的要求，他們和他一樣，認為政府會謊稱接受歹徒的要求，但核電廠其實並沒有停機。

看這些留言後，他改變了想法，覺得必須讓民眾親眼目睹核電廠停機的狀況。於是，又補充了那份傳真。

廚房傳來咖啡的香味，他起身從流理台內拿起一個廉價的馬克杯，用水沖了一下，把咖啡倒了進去。他今天已經喝了三杯了。

這時，電視中傳來了討論的聲音。

「現在，我們想請專家為我們預測，如果那架直升機墜落在新陽，會造成怎樣的危害。今天我們請到了帝都大學工學院助理教授梅宮定彥先生，梅宮助理教授，那就麻煩您了。」

「請多關照。」

他喝著黑咖啡，回到電視前。一個瘦小的中年男子坐在主持節目的新聞主播旁，他認識那個人，對方應該也記得他，他們曾經在幾個核電訴訟的場合見過。

「助理教授，這次的事件太震撼了。」很受主婦歡迎的男主播身體微微轉向梅宮的方向。

「是啊，我也嚇了一跳。」梅宮的表情很凝重。可能面對電視鏡頭有點緊張。

「助理教授，您之前就曾經對新陽的安全性提出質疑，也曾經就這個問題寫了相關文章，聽說您經常向推動反核、反新陽運動人士提供意見，請問您得知這次事件後有什麼想法？會不會覺得和那些人士有關？」

「不，我完全不覺得。」梅宮斷言，身體微微前傾。「這種做法違反了推動反核運動人士的原則。」

「原來如此。在事件公開後，有幾個團體向警方發表聲明，表示歹徒與他們無關。」

「我也認為和他們無關。」梅宮重申了這一點。

「好，那我們就開始討論正題，請問您是否曾經料想到會發生這種狀況？也就是飛機墜落在核電廠的狀況？」

主播在說話時，梅宮就開始輕輕搖頭。

「完全沒有料到，因為核電設備附近都是禁航區。」

「果然是禁航區，這裡有建造新陽時，向政府提出的建造許可申請書的影本。」主播說話時，把放在主播台上的板子豎了起來。

「申請書中有關於『針對飛行物的設計考量』的項目，因為以下的條件，認為適合在那裡建造。本發電廠附近沒有機場，核電廠上空沒有定期航線，發電廠上空是飛航管制區域，飛機墜落本發電廠的可能性極小。廠區周圍並沒有可能引發爆炸意外的設施。關於發電廠內的設施，將在配置、機器設計和製作上進行充分的考量，極力抑制大型旋轉機器的損傷所產生的飛散物，損害發電廠內大型機器安全的可能性——差不多就是以上的內容。所以，當初在建造發電廠時，就認為不可能有飛機墜落，上空沒有任何飛行物，當然也不可能掉下來。」

「不光是新陽，全國各地的核電廠都一樣。」

「似乎是這樣，但在現實生活中，發生了這種犯罪。雖然這份申請書上寫著，上空沒有飛機飛行，附近也沒有可能會爆炸的設施，這次的事件打破了這兩個條件。所以，是否可以請您為觀眾說明一下，萬一那架直升機墜落，可能造成的最大危害是什麼？」新聞主播原本看著鏡頭的視線移向梅宮助理教授，「有熟悉核電廠的人認為，情況可能會失控，所以，想請教一下，失控到底是指怎樣的情況？」

原來要從這裡開始分析。他看著電視畫面，不禁有點心浮氣躁。

「首先從基本知識開始解釋，當中子撞擊鈾或鈽時，就會產生核分裂反應。在核分裂反應時，又會釋出新的中子，這些中子又和鈾或鈽產生撞擊，再度發生核分裂反應。反應爐中進行著這種連鎖反應，當連鎖反應一發不可收拾，呈現無法控制的狀態就稱為失控。」

「所以是危險的狀態。」

「當然。」

「聽說快滋生反應爐原型爐和之前的核能發電相比，更容易發生失控的情況，請問確有此事嗎？」

「沒錯，完全正確。」梅宮助理教授語氣堅定地回答。

「以前的核能發電使用輕水式反應爐，核燃料周圍充滿了水。這些水可以適度減緩核分裂時產生的中子的速度，有助於產生高效率的連鎖反應。相對於燃料而言，水流量太多或太少都會影響效率，燃料的排列方法也有所謂的最佳狀態，燃料和燃料之間的距離不能太寬，也不能太窄。目前國內的輕水式反應爐都是在這種最佳條件下運轉，原本是基於經濟性所發揮的巧思，但其實也發揮了安全裝置的作用。由於隨時都在最佳條件下發揮出最大效率，一旦因為事故等原因造成條件產生變化，就會影響效率。」

「喔，原來是這樣。」男主播發出欽佩的聲音。「所以，普通的反應爐並不可能發生失控的情況嗎？」

「不，並不是完全不可能。在極其罕見的情況下，會發生比正常運轉時更容易產生核分裂反應的情況，但這種情況真的極其罕見。如果是輕水式反應爐，最具代表性的就是冷卻劑缺乏事故。當因為某種原因導致無法供應冷卻劑，也就是無法供應水的時候，會導致爐心熔毀，發生空燒意外。美國的三哩島發生的核災就屬於這種情況。」

「原來如此，那快滋生反應爐原型爐為什麼容易失控？」

「快滋生反應爐原型爐和輕水式反應爐不同。輕水式反應爐透過冷卻劑和燃料之間的關係，以提升核分裂反應的效率為優先，但在快滋生反應爐原型爐中，中子並沒有減速。如果想要提升核分裂反應的效率，應該像輕水式反應爐一樣，減緩中子的速度。那到底是以什麼為優先？就是以滋生為優先。正如各位知道，『新陽』在發電以外，還同時將鈾238變成鈽239，必須以這項工作為優先，否則，科學技術廳根本沒必要做這種危險的事。」

不知道是否不再緊張，梅宮語帶諷刺地說：

「一旦以這方面的工作為優先，方針就會改變，必須盡可能增加在燃料之間穿梭的中子數量。因為中子的數量越多，就可以產生更多鈽，所以，中子的速度越快越好。當速度越快時，撞擊到鈽時，就會產生更多中子。基於這個原因，快滋生反應爐原型爐使用液態鈉做為冷卻劑。」

「喔，原來如此。」雖然不知道男主播是否真的聽懂了，但他一臉恍然大悟地點著頭。

「所以，快滋生反應爐原型爐的燃料配置和冷卻劑的流量對發電效率來說，並不是最佳狀態，相反地，反而是在並不是那麼理想的條件下運轉。」

「的確是這樣。」

「所以，當因為某種意外導致燃料配置發生變化時，可能會發生和剛才的輕水式反應爐完全相反的現象。輕水式反應爐平時都是在最佳條件下運轉，一旦發生變化，就會影響效率。但快滋生反應爐原型爐平時在不良條件下運轉，一旦發生變化，反應效率很可能反而提升。比方說，當因為倒塌或彎曲，導致燃料和燃料之間接觸、接近時，反應效率就會大為提升。」

「這就是所謂的失控吧。」

「沒錯，而且，快滋生反應爐原型爐還有另一個危險的性質，這種失控情況會引發更大的失控。」

「什麼意思？」

「就是有一個正的空泡反應度，空泡就是氣泡的意思，當核分裂反應旺盛時，液態的冷卻劑沸騰，產生氣泡。對中子來說，阻礙的冷卻劑變少了，所以就以更快的速度穿梭。輕水式反應爐中，當中子的速度加快時，核分裂反應的效率就會降低，等於抑制了效率，這種情況可以稱為『具有負的空泡反應度』，在安全方面也比較理想。但快滋生反應爐原型爐原本就是讓中子在高速的情況下進行核分裂反應，所以並不影響效率。相反地，剛才也曾經說了，當中子的速度越快，和鈽產生撞擊時，就可以產生更多新的中子。當效率並沒有改變，中子的數量卻增加時，核分裂反應的頻度就會增加，這就是『具有正的空泡反應度』。當發生失控的情況時，爐內溫度上升，產生氣泡，於是反應就更加活潑。」

「簡直就是惡性循環。」男主播面色凝重地說。

「對，蘇聯的車諾比核災就因為這種正的空泡反應度引發重大事故的最典型例子。」

聽到車諾比核災，就連對核電問題一竅不通的男主播似乎也受到了刺激。他挺直身體，張大了眼睛。

「是嗎？但車諾比發生核災時，專家都說，日本不會發生同樣的事故。」

「這是因為日本的核電廠都是以輕水式反應爐為中心，我剛才已經說明，輕水式反應爐有負的空泡效應，當產生氣泡時，會使核分裂反應降低，所以，只要使用輕水式反應爐，就不會發生像車諾比那樣的意外。」

「一旦使用快滋生反應爐原型爐，情況就不同了？」

「沒錯。」

「嗯，」當紅主播發出慘叫後，用很誇張的動作抱著雙臂。這種表演也是他受歡迎的祕密，「這個問題喔，不光是我，我相信正在看這個節目的廣大觀眾也第一次聽到這種事，政府知道這些情況嗎？」

「當然知道。在審查新陽的安全性時，也審查了空泡的影響。」

「審查結果怎麼樣呢？對喔，既然已經核發建造許可，就代表沒有問題。」

「如你所說，根據設置許可申請書，反應爐緊急停止裝置會發揮作用，控制事故的發生。但是，當初討論的情況並不是冷卻劑液態鈉沸騰導致氣泡產生的情況，而是覆蓋在冷卻劑液面的氬氣被捲入冷卻劑中，導致氣泡會有一次經過爐心的情況，所以標準實在很寬鬆，或者說是在標準很低的條件下進行檢討，最後得出沒有問題的結論。當液態鈉沸騰時，氣泡量會比他們當初假設的多很多，沒有任何根據可以證明是安全的。」

「是嗎？聽您剛才所說的情況，覺得快滋生反應爐原型爐是高難度的技術。」

「完全正確。不瞞各位，快滋生反應爐原型爐除了容易失控以外，還有很多危險的要素。所以，很多國家都相繼放棄這項研究，目前只有我們國家認真投入研究。」

「我們也聽說了，美國、法國、德國和英國等國家曾經投入研究，甚至有些國家已經完成了相關設備，最後還是選擇放棄。剛才聽您介紹了失控的情況，接下來想請教一下關於這一次面臨的情況。」

男主播拿起原子筆，微微探出身體，把頭轉向梅宮助理教授。

「如果那架直升機墜落，發生大爆炸的話，新陽有沒有可能失控呢？」

男主播在說「大爆炸」幾個字時特別用力。他覺得這個男主播和其他電視台的特別節目的主持人一樣，似乎惟恐天下不亂，期待事態越嚴重越好。

「嗯，我只能就我想像的範圍回答，」梅宮豎起了剛才那塊板子，上面有新陽的剖面圖，「這個圓頂形的建築是反應爐廠房，裡面有安全罩。安全罩下方的筒狀物就是反應爐壓力槽，核反應就在反應爐壓力槽內進行。首先要考慮的問題是，直升機會撞破圓頂建築的屋頂和安全罩，進入建築物內可能會發生爆炸或是造成其他的破壞。圓頂建築是水泥屋頂，最薄的地方有四十五公分，安全罩是用鐵板做的，厚度為三十八公釐。如果被直升機的引擎撞到，安全罩的天花板恐怕也不保了。」

「於是，就會撞破後掉進裡面。」

「沒錯。但是，從這張圖中就可以看到，安全罩上方有環形吊車，如果剛好撞到環形吊車，就可以在相當程度上減少衝擊。」

「如果沒有撞到環形吊車呢？」

「那就會直接撞進天花板，下面就是反應爐壓力槽。」

「從圖上來看，只隔了一層天花板而已。」

「沒錯。」

「如果在這裡發生爆炸，會造成怎樣的後果呢？」男主播指著反應爐上方問道。

「反應爐壓力槽上方是控制棒驅動裝置，最糟糕的情況就是爆炸的衝擊會破壞控制棒驅動裝置，當然，直升機上裝的爆裂物種類不同，情況也會有所不同。控制棒驅動裝置是萬一發生意外時的支援機制，有兩種方式，一種是靠自體重量，也就是控制棒本身的重量，用氣動方式插進爐心，另一種是靠自體重量和彈簧插入。兩種各有多少根，正確的數字我不太記得了。」

氣動是十三根，彈簧是六根。他對著電視嘀咕道。

「有沒有可能兩種驅動系統同時失靈？」

「機率很低。」

「但機率並不是零？」

「機械的問題無法預料會發生什麼狀況，如果屋漏偏逢連夜雨，導致最糟糕的情況發生，兩個系統同時都失靈，導致控制棒就可能無法插入。」

男主播用力點頭，似乎聽到了他期待中的回答。

「控制棒無法插入，就代表無法停止反應爐繼續發電嗎？」

「是的。輕水式反應爐的發電除了控制棒以外，還可以藉由改變冷卻劑中的硼酸濃度加以控制，也就是有兩個停止開關，但快滋生反應爐原型爐只能靠控制棒，一旦控制棒失靈，就束手無策了。」

「在這種情況下，反應爐就可能會失控吧。」男主播的語氣十分激動。

梅宮助理教授想了一下，用比較慎重的態度回答說：

「是這樣的，當受到重大衝擊，破壞控制棒機制時，反應爐壓力槽內的燃料也可能受到某些影響。一旦燃料遭到破壞，我剛才也已經說了，核分裂反應度就會增加，可能會因此導致失控。」

「原來是這樣，所以，失控的說法並非空穴來風。」

「如果會發生失控的情況，應該就是我剛才說的情況。」

「我瞭解了，這也可以說是最糟糕的情況。正如助理教授您剛才所說的，新陽除了失控以外，還可能有其他引發重大事故的情況。」

「對，沒錯，除了失控以外，還有幾個危險要素。」

「其中之一，是關於蒸氣產生器……呃，根據多位專家的說法，蒸氣產生器更有可能發生危險。」

他轉頭尋找電視的遙控器，找到之後，把音量調大。

「是的，我也這麼認為。」梅宮語氣雖然婉轉，但可以從言談中感受到他的自信。

「蒸氣產生器就是這個部分，」男主播指著反應爐輔助建築的剖面圖，「從這張圖上來看，分為蒸氣產生器和過熱器。」

「沒錯，輕水式反應爐中，只有加壓水型輕水反應爐有蒸氣產生器，只有一個蒸氣產生器，但是，新陽除了將水變成水蒸氣以外，還有將蒸氣進一步加熱，產生過熱蒸氣的過程。」

「聽說加壓水型輕水反應爐也會發生蒸氣產生器損壞的情況。」

「對，之前美花發生的意外就是最重大的事故，因為細管破裂，導致經過反應爐的水進入空氣中。」

「這次會不會發生這方面的問題？」

「首先是和輕水式反應爐的不同之處，我剛才也說了，輕水式反應爐的細管中流的是經過反應爐內的水，新陽中是用液態鈉取代了反應爐中的水，液態鈉並不是直接進入蒸氣產生器，而是進入反應爐旁的中間熱交換器，在中間熱交換器內加熱新的液態鈉。經過反應爐的鈉稱為一次鈉，被一次鈉加熱的鈉稱為二次鈉。二次鈉會流向將水變成蒸氣的蒸氣產生器。也就是說，二次鈉中並不含放射性物質，所以，即使這部分遭到破壞，也不會像美花核電廠一樣造成輻射外洩。」

「所以，即使蒸氣產生器壞掉也不會有問題嗎？」

「不，問題在於之後。雖然蒸氣產生器內的鈉並不含有放射性物質，但蒸氣產生器遭到破壞，鈉就會和水混合在一起，造成相當危險的結果。因為鈉一旦接觸水就會發生爆炸反應，進而容易造成火災，英國就有實際的例子。」

「所以，這次也有發生火災的可能性嗎？」

「光是火災還問題不大，但因為反應爐內使用了一千七百噸的鈉，一旦開始反應，恐怕會一發不可收拾。而且，鈉不僅會和水發生反應，還會和建築物的水泥發生反應。水泥中有將近一半是水，一旦遇到鈉，就會產生氫氣，內部壓力增強，溫度上升，內部應力增加，最後就會以驚人的力量爆炸，碎片四散。當這種爆炸或火災傳入配管，一次鈉和中間熱交換器也可能遭到破壞。」

「如果配管破裂，一次鈉就會噴出來吧？」

「一次鈉的壓力比二次鈉低零點五個氣壓，應該不至於噴出來，但如果爆炸程度很嚴重，可能會急速溢出。」

「所以，一次鈉很危險？」

「沒錯。剛才提到了輕水式反應爐的蒸氣產生器細管破裂事故，其實，即使水漏出來，也不必過度擔心輻射的問題。因為在反應爐運轉時，水中雖然帶有輻射，但是因為氮遭到輻射的關係，半衰期只有七秒，壽命很短，很快就會減少，真正的問題是水中含有的不純物質，也就是微量放射性物質。但是，快滋生反應爐原型爐中做為冷卻劑使用的鈉就帶有輻射，當然也包含了名為死灰的輻射落塵，一旦在空氣中擴散，就會造成環境汙染。」

「具體而言，會造成怎樣的危害？」

「要視放射性物質外洩的方式而論，如果只是出現在狹小範圍的低空，輻射密度很高，附近一帶很快就會出現不良影響。相反地，如果因為火災的關係，放射性物質隨著上升氣流飄向高空，就會在大範圍出現晚發性的危害。」

「晚發性的危害是指罹患癌症嗎？」

「是啊。」

男主播誇張地嘆了一口氣。

「風向也會影響危害的範圍吧？」

「對，會產生很大的影響，放射性鈉有鈉24和鈉22兩種類，鈉24的半衰期為十五小時，所以很短，在飛往遠處時，輻射可能就會大量減少，但鈉22的半衰期是二點六年，一旦隨風飄到遠處，就會在大範圍產生影響。而且，鈉很容易因為化學反應變成食鹽進入人體。死灰的半衰期更長，一旦隨著下雨進入泥土，很容易進入食物鏈。」

「根據科學技術廳發表的內容，即使直升機墜落，也完全不會對環境造成任何影響，但聽了您的解釋，就覺得不能輕忽可能造成的危害。」

「我認為沒有任何根據可以高枕無憂。」梅宮已經消除了最初的緊張，臉上泛著紅暈。

「是嗎？綜合您今天的談話，發現這次歹徒鎖定的核電廠不是輕水式反應爐，而是快滋生反應爐原型爐，讓事態變得更加嚴重了。」

「我也有同感，如果是輕水式反應爐，即使面臨相同的狀況，問題還不至於這麼嚴重。」

「歹徒顯然瞭解這一點，特地選擇『新陽』做為目標。總之，無論如何，都必須預防直升機墜落，政府的應對受到關注。助理教授，今天非常感謝您。」

梅宮助理教授輕輕點了點頭說：「不客氣。」之後，畫面上出現了男主播上半身的特寫。

「因為風向關係，可能會受到影響的大阪和京都地區的民眾，不知道對於這次的事件會有什麼看法。我們來聽聽街頭民眾的意見。」

男主播說完後，畫面切換到大阪街頭，出現一名中年男子的臉部特寫。

「我也不太清楚，會影響到這裡嗎？科學技術廳不是說沒有問題嗎？」

接著是一名年輕女子。「雖然很害怕，但也不知道該怎麼辦……要趕快逃嗎？」

一個看起來像是學生的男生。「呃，我對這件事不太清楚。」

他看著電視忍不住想，在眼前的狀況下還出現在街上的人恐怕只能回答這種程度的內容，有危機意識的人早就回家收拾行囊了。

但是——他忍不住這麼想。

那些走在街上的無知民眾，和在家中準備撤離的人，其實並沒有太大的差別。

他伸手拿起遙控器，想要關掉電視。這時，手機的鈴聲響了。他嚇了一跳，以為自己按錯了什麼。

「喂？」

「喂，三島嗎？是我，權藤。」

打電話給他的，並不是他唯一的搭檔，他暗自鬆了一口氣。

「課長……發生什麼事了？」

「什麼發生什麼事了？你應該知道出事了吧？」

「我知道，現在正在看電視。」

「是嗎？沒想到出這麼大的事。」

「是啊，我也嚇了一跳。」

「你今天沒去美花嗎？」

「對，蒸氣產生器已經安裝完畢，所以今天沒去。」

「對了，你今天有什麼事嗎？」

「今天……嗎？」

「對，你該不會說準備撤離吧？」

「不，我並沒有這麼想。」

「那我就安心了，不瞞你說，我有一事想要拜託你，你可不可以馬上去『新陽』一趟？」

他握著電話，說不出話。

「不想去嗎？」上司試探地問。

「爐燃那裡要求我們派人去嗎？」

「不，不是這樣，只是事業本部的部長很在意這件事，覺得我們不派人去看看似乎不太妥當。」

「原來是這樣。」

「畢竟你也知道，」課長壓低了嗓門繼續說道，「那架直升機是我們公司製造的，雖然事業本部不同，但輿論才不管這麼多。」

「我瞭解。」

「如果沒有人在那裡，或許不需要在意，因為從東京趕過去那裡要好幾個小時，但你剛好在那裡，所以，我在想能不能麻煩你跑一趟。」

聽著上司的解釋，他在腦海中盤算起來，仔細確認計畫的細部，並預測了今後的事態，以驚人的速度思考著該怎麼做。深入敵營後──這當然是危險的選擇，但是對於接下來的談判相當有利這一點，也是充滿誘惑的賭博。

「怎麼樣？你願意去嗎？」課長再度問道。

「好，」他回答，「我去。」

「是嗎？我就知道你會答應。」課長發自內心鬆了一口氣。這麼一來，他就可以向事業本部長交代了。「我會聯絡爐燃和新陽，你準備好之後立刻出發，要分秒必爭。」

「好的。」

掛上電話後，他花了兩、三分鐘的時間思考之後的行動，想到計畫細部有兩、三個地方需要修改。

他再度拿起電話，按了號碼。「蜂田」立刻接了電話。

「那些官員還在猶豫不決。」確認是他的聲音後，「蜂田」說道。

「差不多該下結論了，不過，計畫有點改變。」

「這次又怎麼了？」

「公司指示我立刻去『現場』。」

對方立刻笑了起來。

「太有意思了，這是上天的懲罰嗎？」

「我倒覺得是上天的恩惠。總之，之後無法和你聯絡了。」

「沒問題啊，反正之後全都看你了。」

「你會在那裡停留到什麼時候？」

「那還用問嗎？當然是到最後一刻啊。」

「是嗎？那我知道了。」

「就這樣而已嗎？」

「就這樣而已。」

「那就多保重了，祈禱你噩運上身。」

「謝啦。」他掛上了電話。

然後，他花了十幾分鐘調整電腦和連結機器。對他來說，都是輕而易舉的小事。完成之後，他開始換上短袖襯衫，繫上領帶，然後拿起放了身分證明的皮夾。

錦重工業有限公司重機開發事業總部原子能機器設計課　三島幸一——

職員證上這麼寫著。

他看了一眼手錶，打算檢查一下室內的情況。這時，開著的電視中傳來記者的聲音。

「剛才收到最新消息。相關閣員的協商終於在剛才結束，淺川總理大臣決定要停止全國各地核電廠的反應爐。再重複一遍，淺川總理大臣宣佈，將接受歹徒對營救孩童提出的交換條件，要求全國各地的反應爐停機的條件，同時，將按照歹徒的指示，在電視上實況轉播停機狀況——」

18

刑警的車子被捲入了塞車的車陣。

室伏把車上收音機的音量關小聲後，把副駕駛座的椅背調低，蹺著伸出的雙腿。

「這下可慘了。」

「全國核電廠真的都要停機嗎？」關根看著前方問道。

「我怎麼知道？我想政府高層應該知道，搞一些小動作反而會造成危險。」

室伏他們從敦賀市區出發後，就從汽車收音機上聽到歹徒以核電廠停機做為交換條件，同意營救孩童。在這數十分鐘期間，室伏也試著推敲各種情況。

他不瞭解為什麼歹徒不好好利用眼前的狀況。歹徒在第一份傳真中已經提出要求，「如果不希望直升機墜落在新陽，就立刻破壞所有反應爐」。既然這樣，根本不需要顧及直升機上有孩童，輕易改變最初的要求，更應該堅持「想要營救孩童，就按照我方的要求去做」。

歹徒為什麼沒有這麼做？

唯一明確的是，歹徒的目的並非只是讓核電廠從日本消失而已，也許歹徒希望可以面對面討論核電廠的問題。歹徒也許認為犧牲孩童的生命，會模糊討論的焦點。如果政府——雖然這種情況應該不會發生——但是，如果政府接受歹徒的要求，廢止日本各地的核電廠，就無法分辨到底是對新陽缺乏自信，還是尊重人命的結果。政府當然會主張是後者。

也許歹徒並不樂意看到這種情況。

「真想看電視。」

「看電視？」

「剛才不是說，會實況轉播核電廠停機的情況嗎？」

「喔，你是說這個。」

「我住在福井縣，這麼說可能有點丟臉，但我對核電廠內部很不瞭解，只從簡介上看過照片而已。」

室伏也一樣。雖然聽過中央控制室，但完全沒有想過哪些人在裡面，做什麼工作。所以，聽到歹徒這次提出的要求，也完全無法想像核電廠要怎麼停工。

室伏忍不住回想起剛才調查的對象。他叫土村，在敦賀市經營書店。土村還有另一個頭銜是小型情報誌的主編，每一期的雜誌都有很多篇幅刊登反核派的意見，有點像是推動反核運動的組織雜誌。室伏他們去的時候，土村正用電腦和全國各地的同好討論交流新陽事件的相關資訊。

擁有電腦這一點符合歹徒的條件之一，室伏針對這件事仔細盤問，但立刻發現十村和這起事件無關。昨天晚上，他參加了書店老闆的聚餐，然後去酒吧喝到三點，而且室伏當場確認了這件事。從土村佈滿血絲的雙眼，和呼吸中還帶著酒臭這一點，也顯示他並沒有說謊。根據室伏觀察室內的結果，發現他雖然有電腦，但並不具備無線和直升機方面的專業知識。

「歹徒並不是反核團體的人。」盤問結束後，土村似乎認為澄清了自己的嫌疑，摸著嘴邊的鬍碴說道。

「是嗎？」

「我們充分瞭解核電廠的脆弱，所以，在造成不可挽回的結果之前，希望政府重新檢討核能發電計畫。這種人怎麼可能特地做這種會造成不可挽回結果的事？」

「那你認為歹徒是怎樣的人？」

「我認為搞不好是對核電廠根本沒有興趣的人。」

「這種說法倒是第一次聽說。」

「歹徒偷走了可以用電腦操控的直升機，想要做點什麼驚天動地的事，結果就想到了核電廠，我猜八成是這樣。」

「所以是愉快犯⑫嗎？」

「如果身邊有和核電廠有關的人，恐怕不會去做這種事。所以，我猜是和核電廠毫無瓜葛的都市人幹的，絕對錯不了。」

「原來也可以從這個角度來看。」室伏並沒有反駁。

「因為我完全不相信都市人，」土村說著，張大了鼻孔，用力呼吸著，「可以說，我會參加反核運動，也是基於對都市人的反感。」

「喔，什麼意思？」室伏對他這番言論產生了興趣。

土村舔了舔嘴唇後開了口。

「你不覺得很不公平嗎？若狹建了那麼多核電廠，生產出來的電力都是大阪和京都人在用。那些都市人只知道鄉下地方有核電廠，根本不會考慮當地居民的心情。不，他們根本不願意考慮。他們想都不想，連刷個牙，也要用電動牙刷那種莫名其妙的東西。難道這不是不公平嗎？」

「你說得也沒錯，但當初不是地方政府力邀核電廠來蓋廠嗎？」

室伏一針見血地說道，土村撇著嘴說：

「沒錯，而且地方政府完全無視居民的想法。看到鄰近的町因為建了核電廠，財政上變得很寬裕，町長就開始坐立難安，爭先恐後地積極爭取。不光是若狹這樣，目前有核電廠的地區都是因為同樣的情況積極爭取。」

「議會的人當然希望可以活化地方經濟。」關根委婉地插了嘴。

「這哪稱得上是活化？」土村不以為然地說，「地方經濟的確需要活化，也需要解決人口外移的問題，但如果因為這樣就建核電廠，根本是亂來。町議會的人似乎夢想著一旦建了核電廠，其他企業也會跟著來，這種事絕對不可能發生。因為企業即使在發電廠鄰近地區建造事務所和工廠，除了電費可以有點折扣以外，根本沒有任何好處，而且會有交通不便之類的不利因素。正因為一般企業不願意來這種地方，只能找核電廠來建廠，所以，非但不能活化，反而會造成外面的人更不願意來這種地方。」

「但地方政府的財政變得比較寬裕是事實吧？你剛才不也說了嗎？」室伏問。

「的確增加了稅收，」土村點了點頭，「像是固定資產稅、住民稅⑬和電源三法補助款。刑警先生，你們瞭解這筆補助款嗎？」

電源三法補助款是依據「電源開發促進稅法」向電力公司徵收的稅金，再根據「電源開發促進對策特別會計法」列入特別會計，最後依「發電用設施周邊地區整備法」分配給發電用設施所在地的市町村和周邊地區，由於是根據三項法令執行，因此稱為電源三法補助款。

「雖然表面上說，要用補助款振興地方，但我從來沒有聽過任何一個鄉下地方，因為這筆錢變成了都市。最多拿來建一些最新型的體育館然後再變成蚊子館，或是和鄉下地方格格

⑫指用犯罪行為引發他人或社會的恐慌，暗中以此為樂的人。

⑬日本地方政府向該地區居民徵收的一種稅款。

不入的鋼筋水泥建築的公所，政府也知道會有這樣的結果。刑警先生，政府支付電源三法補助款並不是用來振興地方，而是要地方放棄振興夢想的和解費。而且，這筆補助款並不是永久支付，而是設下了二十年的期限。固定資產稅也因為折舊而驟減，也就是沒有任何好處可以拿了，到時候，町議會該怎麼辦？」

「所以，就再建核電廠嗎？」

聽到室伏的回答，土村重重地嘆了一口氣。

「恐怕真的會這樣。為了得到補助款，會要求再建一座核電廠。所以，一旦某個地區接受了核電廠，就只能靠核電廠生存，陷入典型的惡性循環。但是，我無意說接受核電廠的地方政府很愚蠢，人口嚴重外流的村民和町民真的都很拚命，我氣的是政府和電力公司利用他們的這種心理設下了圈套，你知道到底是誰讓他們使用了這些圈套？」

「沒錯。電源三法補助款原本就是包括在電費中的間接稅，不管都市人有沒有意識到這一點，反正就是他們為了自己的快樂，強迫鄉下的民眾接受核電廠，然後付錢了事。」

「是都市人嗎？」

「地方上的人沒有發現這個圈套嗎？」關根插嘴問道。

「當然發現了，只是假裝沒有發現而已，八成還抱著幻想。雖然敦賀市很少有這種情況，但在那些有很多為核電廠工作的人居住的地區，只要觸及這個話題，就會遭到白眼。住在那種地方的居民，甚至有人把核電廠稱為油田，認為接受核電廠就等於挖到了油田，他們真是大好人啊。」

土村越說越激動，連額頭都紅了。

雖然室伏覺得自己並不是都市人，但根據土村的定義，應該就是都市人。他從來沒有因為考慮到核電廠周圍的居民而省電，即使聽到電費中包含了這種目的的間接稅，也不覺得有什麼問題。

如果電視上會轉播核電廠停機的情況，他也會像關根一樣，覺得看一下也不錯。不過，那時候應該還在四處明察暗訪，恐怕無緣看到——

關根踩了急煞車。有一輛車硬是從岔路擠了進來。也許是因為堵車有點不耐煩，關根難得罵了一聲「王八蛋」。

「塞車真嚴重啊，從剛才開始就完全沒動。」室伏看著前方對關根說。

國道二十七號線東西向貫穿敦賀半島的底部，關根駕駛著可樂娜沿著這條路從東駛向西行駛時，遇到了大塞車。南下的車輛太多，在二十七號線交叉路口擠成了一團。那些車輛大部分都是其他縣的車牌，可能是從海水浴場回程的路上，但通常這個時間很少會塞車。

「不光是去灰木海水浴場的遊客，更遠地方的遊客似乎也都落荒而逃了。」

「萬一直升機墜落，沒有人能夠知道離新陽多遠的地方才安全。」

「科學技術廳不是說，即使掉下來也沒有問題嗎？」關根露出嘲諷的笑容。

「他們當然不可能說很危險。」

「就是嘛。」

關根表示同意，一臉不悅地握著方向盤。綠燈後，終於經過了交叉路口，但速度並沒有加快。後方可能有車子想要插隊，傳來一陣歇斯底里地按喇叭和叫罵的聲音。

「真傷腦筋，這樣根本沒辦法查案。」關根咂著嘴。

「不工作不是很輕鬆嗎？」室伏說著，從內側口袋拿出便條紙，「現在不是說這種話的時候，好吧，那就先找一個地方停車，從那裡走路過去。看眼前的情況，走路還比較快。」

下一個調查的對象就住在這附近。

關根點了點頭，立刻把車子駛進旁邊的咖啡店停車場。可以停十輛車的停車場內只停了一輛小客車。

關根把車子停在最角落的位置，先下車走進店內。他似乎打算向老闆打一聲招呼。當他很快走回來時，臉上帶著苦笑。

「咖啡店老闆問我要不要撤離。」

「你怎麼回答？」

「我回答說不知道，結果他罵我不負責任。老闆似乎也想撤離，但看到塞車情況這麼嚴重，所以舉棋不定。」

「這是正常心理。」

他們沿著國道走了一會兒，沿途到處看到車子大排長龍。室伏不經意地探頭看了車內人的表情。看起來像是去海水浴場嬉戲的一家人臉上沒有笑容，都不安地看著前方。這種表情和為了享受夏日假期所穿的服裝格格不入。

他們從國道轉入岔路，正打算走過一棟民宅時，看到一家人正在把行李裝進停在停車場的車上。

「動作快一點，你們在幹什麼？再不趕快，路上的車子會越來越多。孝明，你學校的東西帶了嗎？全部都帶了吧？沒問題了吧？自己的事要自己處理，媽媽忙不過來。」

穿著黑色T恤的家庭主婦一臉神色緊張，對著家裡大叫著。看起來像是她丈夫的男人站在她身旁，把一個大紙箱塞進車內。他們的車子是轎車，後車廂並不深，放了紙箱後，蓋子就蓋不起來了。那個丈夫不知道去哪裡找來了繩子，綁在鉤子上，避免後車廂一直敞開著。

妻子不停地把紙袋和行李袋塞進後車廂的縫隙。

快步走在街上，不時可以看到這樣的景象。也有不開車、手上提著行李出門的家庭。其他房子都門窗緊閉，無法得知原本的住戶已經逃走，還是有人躲在裡面。

「我們要調查的人還在家裡嗎？反對派比普通人更質疑核電廠的安全性。遇到眼前的情況，不可能蹺著二郎腿等在家裡吧？」關根說出了內心的不安。

「也許吧，如果不在，那就沒辦法了。」室伏回答。

他們要找的是住在美濱町的老人，名叫末野。他是「新陽永久停機訴求會」的會員，經常在反核集會中發言。去年在大阪舉行的「關於新陽的意見傾聽會」上，他也代表反對派提出質疑。

「關於新陽的意見傾聽會」是科學技術廳和爐燃事業團主辦的，是反核派和科學技術廳、爐燃之間第一次面對面的討論會。總共有兩百多名反對人士參加。科學技術廳留下了當時參加者的名冊，這次的調查對象名單就是以這份名冊為中心製作的，但兩百多名反對人士並非都住在福井縣，而是分散在二十六個都道府縣，所以，各個轄區的警察正在逐一清查。

末野的家是一棟木造的兩層樓房，玄關旁掛著老舊的釣魚竿和網子，但看起來不像是漁夫的住家，可能他的興趣是釣魚。

出乎關根的意料，末野還在家裡。室伏在玄關叫門後，瘦巴巴的他從昏暗的房間深處走了出來。

他在內衣外面披了一件睡衣，屋內傳來電視的聲音。不用問也知道他在看什麼節目。目前各家民營電視台和NHK都在播特別報導節目。

關根說明自己的身分後，老人露出一抹冷笑。他立刻察覺了刑警上門的原因。

室伏不禁想像，他一定在心裡覺得警察是笨蛋。因為眼前這個老人不可能從事那種犯罪行為。

但關根還是開始盤問。

「請問你知道新陽的事件嗎？」

「當然知道啊，電視在報導，左鄰右舍也都嚇壞了。」

「你不逃嗎？」

聽到關根的問題，末野用鼻子哼了一聲。

「如果要逃，在這裡變成核電廠夜總會之前就逃了。」

關根不置可否地點了點頭，轉頭看向室伏。老人也跟著他看著室伏說：「不好意思，還勞駕你們特地跑一趟，但我和那起事件無關。」

「我知道，」室伏笑著說，「但我們需要線索，只要和新陽有一點交集的人，我們都會調查一下。」

「這樣太浪費時間了，那架直升機撐不了多久吧。」

「所以，我們希望趕快找到線索。」室伏在玄關坐了下來，探頭向屋內張望。裡面雖然有電視的聲音，但沒有人的動靜，「請問你的家人呢？」

「現在只有我一個人。」

「現在？」

「內人七年前生病死了，我有一個兒子，在東京上班，他說他討厭鄉下地方。」

「現在的年輕人都一樣。呃，可不可以請教你兒子的姓名和電話，只是確認而已。」

室伏說完，末野收起下巴，翻著白眼看著他。

「我兒子沒參加反核運動。」

「只是為了確認而已，只要你告訴我們電話，打一通電話，就可以知道和你兒子無關。」

末野雖然很不以為然，但還是很不甘願地說出了兒子的姓名和家裡的電話。室伏有點驚訝末野不需要看通訊錄就可以說出電話號碼，看來他的腦袋並沒有像外表那麼衰老。

「請問你兒子的職業是？」

「在一家製作學習教材的公司當業務員，詳細情況我也不太清楚。」

「學習教材？所以和你之前的工作有一點關係。」

根據室伏他們手上的資料，末野以前是中學老師。

「都是陳年往事了。」

末野的眼角稍微放鬆。男人和女人不同，永遠都不會忘記以前工作的事。

「你是從教師時代就投入反核運動嗎？」室伏巧妙地把話題拉了回來。關根似乎不想打擾前輩的問案節奏，默默站在入口的角落。

「是啊，快六十歲時才開始全心投入。」

「請問是有什麼原因嗎？」

「嗯，有各方面的因素……」

室伏有點在意他的吞吞吐吐，但並沒有追問。

「根據資料顯示，你不光反對新陽，而是站在反核的立場。」

「沒錯，核電廠害人不淺，那種東西，只會扭曲人性。」

「喔……」突然聽到人性這個意想不到的字眼，室伏一時說不出話。

「聽起來好像很複雜。」

「並不複雜，我只是在說輻射的問題。」

「原來如此。輻射不光會危害人體，還會扭曲人性嗎？」

「當然會。正確地說，是因為懷疑輻射會造成危害的不安，讓人一點一點變得不正常。」

「什麼意思？」室伏覺得很有意思，忍不住追問。

末野看著室伏問：「刑警先生，你住在敦賀市區嗎？」

「對。」

「你會不會擔心核電廠輻射外洩？」

「不，我沒有擔心過這個問題——你呢？」他問關根。

「老實說，我從來沒有擔心過。」

末野點了點頭。

「對吧？住在敦賀市區，不會意識到核電廠就在附近，再加上電力公司的大力宣傳，對核電廠的安全性也有一定程度的瞭解。」

「末野先生，你很擔心嗎？」室伏問。

「在回答你的問題前，先給你看一樣東西。」末野坐在原地，伸手從旁邊的小書架上拿出一本資料夾，從裡面抽出一張小型剪報，放在他們面前。

室伏拿起這篇報導，標題上寫著——

〈敦賀灣為癌症好發地區〉一文觸怒了福井縣，向出版社提出抗議。

報導中寫道，某週刊撰文報導核電廠所在地是癌症的好發地區，福井縣向該週刊所屬的出版社發出抗議聲明。室伏點了點頭。他也知道這件事。那家週刊的編輯部經過大規模的調查後，發現在敦賀半島，尤其是嶺南地區惡性淋巴腫瘤和白血病的罹患人數相當高。福井縣政府表達抗議，說那些數據毫無科學根據。

「我對這種爭議本身並沒有興趣，我在意的是核電廠和輻射不可分割的關係。大家都覺得有核電廠的地方，空氣中也有輻射，這種疑慮始終無法消除，最好的證明……」說著，他又從資料夾中抽出另一張A4大小的紙。「這是在『新陽永久停機訴求會』的集會上發的宣傳單，你們看一下最下面的『來自全國各地的信函』部分。」

這個爺爺到底想說什麼？室伏心裡這麼想道，低頭看著宣傳單。上面有這樣一段內容。

「這是幾年前發生的事。我的親戚帶著一家人去若狹灣玩。回來的時候，親戚家的爸爸給我看了他們當時的錄影，我看到他們家的小孩子在海裡游泳。當時，我感到很不安。因為，我在畫面的角落瞥到了近畿電力公司核能發電廠，我很擔心小孩子在那裡游泳會出什麼問題。所以，幾個月後，當我聽說那個小孩子罹患白血病時，不禁愕然，我覺得不安變成了現實。我曾經在書上看到，新陽比普通的核電廠更可怕，我覺得絕對不能讓這種核電廠運轉。那個得了白血病的親戚小孩在發病後不到一年就死了。」

寫這篇文章的是住在埼玉縣的家庭主婦。

「你有什麼看法？」末野問。

「你問我的看法，我只能說，寫這篇文章的人產生了誤解，再怎麼危險，也不可能在若狹游泳就得了白血病……」

「我也覺得她簡直有點杯弓蛇影了，但是，住在其他地區的人，會覺得核電廠周圍的空氣中也充滿輻射。更可悲的是，當地人也開始覺得也許是這樣。最好的證明，就是剛才週刊上的那篇報導。當住在這裡的居民得了白血病，無論當事人還是家屬，都會懷疑是核電廠造成的。即使假裝不這麼想，內心深處仍然無法擺脫這種念頭。刑警先生，我覺得這種情況很可悲。無論實情如何，覺得自己生長的地方是造成自己死亡的原因，未免太可悲了。」

末野難過地眨著眼睛，室伏看著他的臉，突然想起一件事。

「你剛才說，你太太是生病過世的？」他問。

眼前的老人輕輕嘆了一口氣，垂下肩膀小聲說：

「是惡性腫瘤，也是一種癌症。」

19

湯原和山下坐敦賀警察分局的警車前往新陽，在車上得知了政府的決定。雖然他們之前就知道歹徒已經再度接觸，同意營救直升機上的孩童，但湯原無法預測政府是否會接受讓全國各地的核電廠都停機的不合理要求。為了避免山下產生不必要的期待，他沒有特別對山下說什麼，所以，尷尬的沉默持續了好幾十分鐘。

湯原終於開口對身旁的山下說：「真是太好了。」

山下靠在椅背上，閉著眼睛，用力吸了一口氣，緩緩地點了點頭。他蒼白的臉上終於漸漸有了血色。

「因為惠太的關係，給全國造成了這麼大的困擾。」

「造成困擾的不是你，也不是惠太，而是歹徒。」

「沒錯，」坐在副駕駛座上的警官也轉頭對他說，「山下先生，你完全不必介意。」

「聽你們這麼說，我的心情稍微輕鬆了一些，沒想到政府真的作出了這樣的決定。」

「因為救人第一，」湯原說，「至於電力的問題，總有辦法解決。」

根據政府公佈的消息，已經協商大量消耗電力的企業將今天白天的工作挪到晚上。官房長官在最後呼籲全國民眾，盡可能減少電力使用，尤其避免使用冷氣機。反過來說，只要願意下工夫和忍耐，讓所有的核電廠停機並非不可能的事。

湯原覺得歹徒的目的或許就是要讓國民瞭解這一點。果真如此的話，雖然湯原反對這種做法，卻能夠同意歹徒的主張。國家預測電力需求，認為需要核電廠，才能充分供應電力，但必須同時推動節能政策。

想到這裡，湯原察覺了自我矛盾的地方。因為即使整個社會向這個方向發展，自己任職的相關廠商也會背道而馳，堅持到最後一刻。

「三號車，三號車請回答。」副駕駛座下方傳來夾雜著雜音的呼叫聲，坐在副駕駛座上的警官拿起了照會指揮系統螢幕下方的數位式無線接收器。

「這裡是三號車，請說。」

「請轉告錦重工業的兩位先生，剛才接到自衛隊的聯絡，已經用無線電通訊和直升機上的小孩順利通話，小孩目前一切平安。」

湯原轉頭看著山下，山下抓著駕駛座的椅背，探出了身體。

「三號車瞭解。」警官關掉麥克風後回頭問：「你聽到了嗎？」

「聽到了。」山下點點頭。

「太好了，到了那裡，可以再拜託自衛隊讓你兒子聽聽你的聲音。」

「好。」山下的聲音稍微恢復了精神。

「太好了，沒想到惠太居然可以找到無線通訊器的開關，你有讓他玩無線電嗎？」

「不，完全沒有，但他同學有在玩，他可能知道哪一個是無線通訊器吧。」

「無論如何，實在太幸運了，能不能和惠太通話，對救援工作有很大的影響。」

「是啊，但是湯原先生……」山下再度露出愁容，「有方法可以救惠太嗎？我剛才一直在思考這個問題，如果直升機不降落，有什麼方法可以救他？」

「嗯……」湯原閉口不語。

湯原聽到歹徒同意營救惠太時提出的要求後，就一直在考慮這個問題，但他和山下一樣，想不出任何十拿九穩的營救方法。

歹徒在同意營救孩童的同時，提出以下五點要求：在電視上公佈營救方法，營救者絕對不能進入直升機內部，不得要求改變直升機的高度和位置，不得用牽引等方法強制移動直升機，不得讓孩童將機內物品攜出。其中最嚴格的條件就是不得改變直升機的高度和位置，也就是說，無論用哪一種方法營救，都必須在超過一千公尺的高空進行。

湯原認為，只能用直升機營救。既然那架直升機在空中，營救者也只能飛到空中，但問題是該怎麼靠近？直升機有巨大的螺旋槳，只要碰到其中一架直升機的螺旋槳，兩架飛機都會同時墜落。

「總之，這件事要和自衛隊商量，他們或許有什麼好主意。」

「……是啊。」山下沒有反駁，顯然知道湯原的話只是在安慰他。

「啊，看到了，就是那裡。」正在開警車的警官叫了起來。

湯原打開左側窗戶，探頭看向前方。前方有一座向海面伸出的小山，山麓被鏟平，出現了一座好像碉堡般的灰色建築。圓形屋頂的建築和向天空聳立的高高鐵塔令人印象深刻。

他往建築物的上空望去，兩、三個小時前，還令他引以為傲的研究成果大B懸在半空中，感覺十分可怕。

警車沿著一條直直的路行駛，前方出現了通往新陽入口的隧道。路旁停了幾輛廂型車，從聚集在廂型車周圍的人來看，應該是媒體相關的人。

「記者也很辛苦，」坐在副駕駛座上的警官說：「再危險的地方都得去。」

「這是他們的正義感吧。」開車的警官回答。

警車停在警衛室前，一名瘦瘦的中年警衛連連鞠躬地走了過來。電視台的記者遠遠地拍著這輛警車，湯原猜想他們並不知道直升機上那個孩童的父親正坐在車上，如果知道的話，就會像娛樂記者採訪外遇的女明星般蜂擁而上。

「我們帶錦重工業的直升機技術員過來。」坐在副駕駛座上的警官打開窗戶對警衛說。

「我聽說了，請前往第二管理大樓。」

「第二管理大樓是……？」

「過了隧道之後立刻右轉——」

警衛向警官解釋怎麼走時，湯原不經意地看向警衛室，發現窗戶後方坐了兩名年輕女子，後方還有其他的警衛。一名身穿短袖的男子站在窗前，彎腰在填寫什麼單子，可能正在申請許可證。

男子從年輕女子手上接過識別證之類的東西，行了一禮後轉過身。湯原看到他時，忍不住感到驚訝。因為是他認識的人。

「好，謝謝你。」坐在前方的警官向警衛道謝，正在關車窗。駕駛座上的警官換了低檔準備開車。

「對不起，請等一下。」湯原對警官說。

「怎麼了？」副駕駛座上的警官問。

「那個人是我們公司的。」湯原說話時，已經打開了車門，一隻腳跨了出去，叫住了那名男子。「三島。」

對方立刻停下腳步，但似乎無法辨別聲音來自哪個方向。他左顧右盼後，終於發現從警車後車座探出身體的湯原。

「原來是湯原……」男子慢慢走了過來，「原來那架直升機是你負責的。」

「不是我一個人，但我代表團隊來這裡。」

「是嗎？辛苦了。」

「你呢？」

「我接到課長的電話，說我們事業部沒有人來新陽似乎不妥，所以叫我來看看。我剛好因為美花核電廠蒸氣產生器交換工程來這裡。」

「看來我們都很辛苦。」

「可不是嘛。」

「那就在裡面見囉。」

「好。」

湯原坐回車上，關上車門，向警官道歉：「對不起。」

「熟人嗎？」副駕駛座上的警官問。

「我們公司原子能部門的人，我們同期進公司，進修時曾經在同一組。」

「聽說錦重工業也和新陽有關。」

「對，好像負責反應爐壓力槽和熱交換器的製造，因為部門不同，我也不是很清楚。」

「說得極端一點，歹徒這次打算用錦重工業製造的直升機，破壞錦重工業製造的反應爐。」駕駛座上的警官在換檔時說。

警車進入了新陽隧道。等間隔排列的橘色燈光不斷向後移動。

「因為生產重型機器的廠商不多，飛機和核電相關產品可能都由同一家廠商生產。」湯原說出了自己的想法，「而且，我們航空事業本部和他們重機事業本部幾乎等於兩家不同的公司，平時也幾乎沒有交集。」

「原來是這樣。」警官似乎對這個問題不感興趣。

湯原轉頭看著後方車窗。三菱越野車跟在後方，保持了二十公尺的車間距離。那似乎是三島的車子。

湯原第一次遇見三島是剛進公司不久的時候，所以，他們已經認識十幾年了。在新進員工進修時分在同一個班，幾乎有一個月的時間每天見面。雖然沒有特別深的交情，但因為姓名按照五十音排列的關係，他們每天坐在一起，經常聊到學生時代的往事。

三島是京葉工科大學機械工學系畢業的，那是當年湯原擠破頭都擠不進去的大學，雖然並不是因為這個原因而抱有成見，但三島的言行常常讓他受到很大的刺激。三島和其他新進員工不同，想法很尖銳，好幾次都令湯原驚訝不已。

請列舉企業的社會責任——進公司一個星期左右，教育課的人提出了這個課題。新進員工分組討論這個課題，把討論結果寫在海報紙上，在所有人面前發表。湯原和三島在同一組。

除了三島以外，其他人的意見大致如下：

「生產和提供對人類生活有用的商品。」

「將利益回饋給地方，對地區發展做出貢獻。」

「徹底管理工廠廢棄液和產業廢棄物，努力做好環保。」

新進員工都是大學剛畢業，身上還有很多學生氣，只能想到這些內容。沒想到最後發言的三島說出的意見，完全出乎湯原和其他成員的意料。

他說：「企業的社會責任不就是賺錢嗎？」

其他人頓時沉默，面面相覷。然後，其中一個人開了口：

「賺錢第一主義不太好吧。」

三島一臉訝異地看著對方的臉。

「我們現在討論的不是主義，而是責任。首先要賺錢，才有資格談論其他的事。」

湯原和其他人一開始反對這個主張，當時，正值對「金錢代表一切」的想法產生反感的時期，也完全不瞭解公司。

但是，三島一一駁倒了那些激動表達幼稚意見的同事。

「如果我們公司的收益驟減，會造成什麼後果？」他說：「誰來支付數萬名員工的薪水？誰來養員工的妻兒？下游承包商怎麼辦？因為收益減少，縣政府的稅收當然也減少，就沒錢修繕損壞的道路。企業的社會責任首先要保障和企業相關的人員的生活，為此，首先必須賺錢。生產和供應對人類生活有用的商品只是手段而已，把利益回饋給地方，也必須先賺錢，才能繳稅金。至於環保問題，必須當成是做生意的遊戲規則。」

如果用中規中矩的話來形容，就是他的言論跌破了眾人的眼鏡。湯原覺得那是他第一次接觸到企業的思考方式，其他人也受到了相同的震撼，大家很快就不再表達反對意見。

發表的時間終於到了。其他小組主張的內容和湯原他們原本所想的內容大同小異，總共有十幾個小組，沒有任何一組斷言「企業的社會功能就是追求利潤」。因此，當湯原他們最後表達這樣的主張時，遭到其他小組反對炮火的猛烈攻擊，但這些意見正是湯原他們不久之前所辯論的，所以要反駁這樣的意見也輕而易舉。發表會後，教育課的指導人員稱讚了湯原他們那一組，說他們是「唯一抓到本質的意見」。湯原看著三島，三島閉起一隻眼睛笑了笑，沒想到他的笑容很親切。

之後，湯原也曾經在不同的場合多次見到三島，每次都在他身上感受到與眾不同的光芒，這種光芒每次都深深刺激湯原。

但是——

湯原看著前方，在警車內微微偏著頭。剛才遇見久違的三島，在他身上感受不到以前的光芒。這件事讓他有點在意。

穿越新陽隧道，巨大圓頂建築出現在右前方，前方是綜合管理大樓和停車場，停了一整排消防車和自衛隊的卡車，但是警車沒有駛進那個停車場，右轉後，駛上了南側的斜坡。斜坡中段有一棟兩層樓的長方形建築，警車就停在那棟房子前面，前方寫著第二管理大樓。

湯原他們下車的同時，兩名制服警官從裡面走了出來，和開警車的警官簡短地說了幾句話，對湯原他們說：「這邊請。」

對策總部設置在二樓的會議室，發電廠職員、消防相關人員和警官分成幾個小組，正圍著桌子熱烈討論。其中也有自衛官的身影，湯原他們走進去時，也幾乎沒有人抬頭看他們。

帶路的警官走向在窗邊說話、上了年紀的胖男人，告訴他湯原他們到了。他似乎是發電廠的負責人，他看到湯原他們，立刻脫下帽子走了過來。

「我是廠長中塚，謝謝你們特地趕過來，辛苦了。」他從白色制服下拿出了名片。

湯原他們也遞上名片自我介紹，為管理不周導致如此重大事件道歉，山下也為自己兒子闖禍一事道了歉。

「沒有人會認為是你們的錯，如果歹徒沒有偷走直升機，一定會想其他的方法。」中塚安慰道。

「謝謝你的安慰。」湯原鞠躬道謝。

「現在只要專心考慮如何順利救出孩子，或許你們已經聽說了，好像已經可以用無線通訊器和直升機上的小孩對話了。」

說完，中塚向窗邊叫了一聲：「八神先生。」窗邊聚集了幾名自衛隊員，所有人都轉頭過來，其中個子最高、年紀最大的人就是八神。

中塚把湯原他們介紹給八神，八神銳利的眼神看著他們。

「我是航空自衛隊小松基地航空救難隊長八神，太好了，我們目前還搞不懂那架直升機的構造。」

「是啊。」

湯原忍不住猜測，他剛才這番話是否在諷刺大B上搭載的系統是「卡車的燈飾」，但從八神的表情來看，似乎並沒有這個意思。

「剛才聽說已經可以用無線通話……」山下有所顧慮地問。

「已經可以通話了，請跟我來。」

八神帶著山下來到窗邊的桌前，桌上設置了通訊裝置，UHF和VHF⑭各一台，年輕隊員正坐在桌上用耳機監控。八神拿起UHF的麥克風。

「惠太，聽得到嗎？惠太。」

年輕隊員切換開關後，擴音器傳來地鳴般的轟隆聲，其中夾雜著少年柔弱的聲音。

「喂，聽得到，聽得到。」
「惠太。」山下的身體好像痙攣般顫抖著。
「惠太，你爸爸在這裡，我請你爸爸和你說話，讓爸爸聽聽你的聲音。」
八神把麥克風遞到山下面前，山下微張的嘴靠近了麥克風。湯原也可以察覺他在說話前猛吞口水。
「惠太……是爸爸，你聽得到嗎？」他的聲音發抖。
「爸爸。」在雜音和激烈的震動聲中，可以清楚聽到惠太的聲音。「聽得到，爸爸，爸爸。」或許是因為聽到了父親的聲音，惠太的聲音中帶著哭腔。
「惠太，你要振作，我們一定會去救你，千萬不能氣餒。」
「爸爸，快來救我，我好害怕，我好害怕。」
「再忍耐一下，大家都在為營救你而努力，你再忍耐一下，千萬不能認輸，知道了嗎？」
「……嗯。」
「好，加油。」山下說完，把麥克風交還給八神。八神看著他，似乎在問：「可以了嗎？」山下輕輕點頭。
八神指示年輕隊員繼續監控，隊員立刻又把聲音切換到耳機上。
「沒想到你兒子很有精神，我們也鬆了一口氣，真是個堅強的孩子。」八神對山下說。
湯原覺得聽起來不像是奉承或安慰。
「希望如此。」山下拿出手帕，擦著從太陽穴流下的汗水。

⑭指無線電的兩種波頻。

「聽惠太說，搖晃和震動並沒有太嚴重，但他覺得想吐。」

「他很容易暈車……」

「好像是這樣。」

「請問，」湯原在一旁插嘴問，「有沒有問惠太直升機內部的情況？」

「細節還沒有問，但聽說貨物艙內有一個大木箱。」

「木箱？」

「請問你們知道是什麼嗎？」

「不，不知道，照理說貨物艙應該是空的。」

八神點了點頭，似乎在說：「我就知道。」

「我們認為那個木箱子就是歹徒提到的爆裂物，惠太說，大小和家裡的洗衣機差不多。」

「他沒有打開來看吧？」

「對，我們已經告訴惠太，千萬不要靠近，萬一不小心碰觸到起爆裝置就慘了。」

湯原忍不住思考，歹徒是怎麼把木箱搬上直升機的。光是遙控操作直升機的裝置就佔了很大的體積，沒想到還有一個像洗衣機般大小的木箱子——

「那就趕快來討論救援方法吧。」

聽到八神這麼說，湯原和山下都點著頭。

會議室角落有一塊白板，白板前坐著七個男人。八神簡單介紹了一下，除了自衛隊員以外，還有消防相關的人員。

白板上畫著雜亂的線和圖，他們剛才似乎討論了幾種救援方法。雖然圖畫得很潦草，但湯原立刻看懂了他們討論了哪些方法。因為那些正是他來這裡的路上想過的方法。

「你們看這張圖應該可以瞭解，」八神用大拇指指著白板說道，「很遺憾，目前並沒有任何絕對有把握的方法，因為沒有充裕的時間，來不及製作救助用的特殊裝備，只能用現有的東西克服一下，這也是最艱難的一件事。」

「是啊。」

「但是，」八神瞥了一眼山下說，「剛才接到幕僚監部⑮的聯絡，既然現在已經和惠太取得了聯絡，這種方法或許可行。」

「什麼方法？」湯原問，但他已經猜到八神想要說的內容。

「大B上有懸吊鋼索吧？」

「有。」湯原心想，果然不出所料。

懸吊鋼索是把人吊上去的裝置，主要在救助救援時使用。大B的懸吊鋼索裝在右舷乘務員出入門的上方，可以用馬達將直徑大約五公釐，長約八十公尺的鋼索伸長或縮短，鋼索可承受三百公斤的重量。

鋼索前端有鉤子，可以將名為救生吊索的粗吊繩掛在上面，把人吊上去。

八神點了點頭說：「我們打算用那個。」

「用懸吊鋼索把惠太放下來嗎？」山下瞪大眼睛問，他的臉忍不住抽搐起來。

「不，這應該辦不到，因為歹徒要求不能降低高度。在一千公尺的上空，沒有方法可以接到懸吊在半空中的惠太，即使有方法，也不可能讓一個小孩子自己使用救生吊索。」

「……是啊。」山下低下頭。

⑮防衛大臣直屬，負責向防衛大臣提供建議的幕僚機構。

「但是，」八神又說道：「我覺得惠太應該可以操作懸吊鋼索，把救生吊索放下來。他應該可以把吊索放下來，再拉上去。」

「所以，當惠太放下救生吊索後，有人從下方抓住，然後再拉上去嗎？」湯原問。

「對。」八神回答。

「困難度很高。」

「我知道，但除此以外，並沒有其他的方法。」八神的語氣很平靜，但神情很凝重。

「要怎麼靠近救生吊索？」湯原問。

「只能用直升機。」

「我知道，但如果靠得太近，螺旋槳會打到鋼索。」

「對，最近恐怕也有三、四十公尺的距離。」

「但可能仍然有危險。」

「對。」

雖然大B在空中盤旋，但並非靜止不動。從大B垂下的鋼索也會激烈搖晃。

「即使能夠靠近，接下來要怎麼做呢？」

「目前只能想到唯一的方法。」八神說完後，說明了方法。

湯原聽的時候注視隊長的臉，確認他並不是在開玩笑。

「這簡直是神技。」湯原說出了自己的感想。

「但這是目前唯一可行的方法。」

「即使這種方法可行，歹徒會同意嗎？」山下問，「這樣的話，救難人員會進入直升機，歹徒不是禁止這一點嗎？」

「可能需要向歹徒再三說明，救難人員絕對不會進入大B內部，抓住救生吊索後，只會到直升機的入口而已。我相信歹徒應該可以接受。」

「如果只到入口，歹徒應該也沒什麼好說的，但這樣根本沒辦法救出孩子。」

「所以，」八神再度看著山下，「惠太必須靠自己走出直升機，這是唯一的方法。」

「這……」山下用充血的雙眼看著八神。

這時，室內的另一個角落傳來聲音。「核電廠要停機了。」

湯原看向聲音的方向。那裡有一台十四吋的電視，很多人聚集在電視前。有人把音量調大，可以清楚聽到主播的聲音。

「接下來是北日本電力柏木核電廠一號機停機的畫面，這是應新陽脅迫事件的歹徒要求進行轉播。再重複一遍，接下來將從北日本電力柏木發電廠的控制室實況轉播一號機停機的情況，這是應新陽脅迫事件的歹徒要求進行轉播。」

男主播說完這段話後從畫面上消失，出現了有一整排儀器的房間。身穿深藍色套裝的女記者出現在螢幕上。

「這裡是柏木核能發電廠的中央控制室，」女記者神情緊張地說，「這裡有一號機和二號機的控制裝置，包括值班課長在內，共有十一名作業員管理運轉的情況。一號反應爐將在稍後停機，一號機停機後會觀察片刻，二號機也將停止運轉。」

女記者說完這段話，畫面立刻切換到儀器上。鏡頭近距離拍攝控制盤，可以看到作業員身後的開關、顯示燈和CRT畫面。

這時，湯原突然感覺到自己周圍有一股奇妙的空氣流動。並不是有人發出聲音，但圍在電視前的人群中，有幾個人看到畫面後，臉上的表情變了。他觀察著大家的臉，每個人都很緊張，他不知道自己為什麼覺得奇怪。

「一號機緊急停止。」電視中傳來的聲音很悶，似乎是站在控制盤前的作業員的聲音。作業員的手伸向右前方，前方儀表板上有一個紅色開關，有一個透明的塑膠罩蓋在那個開關上，應該是為了避免不小心碰觸到開關而設置的。

作業員拿下塑膠罩，接著手抓住了紅色開關，在宣佈：「緊急停止」的同時，把開關向右轉。

就在這時，警報器發出刺耳的聲音。湯原忍不住探出身體，以為發生了什麼意外。剛才的女記者似乎猜到了觀眾的反應，電視中傳來了她的聲音。

「目前警報器響了，據說在緊急停止時，警報器都會響，不必擔心。」

警報器的聲音很快就停了，證實了她說的話。畫面上出現作業員忙碌地操作控制盤上各種開關的背影，有時候轉頭向其他作業員說什麼，然後又繼續操作。

「他們在幹什麼？」湯原自言自語地嘀咕。

「在冷卻。」身旁有人回答。

湯原轉頭一看，發現三島就站在他身旁。

「冷卻？」

「在正常情況下停機，會慢慢減少發電量。這次因為把控制棒急速插入，容易對各種機器造成負擔，所以用控制水流的方法有效地冷卻。」

「原來是這樣。」

「沒想到，」三島繼續說道，「政府高層下了這麼大的決心。」

「為了營救小孩子，這也是非不得已啊。」

三島看著湯原，嘴角露出了隱約的笑容。他的笑容意味深長。

「怎麼了？」湯原問。

「不，沒什麼。」三島將視線移向電視。

畫面上出現CRT螢幕，還有曲線圖。湯原不知道那是什麼，女記者再度開始說明。

「這個螢幕監控發電量情況，縱軸代表發電量，橫軸是停機後的時間。各位在畫面上可以看到，一秒之內，發電量大幅下降，兩秒後幾乎接近於零，這代表一號機已經完全停止發電。如果再度啟動，需要超過八個小時才能恢復正常的發電量。」

電視畫面又回到了攝影棚內，主播出現在鏡頭前。

「剛才為各位轉播了北日本電力柏木發電廠一號機的停機情況，其他各發電廠準備就緒後，也將陸續為各位轉播。在此再度重申政府對新陽事件發表的聲明，政府決定按照新陽事件歹徒提出的要求，在上午十一點三十分之前，暫時停止國內所有核電廠反應爐的運轉，因此將導致總發電量減少六至七成，除了各企業以外，希望全國民眾也努力省電。」

20

航空自衛隊小松基地——

二等空曹⑯上條孝正敲響救難隊長室的門時，有一種不祥的預感。門內傳來低沉的聲音：「誰啊？」他回答說：「我是上條。」

⑯二等空曹為航空自衛隊的二級士官，相當於中士。

「打擾了。」他打開門，發現室內已經有三個人。坐在窗前的是救難隊副隊長大場，站在他面前的分別是植草一曹⑰和根上三佐⑱。上條知道八神隊長不在基地，正因為這個原因，被叫來這裡時，他才會有不祥的預感。

「你知道新陽事件吧？」大場問他。

「對，我看了電視。」上條在回答時，確信自己的預感完全正確。

大場點了點頭，用乾脆的口吻說：「我們要把直升機上的孩童救出來。」

上條看著大場沒有表情的臉，又輪流看著植草和根上，然後，又將視線移回大場的臉上。

「已經決定了嗎？」

「決定了，剛才接到了指示。」

「要怎麼救？」

聽到上條的問題，大場移開了目光。其他兩個人沒有說話。

「那架直升機在持續盤旋，不是嗎？」

「對。」

「直升機上只有一個小孩。」

「對。」

「那要怎麼……」上條攤開雙手，「要怎麼救？根本無法靠近啊。」

大場拿起桌上的紙遞給他，那是一張傳真紙。

「這是八神隊長傳來的，幕僚監部提議的救援方法，希望我們用這種方法。」

「借我看一下。」上條接過了傳真，看了上面所寫的內容，中途看了大場和其他兩個人好幾次。因為傳真上寫的內容太脫離常軌，他以為自己被惡整了。

「真的要這麼做嗎？」他看完之後問大場，聲音很尖銳。「東京那些人真的要我們這麼做嗎？」

「很遺憾，他們似乎是認真的。既然上頭有命令，我們就要去做。」

「太荒唐了，簡直瘋了。」上條把傳真用力放到桌上。「隊長也很莫名其妙，居然接受這種提議。」

「我也這麼認為，」根上語氣沉重地開了口，「但是，眼前的現實是，有一個小孩獨自在三千英尺的上空，我們怎麼能袖手旁觀？政府為了讓歹徒同意營救孩童，已經停止核電廠的運轉，付出了令人難以相信的代價。這項救援作戰的確很荒唐，也脫離常軌，但是，必須有人去完成。」

「這個救援方法應該是作戰司令部的人想出來的，」大場指著傳真說，「他們應該很想說根本不可能做到，但正因為現實情況不允許他們說這種話，所以才絞盡腦汁想出了這個方法。從這個角度來看這個方案，就會發現其實他們思慮很周詳。至少在發生萬一的狀況時，可以將人員犧牲降低到最低限度。」

上條再度拿起傳真。這次看的時候，將文字在腦海中具體化。和剛才一樣，他仍然覺得是危險的嘗試，但他也想不出除此以外還有什麼方法。

他抬起頭，前輩植草拍了拍他的肩膀。

⑰即一等空曹，為航空自衛隊的三級士官，相當於上士。

⑱即三等空佐，相當於少校。

「一旦成功，你就可以成為大英雄。」

「我可以把功勞讓給你。」

「喂、喂，難道你要叫我這把四十多歲的老骨頭在空中盪鞦韆嗎？」雖然他嘴上這麼說，但這位向來以強壯的肉體自傲的高級救難員似乎充滿了自信。

於是，以這位資深救難員為目標的上條決定接受這項挑戰。

話說回來——

他再度看著寫了救助方法的傳真紙。植草說得沒錯，真的是在空中盪鞦韆，而且是在三千英尺的高空——

21

愛知縣知立市——

日本最大汽車零件公司H公司的知立工廠內，生產線正在加緊生產，這裡主要生產起動器和交流發電機等電機零件。

交流發電機第一生產線的組長是今年四十二歲的中年男子，他按照工廠的規定，戴上安全防護鏡，穿上安全鞋，正在巡視生產線。這條生產線的生產節奏是六秒，也就是說，每六秒就可以生產出一個交流發電機。交流發電機是裝在汽車引擎室的發電機，一輛車只需要一個發電機。雖然他身為組長，但看到每六秒就生產出一個，總是忍不住感到很奇妙。這麼多汽車發電機到底去了哪裡？生產節奏是六秒，意味著每個月生產十萬個，而且，發電機生產線並不是只有這裡而已。

他在旋轉軸的高周波熱處理裝置前停下了腳步，這是在發電機旋轉軸的表面進行熱處理的工序，將旋轉軸穿入銅製線圈，在線圈上通以高周波電流，就會在旋轉軸表面產生感應電流，因為摩擦生熱的關係，表面溫度會迅速達到幾百度的高溫，之後立刻淋以冷卻水，就完成了熱處理，為了進一步增加韌性，需要再度加熱片刻，完成回火的工序。

組長用銳利的眼神檢查確認，因為上個星期才發現金屬組織出現了一些小問題。雖然已經查明原因，也進行了改善，但他還是無法放心。他凝視著旋轉軸的中央瞬間變紅。根據他在這個職場工作多年的經驗，只要看到這個紅色，就可以憑直覺判斷熱處理的溫度是否達到標準。

判斷沒有問題後，他繼續往前走。捲線的工序、焊接都沒有問題，工人也都一如往常地專心於自己的工作。對他來說，生產線順利運作是頭等大事。

但是，他不禁擔心眼前順利運轉的情況能夠持續多久。

剛才休息時間看電視時，得知了新陽事件。當時，他以為這種事和自己無關。敦賀半島離這裡很遠，即使發生意外，這裡也不會遭到波及。而且，科學技術廳拍胸脯保證安全無虞，他覺得不必杞人憂天。他對核電廠完全沒有概念，今天是第一次聽到「新陽」這個名字。不光是他，其他組長和工人應該也都差不多。大家雖然感到不安，但完全無法想像和自己有任何關係。

沒想到剛才課長神情凝重地跑來說：

「慘了，因為受新陽事件的影響，今天可能要停工了。」

「為什麼？」組長問。雖然以職位來說，自己是課長的下屬，但他和課長說話時的語氣很少必恭必敬。

「聽說會按照歹徒的要求核電廠停機，到時候，可以停止的生產線就要停工。」

「所以，我們的生產線要停工嗎？」

「那也沒辦法啊，起動器因為之前的問題，交貨期延誤了不少時間，相較之下，發電機的交貨時間還很寬鬆，所以可能會停這裡吧。」

「雖然時間比較寬鬆……但停了之後，我們該怎麼辦？」

「就算半天的特別休假，讓工人回家吧。」

「喔。」他隔著帽子，抓了抓頭。

課長現在去找部長了，聽說全國各地的核電廠都將陸續停機，所以需要研擬節電對策。生產線停工本身並沒有問題，問題在於今天的份要怎麼趕工？如果有加班費當然很高興，但時下經濟不景氣，恐怕不但領不到，八成星期六還要來加班。頂多日後再各自休假而已，當然不可能有加班費。

看到課長走來，組長主動迎上前去。

「生產線要停工。」課長說。

「果然要犧牲我們嗎？」

「不，起動器生產線也要停工。」

「起動器也要停？」

「訂貨的工廠今天也停工，所以大家都停工。」

「真是搞得雞飛狗跳。」

「對啊，整個日本都雞飛狗跳了。」

組長回頭看著生產線，大聲叫著：「喂，關掉！關掉！」他剛才已經向工人傳達可能會停工的消息，所以，工人們立刻按下停止按鍵。生產線發出的聲音接二連三地安靜下來。

「這個也要關掉。」課長按了旁邊的開關，那是定點冷氣的開關，冷氣只吹到工人所在的位置。

冷氣一關，汗水立刻滲了出來。

橫濱，某百貨公司——

正在兒童秋季服裝區的主婦並沒有立刻察覺空氣品質的變化，她滿腦子都想著讀小學一年級的女兒到底該穿什麼衣服去參加九月舉行的鋼琴發表會。她自己很喜歡打扮，但為女兒打扮更讓她感到樂趣無窮。所以，為女兒挑選衣服時，她從來不去普通的服裝店，而是直奔百貨公司的專櫃。

「綾綾，要不要試試這一套？很可愛吧。」她拿起一件黃色和灰色格子圖案的洋裝，對身旁的女兒說。

「又要試穿嗎？我好累，想回家了。」

「為什麼？不是才剛來嗎？這件妳穿絕對很好看。」

「因為很熱啊。」

「很熱？」

她這才發現的確很熱。來百貨公司時擔心冷氣太強，總是會帶一條圍巾，今天這裡卻一點都不涼快，腋下也滲著汗。

附近剛好有一名年輕女店員，她立刻問女店員：「冷氣好像太弱了吧？」

沒想到店員露出意外的表情看著主婦。

「對，因為不能開冷氣。」
「為什麼？」
「什麼為什麼……」
店員露出不知所措的表情時，傳來了廣播的聲音。
「本店敬告各位顧客，受到福井縣新陽事件的影響，今天除了一部分賣場以外，冷氣暫停使用，本店對造成顧客的困擾深感抱歉，敬請各位見諒。」
這個廣播並不是第一次播放，但這位主婦剛才太專心挑選衣服，完全沒有聽到。
廣播結束後，她問女店員：「福井縣出什麼事了嗎？」
「我也不是很清楚詳細的情況，好像有人威脅要破壞核電廠，所以現在按歹徒的要求，全國的核電廠都停機了。」
「是喔。」
雖然她很納悶這和百貨公司不開冷氣有什麼關係，但並沒有繼續追問。這也解答了她剛才始終不解的疑問，難怪她覺得今天百貨公司的人特別少。
破壞核電廠到底是什麼意思？
她以前從來沒有考慮過核電廠的問題，所以，對核電廠也沒有特別反感，只覺得和自己無關，所以一直很放心。她很慶幸神奈川縣沒有核電廠，但她並不知道全國的沸水型核電廠的燃料，都在橫須賀市的久里濱工廠生產，也不知道這些燃料都在深夜的時候，在前導車和警備車護送下，悄悄運往日本各地的核電廠，更不知道新陽用的鈽燃料的運送貨車會經過川崎和橫濱。她當然也不可能知道，曾經有人擔心，當貨車經過都市區時，如果遭遇阪神大地震級的地震，燃料容器遭到破壞，就會在地震災害的同時發生輻射災害，發展成複合災害，更完全不可能想像神奈川縣的十個市、町、村完全沒有建立任何輻射災害的防災對策。
「媽媽，我們回家吧。」
女兒開始吵鬧，主婦巡視周圍。
「既然已經來了，就再忍耐一下。啊，對了，我們去水果吧吃冰淇淋。」
她用一隻手搧著臉，另一隻手拉著女兒的手，走去樓層角落的水果吧。
但是，那裡也充滿悶熱的空氣。

東京都練馬區——

男子從池袋車站走向西武線的準快車，在車廂內左顧右盼後，立刻感到一陣心煩。因為車上的座位都被小孩子和年輕人霸佔了，他猜想他們要去豐島園，去那裡的游泳池玩耍。
電車上的冷氣果然沒有開。剪票口旁貼了公告，他已經有了心理準備，但一踏進車廂，發現果然沒有平時的清涼感，頓時感到疲勞加倍。
車上並不是完全沒有座位，但只要坐去那裡，就會被那群小孩子的尖聲交談包圍。最後，他決定站在車門旁。
他要去航空公園，因為那裡的新市鎮銷售中心是他目前上班的地點。今天一大早，他去了千葉，向買了公司建案的顧客拿辦理手續所需的文件資料。
他在東京車站搭山手線時開始覺得不對勁，因為他上車前，喝了一罐在自動販賣機買的烏龍茶，渾身汗水直流，他原本還期待上車之後，可以好好涼快一下。
沒想到電車上沒有冷氣，連電風扇也沒有開。和他一樣，期待可以上車吹冷氣的乘客紛紛抱怨，這時，電車廣播宛如聽到大家的抱怨般響了起來。因為受新陽事件的影響，車上無法使用冷氣，請乘客把窗戶打開。

從東京車站到池袋的二十多分鐘，他大汗淋漓地站在車上，在池袋改搭西武線，又是眼前的狀況。

他手上拿著西裝外套，手心也不停冒汗。這些小孩和年輕人真有活力，即使在這種時候，他們的嘴巴仍然停不下來。

電車抵達練馬車站後，那些年輕人終於下了車，停在月台另一側往豐島園的電車已經擠滿了人。

他在空位上坐了下來，下半身都是汗水，感覺很不舒服。他鬆開領帶，用手帕擦著脖子。

果然還是需要核電廠——

他忍不住在心裡詛咒新陽事件的歹徒。

22

愛知縣警特搜組長高坂和下屬的刑警野村站在第三停機庫的後方。除了他們以外，昨天負責大B維修的維修人員宮本也站在那裡。

「我記得是在這裡。」年輕的宮本指著後門旁的位置，臉上的表情有點緊張。

「你說放在揀貨起重機上？」野村問。

「對。」

「從什麼時候開始放在那裡？」

「呃，我有點忘了，但前天傍晚，我離開這裡時，就好像已經看到了。」

「前天傍晚嗎？」野村問完之後，看向高坂，似乎在徵求他的意見。
「還有其他人看到嗎？」高坂自言自語地問。
「其他負責維修的人都說不記得了。」野村回答。
「這裡平時都會堆放東西，所以不會特別注意，我也是剛好看到而已。」
聽到野村和宮本的回答，高坂默默點頭，然後看著剛才宮本手指的方向。
剛才接到福井縣警的聯絡，得知直升機上的爆裂物放在木箱內。把這件事告訴錦重工業的相關人士後，維修人員宮本說他曾經看過那個木箱子。
「那個木箱上有沒有寫什麼？」高坂問宮本。
宮本偏著頭。
「我記不太清楚了，可能有寫，但我忘了。」
「木箱有什麼特徵？」
「特徵……嗎？」宮本皺著眉頭，好像壓抑著痛苦，隨即沒什麼自信地開了口：「我不敢太確定，但上面好像有單子。」
「單子？」
「對，差不多這樣大小的紙，」宮本用雙手的大拇指和食指比了一個十公分長的長方形，「我看起來像是寄貨單，但也可能只是普通的紙。」
「嗯，原來有單子。」
高坂和野村互看了一眼，微微偏著頭。
他走回福利中心二樓的現場指揮總部，發現刑警部的木谷部長脫下西裝外套，捲起襯衫的袖子，鬆開領帶，正用旁邊的筆記本當成扇子搧著。目前室內只有木谷和搜查一課的吉岡課長，吉岡的打扮也和木谷差不多。

高坂忍不住苦笑起來，「從外面走進室內，卻一點都不覺得涼，還真讓人洩氣啊。」

「是啊，而且今天偏偏都沒有風。」木谷看著窗外，咬牙切齒地說。「但也不能只有這裡開冷氣。」

在回應歹徒的要求，全國的核電廠都停止運轉後，錦重工業就宣佈今天要避免不必要的電力消耗，除非有特殊情況，機電設備都停止運轉，影印機和自動販賣機也只有在使用時打開電源，當然，也不得使用冷氣。

事實上，錦重工業航空事業本部的部長曾經提出，警方人員使用的福利中心二樓可以開冷氣，但木谷婉拒了他的好意。

「木箱子的事查到了嗎？」

「查到了。」高坂詳細報告了情況後，對刑事部長說：「歹徒果然是和錦重工業有關的人，因為那個木箱不可能在昨晚偷偷送進來，而是事先藏在停機庫後方，和錦重工業無關的人不可能有能力辦到這一點。」

「是啊。」木谷點了點頭，問一旁剛打完電話的吉岡課長：「錦重工業的員工調查進行得怎麼樣了？」

「和計畫有關的員工今天幾乎都來上班了，針對他們的調查基本上已經結束了。」

「結果怎麼樣？」

「除了少數幾個人以外，幾乎所有人都有不在場證明，那幾個人也應該可以提出證明。」

「喂，真的假的？」刑事部長懷疑地皺著眉頭，「是從昨天深夜到今天清晨的不在場證明，通常不都在自己家裡睡覺嗎？」

「通常是這樣，但這次調查的是參與大B計畫的相關人員，他們大部分都在今天一大清早來公司上班，聚集在技術本館，顯然不可能犯案。」

「原來是這樣。」

「所以，接下來打算擴大清查範圍。」

「課長，歹徒的確可能是錦重工業的相關人員，但我覺得認定是員工可能有盲點。」高坂說。

「喔，為什麼？」問話的不是吉岡，而是木谷。

「我很在意那個木箱在兩天前放在那裡這一點，如果是內部人員，應該會預先把木箱藏在其他地方，因為萬一被人看到，整個計畫就泡湯了。」

「這倒是。」吉岡輕聲嘀咕表示同意，然後對木谷說：「我剛才也察看了停機庫周圍，有很多地方都可以藏木箱，但歹徒沒有這麼做，而是兩天前就放在停機庫後方，也許有什麼非不得已的原因。」

「嗯。」木谷抱著手臂想了一下，看了看吉岡，又看了看高坂，「這麼說，有可能不是公司的員工，但外人不是不可能偷走那架直升機嗎？」

「所以，」高坂舔了舔嘴唇後繼續說道：「可能是和計畫有關的人，但並不是錦重工業的員工。」

「喂，高坂，你的意思是，」吉岡壓低了嗓門，「你是說有可能是防衛廳的人嗎？」

「我認為也必須考慮到這個可能性。」

吉岡沉吟著，抱著雙臂思考。

「嗯，不要急著下結論，」木谷安撫著兩個人，用指尖數度敲著桌子。「總之，我們是外行，所以認定只有內部的人才能搞出那麼複雜的機關，但搞不好哪裡出現了盲點，還是去請教一下專家的意見。」

「那我請笠松先生來這裡。」高坂說完，走出了房間。

「關於外人偷走大B的可能性嗎？」錦重工業技術本部的笠松部長緊張地坐在摺疊椅上，他雙手放在腿上，身體坐得筆直，兩肘向左右撐開。面對縣警總部的刑事部長和搜查一課的課長，也難怪他會緊張。

「對，有這種可能嗎？」唯一站著的高坂問。

「這個問題很難回答，」笠松單側的臉頰露出尷尬的苦笑，「我當然不希望歹徒是相關人員，但說句真心話，我不認為外人有能力做到。」

「湯原先生也這麼說。」

笠松聽了高坂的話，點頭表示同意。

「但是，可不可以請你再想一下，即使只有些微的可能性也不能錯過。」

「我瞭解你的意思，」笠松歪著腦袋，閉上眼睛思考。「如果是熟悉飛機操作的人，比方說，曾經在大學研究過，或是其他公司的直升機技術人員透過某種方法，拿到大B使用的飛行系統詳細資料，或許就有可能。」

「那些資料放在哪裡？」

「存放在專用軟體工作站內。」

「電腦裡嗎？」

「對。」

「所以，只要從工作站內偷到直升機的資料，外人也可以犯案嗎？」

「是啊，但現實問題是，外人不可能拿到這些資料。因為想要打開那個工作站，必須使用只有少數人才有的識別號碼和特別設定的密碼，而且外人根本不可能有機會靠近電腦。我們公司對外人的進出控管很嚴格。」

「但歹徒昨晚輕而易舉溜了進來。」吉岡揶揄道。

笠松露出不悅的表情後回答：「公司也沒有想到會有人偷偷溜進停機庫。」

「外人進出時，要在哪裡檢查？」高坂問。

「基本上都由大門的警衛檢查。」

「所有出入的人都會檢查嗎？你們公司不是有幾千名員工嗎？」

笠松聽到高坂的問題，不知所措地眨了眨眼睛。

「如果是上班時間，幾乎不會檢查。正如你剛才說的，會同時有大批員工進入，根本不可能逐一檢查。但如果是上班時間以外，只要有人經過，警衛就會上前盤查。」

「所以，只要在上班時間，外人也可以輕鬆地溜進來。」

「可以進入廠區內，所以，」笠松看了一眼吉岡課長，「要進入停機庫並不困難。」

「你們根本沒想到直升機會被人偷走。」

聽到吉岡的話，笠松一臉嚴肅地回答：「沒錯。」

「你剛才提到的工作站在哪裡？」高坂又回到了剛才的話題。

「在技術本館內，但外人很難進入。」

「為什麼？」

「入口處有一道門，要插入識別證才能打開，就是這個。」笠松從西裝內側口袋裡拿出皮夾，拿出裡面的卡片遞到高坂面前。

那是一張塑膠卡片，正面印了笠松的照片和用英文字拼的姓名，背面是深褐色的磁條。

「每天早上，所有人都必須用這種方式進入技術本館嗎？」高坂把卡片遞給木谷時問。

「對，這樣主電腦就可以同時記錄上班時間。」

「所以也兼具打卡機的功能。」

「對。」

「所以，外人絕對不可能進入技術本館嗎？」吉岡左手拿起識別證問。

「不，那倒不是，只要辦理相關手續就可以進入。」

「怎樣的手續？」高坂問。

「如果是公司以外的人，首先要在正門領取會客單，會客單上要填寫面會者的名字。然後，把會客單交給技術本館入口的管理室，由管理人員聯絡面會者，確認的確事先約定了會面，才能領取訪客用識別證進入公司。離開時，再把識別證交還給管理室。」

「會留下紀錄嗎？」

「借用訪客用識別證時，必須在管理室的出入人員登記表上填寫名字，應該有紀錄。」

「這項規定執行得很徹底嗎？」

「應該執行得很徹底，所以特地在窗口安排人員值班。」

「這是外人進入的唯一方法吧。」高坂說。

「對，外人的話是這樣，但如果是其他事業本部的人，手續就比較簡單。」

「其他事業本部……錦重工業的其他事業本部嗎？」

「對。」

「他們沒有這張識別證嗎？」

「他們也有識別證，但不能進入航空事業本部的大門。我們這個事業本部算是防衛廳管轄的部門，出入管理也比其他部門更嚴格。」

「所以，也要在管理室借識別證嗎？」

「是的，可以在管理室出示自己的識別證，在剛才提到的出入人員登記表上填寫姓名，借用進入專用的識別證。」

「所以，那份人員登記表上除了有公司外的人，還有其他事業本部員工的名字嗎？」

「是的。」笠松點了點頭。

高坂看著木谷和吉岡，想問他們是否還有其他補充的問題。高坂已經達到了目的。刑事部長和搜查一課課長互看了一眼，相互點了點頭。高坂立刻對笠松說：「這樣就可以了，謝謝你。」

確認笠松離開後，高坂轉頭看著上司。

「要徹底清查這三個月進入航空事業總部的人。」

「要盡快。」木谷部長說。

23

湯原和山下一起坐在電視前。螢幕上持續播放相同的影像，都是從各地核電廠的控制室實況轉播反應爐停機的情況。照理說，絕對不可能是相同的影像，但因為發電廠的控制室都大同小異，所以會以為都在重複看同樣的畫面。

「現在總共有幾家核電廠停機了？」山下小聲地問。
「好像剛才滿四十家，還有三家。」
「已經有那麼多間停機了。」山下的目光移回電視畫面。
包括目前正在興建的在內，日本總共有五十三個反應爐，但因為需要定期維修，所以並不是所有反應爐都同時運轉，今天有四十三個反應爐正在運轉。夏天由於雨水不足，所以會盡量避免在這個季節維修，但也不是所有的反應爐都在運轉。
「不會因為電力不足引發問題嗎？」山下擔心地問。他認為目前的情況是自己的兒子引起的，所以很擔心因此造成危害。
「如果有重大問題發生，新聞快報就會報導。反正只有今天一天，只要企業暫停部分生產線，民眾克服一下酷熱的天氣，應該可以撐過去吧。」
「希望如此，但我很擔心會影響電腦的線上系統。」
「政府應該會周詳地考慮這些問題。」湯原說到這裡，發現這家發電廠的綜合技術主任小寺就站在旁邊，他似乎也聽到了剛才的談話，於是，湯原問他：「小寺先生，你認為呢？」
「線上系統會不會受到影響嗎？」小寺突然被問，似乎有點不知所措。
「不光是線上系統，突然停電可能會造成很多問題吧？」
「是啊，雖然無法一概而論，」小寺沉默片刻，似乎在腦海中整理。「各家電力公司通常對供電對象都會有某種程度的優先順序，當供電量不足時，首先會確保重要單位的電力，讓影響最小的地方停電，所以，電腦系統集中的地方應該會受到保護。」
「喔，原來有這樣的機制。」
「當然，這種優先順序是企業機密。」

湯原點點頭。這是理所當然的，因為大家都付同樣的電費，卻有差別待遇，心裡當然會不高興。

「所以，農村地區停電的機率就比較高嗎？」

聽到湯原的發問，小寺微微偏著頭。

「這……我想應該不至於。」

「為什麼？你的意思是說，不必擔心電力不足的問題嗎？」

「不，這就不大清楚了。對不起，失陪一下。」小寺說到這裡，好像臨時想起了什麼事，快步走出了房間。

湯原目送著小寺的背影，感到無法釋懷。對核電廠的人來說，全國核電廠的反應爐都停機應該是大事，但這裡的職員都不願談論這件事。當然，也可能因為直升機可能會在這裡墜落，所以他們忙於做相關的準備工作，根本無暇討論這種事。

「差不多了。」一旁的山下看著手錶說，湯原也將視線移回電視畫面。

他們從剛才就坐在電視前，並不是為了看核電廠反應爐停機，而是等待即將轉播的警察廳長的記者會。

又一個在九州的核電廠反應爐停機後，畫面上出現了男主播的身影。

「各位觀眾，剛才為您轉播了九州不知火核發電廠一號機停機的情況，警察廳的蘆田廳長即將按照新陽事件的歹徒要求舉行記者會，公佈救援山下惠太小朋友的方法，現在我們來看看記者會現場的情況。」

畫面立刻轉到記者會的現場，蘆田廳長神情略微緊張地出現在一堆麥克風前。廳長手拿著一張紙，正在和身旁的男人討論紙上的內容。嘈雜聲中，不時亮起閃光燈。現場很雜亂，但電視台記者完全沒有插話，證明這一切不是虛構的連續劇。

不一會兒，蘆田廳長看向正面。他左手握拳放在嘴前，輕輕咳了一下。

「謹告新陽事件的歹徒，」廳長用略微高亢的聲音開始唸手上的紙稿，「政府已按照你們的要求，決定將全國核電廠的所有反應爐停機，大約二十分鐘後，所有反應爐都將停止運轉。現在輪到你們遵守約定了。我方打算用以下的方法營救山下惠太小朋友。在我方救援過程中，切勿移動CH-5XJ。一旦移動，山下惠太小朋友和數名救難隊員的生命都可能會有危險。北海邊的北斗發電廠二號機停機後，將立刻展開救援行動。」

蘆田廳長身旁有一張畫了營救方法的示意圖，航空自衛隊的宣傳官看著圖向大家說明。湯原他們早已知道了內容。宣傳官的語氣很平靜，但湯原深知直升機在空中有多麼不穩定，所以覺得好像在聽天方夜譚。當初之所以沒有反對，是因為他很清楚，這是眼前唯一的方法。

身旁的山下身體微微顫抖著。湯原以為他在抖腳，轉頭一看，才發現並不是。山下看著電視渾身顫抖，嘴唇發白。

「別擔心。」湯原拍了拍後輩的肩膀。「我聽說航空自衛隊的救難隊隊員個個都是高手，要相信他們的能力。」

「我知道。」山下連聲音也在發抖。「問題是歹徒會不會答應。」

「應該沒問題。因為既沒有要求改變直升機的高度，救難隊員也不會進入直升機內，完全符合歹徒提出的要求。」

「是沒錯啦。」

救難隊長八神打完電話走了回來。

「救難隊已經做好了準備，隨時可以出發。」

「請問會派誰進行救難活動？」山下問。
「飛行員和救難員都是高手，這點請你放心。」
「那就拜託了。」山下深深地低下頭。
八神離開後，消防隊的佐久間隊長立刻走了過來。
「我有事想要請教一下。」
「什麼事？」湯原問。
佐久間似乎有點在意山下。
「那架直升機目前的燃料還剩下多少？」
「燃料嗎？只要計算一下就知道，請問有什麼問題嗎？」
「是啊，有一點小問題。」佐久間吞吐起來。
這時，不遠處傳來一個聲音。「因為要考慮萬一墜落時的滅火方法。」
說話的是三島。湯原知道他和發電廠的職員一起，正在和消防隊員討論。
「墜落，你……」湯原在說話時，察覺到身旁的山下渾身緊張。
但是，三島用冷漠的口吻繼續說道：
「沒有人能夠保證救援活動一定能夠成功，當然必須考慮到萬一的情況。」
「三島，何必故意說這種話？」中塚數落著他。
「廠長，在眼前的情況下，絕對不能感情用事。這次的事，山下也有責任，他讓小孩子擅自闖入停機庫，而且還跑進要交貨的直升機裡，根本是身為家長沒有好好管教小孩。」
「喂！」湯原站了起來。
山下伸手制止了他。

「不，湯原先生，他說得沒錯，我真的感到很抱歉，都是我不好。」然後，他抬頭看著久間隊長，「你想瞭解燃料的殘餘量嗎？我馬上來計算。」

湯原狠狠瞪著三島，但其他人都低著頭，室內充滿尷尬的沉默，只聽到窗外傳來大型直升機的引擎聲。

三島開口說：「我們公司的研究室有蒸氣產生器的衝擊強度相關數據，我去請他們傳真過來。」說完，他大步穿越房間，走去走廊。

湯原重重地嘆了一口氣，對著山下的背影說：「你別放在心上。」

山下輕輕點了點頭。

「因為他和你們一樣，都是錦重工業的人，才會說那樣的重話。」中塚用安慰的語氣說道。「他這個人很有責任心。」

「也許吧。」湯原看著三島離去的那道門嘀咕。「他可能沒有小孩，如果有小孩，應該不會說這種話。」

沒想到中塚說了令人意外的話。「不，他有小孩。應該說，他曾經有過小孩。」

「啊？」湯原驚訝地看著發電廠廠長。「什麼意思？」

「他的孩子死了，我忘了是多久之前。」中塚說完，看著身旁的小寺。

「好像是兩年前。」小寺回答。

「已經那麼久了喔。」中塚轉頭看著湯原。「我記得是意外身亡。」

「是喔。」難怪三島的雙眼中出現了十年前不曾有過的暗光。湯原忍不住想道。

掛上公用電話後，三島隔著玻璃窗看著外面的情況。消防隊和自衛隊的車輛開始匆忙移動，他們也根據冷靜的判斷，認為營救行動並不一定會成功。

實在太差勁了。他回想起自己剛才的言行，忍不住陷入自我厭惡。自己居然對直升機的技術人員山下說了那些刻薄的話。

自己的確對計畫被打亂感到心浮氣躁，但剛才會那麼歇斯底里，真正的原因是他從山下身上看到了兩年前的自己。

那也是一個悶熱的日子，是六月底梅雨季中太陽難得露臉的日子。三島陷入了回憶。他之所以會記得是星期四，是因為他在參加週間會議時，接到了噩耗。

他接到茨城縣警交通課的電話，上了年紀的警官用沉痛的聲音告訴三島極其慘痛的消息。

智弘在平交道被電車輾斃。

他頓時感到天昏地暗，拿著話筒蹲了下來，完全沒有察覺守在一旁的同事伸手攙扶他。三島努力從喉嚨深處擠出聲音：「請問……在哪一家醫院？」

但是，交通課的警官沒有立刻回答，片刻的沉默後，終於開了口：

「你兒子的遺體目前還在回收。」

聽到「回收」這兩個字，三島的腦海中清楚地浮現出一個畫面。智弘幼小的肉體被鐵塊用力衝撞，好像蘋果被踩爛般四濺。他發出了野獸般的咆哮。

那個平交道位在智弘就讀的小學和住家中間，平交道很小，卡車只能勉強通過，周圍是一片樹林，沒有民房，所以，從大路上看不到那個平交道。

學校禁止學生上下學走那個平交道。智弘每天早上都和其他同學一起結伴上學，不會經過那裡，但由於走平交道比較近，所以有不少學生在放學時走那條路，智弘也是其中一個。

學校方面禁止學生走那條路的最大原因，就是即使柵欄已經放下，仍然有很多學生鑽過去。於是有時候會派人站在平交道旁站崗，監督學生在放學時有沒有走那條路。

但是，智弘出事的那天沒有人站崗，附近也剛好沒有人。所以，無人知道他到底是怎麼被電車輾過的。

只知道雖然柵欄已經放下，智弘仍然闖入平交道。警報器和柵欄都沒有損壞。

警方認為，智弘不顧電車已經靠近，像其他同學平時那樣，鑽過柵欄試圖衝過去，結果就被電車輾過。

無論三島或是他的妻子秋代都對警方的判斷沒有異議。因為他們想不到除此以外，兒子還有什麼理由會闖入平交道。

三島就像所有遇到這種情況的男人一樣，為這件事責備秋代。認為自己忙於工作，沒有時間照料到兒子的生活細節，確認兒子上下學有沒有走學校規定的路就是母親的責任。事到如今，他終於明白到當時的自己只是為責怪而責怪。

秋代因為兒子的慘死而精神崩潰，在頭七的夜晚試圖自殺。她用智弘的美工刀割腕。幸虧三島立刻發現，才沒有釀成大禍，但夫妻之間已經產生了極大的鴻溝。秋代很快就搬回娘家，沒有再回三島的身旁。三個月後，他們正式離婚了。

每次回想當時的事，三島就忍不住覺得自己太愚蠢了——

智弘的死充滿了啟示，自己卻沒有察覺，反而怪罪秋代，把她當成代罪羔羊。照理說，夫妻兩人應該齊心協力，思考兒子慘死所代表的意義。

三島看著窗外的視線移向上空。巨大的機體正從上空俯瞰著他。

當然，這種方法不可能是正確答案——他心想道。

一份傳真交到新陽發電廠廠長中塚的手上，一看就知道是歹徒寄來的。文章內容如下：

「看了關於救援的記者會。

目前似乎符合我方提出的條件，同意營救孩童。

但是，一旦發現中途有故意破壞約定的行動，直升機將立刻墜毀，不會事先發出警告。直升機一旦墜落，必定是你們造成的原因。

謹在此向救援人員的勇氣表達敬意，並真切祈禱他們幸運，以及不會做出背叛我方的行為。

天空之蜂」

24

田邊佳之的老家位在一個和緩的坡道上，坡道對面是高速公路的外牆，來往車輛的噪音不絕於耳。

根據關根手上的資料，田邊佳之是核電廠下游廠商的工人，一年半前因白血病死亡，他的家屬為此提出訴訟。

老舊的木造兩層樓主屋旁是養豬場，鐵皮屋頂下，是一個看起來像游泳池般的水泥空間，三十坪左右。由於圍牆很高，看不到裡面的豬隻，但走近時，立刻聞到刺鼻的臭味。年輕的關根忍不住皺起眉頭，捏住了鼻子。

室伏敲著玄關的門，叫了兩次。屋內沒有反應，他以為這家人也撤離了。這是他們調查的第五戶，其中有兩戶不在家。雖然那兩戶的屋主可能是歹徒，但眼下也束手無策，只能在他們信箱裡留下字條。

看來這裡也只能留字條了。室伏向後退了兩、三步，觀察房子周圍，發現有人從庭院走來。身穿深藍色T恤、戴著草帽的女人駝著背走了過來。室伏猜她年紀應該不到六十歲。

「找誰？」她問，眼中露出了警戒之色。

「請問是田邊太太嗎？」室伏問。

「是啊。」

「田邊泰子嗎？」

「對。」

「太好了。」室伏走到泰子面前，從長褲口袋裡拿出皮夾，抽出名片遞給她，「我們是警察。」

她沒有接過名片，凝視著兩名警察，可以察覺到她身體很緊繃。

「……是為了那起事件嗎？」

「對，是為了那起事件。」室伏輕輕笑了笑，顯示並非因為有什麼特別的原因才來這裡。

但是，田邊泰子的反應出乎他的意料，她的神色比剛才更加緊張，很不自然地搖著頭。

「我和那種事沒有任何關係，我不知道你們來有什麼目的，但我沒有任何話要說。」她在身體前方緊緊握著毛巾，她的手微微發抖。

室伏仍然面帶笑容，在臉前搖了搖手。

「不是不是，我們來這裡，並不是覺得妳和這件事有關。只是上面規定我們要來曾經參加過反核運動的成員家裡瞭解一下情況。」

「什麼反核，我們可沒做這種搞不懂是什麼名堂的事。」

「對，對，我們知道，但妳也算是和核電有一點關係吧？不是為了妳兒子的事，曾經參加連署運動嗎？」

「那只是為了幫他爭取職災給付。」

「我們就是想瞭解一下這件事，不會佔用妳太多時間的，站著說話也沒關係，可不可以回答我們幾個問題？我們也沒時間在這裡多耗，相信妳也知道，距離直升機墜落新陽的時間不多了，我們無論如何都希望在那之前找出歹徒。」

泰子露出遲疑的表情，可能願意提供協助，但她仍然小聲地說：

「大家都說，在抓到歹徒之前，直升機就會掉下來。」

「也許吧，但我們不能袖手旁觀，只能做一些力所能及的事，這是我們的職責。」

室伏的聲音充滿熱忱，但泰子仍然低頭沉思。

這時，旁邊傳來一個聲音。

「和他們談談也沒關係，反正我們沒做虧心事。」

抬頭一看，一個年約四十、皮膚曬得黝黑的男子從養豬場旁走了過來。他似乎聽到了室伏他們的談話。

「請問你是？」室伏問。

「我叫一雄，是佳之的哥哥。發生了那起事件，我就猜想警察可能會上門，請進吧。」

「打擾了。」室伏很有禮貌地鞠了一躬。

兩名刑警被帶到可以看到庭院的客廳，雖然是和室，卻放了籐製的沙發椅。泰子把裝了麥茶的杯子放在玻璃茶几上。「那我就不客氣了。」室伏說完，立刻拿起杯子，一口氣喝掉超過半杯。雖然沿途已經喝了三罐烏龍茶，但還是口乾舌燥。關根似乎也一樣，幾乎一口氣就喝光了。

「如果可以開冷氣就會比較涼快。」泰子在坐在室伏他們對面的一雄身旁坐了下來，抬頭看著牆上的空調。

室伏想起來這裡的路上，曾經遇見呼籲民眾省電的宣傳車，要求民眾今天要節省用電。

「這也無可奈何，偶爾體會一下沒有冷氣的生活也不錯。」室伏搖著自備的扇子說。

「是啊，日本人太奢侈了。夏天當然會熱，如果能夠這麼想，一定可以節省更多電力。」一雄語氣激動地說完，又小聲地補充：「我並不是在幫歹徒說話。」

「對，你說得完全正確。」

雖然路上有宣傳車宣導，但室伏他們仍然看到有幾戶人家的冷氣室外機在運轉。那些人不可能不知道這起事件，一定覺得只有自己家裡開一下應該沒關係。這些住家毫無例外地拉起了窗簾，無法看到裡面住了怎樣的人。

室伏不經意地打量著室內，看到房間角落的小櫃子上放了一個相框。因為距離太遠，看不太清楚，照片中是一個年輕人。室伏猜想是泰子的兒子。

「請問妳先生呢？」關根一邊用手帕擦著脖子上的汗一邊問泰子。

「去年死了。」

「啊，是嗎？請節哀……」

「是生病嗎？」室伏問。

「算是生病……是腦溢血。」泰子露出一絲遲疑的表情，然後抬起頭說：「醫生說，是因為壓力和過勞引起的……」

「喔，原來是這樣。」室伏微微張著嘴點頭。她應該想說是打官司太累造成的。

「因為佳之的事還沒解決，我想我父親心有牽掛。雖然他斷氣的時候已經失去了意識。」

一雄也伸手拿起裝了麥茶的杯子。

「所以，我想請教一下，」室伏拿出記事本問一雄，「關於佳之先生的事，聽說發動了連署運動？」

「對，是前年的十一月，佳之被診斷為骨髓性白血病後，我們向他公司提出職災給付，但對方找了一堆理由逃避。不久之後，佳之就死了，公司支付的錢少得可憐。我們覺得事情不能就這樣結束，就在去年六月，向勞動基準監督署提出了職災認定的申請，但也遲遲沒有進展。於是，我們忍無可忍，發動了連署運動。」

「請問是哪一位參加了運動？」

「一開始只有我父母和我，還有我內人四個人。之後，我們的親戚和朋友也一起幫忙，認識了其他正在發動連署運動的人，也得到了帝都大學吉倉助理教授的支持。」

吉倉是帝都大學理學院的助理教授，專門研究輻射對人體造成的危害，在反核運動中是相當知名的人物，警視廳的刑警現在應該已經去找他瞭解情況了。

「除此以外，還得到哪些人的支持呢？」

「還有自治勞動聯盟的岡林委員長，岡林先生不僅是連署運動的總負責人，還成立了縣民會，向勞動基準局、科學技術廳和勞動省⑲提出早期認定的請願。」

⑲勞動省為現「厚生勞動省」之前身，主管勞動政策。

關根在室伏身旁記錄，室伏他們今天已經多次聽到岡林的名字。

「總共有多少人連署？」

「八萬出頭。」

「這麼多，你手上有連署名冊嗎？」

聽到室伏的問話，一雄瞪大了眼睛，然後神情緊張地搖了搖頭。

「雖然有名冊，但目前不在我手上。即使我有，也不能給你們看。」

「我瞭解。」室伏露出苦笑。「我只是問一下，因為必須向總部報告。」

說句心裡話，即使對方真的有名冊，他也不知道該怎麼辦。

「刑警先生，」一雄說話的語氣格外嚴肅，「我想你們想要瞭解的是，參加連署運動的人，有沒有可能犯下這次事件，我沒有說錯吧？」

室伏抓了抓頭，用肢體語言表示。「原來被你看穿了」，但其實他早就在等對方這句話。

「老實說，的確是這樣。怎麼樣？你認為有可能是其中某一個人嗎？」

「不可能。」一雄斬釘截鐵地否定，「那些幫助我們的人，都希望用理性解決問題，沒有人會用暴力解決，所以不可能是其中的人。」

「我很理解你的心情，我也沒有認定歹徒一定就是那些連署的人，只是既然他們投入這種運動，應該認識很多從事核電工作或是反核人士，我只是想瞭解其中是否可能有和這次的事件有關的人，即使不是特定的人物也沒有問題，曾經發生的事或是傳聞都可以，總之，不管想到什麼，都希望你可以告訴我們。」

「我瞭解你的意思。」

「還是說，」室伏繼續乘勝追擊。「你認為歹徒和核電相關人員或是反核人士無關嗎？」

「不，這個嘛，」一雄吞吐起來，然後又繼續說：「不瞞你說，我也覺得應該是反核的人幹的，但是，我的周圍真的都是好人，可以說，他們最大的優點就是人品都很好，即使叫他們用電腦去偷直升機，他們也不會那麼做。」

「大家都是鄉下人。」始終不發一語的泰子在一旁補充道。

室伏點了點頭，把剩下的麥茶喝光了。

「說到這個，我想請教一下，田邊先生的朋友中，有沒有會開直升機或飛機，或是維修飛機的人？」

「好像沒有。」一雄看向母親。

「我沒有聽說過。」泰子回答。

「那有沒有很懂電子工學或是通訊的人？」

「不知道，這方面好像沒有。」一雄偏著頭。「倒是有人介紹我們認識了幾位核了工程的老師……」

他們看起來不像在說謊，但也沒有認真回想。

「佳之先生有哪些好朋友？」

「佳之嗎？嗯，和誰比較好呢？」

「櫻町的阿貴？」泰子說。

「喔，貴男嗎？佳之常常和他玩在一起。」

「請問他是誰？」

「川村貴男，和佳之從小一起長大的玩伴，現在幫忙家裡做生意。前面這條路走五百公尺，左側就有一家豆腐店，現在這個時間，他應該在店裡。」

「豆腐店嗎？」

「是啊。」田邊一雄臉頰稍微放鬆了，似乎在說，豆腐店的人不可能是歹徒吧。

「還有其他朋友嗎？」

「不知道，他工作之後，一個人住在公寓，不太清楚他和什麼人來往。」

「他住外面時的物品都拿回來了嗎？」

「有些丟掉了，其他的都放在二樓的房間，但沒什麼重要的東西。」

「我們可不可以看一下？」

聽到室伏的拜託，田邊一雄皺起眉頭，看著母親。

「那個房間有整理嗎？」

「上次我稍微打掃了一下……」

「只要稍微瞄一眼就好。」室伏說。「只要能夠瞭解你弟弟有哪些朋友就好。」

「如果是要為我弟弟報仇的人，我們不可能不知道，既然你們非看不可，去看一下也沒關係。」一雄站了起來。

靠東側有窗戶的三坪大房間內，放著佳之留下來的東西，這裡以前似乎就是他的房間，房間的角落還保留著舊書桌，書架上放了很多漫畫和汽車雜誌。

「他直到在本地讀工業高中為止，一直住在這裡。」一雄打開窗戶說道，「高中畢業後，就立刻進入大東重機，他說討厭務農，也不想養豬。得知他做核電廠的工作，我曾經大力反對，但說實話，以我弟弟的成績想要在這裡找工作，也只能進那種公司。」

大東重機是近畿電力公司的下游廠商，負責核電廠相關設備的保養和維修。

「他做什麼工作？」

「詳細情況我也不太清楚，聽說是負責維修反應爐周圍的儀器。進公司第六年左右，他的身體狀況開始出問題，臉常常浮腫，老是覺得身體很疲倦。我們也太大意了，照理說，那時候就應該立刻帶他去大醫院檢查，但聽他說，公司有幫他們做健康檢查，就以為如果有問題，應該會知道。」

「公司健康檢查時沒有異狀嗎？」

「不，事後發現，在做血液檢查時，他的白血球數量明顯異常。但公司方面並沒有叫他做進一步的檢查，之後仍然繼續派他去現場工作。」

「太離譜了。」關根在一旁語帶同情地說。

「之後，他也經常發燒，病倒在床上。嚴重時，一躺就是兩個星期，那時候剛好是夏天，汗水不僅濕了被褥，連榻榻米上也都濕了。」

室伏聽著一雄說話，巡視著室內。組合式的架子上，放著漂亮的跑車模型，不難發現因為輻射而死的被害人還是一個年輕人，而且只是一個喜歡漫畫和汽車的平凡年輕人。很難想像在他的交友範圍中，有人會做這種威脅政府的事。

「有沒有可以瞭解令弟交友關係的東西，像是通訊錄、新年賀卡，或是相簿之類的。」

「沒有通訊錄，賀卡也都丟掉了，樓下佛壇的抽屜裡有相簿，只是那也稱不上是相簿。」

「可以看一下嗎？」

「好啊。」

放佛龕的房間就在剛才的客廳隔壁，像衣櫃般大的佛龕上放著田邊佳之的照片。佳之的臉圓圓的，嘴角還留著少年的稚氣，當室伏表達這樣的感想時，一雄一臉愁容。

「這是很久之前的照片，應該是剛進公司時，每次看到他之後的照片都覺得很難過。」

「我們把他進公司後的照片都集中在一起。」

「你看了就知道了。」一雄從佛龕的抽屜裡拿出一本小相冊，放在跪坐的室伏前方。「我們把他進公司後的照片都集中在一起。」

「什麼意思？」

「借我看一下。」

室伏拿起相簿，從第一頁開始看。上面有家人在新年一起拍的照片，以及參加婚禮的照片。看著這些照片，室伏很快就理解了一雄剛才那句話的意思。在室伏身旁探頭張望的關根也忍不住嘀咕說：「變化真大啊。」

田邊佳之死的時候才二十九歲，他在那家公司工作了十年，但是，照片上的他看起來好像經歷了超過二十年的歲月。剛開始的娃娃臉漸漸改變，皮膚失去了光澤，下巴越來越尖，眼睛也凹了下去，最後幾張照片看起來好像有四十多歲。

「最近我才知道，急速老化也是輻射對人體產生的影響之一。你們看照片就知道，他的頭髮不是變少了嗎？而且，牙齒也越來越鬆動，牙齦一直出血。我至今仍然在懊惱，早知道應該及時帶他去就醫。」一雄心有不甘地說。

照片中的佳之露出開朗的表情，好像並沒有察覺自己外貌的變化，室伏覺得這樣的他反而更增添了悲劇的色彩。

最後一張是佳之坐在一片原野上，滿臉笑容的樣子。從他的服裝和草的顏色判斷，差不多是十一月左右。一個肥胖的男人盤腿坐在佳之身旁。

「這個人是誰？」室伏把照片拿到一雄面前問。

「他就是貴男，豆腐店的兒子。」

「喔，原來就是他。」

室伏道謝後，把相簿還給一雄。這些照片中並沒有任何與這次的歹徒有關的線索。室伏認為田邊佳之的死和這次的事件無關，差不多該結束在這裡的調查了。
「謝謝你，我們瞭解了。」
「是嗎？我們也不希望莫名其妙遭到懷疑。」一雄把相簿放回佛壇。
室伏他們走出來時，泰子剛好拎了一大桶水，看到兩名刑警，微微欠身打了招呼。
「怎麼樣？要去豆腐店嗎？」走了幾步後，關根問。
「是啊，就順道去看看吧，反正會經過。」
「現在這個時間，豆腐店應該還在忙吧？」
「嗯，這種天氣，一定要吃涼拌豆腐。」
室伏想起了涼拌豆腐的口感，很想趕快回家喝啤酒。
「樹葉豆腐店」的門面很小，是一家傳統豆腐店，櫃檯後方就是水槽，裡面放了很多豆腐。一個三十歲左右的男子坐在水槽旁看電視，一看就知道是剛才照片中看到的川村貴男。他似乎察覺了室伏他們，露出親切的笑容站了起來。
「歡迎光臨。」
室伏向他鞠了一躬。
「對不起，我們不是客人。」他出示了證明。「我們是警察，請問是川村貴男先生嗎？」
「呃……請問有什麼事？」川村愣住了，似乎有點不知所措。
「是這樣的。」室伏說著，看了電視一眼，停頓了一下，手指著畫面繼續說：「是關於那起事件。」
「什麼？」川村回頭看著電視，畫面上的主播正在說明事件的概要。

「對啊，我認識。」回答之後，川村終於恍然大悟。「所以才來找我……你們是從佳之的哥哥口中打聽到的嗎？」

「老實說，就是這樣。」

「原來如此，和佳之的事有關的人也都會被認為有嫌疑，我完全沒有想到自己會遭到懷疑。」川村雖然嘴上這麼說，但臉上已經露出放鬆的表情。

「我們並沒有懷疑你，只是去田邊先生家，順便過來看一下。」

「懷疑我也沒關係。我的確因為佳之的事痛恨核電，如果我有那種膽量和智慧，搞不好也會那麼做。」川村用大拇指指著電視。

「你認識其他和你一樣充滿仇恨，又有智慧和膽量的人嗎？」

「很遺憾，我不認識。」

「有沒有人做直升機或是飛機相關的工作？」

「沒有。」

「是嗎？如果想到什麼，請和我聯絡。」室伏在記事本一角寫了電話，撕下來交給川村。

「雖然我會收下，但老實說，我不太想協助警察。」川村微微皺著眉頭。

「別這麼說，還請你多幫忙。」

「你們知道佳之是怎麼死的嗎？」

「對，大致聽說了，也看了照片。」

「太過分了。」

「是啊。」

「我也有一張他的照片，因為我要提醒自己，千萬不能忘記仇恨。」川村從長褲口袋裡拿出皮夾，從裡面拿出照片。「這是我和他一起拍的最後一張照片。」

室伏雖然沒有太大的興趣，但還是看了照片。和田邊家相簿裡那張照片一樣，都是在同一片原野上拍的，只是兩個人的姿勢有點不同，佳之的手上也拿著東西。仔細一看，是跑車模型。室伏感覺有點奇怪，但並沒有說出口。

「打擾了，你繼續忙吧。」室伏把照片還給他說道。

「一點都不忙，今天完全沒客人，大家不是逃走了，就是躲在家裡不出門。」

室伏用笑容回應了他的玩笑，鞠了一躬後，走出了豆腐店。

「核電廠真是不得人心啊。」關根用手帕擦著汗說。

「因為我們找的都是反對核電廠的人，聽到的當然都是這些意見。」

「如果問一般民眾呢？如果核電廠建在住家旁邊，誰都會反對吧？」

「那當然啦，但有超過一半的民眾認為核電廠有必要。」

「因為民眾都很自私。」

「我們也是民眾之一啊。身處不同的立場，想法就會不一樣，搞不好擁核派和反核派之間並沒有太大的差異。」

「室伏先生，那你自己呢？你是贊成還是反對？」

「我嗎？我嘛……都可以。」

「太不負責任了。」

「不，我是認真的。如果大家都覺得不好，我也同意不建核電廠，那就必須在日常生活中作好省電的心理準備。相反地，如果大家都認為有必要，我也同意建核電廠。當然，即使建在我家旁邊，我也無話可說。這就是我的立場。」

「你沒有自己的主張或主義之類的東西嗎？」

「這種事會在很大程度上受到立場的影響。比方說，如果在十年前，我是堅定的擁核派，雖然自己並沒有意識到，但結果就是這樣。」

「喔？怎麼回事？」

「那時候，我還在犯罪防治課，每年都會有幾次為運送時護駕。」

「運送？」

「核燃料的運送，從東海村或是熊取一帶運過來。由專門的公司負責運送，也有保全公司派車維護安全，我們只要在車子經過我們轄區範圍時，開著警車護駕就好，那個陣仗，簡直就像是花車遊行。」

「我曾經在電視上看過一次。」

「原本車子和車子就擠成一堆了，還有人一路跟著跑。」

「喔。」一關根立刻察覺了室伏想要表達的意思，點了點頭。「你是說那些反核人士。」

「就是啊，不知道他們從哪裡得到的消息，每次運送時，他們必定會出現。」

「他們一路跟著會做什麼嗎？用擴音器抗議？」

「在我的經驗中，完全沒有遇過這種情況，只是一路跟著而已。從出發到終點，就一直跟著。因為是在我們的轄區範圍，所以只是護送那一段而已，但他們還真辛苦。」

「又不能叫他們別跟。」

「如果他們說，只是剛好往相同的方向跑步，我們也不能多說什麼。但是，明知道他們不會做什麼，還是覺得提心吊膽。老實說，我們在運送核燃料時也會緊張，也很害怕，一心祈禱可以順利通過自己的轄區範圍。萬一中途發生什麼意外，即使再小的事，也可能引發重大問題，哪怕只是稍微擦撞一下也很可怕，但那些反核人士完全不瞭解我們的心情，在運送卡車周圍鑽來鑽去。老實說，真的讓人很火大。」

「我能夠理解你的心情。」

「所以，我們有時候會設下陷阱。」

「陷阱？」

「對，我們和機動隊的人打暗號，當卡車進入單線道後，跟在後方的警車放慢速度，行駛一段路之後，開進岔路。他們以為警車不可能搞錯方向，所以就跟了上來，但我們把警車開進死胡同，當對方察覺時，後方就會有另一輛警車跟上來包圍，讓他們無處可逃，然後上前盤查。卡車就可以趁這個機會在其他警車的護送下離開。」

「你們真夠絕的。」關根笑了起來。

「對方當然氣急敗壞。大聲嚷嚷說，警方也狼狽為奸，想讓核電廠在日本遍地開花。曾經有一本書寫了追蹤核燃料運送的情況，也提到了我們用這種方法讓他們遠離運送卡車，說親身體會到權力的可怕。我真想告訴那個作者，話不能這麼說，我們並不是支持擁核派，但在運送核燃料時，確保沿途的安全是我們的職責。他們當然有反核的自由，但不能影響我們確保核燃料的安全。」

「但反核派不會這麼想。」

「就是啊，所以，個人的主義和主張沒什麼意義，腳下的地面是什麼顏色，就決定了一個人的顏色。」

「有道理，地面的顏色。」關根想了一下後問：「這次的歹徒腳下不知道是什麼顏色。」
「鬼才知道，搞不好是閃光色。」
室伏開著玩笑，腦海中回想起巨大的運送卡車行駛在深夜國道上的情景。沿途都看著寫有「行進中請勿超車」的牌子，和車上所載物品是核燃料的標示，緊張地跟在後面。有時候車陣會綿延五、六百公尺，那些反核人士中，有人會一口氣超越車陣，所以，他們有時候會開跑車追蹤——
這時，室伏猛然停下腳步。
「跑車……」
「怎麼了？」
「剛才川村出示照片時，我就覺得不對勁，一個大男人去原野時，會帶跑車模型嗎？」
「不知道，我也不懂。」關根偏著頭。「應該不太會吧。」
「會不會是遙控車？」
「啊，有可能，如果是遙控車，就有理由帶去原野了。」
「好。」室伏立刻一百八十度轉身。「我們回去。」
「啊？」
「雖然可能性不大，但還是要以防萬一。」
即使室伏這麼說，關根似乎仍然無法理解。
當他們走回去時，川村貴男瞪大了眼睛。當他露出這種表情時，看起來更年輕了。
「剛才的照片可不可以再給我看一下？」
「可以啊，看多少次都沒關係。」川村說著，拿出了照片。

「田邊先生在照片上拿了一輛跑車，」室伏指著照片問：「這是不是遙控車的模型？」
川村似乎很意外，露出驚訝的表情，但立刻笑著點頭。
「沒錯，他在死前不久迷上了遙控車，那次也讓模型車在地上跑，樂得像小孩子一樣。」
「聽你的口氣，你沒在玩遙控車嗎？」
「我不玩，我不懂那種東西，況且，也不是那種年紀了。」
「田邊先生是因為什麼原因開始玩遙控車？」
「呃，什麼原因呢……」川村想了一下，抬起頭說：「應該是有人邀他。」
「有人邀他？誰邀他？」
「他好像有遙控車的同好之類的，佳之說，那是他的師傅。」
「喔，原來是師傅。」室伏看著川村的嘴，這正是他想聽到的答案。
「他叫什麼名字？」
「呃，我沒見過……」川村用拳頭輕輕敲著側頭部，小聲嘀咕說：「好像叫……齊川，不，好像是犀川。」
「犀川？石川縣的那個犀川嗎？」
「我不知道字怎麼寫，只記得應該是這個名字。」
「犀川喔。」室伏在記事本上寫了犀川兩個字，打了一個問號。
「聽佳之說，那個人已經迷到了一個境界，算是遙控車的御宅族吧。家裡放滿了簡直能夠以假亂真的飛機和直升機模型。」
「什麼？直升機？」室伏張大眼睛。
「對啊……」川村點頭之後恍然大悟。「不，再怎麼像真的，畢竟還是假的。真正的直升機和模型不一樣啦。」

「你還知道那個人的其他情況嗎？」室伏不等川村說完就問道。「他的工作，或是住在哪裡，大致的年紀之類的。」

「不，詳情我就不瞭解了，但搞不好是在工作上認識的人。」

「工作？核電廠的工作？」

「我好像聽他提過，但也可能是我記錯了。」

「謝謝，川村先生，你今天都會在店裡嗎？」

「對，我會盡量在這裡。」

「拜託了，如果你要出門，可不可以麻煩你打我剛才給你的電話？」

「好，但我應該不會出門。」川村似乎從室伏的態度中察覺事態嚴重，露出緊張的表情。

走出豆腐店，室伏立刻走去田邊佳之的老家。關根也快步跟了上來。

「那個遙控車迷是歹徒嗎？」

「現在還不知道。」室伏簡短回答後，默默地趕路。

田邊一雄看到刑警再度上門有點手足無措，但並不覺得困擾。室伏站在門口，問他認不認識叫齊川或是犀川的人。

「犀川……不，我沒聽過。媽，妳有沒有聽過？」一雄問一臉擔心的泰子。

「沒聽過這個名字。」她看起來也不像在說謊。

「請問你們有大東重機的員工名冊嗎？」

「名冊嗎？有嗎？」一雄再度問泰子。

「沒這種東西。」泰子一臉歉意地說。

室伏點點頭，看著關根，關根立刻心領神會，問一雄：「可不可以借一下電話？」

「好啊，沒問題。」

「在這裡。」泰子站了起來。

關根說了聲：「對不起，打擾了。」脫下鞋子進了屋。

「那個人怎麼了嗎？」一雄問。

「現在還不知道，」室伏不置可否地回答後又舊話重提，「對了，關於那份名單……」

「名單？」

「連署名單。」

「喔。」一雄露出愁容。

「還是不能給我們看嗎？」

「必須徵求每一個人的同意才能給你們看。」

「可不可以請你通融一下？」室伏深深地鞠躬。「我絕對不會拿去影印，只在這裡看，也不會帶走，這樣也不行嗎？」

「你這麼說，我也很為難。刑警先生，我剛才也說了，連署人數超過八萬名，也沒有輸入電腦，根本沒辦法搜尋。」

「沒關係，我們很習慣從大量名冊中尋找我們要的名字。」

一雄嘆了一口氣，但室伏看不到他臉上的表情，因為他仍然低著頭。

「是真的嗎？」一雄開口問道：「那個人真的很可疑嗎？」

「目前還不知道。雖然不知道，但很值得一查。」

一雄再度嘆了一口氣。

「請你抬起頭，這樣不好說話。」

室伏仍然彎著腰，抬起了頭，「可不可以通融一下？」

一雄低頭不語。這時，關根走了回來。一雄看了看關根，又看著室伏，抱著曬黑的粗壯手臂，微微縮著下巴。

「等我一下。」說完，他走進了屋內。

「謝謝。」室伏對著他的背影再度鞠躬。

關根小聲地說：「已經聯絡了總部，請他們調查大東重機的員工中，有沒有叫齊川或是犀川等類似的人。」

「嗯。」室伏回答。如果可以在大東重機的員工名冊中找到，當然是最好不過了。

一雄走了回來，右手上拿著筆記本，但看起來不像有八萬人的資料。

「我剛才也說了，這裡沒有所有連署者的名單，如果你們非看不可，我會試著拜託縣民會，因為全都交由他們進行管理，但我想你們可以先看這個。」

「這是？」

「這是今年年初，在勞動會館集會時的出席者名冊，總共有四百個人出席，但這些人都積極參加連署運動，所以在眼前的情況下提供他們的名單，他們應該可以諒解。」

「借我看一下。」

室伏接過筆記本，上面用原子筆密密麻麻地寫著姓名和地址，第一頁最上方是田邊泰子、一雄和一雄的太太的名字，接著是帝都大學的吉倉助理教授。

「請進屋來看吧。」

一雄的好意讓室伏感到惶恐，他行了一禮後，脫下了鞋子。

25

錦重工業航空事業本部福利中心二樓——

高坂進入現場指揮總部，發現刑事部的木谷部長獨自在看電視，手上拿著不知道從哪裡找來的廉價扇子，有點像跳盆舞時用的那種扇子。

「那裡的情況怎麼樣？」高坂看著電視問道。

「歹徒發了傳真，同意我方救援，自衛隊的救難隊很快就要出發了。」

「真是太好了。」

「現在還不能安心，你知道救援方法嗎？」

「有稍微聽到。」

「聽這裡的技術人員說，簡直就像在開玩笑，但除此以外，似乎也沒有其他的方法。」

「那只能向神明祈禱了。」

「看來最好是這樣。如果救援失敗，直升機墜落在新陽上，問題就大了。」木谷按了手邊遙控器的開關，關上了電視。「歹徒還擺出一副高高在上的態度，好像在說，如果想救小孩子的性命，就自己去救，老子不妨礙你們就是了。日本人真的都是濫好人，居然還美化歹徒的這種態度，剛才記者在街頭採訪，有些腦袋不清楚的年輕人居然說歹徒太酷了。」

高坂聽著木谷的話，覺得這種情況也在意料之中，但不希望木谷滔滔不絕地說下去，所以沒有接話。

「對了，有沒有查到什麼？」木谷似乎終於發現高坂右手拿著一疊紙問道。

「目前還無法下結論，但發現技術本館的出入人員登記表的記載事項，和當事人的證詞有出入的情況。」
「有出入？這是怎麼一回事？」
聽到高坂的報告，木谷露出銳利的眼神。
「登記表上雖然登記了名字，但當事人說，那天他並沒有造訪航空事業本部。」
「這個人是誰？」
「他叫原口昌男，是錦重工業重機事業本部的員工。」
高坂把手上那疊紙放在木谷的桌上。那是A4大小的影印紙，長方形的框框內有一整排名字，每一頁登記了二十個人。姓名前是日期，姓名後是所屬部門。那是錦重工業技術本館的事務所保管的出入人員登記表的影本。
高坂翻開第五頁，指著中央的部分說：
「這裡第一次出現原口的名字。」
那一行寫著——「6／9原口昌男　重機事業本部生產技術一課　內線2251」。原子筆的字跡很優美。
「六月九日，兩個月前……」木谷喃喃說道。
「之後，七月十日也出現了原口的名字。」高坂繼續翻了幾頁，翻到七月十日那一天，下方出現了原口的名字。
「筆跡相同。」木谷比較著兩個名字後說道。
「當事人也否認那一天曾經來過，他說這一年內都沒有來過航空事業本部。」
「可以相信嗎？」

「目前正在尋找證據，我認為值得相信。」

「是喔，」木谷重重靠在椅子上，雙手抱在腦後。「有可能是歹徒嗎？」

「目前還無法斷言，但顯然這兩個月期間，有人假冒原口的名字潛入錦重工業。」

「你認為那個人為什麼要假冒原口的名字？」

「我猜，」高坂停了一下繼續說道：「那個人應該知道原口經常出入航空事業本部吧。」

「我也這麼認為，不僅知道他經常來這裡，而且還知道他最近很少來，否則，萬一在這裡撞見就慘了。」

「目前已經派偵查員去找原口了，應該會順便問他是否知道誰會冒用他的名字。」

「對，尤其要詳細瞭解識別證的情況。」

「我已經有叮嚀了。」高坂很有自信地回答，然後拿起木谷剛才放下的電視遙控器。「幾點開始救援？」

「不知道，聽說準備好了就會展開行動。」

「那就來為他們祈禱吧。」說著，他又打開電視。「如果直升機掉下來，我們的偵查方針也要修正。」

「是啊。」木谷把椅子轉向電視的方向。

26

中塚站在窗前俯視著新陽發電廠的廠區。綜合管理大樓的停車場內已經沒有任何車輛，消防隊和自衛隊的車輛都已經退到新陽隧道附近。

萬一救援行動中途發生意外，不光是大B，就連自衛隊的直升機也可能同時墜落。因此，一旦發生狀況，就必須及時因應處置。

中塚在腦海中一次又一次模擬。直升機墜落在反應爐廠房、墜落在輔助建築、墜落在渦輪發電機廠房、墜落在柴油機電廠房，和墜落在維修、廢棄物處理廠房時的情況他都想過了。

然後，他得出了結論，無論直升機墜落在哪裡，都不會造成嚴重的事故。雖然可能引發火災，但他猜想正在待命的消防隊會很快把火勢撲滅。佐久間隊長已經準備了大量無水碳酸鈉滅火劑，防止鈉火災的發生，但他認為應該不可能用到。在中塚能夠考慮到的範圍內，鈉火災最危險，而且無法用水滅火，所以，事先準備好專用的滅火劑當然比較心安。

問題是作業員該怎麼辦？

目前，運轉課的西岡課長和兩名作業員留在中央控制室，輔助建築下層的緊急控制室內，也有另外兩名作業員待命。中塚已經下令今天值班的八名作業員中，比較資淺的三名作業員離開了現場。

當反應爐運轉時，作業員必須留在控制盤前。中央控制室內有三人，緊急控制室內安排兩名作業員，這是要在緊急狀況發生時及時因應的最低限度人員安排。

但是，中塚仍然猶豫不決。位在輔助建築最頂樓的中央控制室的天花板並不是特別牢固，一旦直升機墜落直擊，室內就會全毀。雖然配置了數名消防隊員，但萬一發生爆炸，恐怕就會完全淪陷。

是否該把所有人都轉移到比較安全的緊急控制室？

然而，他仍然無法捨棄緊急停機的支援體制，無法把一切都交給平時不會使用的緊急控制盤。

中塚悶悶不樂，始終無法下決心。這時，旁邊電話好像看透了他的心思般響了起來。這是和中央控制室之間的專用電話。

「喂，我是中塚。」

「廠長，我是西岡。」電話中傳來運轉課長的聲音，他似乎有點喘。

「情況怎麼樣？」中塚問。

「如果把所有的門打開，可以逃到下面那個樓層。」

「是嗎？但只能跑到那裡嗎？」

「對，因為到逃生梯有一段距離。」

「是喔。」中塚只能沉吟不語。

以直升機目前的高度，墜落可能需要十幾秒的時間。如果直升機的技術人員或是自衛隊員可以察覺墜落的前兆，或許能夠多爭取幾秒。但即使這樣，最多也只有二十秒的時間。能否在這二十秒內按下緊急停止開關，然後逃離現場？剛才他請西岡實地測試。可以逃到下一個樓層——中塚無法判斷可以帶來何種程度的安全性，西岡他們應該也沒把握。

「廠長，不用擔心，」中塚沉默不語，西岡主動開了口。「雖然是巨大直升機，但不可能在轉眼之間貫穿輔助建築，而且，雖然直升機上有爆裂物，但從墜落到爆炸會有一段時間，那時候，我們已經躲進安全的地方了。」

「躲進安全的地方？」

「對，我和其他人商量了一下，發現有比逃離建築物更安全的地方。」

「在哪裡？」

「安全罩內。逃到樓下那一層後，就馬上逃進安全罩。」

「喔！」中塚驚叫起來，發現了自己的盲點。「原來還有這種方法。」

「即使外面有某種程度的爆炸，也不會對安全罩產生任何影響。」

西岡的話中充滿了反應爐操作人員的自負，以及對安全罩中也不會有輻射外洩的自信，中塚真希望反核派可以聽到他這句話。

即使進入安全罩，也不會靠近反應爐。因為只能進入安全罩的上部，在一點六公尺的厚實水泥地板下，是反應爐和液態鈉的管線。

「但是，有時間進去嗎？」

「應該可以設法進去，但希望廠長可以同意一件事。」

「什麼事？」

「希望可以打開入口的第一道門。」

「喔……」

安全罩的入口有兩道門，打開第一道門時，必須轉動設置在前方的轉盤，需要十秒鐘才能將門完全打開，在分秒必爭的緊急情況下，無疑會耽誤太多時間。

「好，我同意。」

「謝謝。」

雖然也很想打開第二道門，但兩個人都沒有提這件事是有原因的。

經過第一道門後，就是第二道門，也必須轉動前方的轉盤才能打開。

但是，即使轉動轉盤，也無法打開第二道門。必須先將身後的第一道門慢慢關閉。等第一道門完全關閉之後，第二道門才會打開，也就是說，基於安全考量，兩道門無法同時打開。

「西岡，有一件事必須特別注意。」

「什麼事？」

「在打開第二道門前，先從觀察窗確認安全罩內部的情況。雖然我相信這種情況絕對不會發生，但必須考慮到萬一逃進去後，反而捲入災難的情況。」

西岡沉默了一下說：「廠長，你是不是擔心直升機墜落在安全罩上時，天花板可能會被砸壞？或是因為鈉火災的影響而破洞？」

「我相信不會有這種情況發生，但必須以防萬一。」

聽到中塚的回答，西岡再度沉默了片刻。中塚的腦海中浮現出西岡沒有表情的臉孔，雖然他很忠實，但也很頑固。

「我知道了。」西岡說：「我會在確認安全罩內的情況後，迅速打開第二道門。」

「嗯，就這麼辦，等開始營救孩童時，我再和你聯絡。」

「我知道了。」

掛斷電話後，中塚突然覺得自己的行動可能有點自相矛盾。自己讓西岡他們身陷危險狀況的同時，又提出了讓他們感到悲觀的警告，他甚至覺得此舉是自己為發生萬一狀況時，找好自我辯解的理由。

猛然抬頭，看到直升機的技術人員湯原站在旁邊。他正仰望著窗外的巨大直升機，那是他和他的夥伴技術的結晶。

「直升機有什麼異狀嗎？」中塚問年輕的技術人員。

「呃，沒有。」聽到中塚突然開口，他有點驚訝，「我只是在確認位置是否改變了。」

「高度好像比剛才更高了。」幾分鐘前，中塚親眼看到直升機上升。

「對，剛才正確測量了一下，高度大約一千公尺，但水平位置只差數公尺。」湯原指著前方，「就在那個圓頂的正上方。」

中塚點了點頭。圓頂是反應爐廠房。

「那架直升機怎麼算出目前的位置？」中塚問。

「基本上使用GPS。」

「GPS？」

「就是使用了衛星的全球定位系統，接受四個以上的衛星發射的電波，可以確定自己目前所在的位置，汽車上的導航系統就是用GPS。」

「喔，原來是那個。」中塚似乎也知道汽車的導航系統。「原來如此，既然車子也使用了，最新型的直升機當然也會使用。」

「不，其實，幾乎沒有直升機會搭載GPS接收器。即使有，也是非正式的，因為日本還沒有核准GPS航行。」

「是喔。」中塚重新審視著這位年輕技術人員的臉。「是這樣嗎？」

「這架大B可以將以GPS為中心的混合導航系統和電腦結合，事先輸入程式，按照事先設計的航線飛行，但因為也是防衛廳的實驗機，所以才特別核准的。我們也不知道日後還有沒有機會再生產那種直升機，搞不好那是最後一架。」

「應該不可能吧，防衛廳也不希望浪費之前投資的金錢。」

「很難說，因為大藏省[20]才是出錢的老大，而且，官員的想法實在是……」

「這點我們也有切膚之痛啊。」

「是啊。」

緊張的環境中，只有他們兩個人之間的氣氛比較放鬆。

「你說的GPS，」中塚問：「定位的精確度有多少？」

「這個嘛，如果是汽車使用的GPS，水平最大誤差是一百公尺，高度最大誤差是一百五十公尺。」

「這麼大嗎？」中塚忍不住張大眼睛。

「民用的GPS會故意劣化精確度，如果是軍用的GPS，號稱水平方向最大誤差為十八公尺，垂直方向為二十八公尺，但這是軍事機密。」

「那架直升機應該屬於後者吧？」

「是啊，而且經過特別處理，結合了其他導航裝置，可以維持在半徑數公尺以內。」

「真了不起。」

「哪裡，我們就是在做這項研究。」湯原有點害羞地說。

反應爐廠房的直徑約五十公尺，目前直升機位於反應爐廠房的正上方，如果移動誤差只有數公尺，墜落在反應爐廠房的機率顯然很高。中塚忍不住盤算起來。

「之前有沒有飛機墜落在反應爐上的例子？或是國外有沒有？」湯原問道。

「我沒聽說過，應該沒有吧。」

「是嗎？」

「但有近距離墜落的例子，」旁邊傳來一個聲音，三島就在旁邊，「我沒說錯吧？」他問中塚。

⑳日本舊有掌管金融財政的政府機關，於二〇〇〇年改制成為「財務省」。

「你是說哪裡？」中塚問三島。
「就是四國的伊方核電廠啊。」
「喔。」中塚立刻想起來了。「我沒想到幾年前的那件事。」
「一九八八年，」三島回答後，立刻轉頭看向湯原。「墜落在距離核電廠一點五公里的地方，是美軍的直升機。」
「哪一型的直升機？」湯原問。
「CH-53。」
三島不假思索地回答，中塚有點驚訝。
「你記得真清楚。」
「因為難得一見，所以印象特別深刻。」
「CH-53 就是超級種馬。」湯原抱著手臂。「那是當時西方國家最大的直升機，和大B幾乎差不多，但燃料箱比較小。當時沒有引發重大事故嗎？」他後半句話是在問三島。
「報紙上曾經大篇幅地報導，這是媒體的焦點鎖定在飛機墜落在核電廠所引發不安的第一起事件，當時，最受影響的就是六之所村。因為即將在那裡建造鈾濃縮工廠，而且正進入安全審查的階段。你也知道，青森有三澤基地，沒有人知道演習中的飛機什麼時候會掉下來，於是，商業用核電廠正式把飛機墜落造成的影響列入考慮。」
「那件事我也記得。」中塚說。「因為我也參加了模擬演習。」
「當初假設怎樣的條件？」湯原問。
「你記得詳細的數字嗎？」中塚看著三島問。
「當初設定的條件是加滿油的F16戰機失速，以時速五百四十公里的速度撞上水泥牆。」

「結果呢？」

「濃縮廠房的牆厚達九十公分，內部設施沒有任何異狀，但牆壁厚度只有二十公分的貯藏廠房毀壞了，但輻射外洩量只有零點零六侖目，於是，原子能安全委員會得出結論，絕對可以確保安全。」

「這是很符合實際的結論。」中塚對湯原說。

湯原微微偏著頭，想了一下後開了口。

「時速五百四十公里是根據什麼計算出來的？」

「詳細情況我也不太清楚，應該是認為一旦墜落，可能會達到這樣的速度。」

中塚回想起當初有很多人質疑這個假設的速度有問題，眼前這位航空專家可能也會對這一點有意見。

但是，湯原並沒有提出疑問，而是瞥了一眼窗外。

「F16的最大起飛重量是十九噸，比大B稍微輕一點，但這次是自由落體，撞擊時的速度不會超過時速兩百公里。」

「動能只有五分之一。」三島說。

「但垂直墜落時，會直接撞擊天花板，對建築物所造成的衝擊度應該不相上下。」

「對，這倒是。」三島點點頭。

中塚回想起當初的模擬實驗時，也有人提出同樣的意見，認為飛機有可能倒栽蔥地從上空墜落，但最後認為很少會發生這種情況而沒有列入考慮。

「F16的話，」湯原再度陷入思考，「還搭載著空對空導彈、地對空導彈，以及炸彈、火箭之類的武器，當初是在這些條件下進行實驗嗎？」

「不，沒有搭載炸彈。」三島回答。

「沒有搭載？完全沒有嗎？」

「對。」

「因為如果在那一帶墜落，都是訓練中的飛機，訓練時通常不會搭載炸彈，所以才會這麼設定。」中塚說話時，察覺到自己的語氣好像在辯解。

「喔，是嗎？但是……」湯原想說什麼，最後還是閉了嘴。

就在這時，年輕的職員看著電視，叫了一聲：「廠長。」

「怎麼了？」

「總公司的記者會開始了。」

「什麼？」

中塚站在電視前。

畫面上出現了熟悉的面孔，他是爐燃總公司的企劃部長花岡，也是爐燃的發言人。平時即使面對反對派也始終維持強勢態度的花岡，此刻的表情卻難掩焦躁，打高爾夫而曬黑的寬額頭冒著油，在電視台的燈光下發亮。

「關於敦賀半島的新陽事件，坊間出現了不實傳聞，謹利用這個機會向全國民眾詳細說明。」他不時低頭看著手上的紙說明著。「首先，關於異常發電量的情況，無論新陽發生任何狀況，都絕對不可能發生失控的情況。一旦發生異常，控制棒就會立刻插入，而且是由兩個獨立的系統控制，不可能兩個系統都同時失靈。呃，有人認為液態鈉沸騰時會產生氣泡，導致發電量異常增加。為了避免這種情況發生，反應爐都設定在比沸點低三百度的低溫狀況下運轉，而且，爐心內有幾氣壓的壓力，沸點會比正常情況下高八百度到一千度，因此不可能出現沸騰的現象。即使因為某種原因導致發電量異常，控制棒也無法發揮功能這種我們認為完全不可能的狀況時，也不會有任何安全上的疑慮。因為當發生爐心毀壞事故，導致巨大的能量發生時，爐心就會吐出燃料，反應爐也就自然停止運轉。

「目前已經確認，事故產生的能量不會破壞反應爐廠房和安全罩，絕對不可能有大量輻射外洩的情況發生。其次是關於鈉和水的反應，萬一兩種液體混合時，會產生氫氣。新陽裝了氫氣檢測器，如果氫氣濃度上升時，反應爐會立刻停止運轉，同時將水和水蒸氣排出。如果大量產生化學反應，氫氣壓力會增加，就會自動啟動名為解壓板的裝置，釋放壓力。同時，反應爐也會停止運轉，排出水和水蒸氣，所以，不會發生嚴重的鈉火災。最後，關於外國曾經發生快滋生反應爐原型爐的事故，都是設計疏失和人為疏失造成的，和新陽的安全性完全屬於不同層次的問題。我的報告到此結束。」

花岡部長唸完之後，似乎鬆了一口氣。

記者席上立刻傳來發問的聲音。

「你剛才的意思是，反應爐有各種防護系統，所以很安全。但這些系統會不會徹底失靈呢？」

「不太可能。」

「但目前還不知道直升機上裝了多少炸藥。」

「的確是這樣，但我們也做過耐爆實驗，確認即使用一百公斤TNT炸藥，也無法炸毀新陽的反應爐。」

「這是指在反應爐內爆炸的情況吧？但這次不知道會在哪裡爆炸，仍然能夠斷言沒有問題嗎？」

「我們確信不會有問題。」

花岡的話讓記者席鼓譟起來。

「如果出現重大的危害，你們打算怎麼因應？」

「我剛才已經說了，不會出現重大危害。」

「我只是說假設。」

「目前無法回答假設性的問題。」

記者當然不滿意他的回答，會場越來越混亂。

中塚感到心浮氣躁，離開了電視前。總公司擔心謠言滿天飛，才會召開這場記者會，但效果令人懷疑。無論對那些懷疑核電廠安全的人說什麼都是白費口舌，他們一開始就不打算聽任何解釋，花岡部長應該也很清楚這件事。

中塚的腦海回想起不愉快的回憶。那是去年二月在大阪舉行的「關於新陽的意見傾聽會」。

參加那場會議的抗議團體大力主張地震將會造成的重大威脅。在阪神大地震中，被認為絕對不可能倒塌的建築物接二連三地倒塌，這件事成為他們最大的攻擊武器。「即使專家拍胸脯保證不會倒塌的建築在大地震中實際倒塌了，為什麼你們能夠斷言新陽不會出問題？」反對派緊咬著這一點不放。

當時，企劃部的花岡部長代表爐燃向反對派說明。花岡一如往常，滔滔不絕地強調在建造新陽之前，曾經充分調查地質，新陽的結構可以承受的震度是建築基準法所規定的三倍，當感應到五級以上的地震時，就會自動插入控制棒。沒想到說完這番話之後，他居然得意忘形地說，再大的地震都不會造成任何影響，結果就捅了馬蜂窩。

任何地震是指什麼情況？像阪神大地震那樣的地震也沒問題嗎？反對派展開猛烈攻擊，花岡一再解釋說，他的意思是根據地質調查和地層調查的結果推測，新陽所在地可以承受目前能夠預估的最嚴重地震，但反對派仍然不肯放過他，對他破口大罵，說什麼目前還不瞭解阪神大地震的原因，居然敢這樣大放厥詞，就因為你的這種態度，才讓我們無法相信你們說的鬼話。

在地震對策以外的問題上，也都陷入了相同的模式。反對派緊咬著「技術不可能有絕對，所以不可能有絕對的安全」這個論點反駁，即使用科學理論加以說明，他們仍然不接受。技術沒有絕對，這的確是事實，但科學技術廳和爐燃的代表一再向他們解釋，目前正在努力向這個目標努力。

其實，一開始就預料到會有這種情況。雖然那次會議美其名為促進雙方的瞭解，但反對派當然不可能乖乖聽贊成派的說明。之前曾經在各種場合說明了安全性的問題，那些反對人士明明瞭解這些說明內容，仍然主張反對，怎麼可能說服他們？

「讓新陽停機，他媽的！」

會場上的叫罵聲至今仍然留在中塚的耳中。

27

由美國陸軍的黑鷹直升機改良的航空自衛隊救難直升機UH-60J，以接近極限的速度飛往現場。機上共有五名機組人員，兩名飛行員，一名機上維修師，以及兩名稱為急救士的救難員。

救難隊除了 UH-60J 以外，還有 V-107A 雙主翼型直升機，但這次使用 UH-60J 型的最大原因，就是因為這種直升機具有理想的盤旋能力。V-107A 很難在這次救援活動所需的高度盤旋，尤其目前是空氣稀薄的夏季，在高空飛行時需要極大的馬力。

出發後約三十分鐘，UH-60J 已經來到敦賀半島的上空，救難員之一的上條二曹帶著奇妙的心情從後方機窗看著海岸線，他之前從來沒有在這一帶飛行的經驗。

他從位在小牧的救難教育隊畢業後，來到小松已經三年，曾經多次遭遇危險的狀況。他曾經為了營救在雪中山身負重傷的登山客，在明知道受氣流影響，直升機無法保持穩定的情況下出動。那一次，他順利的和受傷的登山客一起上了救生吊索，但之後因為風太大了，導致垂在直升機下方好像鐘擺般劇烈搖晃了好幾分鐘，受傷的登山客在中途昏了過去。

另一次前往救援發生船難而即將沉沒的漁船船員時，船上的引擎突然竄出火苗，如果晚一分鐘逃離，不光是船員，恐怕連他都會一起命喪火窟。

這些經驗都累積在上條的體內，他隨時做好面對危險的準備。越是危險，他越感到渾身熱血沸騰。自己是拯救他人生命的王牌。每當他感到氣餒時，這種自負就成為他的心靈支柱。

但是，他完全不知道之前的經驗對這次的救援任務是否有任何幫助，說實話，他完全沒有自信。之前從來沒有遇過這種情況，也從來沒有想過、甚至沒有訓練過。

即使如此，他還是上了救難直升機，因為他想要挑戰沒有任何人經歷過的世界，這也是他對自我的挑戰。他向來勇於藉由克服痛苦和恐懼磨練自己，這也是自衛隊內不到一百名救難員共同的資質。

不一會兒，新陽發電廠出現在前方，白色的圓頂格外醒目，向大海延伸的一片細長形帶狀應該是防波堤。

巨大的單槳直升機懸在新陽發電廠的上空，比上條他們的位置更高幾百公尺。

「這裡是新陽發電廠的對策總部，聽得到嗎？」救難隊的八神隊長用無線電呼叫。

「這裡是小松基地航空救難隊，聽得很清楚。」根上機長回答。

「可以看到對方的直升機嗎？」

「現在看到了，我們開始上升。」

「十五分鐘前，對方的直升機再度上升，暫時會維持目前的高度，萬一在救援中途又開始上升很危險，所以務必趕快行動。」

「瞭解了。」

「我會告訴你們那架直升機的無線周波數，由你們直接向小孩發出指示，小孩名叫山下惠太，剛才已經教他懸吊鋼索的使用方法，也確認鋼索可以正常發揮功能。」

「收到。」

根上機長將機體拉高，那架直升機越來越大。近距離觀察，可以清楚瞭解有多麼巨大。

「真的好大啊。」上條透過機內通訊系統對身後的植草一曹說。植草張大了眼睛，連點了兩次頭。

「周波數已經設定完成。」副駕駛說。

「ＯＫ。」根上回答，然後對著麥克風說：「惠太，聽得到嗎？」

等了一陣子，沒有回答。根上正想再度呼叫時，耳機中傳來小孩子「喂、喂」的聲音。

「惠太嗎？」

「嗯。」

「你可以看到我們的直升機嗎？」

「看得很清楚，是白色和黃色的那架嗎？」
「對，你知道怎麼用無線電吧。」
「我也不太清楚，現在這樣可以嗎？」
「可以，聽得很清楚。你現在人在哪裡？駕駛座嗎？」
「對，我坐在右邊的椅子上。」
因為他是機長啊。上條歪著右側的嘴角笑了起來。
「好，這樣很好，剛才已經教你怎麼用懸吊鋼索了吧？」
「對啊，只要按開關就好了，很簡單。」
太可靠了。上條嘀咕道。植草瞪了他一眼，示意他少說廢話。
「惠太，聽好了，等一下我們會把鋼索打過去，鋼索的前端有鉤針，我們會瞄準右側後方的門，打進直升機內。」
說得倒簡單。上條心想，但沒有說出口。植草正在一旁最後一次檢查海上自衛隊送來的祕密武器，那是將潛水時使用的魚叉改造的武器。通常魚叉的前端是銳利的鐵針，但這個秘密武器前端分成三個岔，前端分別有剛才根上提到的倒鉤形鉤針。海上自衛隊用來勾住漂流的船，所以也稱為拋繩槍。
這次向海上自衛隊借了五把拋繩槍，可以連續試五次，如果五次都失敗，只能飛回去後重新裝上鋼索。為了避免時間的浪費，希望能在三次以內成功。
對方那架直升機的螺旋槳直徑約三十公尺，這架大約十六公尺。也就是說，如果在相同的高度飛行，兩架直升機之間至少要相距二十幾公尺。考慮到安全問題，最好能夠保持五十公尺的距離。

如果在正常狀況下，這點距離完全不成問題，雖然拋繩槍的準確度無法像來福槍那麼精準，但這次的目標比較大，也有足夠的時間可以瞄準，所以不可能射偏。航空自衛隊的救難員接受過和陸上自衛隊的空挺團相同的訓練，射擊技術也很優秀。

但是，眼前的狀況並不正常。

在兩架飛機的螺旋槳形成的風力影響下，是否能夠成功地射擊？老實說，上條覺得是不可能的任務。

「可能沒辦法一次就成功，但你不用擔心，一定會成功的。」根上對惠太說的話，和上條內心的想法完全相反。「但是，萬一打到駕駛座，你坐在那裡會很危險，所以，可不可以請你換到左側的駕駛座？」

不一會兒，聽到惠太說，已經坐到左側的椅子上了。

「OK，在我告訴你可以抬頭之前，你都不要抬頭，盡可能把身體壓低，絕對不要隨便抬頭喔。」

「知道了。」

通訊結束後，根上將機身漸漸靠近對方那架直升機的右側，維持相同的高度。然後微幅調整了方向舵踏板，將右側靠近對面那架直升機，開始在上空盤旋。

快滋生反應爐原型爐新陽發電廠——

湯原在第二管理大樓窗前看到 UH-60J 在空中漸漸上升，拉近了和大 B 之間的距離。山下站在他旁邊，雙手緊握在腹部前方，仰望著天空，一動也不動。

其他人也一樣。無論警方人員還是消防人員都忘了自己原本的工作，仰望著天空，每個人的表情都像是在祈禱。

湯原也再度成為其中之一。

錦重工業航空事業本部福利中心一樓商店前──

電視前聚集了很多人，有錦重工業的員工，也有刑警。湯原篤子和山下真知子一起坐在出口附近的椅子上。雖然篤子邀她去坐前方的椅子，但真知子說，她想坐在這裡。

「萬一有什麼狀況時，離出口比較近……」她輕聲嘀咕道。

篤子覺得好像有無數針扎在胃上。原來真知子在擔心救援行動會失敗。

一定會很順利。篤子想要這麼說，但還是把話吞了回去。因為這句話太不負責任了。

救難直升機出現在電視畫面上。由於是用望遠攝影機從下方拍攝，所以看不清楚他們在幹什麼。

高彥蹲在電視前抬頭看著畫面，想到兒子目前的痛苦，篤子覺得於心不忍。

她突然發現身後也圍了一群人，但沒有人出聲說話。這些緊盯著電視畫面的人對電視台記者的胡亂吼叫充耳不聞。

福井縣政府知事室──

金山開始抖腳。自從就任知事後，他很少會在別人面前做出抖腳這種讓自己顯得很窮酸的動作。原子能安全對策課長長內不禁暗自慶幸電視台的記者沒有來這裡採訪。

七十歲的知事雙眼緊盯著電視，根本無暇看桌上的文件。那份文件歸納了直升機萬一墜落時，針對不同規模的事故所採取的因應方案。這是以長內和防災課長諸田為中心，緊急完成的方案。根據這份文件的內容，當發生目前能夠想到的最嚴重事故時，將在灰木村設置現場對策總部，由副知事擔任總部長，知事要在二十四小時內親自去現場視察，但是，眼前這個老傢伙的腦子裡完全沒有這件事。

「歹徒似乎沒有妨礙救援工作。」金山看著電視說。

山根副知事和諸田課長也在，但長內發現金山在對他說話，於是回答說：「好像是。」

「所以，歹徒也不想殺小孩。」

「是啊。」

「既然這樣，不妨將計就計，不要這麼快營救小孩，裝一下樣子比較好吧？」

長內聽不懂金山的意思，眨了眨眼睛。其他人也都沒有答腔。

「我的意思是，」老知事說：「救援時故意拖延一下，等直升機的燃料用盡，歹徒也不得不讓直升機降落吧？」

即使聽了他的解釋，長內仍然無法理解他的意圖。諸田課長回答說：

「知事，恕我無禮，太相信歹徒會有危險。」

「是嗎？但他不是要求我們救小孩嗎？」

「話是沒錯……」諸田結巴起來。

長內說不出話。那個老傢伙一臉一本正經，原來在想這種蠢主意嗎？但是，長內當然不可能說出內心的真實想法，只能裝模作樣地回答：

「因為不知道燃料什麼時候會用完，所以必須趕快救孩子。」

金山聽了他的回答，似乎才終於釋懷。「喔，也對。」再度將視線移回電視上。

他在想什麼啊。長內忍不住在心裡咒罵道。

UH-60J——

上條和植草揹好降落傘，打開了側面的門，對面那架巨大的直升機立刻出現在眼前，然而，必須瞄準的後方機門卻格外的小。

「機長，可以再靠近一點嗎？」植草對著機內通訊系統的麥克風說。

「我試試，那架直升機不愧是搭載了GPS，位置很穩定，現在沒有風，應該可以靠得更近。」根上回答。

直升機上下移動後，又前後左右搖晃了一下，比剛才稍微靠近了一點。

「再靠近就會有危險。」根上的聲音很壓抑。「就從這個位置瞄準吧。」

「收到。」植草回答後，對上條說：「由你來射，你的射擊技巧比我好。射完之後，可以由我過去。」

「如果射中的話，之後也要由我來完成。」上條拿起了抛繩槍。

他的右膝跪在機艙地上開始瞄準，由於機艙地面劇烈搖晃，瞄準器的位置也晃來晃去，好幾次他正打算扣下扳機時，機身突然往下沉。

「簡直就像是騎馬射擊。」他在瞄準時嘀咕道。

瞄準器漸漸鎖定了對面直升機的側門，上條的手指放在扳機上。快好了，快好了，繼續保持，不要搖晃——

他屏住呼吸，指尖用力。

隨著衝擊聲射出的鐵針直直朝向對方的直升機飛了過去。太好了，成功了。上條心想道。

但是，隨即感到洩氣。鐵針急速改變了方向，從比他的瞄準點低了一大截的位置穿了過去。

「受到了螺旋槳向下的風壓影響。」植草拉著連在鐵針上的鋼索說道，「再試一次，這次要稍微往上一點。」

「植草，沒辦法，晃得這麼厲害，根本不可能射中。」

「現在放棄還為時太早，再試。」植草用強硬的語氣重複道。

上條拿起第二支槍。手心開始冒汗，根本無法抓緊拋繩槍。機身如同在暴風雨的海上顛簸的小船般左搖右晃。

瞄準之後，上條再度射了一次。這次瞄準了相當高的位置，但鐵針還是沒有射進對面那架直升機內。

「再往上一點。」

「再往上，就會打到螺旋槳，太可怕了。這種方法不行啦。」

「你要不要直接對那個孩子說？」

聽了植草的話，上條默然不語。

「植草，你試試。」駕駛座上的根上說。

「好。」植草回答後，拿起了第三支槍。

植草來到出口旁瞄準，受到風的影響，機身向下沉了兩、三次，但他始終沒有改變姿勢。然後，他扣下了扳機。

但是，和上條一樣，他射出的鐵針在到達目標之前突然失速。果然是不可能的任務。上條心想，卻沒有說出口。

植草沒有說話，伸手拿了另一支拋繩槍。他默默地舉起瞄準，雙眼就像瞄準獵物的獵人。機身持續搖晃。

機身突然短暫穩定了一剎那，就像暴風雨中，出現了短暫的風平浪靜。植草及時把握了這個機會，毫不猶豫地扣下了扳機。

發射的鐵針筆直地飛向對方的螺旋槳。危險。上條準備閉上眼睛。因為他以為會打到螺旋槳。

但是，鐵針急速下降，鋼索在空中畫著弧度，前端消失在對面那架直升機上。

「成功了！」上條叫了起來。

「機長，請和對方聯絡。」植草拿著連著鋼索的拋繩槍，雙腳用力站在地上，對著駕駛座叫道。

「惠太，聽得到嗎？惠太。」根上呼叫著。

「聽得到，剛才有一個好像大鐵針一樣的東西飛進來了。」

「現在在哪裡？」

「卡在門口的角落。」

「好，接下來就要看你了。惠太，你聽好了，你剛才說，已經知道怎麼操控懸吊鋼索了。現在你要把懸吊鋼索上的鉤子掛在鐵針上。」

「等一下……呃，只要掛上去就好了嗎？」

「對，但以你的身高，應該碰不到鉤子，所以，先把懸吊鋼索往下放，讓鉤子往下放一公尺左右，這樣你應該就可以碰到了。」

「知道了，那我來試試。」

「加油。」根上離開麥克風後命令上條。「你用望遠鏡確認他有沒有掛好。」

「好。」

上條用望遠鏡觀察對面的情況。懸吊鋼索下方正式名稱為鉤鎖的鉤子向下放了一公尺左右，接著，少年的臉出現在機艙門的上方。沒想到少年比他想像中更矮。少年伸出手，抓住懸吊鋼索，把鉤子拉進了機體內。

「已經順利把鉤鎖拉進去了。」上條說。

「惠太，幹得好，繼續加油！」根上對著麥克風說：「接下來，要把鐵針掛在鉤了上。慢慢來，不必著急。」

大B——

惠太使出全力，努力完成目前的任務。他內心的恐懼幾乎已經消失。救難隊已經來了，現在必須靠自己完成對方的指令，否則自己就無法獲救。這種想法佔滿了他幼小的心靈。同時，他對能夠和英勇的救難隊員齊心協力感到驕傲，他覺得把這件事告訴班上的同學，大家一定羡慕死了。他還以為班上的同學都不知道他獨自一人在一千公尺的高空中。

飛進後方出入口的鐵針卡在門框上，他想要拉過來，卻怎麼也拉不動。因為鐵針連著鋼索，鋼索被拉緊了。但他使出渾身的力量，終於把鉤鎖拉了過來，掛在剛才拉進機體內的鉤子上。然後，他回到無線電旁，戴上了耳機。

UH-60J——

「掛好了。」無線電中傳來惠太的聲音。

根上看向上條的方向，「情況怎麼樣？」

「沒問題，鉤鎖和這裡的鋼索連在一起了。」

「好，」根上點了點頭，對著麥克風說：「惠太，幹得好，現在請你把懸吊鋼索往下放，我喊停的時候就停止。」

「好，我現在馬上可以按開關嗎？」

根上看著植草，植草握著連在鋼索上的拋繩槍，用力點著頭。

「ＯＫ，按吧。」

「好，那就按囉。」

大Ｂ的懸吊鋼索隨著惠太的聲音漸漸變長，植草同時開始回收槍上的鋼索。上條也在一旁幫忙。

快滋生反應爐原型爐新陽發電廠——

「救難隊正在拉從大Ｂ的捲揚器放下的鋼索。」中塚接到自衛隊的聯絡後，興奮地告訴湯原他們。

「太好了，終於突破了第一關。」湯原輕輕拍著身旁的山下。

「對，太了不起了，簡直是神技。」山下也鬆了一口氣，但他的表情仍然很凝重，語帶擔心地說：「但接下來就更困難了。」

「交給他們吧，一定會很順利。」湯原說著，仰望著天空。天空中有兩架直升機，但肉眼無法看到上空正在進行多麼高難度的作業。

UH-60J——

在懸吊鋼索的長度達到六十公尺時，根上要求惠太停止。上條成功地把鋼索前端的鉤鎖拉進了機內，植草在一旁揹好了降落傘。

「OK，把鉤鎖給我。」植草說。

上條把它交給了前輩。就在這時，他的左耳捕捉到外面的轟隆聲發生了變化，他下意識地看向聲音的方向，發現大B龐大的機身開始上升。

「慘了，對方上升了。」上條大叫起來。

懸吊鋼索的鋼索漸漸拉緊。根上機長察覺情況不對勁，立刻把機身拉高，但晚了一步。連結兩架直升機的鋼索角度越來越大。

植草還來不及把鉤鎖掛在自己的裝備上，但如果繼續拖延，鋼索會碰到螺旋槳，這架直升機就會墜落。

上條臉色發白，植草單手拿著鉤鎖，跳出了直升機。

「植草。」上條趴在地上，從出入口看著外面，只靠右手懸垂的植草整個身體用力搖晃。

下一剎那，植草鬆開了鉤鎖。

快滋生反應爐原型爐新陽發電廠——

「掉下來了！」有人叫了一聲。

湯原從窗戶探出身體看著上空。

空中的黑點越來越大。他搞不清楚狀況，只知道剛才大B的高度突然上升，但並不是歹徒故意的，而是剛好遇到直升機上升。

不一會兒，降落傘打開了。

「是救難員，應該沒事。」救難隊的八神隊長用冷靜的語氣說道。

在場的所有人都重重地吐了一口氣。

UH-60J——

「惠太，惠太，聽得到嗎？」根上機長呼叫著山下惠太。

「聽得到。請問……發生什麼事了？」

「對不起，剛才失敗了，因為你的那架直升機突然上升了。」

「它越飛越高了。」惠太的聲音帶著哭腔。

「對，我知道。我們再試一次，你可不可以操作懸吊鋼索，把鋼索捲起來？」

「嗯，好的。」

根上和孩子交談完畢後，頭也不回地說：「再次挑戰，準備好了嗎？」

「準備就緒。」上條回答。

大B的懸吊鋼索的鋼索漸漸往上捲，在完全捲起後，看到孩子坐到了駕駛座上。

「好，瞄準時要謹慎。」根上命令道。

即使不用根上說，上條也必須謹慎。這次再失敗，就必須回去重新裝鋼索。

但是，現在一味擔心也無濟於事，如果不大膽地瞄準目標上方，就會重蹈覆轍，再度像剛才一樣失敗。

機身仍然搖晃不已，但現在顧不了這麼多了。對面那架直升機上，小學生也在努力。

下定決心後，他扣下了扳機。發射的鐵針直直飛向大B的螺旋槳，上條覺得全身發冷，彷彿凍結了。慘了，會打中螺旋槳。

然而，就像植草剛才一樣，鐵針突然往下，命中了對面那架直升機的出入口。

「完了。」機上的維修員用望遠鏡觀察時說，「卡到懸吊鋼索的固定釦了。」

「什麼？」上條也舉起望遠鏡，發現維修員果然沒有說錯。懸吊鋼索固定在出入口外側的上方，拋繩槍的前端卡在固定釦上。

「卡在那個位置，小孩子恐怕拿不到……」

這時，惠太的身影出現在望遠鏡的視野中，他從出入口伸長了手。

上條叫了起來：「危險，叫他趕快回去！」

根上拿起麥克風。「惠太，不行。我們會重試一次，你不要去拿。」

但是，惠太沒有戴耳機，所以聽不到，比剛才更用力探出身體。他似乎站在機內折疊起來的兵員座位上，短褲以上的整個上半身都從敞開的出入口探了出來，上條不敢正眼直視這一幕。

錦重工業航空事業本部福利中心一樓商店前——

電視畫面上出現了用望遠攝影機拍攝的影像，所以無法看得很清楚，但可以看到山下惠太的上半身都探了出來。

記者發出驚叫聲。

「山下惠太小朋友似乎正在拿救難隊射過去的鋼索，太危險了，這樣實在太危險了。」

湯原篤子無法繼續看電視，她的心跳加速，胸口發悶，胃也隱隱作痛。

身旁的山下真知子深深地垂著頭，用力閉上眼睛。她的手上緊緊握著手帕。篤子不知道該對她說什麼。

UH-60J——

「太好了，拿到了。」用望遠鏡持續觀察的機上維修員說道，上條也看到了。惠太把拋繩槍的前端從懸吊鋼索上拆了下來，和剛才一樣，掛在救生吊索上。

呼。上條吐了一口氣。「小鬼真厲害啊！」

惠太回到駕駛座，他的聲音終於又傳入渾身緊張的根上機長耳中。「我像剛才一樣掛好了。」

根上微微搖了搖頭。

「你很棒，太厲害了，你知道接下來該怎麼做吧？」

「只要把這個放下去就好，呃，是不是叫懸吊鋼索？」

「對，和剛才一樣。」

「知道了。」

說完，大B的懸吊鋼索再度放了下來。上條和機上維修員一起把拋繩槍的鋼索拉進機內，把懸吊鋼索前端的鉤鎖拿了進來。如果動作不夠快，不知道那架直升機什麼時候又會上升。

鉤鎖順利拉進了機內，上條準備好總重量有二十公斤的兩人用降落傘後，把鉤鎖掛在自己的降落傘背帶上。然後，對著駕駛座的方向說：「已經準備好了。」

根上拿著麥克風說：「惠太，聽得到嗎？」

「嗯。」

「等一下會有隊員懸在那根鋼索上，可能會搖晃，你坐在駕駛座上，繫好安全帶。」

「收到。」

聽到少年的回答，根上忍不住苦笑了一下，對後方說：
「好，要拉開距離了，準備好了嗎？」
「準備好了。」上條大聲回答。
UH-60J維持原來的高度，慢慢離開了大Ｂ。兩架直升機之間的鋼索漸漸拉直。上條雙手抓著鋼索，雙腳用力站著。為了減少衝擊，必須在鋼索拉直的情況下跳出去。
鋼索已經拉直了，戴著安全帽的上條用力張大眼睛，輕輕吆喝一聲，跳向空中。

大Ｂ——

惠太屏住呼吸，看著身穿橘色制服的隊員跳下直升機。因為鐘擺原理，隊員轉眼之間就消失在大Ｂ的正下方，出現在另一側。看到自衛隊員在一千公尺的高空，盪著五十公尺的鞦韆，惠太忍不住既感嘆、又感謝，發自內心地感到崇拜。在此之前，他覺得足球選手是世上最帥的職業，如今，他的想法漸漸改變了。
鋼索的晃動變小了。對面那架直升機上的人似乎也確認了這件事，耳機傳來了說話聲。
「惠太，聽得到嗎？」
惠太打開無線電的開關。「聽得到。」
「好，你按一下懸吊鋼索的開關，把鋼索捲上來。等救助隊員到入口時，你就聽他的指示，知道嗎？」
「嗯，知道。」
「那就加油囉。」
「好。」

惠太按下懸吊鋼索的開關，鋼索漸漸收了起來，他從只有下半部分關起的後方出入口探出頭，戰戰兢兢地往下看。身穿橘色衣服、戴著白色安全帽的隊員漸漸靠近。

當隊員上升到眼前時，懸吊鋼索自動停了下來。

「嗨。」戴著安全帽的隊員對他露出笑容。「幹得好，你太了不起了。」

惠太想要道謝，內心卻激動地說不出話，心臟跳得超快。他很高興，但快要哭出來了。

「不要哭，等下去後再哭。」隊員對他說。

「我不會哭。」惠太終於發出了聲音。「你不進來嗎？」

隊員仍然抓著門的外側。

「很遺憾，我不能進去。」

「為什麼？」

「因為壞人在控制這架直升機，如果我進去，壞人就會讓直升機墜落。」

「啊？真的嗎？」

「真的。」

「我……還以為因為我的關係，直升機才會飛起來。」

「不是你的關係，不過，你不能自己跑進去。」

「對不起。」惠太低下頭。

「等下去後再道歉。來，過來這裡，把你的背靠在我胸前。」

隊員的上半身彎向直升機內。惠太聽從了他的指示，隊員的身體前方有複雜的帶子，隊員用帶子把惠太的身體和手臂固定在自己身上。

「好，這樣就沒問題了。」

「要跳下去嗎？」

「對啊，但是再等我一下。」說完，隊員打開口袋上的拉鍊，拿出小型照相機，用閃光燈拍了四張照片。

「好，OK了。」他把照相機放回原來的口袋中，「對了，你以前曾經從多高的地方跳到地上？」

「嗯，」惠太想了一下，「溜滑梯上，公園的溜滑梯上。」

「是嗎？那今天可以稍微破一下紀錄。」

說完，隊員抱起惠太的身體，縱身向後一跳。

天空在旋轉、旋轉、旋轉——惠太興奮地叫了起來。

28

「飛了。」

有人看著天空叫了起來。湯原從窗戶探出身體，臉朝向天空，抬得脖子都有點痛了。蔚藍的天空中，有一個像汙點般的灰色影子，影子越來越大。

「降落傘順利打開了。」他看著上空說道，對著也在一旁仰著頭看天空的山下說道。

「惠太……惠太怎麼樣了？也在一起嗎？」

「不知道，看不清楚……」

「沒問題，我看到了。」站在旁邊用望遠鏡看著天空的八神說。「他緊緊貼在隊員的胸前，請放心吧。」

「是嗎？」湯原聽到山下重重吐了一口氣。

不一會兒，肉眼也可以看到隊員的身影。惠太的身體的確固定在他的胸前。隊員似乎打算在綜合管理大樓的停車場降落。

「你去迎接惠太。」湯原對山下說。

「好。」

山下笑著回答，但警備部的今枝部長伸出手制止了他。

「不，靠近反應爐廠房很危險，不知道直升機什麼時候會墜落，讓我的下屬去迎接吧？」

「沒關係啦。」中塚在一旁說道。

「但是——」今枝想要反駁，但似乎感受到湯原和其他在場者的視線，話沒有說完，就閉上了嘴。他想了一下，一臉無奈地搖搖頭，轉頭看著下屬。「把山下先生帶去他們降落的地點。」

「謝謝。」

山下鞠了一躬，今枝皺了皺眉頭，似乎在說不需要這麼做。

湯原再度站在窗前，抬頭看著下降的降落傘。隨著降落傘漸漸靠近，他才發現下降的速度非常快。湯原沒有高空跳傘的經驗，只玩過一次滑翔翼。只是從數十公尺的天空降落，只要操作稍有失誤，就會飛向意想不到的方向。自衛隊員精準地操作著降落傘，在停車場正中央著地。

看到他們安全著地，所有人都不由自主地鼓掌。同時，一輛吉普車從第二管理大樓前出發了，山下坐在吉普車的後車座。

吉普車到達停車場時，惠太已經離開隊員的身體。站在湯原他們的位置，也可以清楚看到山下一下車，立刻跑向兒子。山下緊緊抱著惠太，惠太似乎哭得很傷心。湯原猜想山下也哭了。

「接下來才是關鍵，」不知道什麼時候出現的三島說：「這麼一來，政府就無路可退了，必須明確回答那架直升機是否可以墜落在正在運轉的新陽上。」

「政府接受歹徒要求的可能性是多少？」湯原問。

三島毫不猶豫地回答：

「零。隨便想就知道，不可能為了一座反應爐，而且還是原型爐，浪費數十座反應爐。」

「但是，很難預料會造成多大的危害，不是嗎？」

「雖然無法預料，但在目前的時間點，政府只有一個答案。無論發生任何事，都不可能造成重大危害，輻射不可能外洩。」

「不會有萬一嗎？」

三島撇著嘴角笑了起來。

「如果這麼想，就無法建核電廠了。」

「是喔……」

湯原將視線移回窗外，剛好看到山下父子在自衛隊員的催促下，坐上了吉普車。

中塚確認暫時度過了眼前的危機後，在一旁的椅子上坐了下來。他重重地嘆了一口氣，用手帕擦著額頭。他的額頭上滿是汗水。

接下來，就要看歹徒如何出招了。

就在這時，旁邊的電話鈴聲響了。小寺伸手想要接電話，中塚制止了他，親自接了電話。

他以為是爐燃公司打電話來恭喜順利救出了孩童。

「新陽發電廠，你好。」

「啊，中塚先生，我是坂本。」

「喔……」中塚沒想到坂本會打電話來，所以一時沒反應過來。坂本是爐燃敦賀事務所的所長，這是今天第二次接到他的電話。第一次是他早上打電話告訴中塚，有一架直升機飛往新陽的方向。

中塚以為他看到電視上孩童得救，打電話來表達祝福。果真如此的話就神經太大條了，因為危機並沒有消失。

但是，他並不是為此打電話來。

「中塚先生，剛才這裡接到一份傳真，應該是歹徒傳來的。」

「啊？」中塚忍不住站了起來，「為什麼會傳到你那裡？」

「你看了內容就知道了，我現在馬上就傳過去，可以嗎？」

「沒問題，那就拜託了。」

中塚掛上電話，警備部的今枝部長似乎察覺苗頭不對，走了過來。

「剛才的電話是？」

「敦賀事務所打來的，據說接到了歹徒的傳真。」

「什麼？」

今枝張大眼睛，當大家都陷入沉默時，房間角落的傳真機發出了接收傳真的聲音。每個人都呆然看著傳真機吐出的白紙。傳真機旁的年輕職員拿起傳真紙，瞥了一眼後，走向中塚的方向。

「沒錯，的確是來自歹徒的傳真。」

中塚迅速看完之後，又交給職員說：「你唸給大家聽。」

年輕職員帶著緊張的神情唸了起來。

「為了避免電話被追蹤，這次將傳真傳去貴處，請立刻轉傳至『新陽』發電廠——目前已確認順利救出孩童，由此可以瞭解，我方無意造成任何人員傷亡。接下來輪到你們表示是否打算造成人員傷亡了。即刻廢止全國所有核能發電廠，並以電視轉播破壞的情況。我方將根據破壞的核電廠的發電量，調整直升機的位置。具體而言，發電量每減少十萬千瓦，就會離開一公尺，所以，只要廢止一座一百萬千瓦級的核電廠，就可以移動十公尺。原本我方希望破壞所有核電廠，這已經是最大的讓步，請務必深思後再作出決定。

天空之蜂」

29

室伏和關根兩名刑警在田邊家的客廳，再度確認向一雄借閱的名冊。剛才，他們和田邊母子一起從電視上看到了自衛隊員順利救出直升機上的孩童，看到自衛隊員和小孩子的降落傘著地時，四個人情不自禁地鼓掌。

「有些人就是很有毅力。」關根的興奮還無法平靜，脹紅了臉頰。

「你是說救難員嗎？」

「對啊。」

「光靠毅力還不行，還需要智力、體力和判斷力。」

「剛才電視上說，救難員是曹士，以警界來說，就是巡查部長或是警部補。和他們相比，我們的工作實在太輕鬆了。」

「既然你認識到這一點，在說話的時候，手也不要停。」

「喔，好啊好啊。」

他們仍然沒有找到那個姓「齊川」或是「犀川」的遙控車迷，除了申請職災給付集會的出席者名單以外，他們還查了田邊佳之學生時代的名冊，都沒有找到類似的名字。

根據姓氏的讀音「saikawa」或「saigawa」，寫成漢字有可能是犀川、才川或是齋川，都屬於很罕見的姓氏。

「會不會是佐川（sagawa）？」

「如果有這個姓氏的人，可以確認一下，只是我覺得不太可能。有可能把犀川（saigawa）聽成是佐川（sagawa），但反過來就不太可能。」

「是嗎？但不管是齊川還是犀川，名冊上都沒有。」

「這樣反而比較好，如果姓鈴木或是田中，我們抄名字就要抄到手軟了。」

「那倒是。」

關根輕輕笑了起來，遠處傳來電話的鈴聲，泰子接了電話。不一會兒，泰子走了過來。

「呃，對方請你們其中一個去聽電話。」

應該是搜查總部打來的。

「我去接。」關根收起笑容站了起來。

室伏繼續獨自調查，他正在看佳之畢業的那所中學的同學會名冊。在查名單的同時，就覺得這裡應該不可能有。如果以前的同學有什麼狀況，豆腐店的川村貴男應該會知道。

他很快翻到了最後一頁，但完全沒有看到犀川、才川或是齋川之類的名字。

他把同學會名冊丟在一旁，深深地靠在沙發上時，關根走了回來，臉上的表情有點凝重。

「怎麼去了那麼久？有收穫嗎？」

「沒有。」關根的回答完全符合室伏的預料。「大東電機沒有姓這個姓氏的人。」

「是嗎？那有沒有去其他相關企業打聽？」

「沒有……」關根撥了撥黏在額前的瀏海。

「為什麼不調查？」

室伏問，關根把手上的紙遞給他。那是一張夾報廣告，可能向泰子要來的，背面寫滿了電話。

「這是福井縣內和核電廠有關的公司名單。」

「什麼？叫我們自己調查嗎？總部在想什麼啊！」

「因為總部幾乎沒人手了，交通課和少年課的人也都出去了，剛才是股長親自打電話去大東電機問的。」

「那很好啊，就請澤井先生繼續努力啊。」

「但他忙於整理四處回報的情況，已經分身乏術了。除非有確鑿的證據，如果只是懷疑，他可能沒辦法一直為我們打電話。」

「是喔……」室伏聽了，只能輕聲嘀咕。

並不是只有自己在外調查，全縣大部分警力目前都投入了新陽事件的調查，搞不好其中有幾個人掌握了比自己更重要的線索，目前正慢慢接近歹徒。而且，警視廳和他縣警察也會向縣警總部提供相關的線索。

「那就沒辦法了，只能晚一點我們自己分頭打電話。」他把廣告紙折起來後放進了口袋。

「是啊，室伏先生，你查得怎麼樣了？」

「我剛才看了中學的名冊，但沒有找到。」

「果然沒有嗎？那要不要借小學的名冊？如果還不行，就再查幼稚園的。」雖然關根嘴上開著玩笑，但從他臉上的表情來看，似乎也開始感到焦慮。

室伏再度拿起為田邊佳之爭取職災給付集會的出席者名單。

「這個已經看過兩遍了，我和你各看了一次，但這裡面根本沒有齊川或犀川啊。」

「我知道，但還是很在意，你再看一遍。」他把名冊放在關根面前。

「我當然沒問題，」關根露出不耐煩的表情，但還是翻開了第一頁，又立刻抬起頭說：「室伏先生，我覺得這種想法似乎有問題。」

「什麼想法？」

「就是遙控車迷是歹徒的想法，雖然歹徒用無線操控的方式偷走了直升機，但不是說要有高度專業知識的人才有辦法做到嗎？玩具迷應該沒辦法吧？」

聽到後輩的話，室伏笑了笑。「搞什麼，原來你是這麼想的。」

「難道我說得沒道理嗎？」

「我的想法和你完全相反，那個歹徒絕對不是單純的玩具迷而已，而是高手，在直升機方面也是高人一等的高手，只是現在並沒有在做相關的工作。技術人員要幹壞事，通常都是在離開原來的工作之後才下手。因為沒有地方發揮本領，所以才會動歪腦筋。」

「我也有同感。」

「這個人還眷戀當年的榮耀，希望這種榮耀以某種方式留在自己的身邊。」

「所以就玩遙控車嗎？」

「正確地說，是玩遙控直升機。從這個角度來說，是和遙控車迷完全不同的人。」

「西川就是這種人嗎？」

「目前還不知道，只知道他並不是普通的遙控車迷。所以，只能再從頭查起。」

關根皺著眉頭，抓了抓人中。他似乎猜到又要從頭查起，於是，再度看著集會出席者的名單。

「不好意思，可不可以請你唸出來？只要讀姓氏就好。」室伏說。

「要唸出來嗎？」

「對，雖然我也很想查，但眼睛太疲勞了。」室伏說著，在雙人沙發上躺了下來，用手枕著腦袋閉上了眼睛。

「你小心別睡著了。」

「萬一我睡著，你就叫醒我。」

「我才不叫你，我也要一起睡。呃，我從頭開始唸。田邊、吉倉、岡林、內田、大塚……」

室伏聽著關根唸出來的名字，在腦海中轉換成漢字，但都是一些很平常的姓氏，不可能和齊川或是犀川搞錯。

那個男人並不一定會去參加爭取職災給付的集會。室伏忍不住開始懷疑，如果同樣是做核電廠相關的工作，恐怕更不會做這種事。否則，一旦被僱主知道，可能會丟飯碗。

關根接二連三地唸著一堆很平凡的姓氏，聽在室伏的耳中，好像在唸經。不行，這樣恐怕真的會睡著。室伏張開眼睛，搖了搖頭。

就在這時。

「呃，這個唸……zakka 嗎？還是 zouka？」一直唸得很順的關根突然卡住了。

「怎麼了？」室伏躺著問道。

「這個要怎麼唸啊？」關根把筆記本出示在室伏面前。

上面寫著「雜賀」這兩個字。

原本沮喪的心情頓時振作了。室伏整個人跳了起來，從關根手上搶過筆記本。

「我剛才怎麼沒有看到？……對嘛，因為聽到他說 saikawa 或是 saigawa，所以一直以為後面會有一個川字。」

「室伏先生，這個唸……」

室伏得意地笑了笑，指著筆記本上的名字。

「我要證明給你看，我這個人是很有學問的。你不要驚訝，這個姓氏唸 saika。」

「什麼？」

「因為這個姓氏很少見，你不會唸也很正常。原來是雜賀，剛才太大意了。」

那個人的全民叫「雜賀勳」。簽名的字跡很潦草，住址是在長濱市。

「喂，你去向田邊先生打一下招呼，我們要借用電話很久，當然，會付他們電話費。」

室伏說完，從口袋裡拿出剛才那張寫了電話號碼的廣告單。

「好。」關根猛然站了起來。

30

在山下惠太順利救出後二十分鐘左右，中塚接到了爐燃總公司的電話。第二管理大樓的會議室內，營救成功的興奮很快就平息了，大家正在討論直升機墜落時的因應對策。

中塚接起了位在會議室角落的電話，電話中傳來爐燃總公司筒井理事長的聲音。

「你那裡的情況怎麼樣？」

聽到筒井的問話，中塚有點不悅，因為他覺得筒井這次似乎表現出事不關己的態度，但現在說這些也無濟於事。

「你問我怎麼樣，我也……」中塚拿著電話，巡視著會議室內的情況。大家都看著他，「目前正在和消防人員針對萬一的情況研擬對策，只是還沒有想到什麼好方法。」

「是嗎？請你代我向大家問好。」

「好，當然沒問題。」

打這通電話就為這種事嗎？中塚正想皺眉頭時，筒井說：

「剛才接到科技廳的聯絡。」

「是。」

「他們在問，能不能讓新陽停止運轉。」

「啊？」中塚一下子沒聽懂筒井的意思。不，他雖然聽懂了，但因為太意外了，所以他以為自己聽錯了。「但是，如果停止運轉，歹徒說要讓直升機墜落……」

「我知道，但歹徒怎麼知道有沒有停？」

「啊……」

「你剛才有沒有在電視上看到全國核電廠停止的畫面？」

「有，我看了。」

「既然這樣，你應該瞭解我說的話吧？」筒井語尾上揚，語氣充滿狡猾。

中塚握緊電話，吞著口水。

「你的意思是，讓反應爐停機，但假裝還在運轉嗎？」

「就是這樣。有辦法做到嗎？」

「這個我就……」中塚看著其他人，在場的其他人似乎已經猜到了他和筒井的談話。他對筒井說：「但這麼做很危險，萬一被歹徒發現……」

「所以，就是希望你們研究一下有沒有這種可能嘛。如果反應爐停止運轉，能不能從外面發現。」

「我知道你的意思。」

「我說中塚啊，」筒井用嚴肅的口吻語帶威脅地說：「不瞞你說，我認為很難阻止歹徒的行徑，政府也不可能接受歹徒的要求，所以，直升機墜落只是時間早晚的問題。」

中塚沒有答腔，因為他也這麼認為。

「既然這樣，」筒井繼續說道，「趁早讓反應爐停止運轉也不失為一種方法，運氣好的話，在直升機墜落之前，反應爐和管線可以先冷卻一段時間。」

「即使被歹徒識破，直升機墜落也沒有太大的損失嗎？」

「我可沒這麼說，所以才會請你們研究一下。科技廳也沒有明確指示，只要有可能被歹徒識破，就不能這麼做。」

中塚嘆了一口氣。

「好，我和其他人討論一下。」

中塚掛上電話後，走回剛才的座位，他正打算開口，今枝部長搶先問：「是問能不能讓新陽停機嗎？」

「就是這麼一回事。」

「這也不意外。」說話的是消防總部的佐久間。「剛才因為直升機上有小孩，所以無論如何不能讓它墜落。至於現在，既然沒有方法讓直升機移動，就不必再考慮如何讓它不墜落，而是該思考讓它以何種方式墜落。」

「但是，現在還沒有到一翻兩瞪眼的時候。」今枝反駁道。

「當然，現在還不是賭博的階段，」中塚說：「所以，我們必須討論一下，這到底是不是賭博。剛才那通電話就是提出這個要求。」然後，他看著綜合技術主任小寺問：「如果反應爐停止運轉，整個發電廠的哪些部分會發生變化？」

小寺想了一下後回答：

「最大的變化應該是渦輪發電機停止運轉。」

「但是，從外面可以看到渦輪發電機停止嗎？」

「應該看不到。」

「聲音呢？」今枝問。「渦輪發電機的聲音不是會安靜下來嗎？」

小寺搖了搖頭。

「除非是站在廠房旁，如果在發電廠外，原本就聽不到。」

「水會停止。」中塚突然想到了。「經過冷凝器的海水會停。」

「喔，這倒是。」小寺也表示同意。

冷凝器是將渦輪發電機運轉產生的蒸氣恢復成水的冷卻裝置，復水器中有管線，管線內流著從海裡吸入的海水，也就是藉由海水將蒸氣冷卻。因為需要這種設備，所以核電廠和火力發電廠都必須建在海邊。

「從外面可以看到海水停止流動嗎？」今枝聽了冷凝器的說明後問。

「應該可以看到，尤其排水口的地方一看就知道了。即使在遠處，只要用望遠鏡就可以看到。」中塚回答。

「歹徒可能會根據這一點進行判斷。」佐久間說。

「果真如此的話，即使反應爐停止運轉，只要讓海水幫浦繼續運轉就好，要做到這一點並不難。」小寺斷言。

中塚立刻思考了綜合技術主任的意見，結果認為這個方法有效。

「好，那就做好準備，即使反應爐停止運轉，海水幫浦也繼續運轉。」

「等一下就通知控制室。」小寺回答。

「還有其他可以判斷反應爐停機的現象嗎？」

「其他的應該都沒有什麼明顯的變化。」

「電力供應方面呢？」發問的是對核電廠一竅不通的湯原。「如果這裡停止發電，附近會不會一下子停電之類的？」

「不，這一點不必擔心。」小寺回答。「因為已經建立了支援體制，附近的電力公司會支援供電。」

「但現在所有的核電廠都已經停機，處於電力供應不足的狀態，不是嗎？」

「是啊，但這裡的發電量原本就不大。」

「所以沒有任何變化嗎？」

「不，雖然不至於停電，但燈光可能會突然變暗。」中塚對湯原說，語氣中充滿對其他領域技術人員的尊重。「當然，沒有方法可以判斷這是因為新陽停機造成的。」

原來是這樣。湯原似乎瞭解了。

「這裡的生產的電力要怎麼送出去？」佐久間問。

「靠這棟建築物旁邊的開關站輸送。」小寺回答。「但閒人不得入內。」

「能不能在遠處用望遠鏡觀察到開關站是否供電？」佐久間接著問。

「不，應該不可能。」小寺對著佐久間搖頭。

「你們呢？」中塚看著自己信賴的其他職員，指著窗外的圓頂建築物問：「如果你們完全不瞭解情況來到這裡，要如何判斷新陽有沒有運轉？」

米色的建築物靜靜地佇立在那裡，無論內部的反應爐是否運轉，這棟建築自從建造完成之後，始終沒有任何改變。

「如果是我的話，」一名年輕職員說。「就會打電話到中央控制室，問他們有沒有在運轉。」

「所以，從外觀上無法判斷嗎？」

「對。」

「其他人有沒有什麼意見？」

「柴油發電機呢？」另一名職員問。「反應爐緊急停止時，柴油發電機會開始運轉吧？」

「對。」中塚點了點頭。

柴油發電機是發電廠內的備用電源。當反應爐停止運轉，而且外部供電也斷絕時，可以自行供應維持安全裝置等控制系統運作的電力。在反應爐正常停止時，它並不會運轉，一旦反應爐緊急停止，考慮到萬一可能發生的停電狀況，柴油發電機就會開始運轉。

「從外面可以瞭解柴油發電機是否在運轉嗎？」佐久間問那名職員。

「因為一旦柴油引擎運轉，就會冒煙，如果在遠處用望遠鏡，搞不好可以看到。」

「原來是這樣。」佐久間瞭解了狀況。

「但是，」小寺說，「只要不緊急停止就沒有問題，在正常停止時，就不會運轉。」

「我也有同感，這次的歹徒應該會想到這一點。」中塚說完，再度巡視著下屬。「有沒有想到其他的可能？」

所有職員都默默搖頭。

中塚移動視線，和站在角落的人四目相接。對方立刻低下頭，引起了中塚的注意。

「你認為呢？」中塚問。「從你的角度，認為有沒有其他的可能？」

對方——錦重工業派來的核電技術人員三島幸一抬起頭，輕輕抱著雙臂說：

「以前在負責輕水型反應爐時，曾經根據變壓器，判斷今天發電機是在運轉還是停止。」

「變壓器？要看哪裡？」

「很簡單，只要冷卻用的電扇在轉動，就代表變壓器在使用，也就意味著正在發電。」

「啊！」中塚用手掩著嘴巴。「對喔，還可以根據這個來判斷。」

變壓器將發電廠的兩萬四千伏特電壓增加到五十萬伏特，當然會因此產生大量熱量，所以，每一個變壓器都有幾十個冷卻電扇，根據發熱量的不同，運轉的風扇數量也會有所不同，但目前所有的風扇都應該在運轉。發電時，風扇不可能停止。

中塚覺得三島說中了他的盲點，不由得用欽佩的眼神看著三島。曾經為多家民營核電廠提供技術服務的專業人士果然不一樣。

「但是，」小寺再度反駁，「我不知道其他發電廠的情況，這裡的變壓器夾在渦輪發電機廠房和綜合管理大樓之間，外人應該不太能看到吧？」

「不，可能有些角度能看到。」中塚說。「而且，這是目前所說的各種情況中最確實的。」

「可不可以請教一下詳細的情況？」今枝部長探出身體。

中塚在桌上攤開發電廠的鳥瞰圖，說明了剛才小寺說的情況。主變壓器排列在渦輪發電機廠房外側，面向綜合管理大樓的地方。

「從這張圖上來看，在發電廠外的確不容易看到。」今枝抱著雙臂說道。「如果要觀察，恐怕要從海上或後山。」

「任何人都不可能靠近後山。」小寺斷言道。

「但也有萬一的情況，也可能在我們完全沒有想到的地方觀察。這家發電廠周圍都有警力巡邏，我會請他們確認一下能不能看到變壓器的風扇。同時，也會請他們調查一下剛才提到的，海水流量的變化。」

「拜託你了。」中塚向今枝低頭拜託。

「在反應爐停止之後，變壓器的風扇是否能夠和海水幫浦一樣繼續運轉呢？」佐久間看著中塚和小寺問道。

「也不是不可能。」中塚看向小寺的方向。「那裡的迴路是怎麼回事？」

小寺微微偏著頭，三島再度回答說：

「就是用普通的繼電器。將流入變壓器的電流分流就會運轉。所以，如果發電機停機停止之後持續運轉，就要接上新的電源。」
「聽起來似乎不難。」
聽到小寺的回答，三島搖了搖頭。
「雖然不難，但要在發電機和風扇都停止的情況下才能接上去。」
並非只有小寺發出「啊」的叫聲，中塚也疏忽了這件事。
「看來只能期待站崗的警員了。」今枝說完，沒有看中塚廠長，而是轉頭看著三島問：
「還有其他知道反應爐停止的方法嗎？」
三島微微抬起頭，閉上眼睛數秒後回答說：
「電磁感應恐怕也要列入考慮。」
「電磁感應？」
「因為有高壓電流經過，周圍就會產生強大的磁場，只要裝上線圈，就可以產生感應電流。用儀器監測，就可以瞭解輸電狀態。通常發電廠的發電機不止一個，即使一個反應爐停止運轉，輸電量也不可能變成零，但這裡的發電設備只有一個，新陽一旦停機，輸電量就等於零，要監測並不困難。」
今枝即使聽了解釋，也搞不太清楚，他看著中塚問：
「我聽不太懂，這種情況可能發生嗎？」
「也不是不可能。」中塚說著，忍不住偏著頭。「但輸電線都架在高處，恐怕很難靠近。」
「即使站在地面，只要選擇適當的地點就可以監測吧？」三島說。
「你認為呢？」中塚徵求小寺的意見。
小寺似乎不太願意承認，但還是輕輕點頭。

「在電磁場條件理想的地方，或許有可能。」

「總之，剛才說的線圈或是監測器，應該會設置在輸電線的周圍吧？」

「是的。」中塚回答。

三島立刻插嘴說：「如果在發電廠內部就更簡單了。」

所有人都露出驚訝的表情。

「什麼意思？」今枝問。

「如果在開關站和變壓器周圍，可以更確實掌握磁場的變化。」

「三島，你該不會認為歹徒是發電廠的內部人員吧？」小寺用責備的語氣說道。「因為外人無法在廠區內自由走動。」

「不，我們也沒有排除內部人員所為的可能性。」今枝露出理所當然的表情。「相反地，搜查總部認為，如果不是和內部有某種程度的關係，恐怕無法完成這次的計畫。」

「不可能。」中塚忍無可忍地插嘴反駁。

今枝看著他問：「為什麼？」

「為什麼？因為……」中塚答不上來。他沒有足夠的根據說服警方代表，如果只是說自己相信員工，一定會遭到嘲笑。

「監測的裝置大概會多大？」今枝不理會他，轉而問三島。

「探測線圈磁力計設置的位置不同時，大小也不同。越靠近就越小，可以避免受到其他不必要的磁場變化影響。小的話，大概差不多手掌大，再大也是人可以搬運的大小。」

「除了線圈以外，還需要什麼器具？」

「首先需要將探測到的磁場變化數據化，但體積並不會太大。因為歹徒不可能站在現場監看，所以，把數據資料傳送到歹徒手中的無線設備應該會比較明顯。」

「大小呢？」

「差不多便當盒的大小。」

今枝皺了皺眉頭。「這麼小。」

「因為不是什麼複雜的機器，所以搞不好更小。」

「無線設備和線圈之間用電線連結嗎？」

「對，應該使用同軸電纜線。無線設備上應該豎了天線。」

「可以把這個當成記號。」今枝吐了一口氣。「好，那現在就去發電廠周圍調查，同時瞭解有沒有這類裝置，如果還是沒有任何發現，」他瞥了中塚和小寺一眼，「可能需要在發電廠內找一下。」

「如果你真的認為有這個必要，不如趁早調查發電廠內。」中塚雖然不認為發電廠的員工會犯案，但還是克制了這種想法，對今枝說：「雖然順利救出了孩童，但不知道直升機什麼時候會墜落，越晚調查，危險就越大。」

「對啊，」今枝用指尖抓了抓鼻子旁，「那就同時調查發電廠內部，但可能需要有人帶路……」

中塚問職員，誰願意帶路，兩名年輕職員自告奮勇。

今枝立刻和其他人討論了搜索步驟。不一會兒，警官和職員走出了會議室，去找不知道到底是否存在的監測器。

「會有這種東西嗎？」小寺小聲地問。

「我也說不上來。」

「我認為沒有，歹徒根本在唬人。」

「唬人？」

「對，是在虛張聲勢。一定覺得反應爐一旦停止運轉，恐嚇效果就會降低，所以才這麼寫，我看對方根本無從得知反應爐到底有沒有在運轉。」不知道是因為前一刻今枝部長說，不排除是發電廠內部人員犯案的關係，小寺變得有點情緒化。

中塚站在窗邊看著外面，有一群警官正走向綜合管理大樓，似乎打算調查變壓器周圍的情況。

中塚也認為可能並沒有所謂的監測器，也不太可能監視變壓器的風扇和海水排水口。這些都是別人也能夠想到的方法，這次的歹徒不會使用這麼簡單的手法。

當然，他也不認為歹徒在虛張聲勢。中塚深信，既然歹徒在傳真中那麼寫，一定掌握了某種監測的方法。

然而，即使相關技術人員聚集一堂，仍然無法想到，但歹徒能夠確實掌握的方法。盲點到底在哪裡？

如果真有監測的方法——

中塚忍不住嚥著口水，如果真有監測方法，恐怕就無法阻止歹徒——

31

錦重工業航空事業本部——

高坂和兩名下屬正在技術本館入口的管理室。

「我們再重新整理一次，」高坂說：「如果是公司以外的人，就會在這個窗口出示會客單。即使是同公司的人，如果不是航空事業本部的員工，就要出示識別證。無論是哪一種人，都要在出入人員登記表上填寫姓名、所屬單位和聯絡電話等資料。櫃檯人員確認會客單和識別卡上的登記內容一致後，會在登記表上填寫來訪時間，交給來訪者一張臨時入場證。來訪者將臨時入場證插進入口的讀卡機，門就會打開，得以進入館內。離開時，必須將入場證交回。這樣沒錯吧？」高坂看著自己的筆記本說道。

總務部的岡部課長和他們面對面坐在小型會議桌前。他也是這個管理室的室長。

「沒錯，就是這樣。」岡部縮著單薄的肩膀點了點頭，他看起來很神經質。

「還滿嚴格的嘛。」

「那當然，」岡部一臉嚴肅的表情回答，「因為這裡是航空事業本部的心臟，所以會二十四小時監控，避免任何外人進入。」

「是啊。」高坂嘴上這麼附和，內心卻有不同的想法。因為歹徒突破了嚴格的檢查，冒用重機事業本部生產技術一課原口昌男的名字進入，而且連續進入了兩次。

向原口確認後，他說這一年都不曾來過航空事業總部，也不知道誰會冒用他的名字，識別證也沒有遺失或外借給他人。

唯一的可能，就是歹徒偽造了識別證。識別證是一張塑膠卡片，正面印了所屬部門、姓名、員工號碼和照片，背面是深咖啡色的磁條。進公司時，只要讓專用機器讀取這張卡片，電腦就會記錄上班時間，也就是兼具打卡的功能。

如果是航空事業本部的員工，這張識別證也是進入技術本館的入場證。只要插進入口的讀卡機，門就會打開。雖說是門，其實是三根旋轉鋼管，如同剪票閘門般的簡單機械，只要有人通過，鋼管就會轉動。想要跳過去並不困難，但管理室的值班人員可以看得很清楚。

即使偽造航空事業本部的識別證，背後的磁條部分也必須和真正的識別證相同，才能進入航空事業本部的大門。現在連銀行提款卡都有辦法偽造，所以在技術上並非無法克服，但也伴隨著風險。

如果要偽造，偽造航空事業本部以外員工的識別證比較理想，因為只要瞞過櫃檯的人就好了，應該比騙過電腦更簡單。

「能夠查到當時是誰在櫃檯值班嗎？」高坂向岡部出示了出入人員登記表影本問道，寫有原口昌男姓名的日期分別是六月九日和七月十日。

「嗯，兩次都是林田。」岡部立刻回答。「這裡寫著當時櫃檯人員的姓名。」岡部指著登記表左下方，欄外用小字寫著林田的姓氏。

「可以把他找來嗎？」

「可以啊。」岡部轉動椅子叫了一聲：「喂，林田，你過來一下。」

靠牆的桌子前，一個正在打電腦的男子站了起來。他年約三十，體格很強壯。

「他參加了公司的柔道社。」岡部對幾名刑警說，似乎暗示他很適合當警衛。

林田有點緊張地坐在岡部身旁。

高坂向林田說明，目前正在調查新陽事件，把那份出入人員登記表放在他面前，並告訴他，向原口昌男本人確認後，發現他這兩天並沒有來這裡。

「這……太奇怪了。」林田用幾乎聽不到的聲音嘀咕。

「我想要請教一下，你記不記得六月九日和七月十日來訪者的情況？有沒有可疑人物，或是和平時不同之處，任何小細節都無妨。」

但是，林田的表情沒有任何變化。或許他不屬於把感情寫在臉上的人，只有稍稍張著嘴，微微偏著頭。

「如果有什麼異狀，我會寫在日誌上。」他說。

「日誌嗎？」

「在這裡。」岡部伸手從身後的桌上拿了一本筆記本，「呃，這天和這天。」

高坂接過筆記本，但六月九日和七月十日的欄內一片空白。為了謹慎起見，他也順便確認了前後的日期，發現並沒有寫任何重要的事。他很想嘆氣，但還是忍住了，把筆記本交還給岡部。

高坂原本想問，如果歹徒偽造識別證，櫃檯人員是否能夠識破，但最後還是沒有說出口。基於櫃檯的立場，當然不可能承認無法識破。

這時，林田語帶遲疑地說：「對不起，我可以說句話嗎？」

「請說。」高坂沒想到這個面無表情的人會主動開口說話，有點意外地看著對方的嘴。

「登記表上顯示，六月九日和七月十日，原口先生都有來。」

「對，但原口先生其實並沒有來過，所以，我們認為很可能有人冒用了原口先生的名字進入館內。」

「但是，我覺得很奇怪。」

「有什麼奇怪？」

「這天是我坐在櫃檯值班，如果原口先生以外的人冒用他的名字想要進入館內，我應該會發現。」

高坂再度看著林田的大臉。「為什麼？」

「因為我和原口先生很熟。」
「喔?」
「如果原口先生以外的人冒用他的識別證,我當場就會覺得不對勁。」
高坂張大眼睛,身體向後仰。然後,輪流看著兩名下屬,最後,又將視線移回林田身上,用食指指著他。
「你認得原口先生嗎?」
「對,以前在工廠實習時,曾經在他的手下工作,他來這裡時,我們有時候會聊幾句。」
「但是,即使別人冒用原口先生的名字,你會不會以為只是同名的人?」
「不可能,因為必須確認所屬部門。重機事業本部的生產技術一課只有一位原口先生。」
聽林田說話很小聲,以為他反應很慢,沒想到他立刻否定了這種可能性。
「所以,」高坂看了下屬一眼,「這到底是怎麼回事?」
「這代表原口先生本人來過這裡,但當事人忘記了,或是在說謊。」刑警野村說。
「不,原口先生應該沒有來過。」林田再度否定了這個可能性。「我剛才也說了,如果他是在我值班的時候來這裡,我一定會記得,但原口先生最近沒來過。」
「會不會原口先生來這裡的時候,剛好是其他人負責接待的?」這是另一位姓濱村的刑警的意見,但岡部否定了他提出的可能性。
「雖然有可能上廁所,但會在這裡留下接待人員的姓名。」他指著登記表說道。
「那不是很奇怪嗎?原口先生沒有來過,也沒有其他人冒用他的名字進入,但為什麼這裡會有原口的名字?」高坂指著姓名的部分問道。因為內心的焦慮,他忍不住大聲說話。
岡部和林田都沒有說話,他們也搞不清楚狀況。岡部因為可能會被追究責任,所以臉色很差。

「可以看一下接待櫃檯嗎？」高坂問。

「喔，好啊，林田，你帶路吧。」

櫃檯就在辦公室角落。櫃檯前有一扇窗戶，可以透過窗戶看到技術本館的玄關大廳。窗戶前是櫃檯接待人員的座位，一名二十歲出頭的年輕女子正坐在那裡，發現刑警站在身後，她顯得很不自在。

「櫃檯只有一個人嗎？」高坂問林田。

「通常只有一個人，如果進出人員很多時，會安排兩個人，但很少會有這種情況。」

高坂抱著手臂點了點頭。從剛才觀察至今，發現的確沒有太多外人來這裡。櫃檯只要有一人負責接待就足夠了。

如果林田的話可信，即使歹徒拿了原口的識別證，也無法進入館內，但這裡留下了原口的名字。到底為什麼？

目前已經派了大批偵查員分頭調查這半年內曾經進入館內的人員，眼前並沒有發現其他可疑人物。

「對不起，請出示一下會客單。」

高坂正在思考時，一個身穿灰色工作服的男子向櫃檯出示了識別證。

「請在這裡填寫姓名、所屬部門和電話。」

櫃檯的女職員把登記表拿到男子面前，從旁邊的架子上拿下臨時入場證。男子從胸前口袋拿出自動鉛筆，開始填寫登記表。

「啊，對不起。」女職員慌忙把原子筆放在登記表旁，但男子已經填寫完了。

女職員把登記表上的內容和識別證對明後，把入場證和識別證一起交給男子。男子拿了兩張卡片，走向入口。

「野村。」高坂叫著下屬。「你去把寫有原口名字的登記表借來，不要影本，要原來的登記表喔。」

「喔，好。」

野村跑向岡部。

高坂問林田。

「剛才那個人用鉛筆填寫姓名和所屬的部門，這種情況經常發生嗎？」

「有時候會啊。」林田仍然用聽不太清楚的聲音回答。「大部分人都會用這裡的原子筆填寫，但也有人用自己的麥克筆或鉛筆填寫。」

「但鉛筆不是可以擦掉嗎？」

「是沒錯啦。」聽到高坂的問題，林田皺了皺眉頭。「但誰會來擦這種東西？」

「這……」

正當他不知如何回答時，野村回來了。「我借到了。」登記表是用一疊Ｂ４的紙釘起來的。

高坂把登記表推在旁邊的空桌上，發現填寫的資料除了原子筆以外，還有鉛筆和鋼筆的字跡，但影印後就無法分辨是用哪一種筆寫的了。高坂找出六月九日和七月十日的部分，原口昌男的名字都是用原子筆填寫的。

但這件事本身並沒有問題。

「有什麼問題嗎？」岡部不知道什麼時候也走了過來。

「這份登記表平時放在哪裡保管？」高坂問他。
「呃，就放在那裡櫃子裡。」岡部指著櫃檯旁灰色的辦公櫃。
「有沒有鎖住？」
「不，平時不會鎖，放長假之前才會鎖。」岡部有點窘迫地回答後，又補充說：「這個房間二十四小時都有人。」
「晚上呢？」
「會請警衛來這裡。即使深夜時，技術本館仍然有人在工作，所以這裡隨時都會有人。」
「原來是這樣。」
高坂判斷，顯然不可能有人在夜間潛入這裡。
「請問到底哪裡不對勁？」
高坂沒有回答他的問題，瞥了周圍一眼，壓低嗓門問：
「請問什麼人可以進出這裡？」
「什麼人……就是在這裡工作的人。」
「其他呢？」
「其他人嗎？呃，只有人事事務股的女職員會來這裡聯繫工作。」
「人事事務股？」
「每個職場都有，負責各個部門人事相關的手續，那裡的女職員就是。」
高坂也順著岡部視線的方向看去，發現一個長頭髮女人正把類似信封的東西放進牆邊的架子上。
「這裡是公司郵件的中繼站，緊急的時候，她們會直接送來這裡。」

「她們可以看到出入人員登記表嗎？」
「她們嗎？如果想看的話就可以看到。」
「可以隨便翻嗎？」
「應該沒有人會隨便亂翻，但午休時，這裡只有櫃檯人員，如果想要趁這個機會翻動，應該並不困難。」
說到這裡，岡部似乎恍然大悟，皺著眉頭問：
「刑警先生，你是不是懷疑公司內部人員篡改登記表？」
「目前還沒有結論，只是也在懷疑這種可能性。」
「怎麼可能……我認為不可能。」
「為什麼？」
「因為——」岡部說到這裡，沉默了起來。
高坂向野村咬耳朵說：
「立刻聯絡總部，請他們派人支援，至少要五個人。另外，請他們準備做筆跡鑑定。」
「好。」野村小跑著衝了出去。

32

三島悄悄走出房間，走下樓梯。大門旁有一個公用電話，他很想用那個電話，但目前有一名警官站在那裡。而且，其他警官和消防隊員一直從那裡進進出出。
雖然他帶了手機，但這裡收不到訊號，所以無法使用。在敦賀半島，只有東西海岸附近才有訊號，在山上和這裡半島向海面伸出的地方完全收不到訊號。

三島沒有停下腳步，假裝要上廁所，直接走向玄關深處。這棟第二管理大樓以前是工地事務所，比起綜合管理大樓，三島和其他核電技術人員對這裡更熟悉。

走廊轉彎處有一間樣品室。三島推門走了進去，這裡展示了和實物相同尺寸的燃料顆粒、爐心燃料集合體、蒸氣產生器用傳熱管的模型，還有機電的縮小模型和冷卻系統圖。角落有一張辦公桌，上面放了一台電話。三島拿起電話，按了寫有「外線」的按鍵。斷斷續續的訊號聲變成了連續的嘟聲。

他從口袋裡拿出便條紙，上面是他親手寫的幾個數字，數字的前面分別標著方案一、方案二的號碼。

他預先在美濱公寓的電腦內輸入了幾個程式，三島只能根據敵人出的招，選擇啟動其中的某一個方案。雖然也可以事先準備下載遙控軟體的口袋型電腦（pocket computer），遙控家裡的電腦，但因為無法使用手機，也不一定能夠找到電話的插頭，所以他放棄了這種方法。況且，在公用電話前按號碼，別人也不會起疑。

三島認為他事先準備的四種方案足夠因應所有的情況，不可能需要新的額外方案。

他用手指撫摸著第四方案的數字。

他早就研擬了反應爐停止運轉時的方案，只是不知道什麼時候會要用到。因為他早就料到有人會提出，即使反應爐停止運轉，外人也不可能知道這件事。

三島當然必須阻止這種情況的發生。只有鈽在反應爐內繼續燃燒，讓大B墜落，這次的行動計畫才有意義。

第四方案是讓政府和爐燃打消讓新陽停機念頭的王牌，如果公司沒有派他來這裡，他恐怕更早就亮出這張王牌。他之所以一直沒有亮出這張王牌，是在等待最有效的時機。而且，一旦使用這一招，將為警方提供重要的線索，有可能成為一把兩刃劍。

然而，他認為繼續等下去反而更危險。一旦警方和消防隊員在調查後發現，外人不可能觀察到變壓器的風扇和排水口的情況，也沒有任何監測電磁感應的儀器，很快會決定讓反應爐停止運轉。中塚廠長雖然處事謹慎，但如果爐燃強勢下達指示，中塚廠長恐怕也無法拒絕。

三島仔細按下所有的號碼，接通了他家中的電話，然後同時連上了家中開著的電腦。

他小心翼翼地按著數字，絕對不能有任何疏失。

電話中傳來嗶嗶的聲音，那是已讀取數字的訊號。他鬆了一口氣，掛上了電話。接下來，只要祈禱電腦按計畫運作。

就在這時，門打開了。

「啊，對不起。」對方道歉了一聲，但發現是三島，立刻鬆了一口氣說：「原來是你啊。」

走進室內的是湯原，手上拿著一張紙。

「我跑來這裡喘口氣。」三島說。「一直在上面，緊張得連呼吸都不順暢了。」

「我也有同感。」

「你也來放鬆一下嗎？」

「一方面是，但也想瞭解一些情況。」

「什麼情況？」

「我想知道新陽的結構和材質，問了中塚廠長，他說這裡有模型。」

「原來如此，航空專家在反應爐問題上卻是外行。」

「彼此彼此，你瞭解直升機嗎？」

「只知道飛行原理，其他就一竅不通了。」三島站在機電整體模型前。「這個世界上有些事不必知道，有些事必須知道，直升機的構造屬於不必知道的事。」

湯原咧嘴笑了笑。

「你的意思是，必須知道核能發電的構造嗎？」

「我的確這麼認為，所有國民都必須對核電有某種程度的瞭解。」

三島很嚴肅地說，但湯原似乎並沒有感受到。

「關於你剛才說的話，」湯原用指尖抓著太陽穴說，「說得真重啊。」

湯原指的是他剛才責備山下，讓兒子擅自闖進直升機是家長督導不周的那番話。

「我並沒有說錯，但可能沒有顧及當事人的心情。」三島回答，他無意和這位直升機技術人員爭吵。「無論如何，很慶幸小孩順利救出來了。」

「嗯，是沒錯。」湯原連續點了兩次頭，猶豫了一下，開口問：「你現在和你太太兩個人嗎？」

「不，我一個人。」三島回答時，察覺到湯原從別人的口中得知了智弘的死訊。「我離婚了。」

「是嗎？」

「你呢？和你太太，還有兩個孩子嗎？」

「不，只有一個。」

「女兒嗎？」

「是兒子。」

「是嗎？」如今，三島即使聽到別人聊兒女的事，心情也不會受到影響，當然，他花費了相當長的時間，才終於做到這一點。「家庭很不錯？」
「是啊。三島，你有沒有打算再婚？」
他毫不猶豫地回答：「沒有。」
「是嗎？」湯原沒有追問，也許是他的體貼。他看著模型問：「三島，你負責的是熱交換器的部分吧？」
「正確地說，是用二次鈉的熱量將水變成蒸氣的部分。」
「那不是重要的部分嗎？」
「核能發電的每個部分都很重要。」
「但這次不是特別受到矚目嗎？因為聽說鈉和水的反應最可怕。」
三島沒有回答，把手伸上展示台上的長方形盒子。裡面並排放了兩根長度約三十公分、縱向切開的管子，兩根管子的直徑都是三公分，管壁厚度為三公釐出頭。上面都貼了貼紙，一根是蒸氣產生器的細管，另一根是過熱器的細管。
「高溫的液態鈉從這根管子外側流過，將管子裡的水變成水蒸氣。」
「分為蒸氣產生器和過熱器嗎？」
「蒸氣產生器所產的蒸氣在過熱器內進一步加熱，變成高溫乾燥的蒸氣。」
「為什麼不合而為一，輕水型反應爐只有一個蒸氣產生器，不是嗎？」
三島聽了，露出意外的表情看著湯原。湯原輕輕笑了笑。
「即使是對核電一竅不通的外行人，這種程度的事還是知道的。」
「失敬失敬，」三島聳了聳肩，「轉動渦輪發電機，需要極度消除水氣的蒸氣，像水壺口冒出來的那種蒸氣不行，因此，輕水型反應爐中使用了濕氣分離器，過熱器就是代替了這個功能。」

「是喔，聽說蒸氣產生器和過熱器的材質不同？」

「過熱器必須耐高溫，所以使用了耐熱性理想的SUS321，蒸氣產生器除了高溫以外，還有另一大難題。」

「腐蝕嗎？」

「真了不起啊。」

「因為耐熱和耐腐蝕也是我們隨時面臨的難題，難怪蒸氣產生器使用了鉻鉬鋼，飛機的排氣管通常都使用英高鎳合金。」

「英高鎳合金也不錯，目前加壓水型反應爐的蒸氣產生器就使用這種材質，但這裡的蒸氣產生器用的是鉻鉬鋼，是研究之後作出的決定。」

「聽說你們吃了不少苦頭。」湯原笑著問。

「爐燃那些人說，這是智慧的結晶。」

「但是，」湯原拿起蒸氣產生器的管子，「這種材質真的沒有問題嗎？」

「什麼意思？」

「我是外行，所以不太清楚，我記得以前曾經有加壓水型核電廠的蒸氣產生器曾經發生意外，引發很大的問題。」

「那是位在美濱的美花核電廠，最近在大飯也發生了同樣的問題。」

「細管破裂嗎？」

「是啊。」

「原因是什麼？」

「有各種原因。美花是因為裝細管時的人為疏失造成的，至於大飯的情況就不清楚了，因為那裡不是用我們公司的產品。」

三島覺得美花的意外對核電業界是一大打擊，至今仍然成為反對派攻擊的王牌。在討論新陽蒸氣產生器的安全性時，也一定會以這起事故為例。以前也發生過類似的意外，憑什麼斷言新陽沒有問題？三島認為這種質疑很有道理，所以，必須嚴格杜絕這種單純的疏失。

「輕水型反應爐的蒸氣產生器細管，也和這個差不多嗎？」湯原輕輕搖晃著手上的細管問。

「直徑更細，外徑大約兩公分左右，也沒有這麼厚，可能不到兩公釐，不過，大致上差不多。」

「是嗎？細管的安檢情況呢？新陽和普通核電廠不一樣嗎？」

「不，基本上相同，都是進行非破壞性的安檢。」

「非破壞性檢查是？」

「用渦電流探傷。」

「喔，原來是那個，鋼管廠商經常用這種方式。」

「你瞭解原理嗎？」

「大致瞭解，就是用橋式探頭檢測電感的變化吧？」

「對。」

「你也接觸過這種檢測方法嗎？」

「對，因為曾經試過各種探傷線圈。」

「難怪。」湯原點了點頭。

「難怪什麼？」

「難怪剛才提到電磁感應線圈的問題，你會立刻想到那個問題。」

「也許吧。」

當電流經過金屬等物質放在磁場中，磁場強度產生變化時，就會因為電磁感應產生電流。這就是渦電流。渦電流探傷就是讓被檢查物質的兩個地方處於相同大小的磁場環境，檢查兩處產生的渦電流是否相同，藉此發現是否有損傷。如果渦電流有差異，就代表兩個探傷點中的其中一個有損傷。

通常會使用捲了電線的線圈產生磁場。將線圈通以交流電，接近需要檢測的部分。在核電廠內通常將這個線圈稱為探傷器，基本上都使用一百千赫和四百千赫兩種周波數。當周波數較低時，雖然可以檢測內部，但靈敏度較低；相反地，周波數較高時，靈敏度增加，但只能檢測表面附近的損傷。

「探傷線圈有多大？」湯原問。

「直徑比管內直徑小幾公釐，長度大約幾公分，放進細管內，遇到有損傷的地方就會發出訊號。」

「細管有多長？」

「八十公尺吧。」

「八十公尺？一根就有八十公尺嗎？」湯原瞪大了眼睛。

「對，一根就有八十公尺，而且彎彎曲曲，要把探傷線圈放進細管內。」

「聽起來好像很複雜。」

「老實說，的確吃了不少苦頭，」三島苦笑著說，「不瞞你說，在測試時，線圈曾經卡在細管內動彈不得。細管是用好幾個管子焊接在一起的，所以很容易卡到焊接點。」

「似乎並不意外。」

「製造業的人能夠體諒這一點，但是，對新陽抱有質疑的人並不會這麼寬容。」

「連這種事都會公佈嗎？」湯原頗感意外地問。三島覺得這也是技術人員才有的感想。

「是內部人員揭發的，結果成為反對派理想的攻擊材料。」

探傷線圈卡在細管內之類的問題，只要稍微改善就可以解決，但反對派人士猛烈攻擊，好像認定是重大的設計失誤。他們也無法原諒在內部有人告發之前，新陽電廠試圖隱瞞這件事。對三島他們來說，在實驗中，嘗試錯誤是很正常的現象，根本不可能針對每一個錯誤進行報告。

「發現損傷後怎麼處理？」

「基本上會塞住細管，如果是輕水型反應爐通常會採取修補的方式，最近的纖維鐳射焊接技術很進步，所以並不會太困難，但新陽恐怕無法修補。」

「是喔，我大致瞭解了。」湯原抱著手臂。「老實說，我並不認為安全無虞。」

「是嗎？」

「我曾經聽說渦電流探傷器能夠發現的損傷大小有一定的限度。」

「我無法否認這一點。因為必須在彎曲的細管中前進，細管和線圈之間必須有某種程度的縫隙，但如果縫隙太大，探傷能力就會降低，為了發現小損傷，需要寬度更狹窄的線圈，而且對圈數也有一定的要求。如何將細導線正確地繞在線圈上，當然會有極限的問題。」

「比極限更小的損傷就無法在檢查中發現，在下一次檢查之前，這個損傷就可能繼續擴大。」

「的確無法否定這種可能性的存在，而且，渦電流探傷也無法發現材料的劣化問題，但損傷不至於擴大到會引發重大事故，而且在下一次檢查時，一定會發現——他們大概是這種思考方式。」

「聽起來似乎很樂觀。但鈉和水相遇時，不是會發生劇烈的反應嗎？難道不擔心嗎？」

「當然擔心，但也作好了心理準備。」

「心理準備？鈉火災的心理準備嗎？」湯原忍不住提高了音量。

「我告訴你一個祕密，蒸氣產生器所在的那個房間入口附近，放了一個黃色筒子。」

「黃色筒子？我沒注意。」

「那是滅火器，為了和普通的滅火器區別，特地塗上黃色，裡面裝的是無水碳酸鈉，商品名好像叫鈉特靈，是鈉火災專用的滅火器。為什麼要放這種東西？就是在某種程度上，預料到可能會發生鈉反應，這裡的職員都接受過滅火訓練。」

「綜合技術的……好像是叫小寺先生，他不是斷言，絕對不可能發生鈉火災嗎？」

「他的意思是不會釀成重大火災。只要細管破了洞，水就會漏出來，就會和鈉產生反應。但是，因為內部設置了感應器，可以感應到這個反應所產生的氫氣，一旦感應到，就會立刻停止供水，反應爐也會停止運轉，不會引發重大的火災。就像爐燃的企劃部長在電視上說的那樣。」

「但也有可能無法及時阻止，必須考慮到最初的反應可能導致細管接二連三破洞的情況，最後因為氫氣累積造成危險。」

「英國曾經發生過這樣的意外，但那是因為那個設備並沒有急速排出氫氣的裝置，新陽當然有這個裝置。」

「你真有自信。」

「我只是向你說明有這樣的設計。」

「好吧，那我想聽聽你對這次事件的見解。萬一大B墜落，引發爆炸會造成怎樣的結果？你剛才說的安全裝置也可能遭到破壞。」湯原露出嚴肅的眼神。

三島看著新陽的模型，輕輕嘆了一口氣後說：

「不知道，只有天知道。」

「這句話，」湯原輕輕舉起雙手，「真是振奮人心啊。」

三島在旁邊的椅子上坐了下來，抬頭看著湯原。

「我說湯原啊，這個世界上有絕對不墜落的飛機嗎？沒有吧？每年都有很多人因為飛機失事而喪生，你們對此能夠做什麼？只能努力降低墜機的機率。但無論再怎麼努力，都無法讓機率變成零。乘客也瞭解這件事，認為以這樣的墜機機率，自己的安全應該沒有問題而搭機。同樣地，我們能夠做的，就是降低核電廠發生重大事故的機率，但還是無法讓機率變成零，只能希望民眾肯定我們努力降低的機率。」

「我瞭解你說的意思，但恐怕很少人能夠接受你這樣的解釋。至於飛機，不想搭飛機的人可以不搭乘。」

「問題就在這裡。」三島點了點頭。「核電廠一旦發生重大事故，無辜的人也會受害。說起來，日本全民都搭上了核電廠這架飛機，卻沒有人記得自己買過這張機票。其實只要有決心，不讓這架飛機起飛並非不可能的事，只是缺乏這份決心。因為不瞭解乘客到底在想什麼，除了一部分反對派以外，大部分人都默默無言地坐在各自的座位上，也沒有人站起來。所以，這架飛機還是會繼續飛行。既然還在飛行，我們只能盡最大的努力。湯原，你的態度呢？你贊成日本今後仍然仰賴核電，還是反對呢？」

湯原突然被問到這個問題，有點不知所措。

「這個問題很難回答，也許你會說我太狡猾，說句真心話，我覺得或許不得不仰賴核電，但希望不會發生任何意外。」

「真的很狡猾，真的是很狡猾的回答。就好像在說，因為沒有其他交通工具，不得不搭飛機，但絕對不要發生意外。既然搭了飛機，就應該有相應的心理準備。當然，為了預防事故發生，我們會盡力而為，但無法做到絕對，無法保證這起事件是最後一次意料之外的事。」

湯原聽了三島這番話，皺著眉頭沉默不語。這時，門突然打開了，一名警官衝了進來。

「湯原先生，原來你在這裡。」年輕的警官很激動。

「有什麼事嗎？」湯原問。

「又收到了歹徒的聯絡，內容令人震驚……」

湯原張大眼睛。「寫什麼？」

「這……總之，請你立刻來會議室一下。」

「好，我這就去。」湯原轉頭對三島說：「剛才這番話讓我受益無窮，改天再向你請教。」

「如果還有機會的話。」三島回答。

湯原和警官一起走出了房間。

三島也站了起來，看著新陽的模型後走向門口。他有點後悔自己剛才說太多了。

他回想起剛才和湯原談話中最初討論的話題。「家庭」。那是他已經失去，而且再也無法得到的東西。

突然，一個女人的臉龐浮現在他的腦海中。那並不是他的前妻，他知道，她也在尋求「家庭」。

三島思考著她目前所在的地方。

33

名古屋機場——

她搭機場巴士來到國際線航站大樓。這棟長方形的大樓共有三個樓層，她推著行李箱經過出入口，前方是行李檢查站，後方是一排辦理登機手續的櫃檯。國際線出發大廳平時沒什麼人，但因為目前正值暑假，到處擠滿了攜家帶眷出遊的遊客，每個人的臉上都寫著幸福。

距離她搭的班機出發時間還有將近兩個小時，經常出國旅行的她很少這麼早到機場，當然，今天是因為有特別的理由。

「這裡也好熱，果然也沒開冷氣。」旅行團中的中年男子說道，她忍不住看著他。

「有開一點冷氣，如果完全沒開，絕對會更熱。」回答的應該是他的太太，那位太太戴了一副漸層鏡片的太陽眼鏡。「即使停電，飛機也會照樣飛吧？」

「那當然，飛機不用電力。啊，但是需要塔台的指揮，應該會確保塔台的電力供應。」

「真討厭，偏偏在這種時候出這種事。」

「就是啊。」

她繼續豎著耳朵，大家都在討論新陽事件。看來他們也不是百分之百幸福。

她推著行李箱轉身往回走，從剛才走進來的出入口走了出去，經過巴士站，走向入境大廳。因為她知道那裡有電視。出境大廳內，只有候機室內才有電視，必須辦理完登機手續和出境手續後才能進入候機室休息等候。

今天，狹小的入境大廳內也人滿為患，電視前更是擠滿了人。手提行李宅配櫃檯前，排了二十張椅子，所有椅子都被佔滿了。她拉著行李箱，站在角落的位置。電視上正在播新陽事件的相關新聞，光看畫面，不知道目前的發展情況，但顯然還沒有找到任何解決方案。

她還不太確定這起驚世駭俗的重大事件和自己有關，她並沒有捨棄和自己毫無關係的希望，所以，她按照原定計畫，不，她比原定計畫提早來到機場。

她打開皮包，確認了護照和機票。然後，拿出了鏡子，確認自己的表情是否像遊客。短髮造型剪得很漂亮，讓她心情放鬆下來。為了配合髮型，她也改變了化妝方式。她對這次的改變很有自信，即使遇到公司的同事，也不會被認出來。兩天前，她決定告別長髮。所以，他也不知道她的這種變化。

希望等一下出示護照時，海關的人不會以為是冒用別人的護照——她把鏡子放回皮包時想。當然，要等到真正需要用到護照時，才會遇到這個問題。

34

湯原回到會議室，中塚他們聚集在中央的桌前。數十分鐘前，和兒子感動重逢的山下也在其中，但是，沒有任何人說話。

桌上放著之前沒有的東西。那是一台電腦。十五英寸的彩色螢幕上出現了奇妙的圖形，所有人都盯著那張圖。

「中塚先生……」湯原走過去叫了一聲。

「啊，湯原先生。」中塚轉過頭，他的臉色很差。

「聽說歹徒再度聯絡了，這台電腦是……」

「請你先看了再說，這是歹徒剛才傳過來的。」中塚把原本放在旁邊的紙遞給湯原。

剛才傳過來的？——湯原有點納悶，看著那張紙。和之前一樣，是一份傳真。

「剛才寄了一封郵件給爐燃問題信箱，建議立刻去看。
天空之蜂」

「就這樣而已嗎？」

「就這樣而已。」

「爐燃問題信箱是什麼？」

「是投書欄，專門接受新陽和其他爐燃事業有關的問題。除了電話、傳真和信函以外，最近特別增設了可以利用電腦投書的專欄。因為歹徒提到郵件，所以猜想可能是電子郵件，結果發現信箱內收到了這些圖像。」

「讓我看一下。」湯原擠到電腦螢幕前。

螢幕上出現了用鮮艷的紅色和藍色畫出的複雜圖形，有些地方還有數字。

「是紅外線熱像。」湯原說。

「對。」中塚回答。

紅外線熱像是用顏色表現物體的表面溫度。湯原在工作上也經常用到。

「這是哪裡的地形？」湯原接著問。

小寺把一本薄薄的小冊子遞到他面前。是一份簡介。小寺指著上面的圖。

那是新陽的廠區配置圖。湯原對照配置圖和電腦畫面上的圖形後，發現兩者完全吻合。

「這是這裡……從上空拍攝到新陽發電廠嗎？」

「好像是，這代表歹徒在監測這家發電廠整體的溫度。」中塚可能想要保持平靜，他的聲音充滿痛苦。

「在監測目前的狀態嗎？」

「應該是。」

「但到底是怎麼拍到的……」說到這裡，湯原倒吸了一口氣，「大B上搭載了紅外線熱像用的紅外線攝影機和解析裝置嗎？」

「似乎是這麼一回事，」回答的是山下。不知道是否因為兒子獲救的關係，他似乎恢復了精神。「然後把拍到的數據資料轉換成靜止圖像，以幾十秒一次的間隔送到歹徒手上。歹徒寄了其中一張，所以剛才大家正在問我，直升機上原本是否有這種功能。」

湯原搖了搖頭，「原本沒有這種東西。」

「對，我剛才也已經向大家說明了，應該是歹徒自己裝上去的。」

湯原捂著嘴，再度看著電腦畫面。這張圖的確必須從大B的位置才能拍到。

「但是，攝影機裝在哪裡？」

「關於這個問題，已經派人去向救難隊借錄影帶了。」中塚說。

「錄影帶？」

「機上的維修員把救援的過程都拍下來了，只要看錄影帶，或許可以發現某些線索。」

「是嗎？或許有參考價值。」

「另外，救援惠太的救難員也用照相機拍下了大B內部的情況，目前正在請他們把照片洗出來。」

湯原聽了山下的話後點了點頭，看向中塚他們。

「既然歹徒寄了電子郵件，不是會顯示寄件人的名字嗎？」

「對，的確顯示了，叫這個名字。」中塚把電腦旁的一張紙遞給湯原，上面寫著佐藤伸男的名字和帳號。

「佐藤伸男……這個人是誰？」

「不知道，已經請福井縣警調查了。」

湯原不認為那是歹徒的名字。歹徒一定用某種方法竊取了他人的帳號和密碼，假冒他人的名義寄了電子郵件。

「能夠瞭解這個影像的意義嗎？」

「對，已經充分瞭解歹徒的意圖了。」中塚斬釘截鐵地回答。

「有什麼意圖？」

「這個圖像下方不是有好幾個數字嗎？我認為這就是歹徒想要表達的意思。」

湯原凝視著畫面，下方出現了以下的數字。

「X＝30.300　Y＝23.750」

他的視線往上看，立刻瞭解X和Y所代表的位置。根據廠區配置圖，這兩個數字的位置都是海上，但這兩點之間是防波堤。

「X是排水口附近的海水溫度，Y是進水口附近的海水溫度。」小寺在一旁說道，「當發電廠正常運轉時，兩者的溫度大約相差六度。」

「所以說，歹徒……」湯原看著綜合技術主任凝重的臉。

「歹徒正透過直升機監測海水的溫度。」

湯原也瞭解了中塚他們想要表達的意思。歹徒主動告知自己確認新陽的反應爐是否在運轉的方法，只要排水口和進水口的溫度差消失，就代表反應爐停止運轉，就會讓直升機墜落——歹徒想要表達這樣的意思。

「完全是我們的盲點。」中塚面帶苦澀地說。「我們剛才討論了那麼多反應爐停止運轉可能發生的情況，卻沒有想到海水的溫差，也完全沒想到直升機上居然裝了這種設備……」

消防隊長佐久間和警備部的今枝部長也在場。他們也對眼前的狀況束手無策。他們前一刻才去尋找可以監視變壓器風扇的地點，以及監測電磁場變化的裝置。

「廠長，這會不會是陷阱？」小寺問。

「什麼陷阱？」

「會不會是歹徒用這個假影像讓我們誤以為在直升機上用紅外線溫度計監測海水的溫度……」

湯原聽了，有點意外地看著小寺。他不由得對小寺可以想到這種事感到佩服，這位綜合技術主任似乎極度樂觀地面對眼前的事態。

「即使真的如此，我們有辦法證明嗎？」中塚問。

「不，這……」

小寺低下頭說不出話。這時，一名警官衝了進來。

「小松救難隊的錄影帶送到了。」

「送到了嗎？」中塚從椅子上站了起來，對湯原說：「先來看看再說。」

湯原也站了起來。

因為希望在大螢幕上看，所以決定用一樓大廳的電視播放錄影帶。錄影機連結完成後，立刻開始播放。

救難隊的機上維修員拍攝的影像充滿了臨場的震撼，雖然已經知道救援活動成功，但看到救難員向大B發射拋繩槍的瞬間，以及抓著懸吊鋼索跳出直升機外時，還是忍不住緊張地屏住了呼吸。湯原身旁的山下看著電視，不停地發出緊張的叫聲。

救難員準備接近大B時，出現了關鍵的畫面。大B的機頭出現在畫面右端時，湯原和山下同時發出驚叫。

湯原用遙控器將錄影帶倒帶，轉到那個畫面後按了靜止。

「應該是這個。」湯原用手指著直升機的機頭前端嘀咕。

「沒錯。」山下也立刻表示同意。

直升機正前方、駕駛座窗戶的下方，裝了一個四方形的黑色東西。

「這就是紅外線攝影機嗎？」中塚把臉湊到畫面前問。

「應該是。」湯原說，「照理說，那裡沒有任何東西。」

「但是用什麼方式固定的？」

「那裡有一扇小門，用來檢查駕駛室的儀器，只要打開那扇小門，裡面有用來固定儀器類的H型鋼片，用螺絲之類的加以固定。我猜想歹徒應該讓小門呈半開的狀態，把攝影機固定在上面。這麼一來，也有助於保護攝影機。」

「所以是經過精心的設計。」

「是的，雖然大家早就知道了，但歹徒對這架直升機瞭若指掌。」

「這麼一來，就粉碎了你的陷阱說。」中塚轉過頭，對坐在斜後方的小寺說。小寺默默地點頭。

「我可以請教一個問題嗎？」今枝對著湯原輕輕舉起了手。

「什麼問題？」

「包括這個攝影機在內的裝置很容易買到嗎？」

「在市面上當然可以買到，稱為紅外線熱像儀，通常需要分析熱量的研究室都會有這種設備，這裡應該也有吧？」湯原看著中塚和小寺他們。

「有。」小寺簡短地回答。

「會不會是私人擁有呢？」今枝看著技術人員問道。

「那應該不太可能。」中塚回答。「因為沒有用途，而且價格也不便宜。」

「大概要多少錢？」

「五、六百萬吧。」

「那麼貴？」今枝的身體向後一仰。

「而且，歹徒使用的是可以用遙控方式調整角度的攝影機。」湯原說。

「什麼意思？」

「如果攝影機固定，無法確定直升機飛到某些角度時，能不能確實拍到整個發電廠的情況。」

「喔，原來是這樣，」今枝似乎瞭解了湯原所說的意思，又繼續問：「所以說，歹徒也在隨時調整攝影機的角度嗎？」

「不，這不可能，因為距離太遠了，應該事先設定攝影機的角度能夠照到發電廠。」

「可以這麼設定嗎？」

「可以用電腦操控攝影機的遙控器，其實不需要用到電腦，只要用單板機就夠了。只要事先在電腦中輸入想要拍攝的畫面，讓攝影機捕捉到和事先設定畫面一致的圖像，之後攝影機就會自動改變角度，持續拍攝相同的畫面。」

真複雜啊。今枝轉動著脖子，嘆了一口氣。

「真是無所不能啊，但聽你剛才的解釋，歹徒似乎準備了相當特殊的裝置，也許可以從歹徒購買這些器材的途徑中發現某些線索……」

警備部長的後半段話似乎在自言自語，然後，命令身旁的下屬：

「馬上把歹徒寄來的圖像轉寄回總部，也許可以查出歹徒使用了怎樣的器材。」他的下屬動作敏捷地離開了。

湯原不想給警備部長的期待潑冷水，所以沒有說什麼，但他認為歹徒不可能自己購買紅外線熱像儀。販售這種測量儀器的廠商或商社的客戶都是企業或大學的研究機構，如果有人以個人名義訂購，就會立刻遭到懷疑。而且，這種儀器並沒有大量生產，交貨期還可能會大幅度拖延，搞不好無法趕上犯案的時間。與其冒這種風險，還不如偷偷潛入某個研究所偷竊更有把握。

「廠長，要不要和總公司聯絡……」小寺微微站起身說。

「喔，對啊，必須和總公司聯絡。」中塚雙手撐著雙腿站了起來，湯原覺得他看起來很疲累，歹徒這次寄來的內容對他造成很大的打擊。中塚沉痛地說：「要明確告訴他們，反應爐不能停止運轉。」

「能不能將計就計呢？」佐久間問。

中塚反問：「怎麼將計就計？」

「有沒有方法在反應爐停止運轉後，排水口的溫度都不降低呢？」

「不可能。」小寺立刻回答。

「沒有熱源，不可能讓海水變熱。」

聽到自己提出的意見被當場否決，佐久間再度陷入沉默。

「能不能設法擋住攝影機的視野呢？」發電廠的年輕職員問湯原，「不讓歹徒測量海水的溫度，會有怎樣的結果？」

「要怎麼擋？」

「可以用直升機啊，讓直升機擋在攝影機下方。」

湯原輕輕笑了笑。

「或許可以擋住視野，但你認為歹徒會袖手旁觀嗎？」

「也對……」年輕職員抓了抓頭。

「而且，如果搞一些小動作，反而更加危險，搞不好紅外線熱像儀會直接向直升機發出墜落的指示。」

所有人聽了都倒吸了一口氣。

「什麼意思？」佐久間代表所有人發問。

「首先，讓電腦會從紅外線熱像儀得到的數據資料中挑選有用的資料，有用的資料就是指排水口和進水口的溫度，但並不是從一個點測量溫度，而是同時測量好幾個數據，取其平均值。如果只測量一個點，可能會因為某種因素的影響，導致那個點的溫度發生變化。算出平均值，就可以計算出兩者的溫度差。一旦發現比設定值更低，電腦就會向直升機的操縱裝置發出螺旋槳停止轉動的指示──大致是這樣的系統。」

「設定很簡單嗎？」今枝問。

「並不簡單，但對這次的歹徒來說並不困難。如果歹徒已經這樣設定，不僅反應爐停止運轉會發出墜機訊號，當攝影機拍攝到的圖像有任何可疑之處，也可能就會發出墜落訊號。所以，我認為搞小動作反而可能誤事。」

姑且不論刑警和消防人員，發電廠職員都是技術人員，他們能夠瞭解湯原所說的內容，所以，好一陣子，誰都沒有說話。

「能不能乾脆讓直升機在空中爆炸？」今枝說，「如果被炸得支離破碎，即使掉下來，也不會造成太大的危害。」

湯原驚訝地問：「要怎麼讓它爆炸？」

「一定有什麼方法。」

「如果你的意思是讓自衛隊的直升機攻擊嗎？我認為是危險的賭博。如果順利炸得粉碎問題還不大，但很有可能只是讓直升機提前墜落。」

「會這樣嗎？」警備部長皺起眉頭。

「而且，歹徒也不可能袖手旁觀。」消防隊的佐久間隊長說。

今枝嘆著氣，點了點頭。

「反應爐不能停止。」中塚小聲地說。

就在這時，剛才去和搜查總部聯絡的年輕警官衝下樓梯，他走到今枝身旁對他咬耳朵。

今枝的表情立刻嚴肅起來。

「真的是這樣嗎?」

「對,已經向警察廳報告了,當地警察很快就會展開行動。」

「今枝先生,有什麼新情況嗎?」中塚著急地問。

警備部長遲疑了一下,似乎在猶豫該不該公開偵查上的祕密,最後還是開了口。「已經查到了寄電子郵件的佐藤伸男的真實身分。」

「是怎樣的人?」中塚問。

今枝看著湯原和山下的臉。

「你們不知道是誰嗎?」

「我們嗎?不知道。」湯原不瞭解今枝為什麼會問自己,身旁的山下也搖著頭。

今枝又轉頭看著坐在角落椅子上的三島,「那你呢?」

「我不知道。」三島也回答。

今枝的嘴角露出意味深長的笑容,然後才開口說:

「佐藤伸男是錦重工業有限公司重機事業本部的部長。」

「佐藤常董嗎?」

湯原差一點跳起來,他當然聽過這個名字。

35

福井縣三方町——

藤井道雄穿著汗衫和短褲坐在電視前。矮桌上放了兩個空啤酒瓶,和還留著串烤沾醬的盤子。那是昨天晚上，他一邊看棒球比賽，一邊吃晚餐留下的殘骸，今天早上他還沒有吃東西。十點過後醒來，一打開電視，得知發生了重大事件，他就一直坐在電視前。

真是亂來。他看著新聞報導想道。核電廠和他密切相關，甚至可以說是生活的支柱。電視上，知名的政治學家正在解說政府該如何因應眼前的局面。政府當然不可能屈服於歹徒的脅迫，但直升機墜落時，萬一造成輻射汙染，向來鼓吹核電廠安全神話的政府就必須負起相對的責任。藤井立刻轉台，覺得根本是廢話連篇。

或許因為現場沒有進展，每一台播放的內容都大同小異。藤井終於站了起來，想去泡一杯即溶咖啡。他四十出頭，目前是單身。雖然曾經結過婚，但婚姻生活撐不到兩年。

他在水壺裡裝了水，正準備燒水時，玄關的門鈴響了。對這個兩房的公寓來說，門鈴聲太吵了，總是讓他覺得很傷腦筋。

打開門一看，發現一個身穿短袖襯衫的男子，和另一個穿著白襯衫、繫著領帶、但挽起袖子的年輕男人站在門口。

「請問是藤井道雄先生嗎？」短袖襯衫的男子問。

藤井點了點頭。在點頭的同時，猜到了來者的身分，而且，他沒有猜錯。

「我們是警察，有事想要向你請教。」

「是新陽的事嗎？」

「是的。」

「我從來沒去過新陽。」藤井說。

「是嗎？但我們要問的和此事無關，所以務必讓我們打擾一下。」短袖襯衫的男子雖然很低姿態，但說話的語氣不容別人拒絕。

「那就進來坐一下吧。」藤井把門打開，讓兩名刑警進了屋，但兩名刑警站在狹小的玄關，並沒有脫鞋子。他們自報姓名後，藤井得知他們是縣警總部的刑警，分別姓室伏和關根。

「藤井先生，聽說你是亞瑪奇清潔公司的現場督導。」那個姓室伏的刑警問。

「對。」

「今天休假嗎？」

「對，目前這個季節很少進行定期檢查。」藤井在回答時，覺得刑警問的問題很奇怪。因為他們明知道自己今天休假，才會來家裡。

亞瑪奇清潔公司是專門承包核電廠內輻射除汙作業的公司，以專用的抹布擦拭因為漏水等原因弄髒的地面，藤井進入這家公司已經十三年，四年前開始擔任現場督導。

「藤井先生，請問你記得雜賀這個名字嗎？」

「雜賀？那個雜賀嗎？」

「複雜的雜，慶賀的賀，聽公司說，他不久之前還在你的手下工作。」

「我記得。呃，他去年辭職了。」

「你知道他的聯絡方式嗎？」

「我記得他搬家了，之前曾經住在這附近，不知道搬去哪裡了。」

「目前我們知道他住在長濱市。」年輕的刑警關根說。

「長濱市？喔，是嗎？我沒聽他提起過，公司有沒有紀錄？」

聽到藤井的問題，刑警輕輕笑了笑。藤井心想，這也難怪，雖然美其名為公司，其實只是招人送去核電廠工作的斡旋站，僱用員工時，甚至不會認真看履歷表，當然不可能留下每一名作業員的紀錄。

「你們最近沒有聯絡嗎？」

「對，沒有聯絡，因為我們並沒有很熟。」

「原來是這樣，」室伏在記事本上寫了些什麼後問：「他是怎樣的人？」

「雜賀嗎？你問我他是怎樣的人？」藤井抓了抓後腦勺。

「老實說，他並不起眼，很少和同事聊天，也很孤僻，不知道他下班後做什麼。」

「有沒有聽說他的興趣嗜好。」

「興趣嗜好嗎？不，完全沒有。」

「聽說他的興趣是做模型，飛機模型之類的。」

「是嗎？我不知道。」藤井說到這裡，突然想起一件事，「喔，飛機，我想起來了，他以前曾經看這類雜誌。」

「這類雜誌？模型的雜誌嗎？」

「不，不是，是飛機和武器的雜誌。不是經常有那種介紹世界各地的軍艦和戰車之類的雜誌嗎？」

「喔，是軍事雜誌。」關根說。

「對，當時我在想，他以前是自衛隊的，難怪會對這種的有興趣。」

「自衛隊？」穿短袖襯衫的刑警突然露出緊張的神色，大聲地問：「雜賀以前是自衛隊？」

看到刑警的神色，藤井有點不知所措。「對啊，我曾經聽他提過，不，呃，因為只是聽他提過，所以不知道是不是真的。」

「他自己說的嗎？」

「對。」

「有沒有說屬於哪一隊？」

「這我就沒問了。」

那天下班換衣服時，雜賀提到自衛隊的事。當時只有他和雜賀兩個人，分工合作清潔一次冷卻水淨化設備放置房間內充滿輻射的地板。雜賀用抹布擦完地板，藤井把抹布裝進塑膠袋，送去廢棄物處理室。藤井從來不會親自擦地板，因為他很清楚那項作業極其危險。

當時，藤井隨口問雜賀，為什麼會做這種工作？他問這個問題並沒有特別的理由，只是一時找不到其他的話題。

「因為核電廠被人嫌，很適合我這種人。」雜賀把ＬＬ尺寸的防護服丟進專用箱子時說道。

「你也被人嫌嗎？」

「我是不知道個人會不會被討厭，總之，我覺得這次再度進入被人嫌的世界工作也不壞。」

「再度？你以前做什麼工作？」

「很相似，沒有人做會很傷腦筋，民眾卻認為根本不需要。」

「到底是什麼工作？」

藤井問道。雜賀猶豫了一下，冷冷地回答說，自衛隊啦。但是，他沒有繼續說下去，所以，藤井也不知道他在哪一隊，做什麼工作，以及為什麼會離開自衛隊，之後也從來不曾提起這個話題。

穿短袖襯衫的刑警一臉嚴肅地聽著藤井說這些事，聽完之後，向打領帶的年輕刑警使了一個眼色。年輕刑警不發一語地轉身離開了，兩名刑警的表情失去了原本的從容。

「藤井先生，這件事很重要，希望你可以仔細回想一下，你和雜賀先生聊天時，有沒有聊過開飛機或是直升機之類的話題？比方說，他以前曾經開過飛機之類的？」

「開飛機？」藤井想了一下，但即使刑警希望他努力思考，也無法回想起原本就不在記憶中的事。況且，作業員的流動率很快，他向來不記得他們的事。

「不記得了。」他只能這麼回答。

「你知道雜賀先生和誰走得比較近嗎？」

「他嗎？不知道。我剛才也說了，他很孤僻，我不記得他和誰走得特別近。」

「是嗎？如果你想到什麼，麻煩你打這個電話。」室伏說完，遞給藤井一張便條紙。

刑警道歉後轉身準備離開，藤井叫住了他。

「呃……」

「有什麼事？」

「呃，雜賀……新陽事件是他幹的嗎？」

「不，現在還不清楚，只是暫時針對他進行調查。」

「暫時……」

「不好意思，我在趕時間。」刑警關上了門，似乎拒絕他繼續發問。

藤井鎖好門，再度坐到電視前。他忘了剛才準備泡咖啡的事。

「雜賀……嗎？」

之前從來沒有想起過雜賀這個人。這是藤井的真實感想。就像他對刑警說的那樣，雜賀是一個陰沉而不起眼的人，藤井也從來沒主動和他聊過天。

但是，雜賀工作很賣力。即使是別人敬而遠之的一次冷卻相關工作，他總是主動爭取，連眉頭都不皺一下。八成是因為日薪很高的關係，再加上他的體力很好，所以比其他作業員更出色。藤井知道他曾經向請假的作業員借了體外被曝計量器，隱瞞自己的體外被曝量投入工作。藤井對此睜一眼、閉一眼，正因為有雜賀那樣的作業員，才能如期完成工作。

雜賀為什麼那麼缺錢？藤井不得其解。從他的衣著打扮來看，也不像奢侈揮霍的人。

雜賀身材壯碩，眼睛和眉毛之間的間隔很窄，五官輪廓很深，是典型的南國人，深邃的雙眼深處似乎隱藏著什麼。

他是歹徒？

不會吧——？

但是，藤井覺得這種想像並不至於太離譜。雖然藤井並不瞭解雜賀，但覺得他有可能做這種事，因為他身上散發出那種感覺。

電視上，記者正在採訪航空評論家。記者問能不能移動那架直升機，有點年紀的學者回答說：「恐怕很難查到歹徒用什麼方法遙控直升機。」

遙控——

藤井突然想起曾經從雜賀的口中聽過這個字眼。有一次，雜賀曾經說：

「不久之後，這些核電相關的工作都會交給機器人去做，到時候，我們這些人就會被淘汰了。」

另一個同事笑著說：

「我們會被原子小金剛搶走工作了嗎？那可糟了。」

即使聽到同事的奚落，雜賀並沒有生氣，而是淡然地繼續說道：

「現在已經有很多保養維修工作是機器人在做了，不是原子小金剛，而是一種可以遙控的機器人，不久之後，就不需要遙控，機器人可以用自己的眼睛進行判斷。」

「自己的眼睛？是喔，機器人的眼睛長什麼樣子？」

「各式各樣，有的像人類一樣可以反射光線，也有的可以接受熱量產生的紅外線，後者在黑暗的地方也可以看到，不需要為機器人開燈。機器人就可以根據自己眼睛看到的情況改變動作。」

「喔，真厲害啊。」

藤井聽到他們的對話時並沒有太大的興趣，只是有點納悶，他為什麼知道這種事，之後轉身就忘了它。

是不是該把這件事告訴刑警？藤井想道，但最後他還是沒有拿起電話，沒有其他的原因，只因為他覺得太麻煩了。

室伏走出藤井家，回到停在路旁的車子前，關根剛好從電話亭中走出來。

「聯絡總部了嗎？」

「聯絡了。總部會立刻派人去調查自衛隊退役者的名單。」

「是嗎？得知雜賀之前是自衛隊員，總部應該也會積極調查。」

「前自衛官很可能是直升機的專家，搞不好曾經參與那架直升機的開發工作。」

核電廠承包廠商的作業員、連署運動、遙控車迷，以及前自衛官。雜賀具備了這些條件，總部不可能等閒視之。

「問題是接下來要怎麼辦。」室伏在腦袋中盤算起來。他覺得即使清查自衛隊退役者名單，也不會有太大的收穫。即使在名單中發現了雜賀這個人也沒有用，因為不可能從中得知雜賀目前的行蹤。

「目前已經請滋賀縣警協助調查雜賀在長濱市住的地方。」關根說道，他似乎察覺到室伏內心的想法，「他可能冒用別人的名字租房子，所以可能會費一點工夫。」

「長濱……」

室伏不願意在眼前的情況下，把雜賀交給別人，他對關根說：

「好，那我們馬上殺去長濱。」

關根笑了起來。

「股長叫我們去小濱。」

「小濱？為什麼要去小濱？」

「因為接到線報，之前一直無法掌握行蹤的一名反核團體主要幹部住在小濱市的親戚家。當法國進口的核燃料送去青森時，他曾經號召了激烈的抗議活動，所以股長希望我們確認他的下落。」

「這種事讓當地的警察去處理就好。」

「問題是當地警察也人手不足，股長說，既然我們在這裡，就順便去一下。」

他們目前在三方，離小濱不到二十公里。

「莫名其妙，那種人才不可能犯下這次的案子。」

「但現在也無法斷定是雜賀幹的。」

「好吧，你把車鑰匙給我，我一個人去，至於你，不管是小濱或是大飯，想去哪裡都隨你的便。」

「如果你開車，還沒到長濱，直升機就掉下來了。」關根說完，打開了駕駛座旁的車門，坐上了舊型可樂娜。

36

茨城縣築波市錦重工業有限公司重機事業本部——

董事專用的會客室內，佐藤伸男從肩膀到整個後背的肌肉都十分僵硬。他稀疏頭頂下的腦袋正在思考一個問題，這件事萬一被公司知道，會不會對自己不利？

桌上放著三杯已經有點冷掉的茶，他的對面坐了兩個男人。他們是來自茨城縣警察總部的刑警，這兩個人和佐藤伸男至今為止遇過的任何人都不同，他們面無表情，卻極其狡猾，完全猜不透他們心裡在想什麼。這就是名為刑警的動物。他只能暗自這麼告訴自己。

「總之，」同時擔任常董的重機事業本部長說道，「我完全不知道。即使你們叫我回想，我也想不起來。而且，我對網路根本一竅不通，這件事和我沒有關係。」

「我知道。」一個子高大、年紀比較大的刑警說道，他的長相和髮型一看就知道不是上班族，「所以才會問你信用卡的事。」

「不管問幾次都一樣，我沒有把信用卡借給別人。」

「應該不是直接把信用卡借給別人，沒有人會做這種事，我是問你有沒有把刷卡購物時的簽單或是帳單給別人看過。」刑警的聲音沒有起伏，但音量稍微增加了。

「怎麼會……簽單馬上就放進皮夾，帳單我很少看。通常會寄到家裡，但我太太馬上就收起來了。」

個子比較矮的年輕刑警說：「已經有其他人去向你太太瞭解情況了。」

「連我家都去了嗎？」

「不好意思，因為目前是事態緊急。」年長的刑警用客氣的語氣說道。「但無論歹徒是用什麼方法得到你的信用卡資料，總之，我們認為歹徒就在你身邊。」

「為什麼？」

「難道你認為這起事件的歹徒隨便弄到手的信用卡卡號，剛好是錦重工業常董的嗎？」刑警似乎覺得很好笑，但他的表情比剛才更有威嚴。

佐藤伸男覺得自己正在作惡夢。前一刻他還在和總公司聯絡，討論如何因應新陽事件。雖然無法預測事件會以什麼方式結束，但自衛隊的直升機被偷，錦重工業當然必須出面解決。如果航空事業本部的部長必須對此負責，人事方面就會有巨大的變動。當直升機墜落時，新陽發電廠內發生重大故障的部分由錦重工業提供技術，重機事業本部當然不可能置身事外。他前一刻還高枕無憂，以為這次的事無論如何都不可能波及負責重機事業本部的自己，沒想到那兩名刑警立刻找上門了。

據這兩名刑警說，新陽事件的歹徒用佐藤的名義加入了網路，寄了電子郵件到新陽。佐藤當然沒有做過這種事，甚至根本不知道是怎麼一回事。他是技術人員出身，對電腦不至於一竅不通，但他從來沒有親自用過公司內隨處可見的電腦。

聽刑警說，只要填寫信用卡卡號、地址和姓名，就可以申請加入那個網路。完成申請手續後，就可以使用網路的免費功能。佐藤伸男在兩天前申請加入了該網路。

但歹徒目前所使用的只是臨時的帳號和密碼，幾天後，佐藤將會收到正式的帳號和密碼，到時候，歹徒就無法登入。當然，這對本次犯案的歹徒不會造成任何影響。

「總之，我完全不知道。」佐藤伸男只能一再重複這句話。

「我從來沒有隨便亂放信用卡，也沒有把信用卡號碼告訴別人。」

「不必急著下結論。好，那我換一個問題，你可不可以把平時經常刷卡的店告訴我們？不管是高爾夫球場、餐廳或是飯店都可以。」大個子刑警說。

「全部嗎？」

「對，只要你記得的，全都告訴我們。」

「正確的資料要看記事本……記事本放在我辦公室。」

「那要不要一起去你的辦公室？」刑警準備站起來，佐藤伸手制止了他。

「不，不用了，我去拿，請你們等一下。」

「好。」刑警再度坐了下來。

佐藤伸男走出會客室，走向本部長室。自己惹上麻煩了。他開始痛恨來路不明的歹徒，為什麼偏偏冒用自己的名字？

走在走廊上時，他思考著別人知道自己信用卡卡號的可能性。雖然刷卡商店的店員可以輕易記下卡號，然而，他不認為歹徒會是這些店家的店員。難道該懷疑自己刷卡時在旁邊的人？但要記住一大串卡號並不容易。所以，是別人拿到了自己刷卡的簽單？

當他打開本部長室的門時，他想到了一件事。佐藤伸男想起一個女人。那個女人以前是他的下屬。

每次買禮物送給她，和她一起吃飯，一起喝酒，一起在飯店住宿時，佐藤都盡量用現金結帳，偶爾也會用信用卡，但只有去那種即使太太看到帳單時，也不會胡亂懷疑的地方時，才會刷卡結帳。只不過佐藤還不至於大膽到會把簽單帶回去，所以，他都會在結帳後，把簽單交給年輕的情婦說：「妳把這個處理一下。」

她每次都笑著收進皮包。對他來說，只要她不直接把皮包帶到公司，當著別人的面把簽單翻出來就沒有任何問題。

他曾經多次把簽單交給她，她有沒有真的把那些簽單銷毀？

想到這裡，佐藤輕輕搖了搖頭。自己想太多了，和那個女人分手已經很多年了——

37

正午剛過，防衛廳派來的兩個人來到了新陽發電廠第二管理大樓。這兩個人分別是調度實施總部的事務官大江，和技術研究總部航空開發一部的開發官楢山。

湯原無法判斷他們現在來現場是太早還是太晚，只知道即使他們更早來，也無法改變眼前的狀況。

湯原和山下一起在第二管理大樓的會客室和防衛廳的兩個人會面，楢山坐在椅子上做記錄，大江站在窗邊，打開窗戶，看著新陽的方向，聽湯原他們報告的情況。或許因為目前所掌握的情況媒體已經報導了，所以，他們並沒有太大的反應，只是聽到大Ｂ上可能裝了紅外線影像裝置的攝影機時，都露出了驚訝之色。

「根據剛才你們所說的情況，」楢山三佐挺直身體，看著自己的筆記說道，「如果不將歹徒逮捕到案，CH-5XJ就無法離開目前的位置。」

「很遺憾，的確是這樣。」湯原用自己也覺得陰沉的聲音回答。

楢山抱著雙臂，仍然挺直身體，閉上了眼睛。他的胸部用力隆起，然後吐了一口氣。

湯原覺得好久沒看到他的這個動作了。在基本設計和詳細設計的階段，每月舉行一次報告研發進度的小組會議上，只要他對錦重工業的說明不滿意，就會做出這個動作。他的年紀應該比湯原大一、兩歲，但像修行僧般的長相讓他看起來比實際年齡老了好幾歲。

「那個還可以飛多久？」大江指著窗外問。

湯原看著自己的手錶，「最多不超過兩個小時。」

「還有兩個小時的壽命嗎？」大江用手掌拍了拍剛理過髮的後腦勺。

「想在那之前逮捕歹徒恐怕是天方夜譚。」

在現階段，這應該是最確實的推論。湯原只能保持沉默。

楢山張大小眼睛問：

「歹徒打算怎麼移動 CH-5XJ ？」

「你的意思是？」

「歹徒不是說，如果政府答應他的要求，就會讓直升機遠離反應爐嗎？你們認為歹徒會用什麼方法把直升機移開？」

「可以靠無線電對電腦發出指令。」

「CH-5XJ 的操縱系統已經輸入了這種程式嗎？」

「對。」

「但是 CH-5XJ 再厲害，也無法自動降落。」

「沒辦法。」

「那歹徒到底打算把它移去哪裡？」

「這個嘛……」對於這個問題，湯原心裡已經有了答案，只是還不想說出來。很顯然，這個答案會讓眼前的男人失望。不，他應該知道這個答案。

於是，湯原說：「我猜想應該會讓直升機墜入大海。」

楢山維持和剛才相同的姿勢，但右側臉頰稍微抽搐了一下。

「果然是這樣的結果嗎？」

「我認為這是合理的推論。」

調度實施總部的大江冷笑：「既然這樣，即使把歹徒緝拿歸案，CH-5XJ 也回不來了。」

「不，如果抓到歹徒，」山下說，「就不必擔心會因外力墜落，也許可以有解決的方法。」

「什麼方法？」楢山轉頭看向山下。

「比方說，可以派人進入直升機。在救我兒子時，救難員不是順利轉移到那架直升機上嗎？能不能再試一次……」

山下越說越小聲，因為他察覺到楢山的眼神越來越嚴厲，但楢山用和之前相同的語氣說：「你的意思是，要那些救難員再冒一次生命危險嗎？」

「不，這……」

「因為你兒子的事人命關天，他們才會挑戰那麼危險的任務，他們會為了救人賭上自己的性命，但不會為了救直升機做這種事。防衛廳也不會為區區一架直升機賭上隊員的性命。」

「對不起。」山下小聲道歉，低下了頭。

楢山轉頭看著湯原。

「我們已經充分瞭解狀況了，現在只能等歹徒出招了。我會繼續留在這裡，守護 CH-5XJ 的命運。」然後，他轉身看著大江問：「大江先生，你要回去了嗎？」

「是啊，我還要回去報告。」大江似乎不想在這裡多停留一刻，因為他從頭到尾都沒有坐下。

送走大江後，湯原和山下帶著楢山回到二樓的現場指揮總部。警備部長似乎剛講完電話，他掛上電話的同時，舉起另一隻手，「湯原先生，你來得正是時候，能借一步說話嗎？」

「怎麼了？」

「我有事想要請教你。」警備部長似乎很在意跟在山下身後的楢山。「請問這位是？」

湯原介紹了技術研究總部的開發官，今枝用力點了點頭，稍稍皺了皺眉頭。

「是防衛廳的人嗎？雖然有點難以啟齒，但還是一起來吧。」

「發生了什麼事？」湯原催促道。

「剛才接到總部的聯絡，目前發現了一個可疑人物，但目前還缺乏有力的證據。」

「怎麼可疑？」湯原問。

「簡單地說，就是那個人滿足了可以成為歹徒的幾項條件。」

「哪些條件？」

聽到湯原的問題，今枝立刻回答：「不好意思，現在還不能透露詳細情況，因為可能會侵犯當事人的隱私。」他並沒有說是偵查上的機密。

湯原嘆了一口氣。

「那你想問我們什麼？」

「不瞞你們說，」今枝似乎仍然很在意防衛廳的事務官，但還是繼續說了下去，「聽說那個人之前是自衛官。」

楢山站立的姿勢仍然很挺拔，但湯原的眼角掃到他的身體抖了一下。

「確實嗎？」湯原問。

「根據偵查員的調查是這麼一回事，但也可能是消息有誤。」今枝十分慎重。

「知道了，所以呢？」

「我們想知道前自衛官有沒有犯案的可能。以我們外行人來看，如果以前是飛行員，或許可以運用之前的經驗犯下這起案子。」

楢山搶先回答了這個問題，「不管是前飛行員，還是前自衛官，如果不是精通CH-5XJ的操縱系統就無法做任何事。那架直升機原本預定今天進行交貨飛行，大部分自衛官對它一無所知。」

湯原也同意楢山的意見，所以默默點頭。

「你說大部分自衛官都不知道，代表還是有人知道？」今枝沒有放過楢山話中的破綻。

楢山沒有立刻回答。湯原知道其中的原因，因為他無法否定警備部長的意見。

於是，湯原代替他回答。

「人數很少，但的確有幾名自衛官參與了大B的開發。」

「比方說，是哪些人？」今枝問。

「首先，就像這位楢山先生一樣，屬於技術研究總部的人員，因為我們一起研究，所以當然知道，但他們並不是自衛官。」

「我們已經著手調查參與CH-5XJ研究的開發官。」楢山立刻插嘴說。

「我知道，所以，我想瞭解的是其他自衛官的情況。」今枝似乎有點著急。

「當開發進入具體階段後，自衛隊內負責航空維修的人員有時候會去工廠。」湯原說。

「維修人員嗎？」今枝似乎產生了興趣。

「為什麼？」

「因為製作時，也必須考慮到維修的方便性，所以會請第一線人員提出他們的意見和要求。」

「也可以同時讓維修人員熟悉新機種。」楢山在一旁補充。

今枝點了點頭，又問湯原：「除了維修人員，還有其他人參與開發嗎？」

「還有飛行員。」湯原回答。

「喔，飛行員也會參與嗎？是在機體完成之後嗎？」

「不，是在製造的過程中。我們經常會聽取他們的意見後變更設計。」

在製造新機體時，一定會製作飛行模擬機，由飛行員實際測試，請他們針對儀器的位置和使用方便性提出要求。經過多次的改進，完成飛行員滿意的模擬機後，再運用在實際機體上。因此，錦重工業製造的機體都有模擬機，目前因為模擬機數量太多，還特地建造了一棟專門放模擬機的建築物。

「所以，他們當然很瞭解操縱系統囉？」今枝的語氣充滿興奮。

「的確是這樣……」湯原不得不吞吐起來。

「你知道他們的名字嗎？」

「現在不知道，但公司應該有紀錄。」

「是嗎？」今枝皺了一下眉頭，也許他覺得愛知縣警可能會搶先調閱這份紀錄。湯原想起警察廳長曾經在電視上強調，這次的偵查工作將跨越轄區。

今枝低頭瞥了一眼手上的便條紙。

「那這些人中有沒有一個姓雜賀的人？」

「雜賀？」

「對，複雜的雜，祝賀的賀。雜賀……他的全名叫雜賀勳。」

湯原回頭問山下：「你認識嗎？」

山下搖搖頭：「不認識。」

「我也沒聽過這個名字，參與開發的自衛官中應該沒有這個人。」楢山也斷言道。

湯原對今枝說：「我也不記得有這個人。」

「是嗎？可能不是用本名。」今枝並沒有洩氣。「對了，這些維修人員和飛行員從研究一開始就加入了嗎？」

「不，我剛才也說了，是在具體化之後才開始參與。」

「大約是什麼時候？」

「我想想，」湯原和山下互看了一眼，「差不多一年半前吧？」

「差不多就是那個時候。」山下也表示同意。

「一年半？確實嗎？會不會更早之前就參與研究？」

「不可能。如果是更早之前，沒有任何具體化的實物，根本無法聽取維修人員和飛行員的意見。」

警備部長似乎對湯原的回答很不滿意，他皺著眉頭，撇著嘴，眼睛周圍的皺紋看起來更深了。

「一年半前有什麼問題嗎？」湯原問。

「那就不符合目前懷疑對象的條件，」今枝無可奈何地告訴他，「因為他不久之前才辭掉在核電廠下游廠商的工作，大約兩年多前就離開自衛隊了。」

「那就不可能了。」楢山說。

「還有另外的可能，就是他利用當自衛官時的人脈關係，掌握了相關資料……」

楢山聽到今枝的這番話，瞪大了眼睛。

湯原慌忙搖頭。「對於這個問題，我們無法表達任何意見。」

「是啊。」今枝很乾脆地停止這個話題。「如果有關於這個人進一步的消息，或許還會向你請教。」

「隨時歡迎，」湯原回答後，問了內心有點在意的事，「對了，關於使用佐藤常董名字的事，有沒有進一步的消息？」

「就是電子郵件的事嗎？」今枝的表情放鬆下來。「目前還不瞭解詳細情況，當事人說完全不知道。」

湯原也覺得應該是這樣，他和山下互看了一眼。

「這件事如果有進一步消息也會通知你，打擾了。」今枝再度恢復剛才的嚴肅表情走了出去。

「雖然也許不該這麼說，」送走警備部長後，楢山說：「但這次的案子不是前自衛官有能力做到的。」

「我也有同感。」湯原回答。

「不過，」楢山微微偏著頭，「剛才說，那個可疑人物是在兩年前離開自衛隊吧？」

「對，今枝先生是這麼說的……怎麼了嗎？」

「不，沒什麼。」

開發官又恢復了原來的表情。

湯原把栖山交給山下接待後，走出了會議室，去盥洗室洗臉。額頭和鼻子不知道什麼時候冒了不少油，幸好這棟建築物開了冷氣，不至於滿身大汗。雖然外面的世界被迫省電，但這裡是另一個世界。湯原認為是因為新陽在持續運轉，所以這裡不需要刻意省電。

他正在擦臉時，三島出現在眼前的鏡子中。

「警方掌握了什麼線索嗎？」他小聲地問。他剛才似乎看到湯原和今枝在說話。

「不知道，現在還無法下定論。」湯原對著鏡子說。

「他問了你一個名字，好像是雜賀之類的。」

「對啊，但我沒聽過這個名字。」

「是喔。」三島點了點頭，從鏡子中消失了。

38

錦重工業航空事業本部的笠松技術部長動作生疏地敲打著電腦的鍵盤，「是叫雜賀勳吧？」他看著螢幕問。螢幕上，在B計畫相關議事錄的標題下方，是會議日期、時間、主題和當時的出席者名單。

「沒錯吧？」特搜組長高坂警部向身旁的刑警野村確認。

「對，是雜賀勳。」野村看著手上的便條紙回答。

幾分鐘前，福井縣警來打聽這個名字，瞭解叫這個名字的前自衛官是否曾經出入錦重工業。雖然不瞭解具體狀況，但福井縣警似乎覺得這個人可疑。

於是，他們立刻問了笠松，笠松說，自衛隊的維修人員或飛行員來這裡交換意見時，一定會在議事錄上留下記錄，只要查一下就知道了。於是，向技術本館的總務部借了電腦，開始搜尋公司內部資料。

「沒有，」不一會兒，笠松搖了搖頭，「沒有叫這個名字的人來過，我也從來沒聽過這個名字。」

「是嗎？」高坂的心情很複雜。既覺得遺憾，又感到鬆了一口氣，因為偵查進度總算沒有被福井縣警超前。

有關B計畫的相關人員和防衛廳人員都交由警察廳調查，如果歹徒是其中的某一個人，愛知縣警也只能拱手讓人。

如今，高坂把所有希望都寄託在筆跡鑑定上。一定是公司內部的人篡改了技術本館的出入人員登記表上的名字。具體來說，就是擦掉歹徒的名字，換成原口昌男的名字。總務部的負責人岡部課長說，各部門負責人事事務的女職員有辦法篡改，於是，剛才請偵查員蒐集了她們手寫的資料或履歷表，送去文書鑑定課鑑定筆跡。高坂認為出入人員登記表上所寫的原口昌男幾個字很漂亮，在人數有限的範圍內，並不會有太多相似的筆跡。目前，筆跡鑑定的專家正在沒有冷氣的房間內揮汗如雨地比對文字，但高坂猜想不用多久，答案就會出爐。

「謝謝，給你添麻煩了。」高坂向笠松道謝。

「不客氣。」笠松也似乎鬆了一口氣。

高坂和野村正打算走出總務部辦公室時，電話響了。他充滿期待地停下腳步，轉頭看著電話。岡部課長正接起電話，然後有點緊張地看著高坂。當他對著高坂說：「找你的電話。」時，高坂已經衝到他的面前。

「我是高坂。」

「喂？我是小山。」下屬在電話中的聲音很興奮。特搜組長覺得是好兆頭。

「筆跡鑑定結束了嗎？」

「不，還沒有全部結束，但發現一個一致性很高的人。」

「是誰？」

「呃，是引擎開發一課的赤嶺淳子，進公司已經十年了。」

高坂確認漢字後，在記事本上寫下了她的姓名和所屬部門的名字。一旁的岡部臉色大變，但現在沒工夫理會他。

掛上電話後，他問岡部：「可以用這個電話打給引擎開發一課的負責人嗎？接通之後，可不可以由我來說？」

「喔，好。」

岡部拿起一旁的公司內部電話簿，然後慌忙撥了電話。電話立刻接通了，對方的課長接了電話。岡部告訴對方，警方想要瞭解情況後，把電話交給高坂。

「喂？請問是開發一課的課長嗎？」

「對，我就是。」對方的聲音有點緊張。

高坂簡單地自我介紹後，立刻直截了當地問：

「你那裡有一位叫赤嶺淳子的員工吧？」

「對，有啊……」從對方的聲音就知道他手足無措。

「她現在有沒有在辦公室？」高坂問，如果在的話，他打算立刻衝過去。

「不，她不在，今天休假。」

「休假？」高坂看著野村，野村立刻準備記錄，高坂確認之後，對著電話問：「從今天開始嗎？」

「不，從昨天就開始休假。」

「休假到什麼時候？」

「從昨天開始休五天，之後是公司的中元節假期。」

高坂用手掌捂著電話，命令野村：「立刻派人去赤嶺淳子家，然後要向刑事部長和吉岡課長報告這件事。」

「好。」年輕的刑警動作敏捷地衝到其他電話前。

高坂對著電話說：「喂，我現在會去你那裡，沒問題嗎？」

「呃，現在馬上嗎？」

「對，馬上。現在是分秒必爭。」

這句話似乎奏了效，引擎開發一課的課長慌亂地說：「喔，好，我知道了，那我等你們。」

掛上電話後，高坂對岡部說：「可不可以麻煩你帶我去？」

「好。」岡部渾身緊張起來。

「但是，」高坂叮囑道，「絕對不能提及偵查內容，目前還不清楚狀況。」

「好，我當然知道。」岡部連續點了好幾次頭。

引擎開發一課位在第一開發部樓層，乍看之下，員工都坐在辦公桌前正常上班，但實際上當然無法正常上班。辦公室內的好幾台電腦都關著，有幾個男職員脖子上掛著毛巾，平時這裡都會開冷氣，應該不可能出現這樣的裝扮。

開發一課的課長姓友野，曬得黝黑的四方臉上戴著一副黑色金屬框眼鏡，他的樣子似乎很適合拍中老年高爾夫球衣的廣告。

「赤嶺怎麼了嗎？」他首先開口問道。雖然這個問題很正常，但高坂無法正面回答他。

「我有事想要確認一下，情況緊急。」說完，高坂用力瞪著友野，阻止他繼續發問。

這一招似乎奏了效，友野移開視線說：「是嗎？赤嶺在這家公司工作已經滿十年了，所以可以享受公司的福利，請了五天的特別休假。」友野坐在會議桌前，背對著窗戶。

「中元節假期有一個星期吧，加起來有十二天的休假，會不會去旅行了？」

「好像是。有同事聽她提過這件事。」

友野伸長脖子看著遠方叫了一聲：「太田。」一個走在辦公桌之間的女職員看著他們。

「妳剛才說的事，可不可以再說得詳細點？」

嬌小的女職員露出困惑的表情走了過來。

「赤嶺小姐去旅行了嗎？」高坂問話時，努力讓自己臉上的表情看起來不要太凶。

「她是這麼說的。」

「出國嗎？」

「對啊，她說要去歐洲。」

「一個人嗎？」

「是啊……」

「具體去哪個國家？」

「嗯，德國、奧地利，還有鄰近的幾個國家。」

還有匈牙利和義大利嗎？高坂在腦海中浮現出世界地圖，總之，都是遙遠的國家。

「這趟旅行是之前就決定的嗎？」

「應該是。」女職員沒什麼自信，也許她並不是很清楚這件事。

「三個月前，她就說要請假了。」友野在一旁說道。

即使之前就決定要請假，也不見得一定是去旅行。

高坂將目光移回女職員身上。

「是參加旅行團嗎？」

「應該不是。赤嶺小姐經常出國旅行，應該是自己安排行程，再請旅行社訂飯店、機票……」

「原來是這樣，請問妳知道是哪一家旅行社嗎？」高坂明知道希望不大，但還是問了一下。

沒想到女職員很乾脆地回答：「應該是福利中心吧。」

「福利中心？就是我們現場指揮部借用的地方？」

友野回答說：「旅行社每週會在福利中心一樓設攤辦理旅行業務，可能是找他們代辦吧。」

「謝謝。」高坂站了起來，但離開之前，又問那位姓太田的女職員，「妳和赤嶺小姐最要好嗎？」

「說要好的話，應該算是吧，但也沒有……」她有點吞吞吐吐。

「赤嶺的年紀和其他女職員有一點差距，而且是從其他事業本部調過來的，所以有點不合群。」友野在一旁補充。

「原來是這樣。」高坂點了點頭，又問女職員：「赤嶺小姐在前天之前的心情怎麼樣，有沒有因為要出國旅行顯得很興奮？」

「沒有啊……和平時差不多啊。」她回答時的語尾上揚，似乎覺得眼前這個中年刑警大驚小怪，這年頭怎麼可能有人會因為出國旅行而興奮？

高坂回到福利中心，向刑事部長木谷和搜查一課的吉岡課長報告了情況。

「篡改出入人員登記表的女職員從昨天開始休假，去歐洲旅行嗎？其中好像有什麼玄機。」吉岡徵求刑事部長的同意。

木谷點了點頭。

「有沒有向旅行社確認？」

「有，已經派人去查了。」高坂回答。

「如果那個女人是共犯，歹徒預料到那個女人會因為篡改出入人員登記表而曝光，否則，根本不需要向公司請假，通常會認為像平時一樣來上班，才不會引起警方的注意。」

「看來這次的歹徒很狡猾。」吉岡咬牙切齒地說。

「也許是這樣，但也可能是擔心女人亂說話。」

兩名上司聽了高坂的話，都露出訝異的表情。

「什麼意思？」吉岡課長問。

「那個女人雖然受歹徒之託，篡改了出入人員管理表的名字，但可能並不瞭解背後的目的，然而，一旦知道這起事件，女人就會思考自己所做的事背後代表的意義。」

「搞不好會主動報警……嗎？原來如此，歹徒有可能擔心這件事。」吉岡小聲嘟囔。「所以說，歐洲旅行可能是真的，而且是歹徒刻意安排，讓女人無法瞭解這起事件。」

「但國外也報導了這起事件。」

「不，部長，雖然報導了，但德國目前是深夜，觀光客不可能半夜還不睡覺。」高坂說。

「是喔……」

刑事部長不再說話，似乎也同意這樣的看法，就在這時，桌上的電話響了。吉岡立刻接了起來，說了兩、三句後，突然大聲起來。

「那是幾點？……嗯，沒搞錯吧？有沒有說是哪個機場？……是嗎？好，知道了。」

掛上電話後，對高坂他們說：「赤嶺淳子不在家，打電話到她家，也是答錄機，據說要二十日才會回來，但是，出國日期是今天。」

「今天？確定嗎？」

「她的鄰居有看到她，說她推著紅色行李箱出家門，差不多是十一點左右。」

「帶行李箱出門，代表是真的去旅行嗎？」刑事部長說。

「應該不是偽裝，十一點出門……」高坂看了一眼手錶，「如果是去名古屋機場，應該已經到了，或是已經出發了。」

「會不會從關西機場或是成田機場出發？」

「名古屋機場並不是每天都有班機飛歐洲，所以也不排除有這個可能。」

「那就有機會在機場攔截到她。」

木谷部長剛說完這句話，野村就衝了進來。

「和旅行社聯繫上了，知道赤嶺淳子的行蹤了。」

「是從哪個機場出發的？」高坂立刻問道。

「名古屋機場，搭今天下午兩點零五分出發的班機前往法蘭克福，會經過關西機場。」

高坂看了一眼手錶。十二點五十分，時間還來得及。

「高坂，趕快和機場警察聯絡。」
吉岡課長說這句話時，高坂已經拿起了電話。

39

名古屋機場國際線航站大樓——

入境大廳依然擠滿了人，正確地說，是電視前擠滿了人。
畫面上出現了快滋生反應爐原型爐新陽的照片，照片上好幾個地方都貼著畫了設備內部構造的插圖，男主播站在照片前，用緊張的口吻解說著一旦直升機墜落引起爆炸，可能會引發怎樣的事故。根據男主播的解說，目前距離預測墜落的時間只剩不到一個小時。
「好危險，萬一變成車諾比那樣該怎麼辦？」
「真幸運，剛好在我們出國的時候發生這種事。」
一對年輕男女在旁邊討論。
「但離我們出發還有一個小時，希望在這一個小時內不會出什麼狀況。」
「應該沒問題吧？那不是在福井縣嗎？在輻射飄到這裡之前，我們應該就出發了。」
「那就好，但回來之後就傷腦筋了，萬一家裡的房子遭到輻射就慘了。」
「那只能先回我娘家了。」
「山口縣沒問題嗎？」
「離那麼遠，應該沒問題吧。」
「天底下就是有一些神經病，核電廠關他什麼事！」

「歹徒是因為討厭核電廠才做那種事嗎？」

「應該是吧？他反對是他家的事，但不要給別人添麻煩。」

「是啊，我們根本不在乎這種事。」

赤嶺淳子聽到這裡，拿著空紙杯站了起來，在去廁所的途中，丟進了垃圾桶。這是她來機場之後的第二杯咖啡。

她在廁所的洗臉台前補了妝，然後看了手錶。如果再不去辦登機手續，恐怕就來不及了。她還在猶豫，不知道是否該出發——

她的腦海中浮現出三島幸一陰沉的臉，同時想起剛才那對男女的談話。她無法不把眼前發生的事和三島連結起來，她覺得這兩件事之間必定有某種關聯。

赤嶺淳子在今年年初規劃了這趟旅行。雖然她並不是很愛這家公司，但到今年四月，她在這家公司滿十年，可以申請五天特別休假。淳子立刻決定要去歐洲，而且是單身旅行。她在學生時代和剛入社會時，經常一個人出國旅行，她的夢想是當一名旅遊記者，也曾經將自己寫的旅行散文向出版社投稿。

但是，最近她很少出國旅行。她自己也不知道其中的原因，也許覺得夢想畢竟只是夢想，也許在日復一日的生活中，漸漸遺忘了單身旅行的快樂。總之，她失去了「什麼」。

她想要找回「什麼」，並不是因為覺得自己可以當旅遊記者，而是覺得只要能夠找回來，自己就會改變。所以，她決定再度一個人出國旅行。

她在五月中旬時，把這件事告訴了三島幸一。那天，他在她的家裡，喝著她泡的薄荷茶。他向來不坐沙發，而是習慣盤腿坐在茶几旁。他住在福井縣美濱町專門出租給長期出差者的公寓，開車到淳子的公寓不到兩個小時。

「什麼時候去？什麼時候回來？」正在喝薄荷茶的他抬頭問。

「嗯，我打算八月十二日出發，二十四日或二十五日回來。因為公司的中元節假期從十二日開始，所以我打算接著請特別休假。」

「妳已經向旅行社訂了嗎？」

「還沒有，差不多該訂了。」

「是喔。」三島把茶杯放在茶几上，似乎在思考什麼。

「怎麼了？」

「不，沒什麼。」他似乎有點難以啟齒，然後開口問：「可以改一下嗎？」

「怎麼改？」

「能不能提前？比方說，」他看著有鳥類照片的月曆，「能不能八月五日出發？也就是在中元節假期之前請特別休假。」

「為什麼？」

「不瞞妳說，那段時間我會去德國，因為工作關係，要去漢堡市一趟，但有一、兩天自由活動的時間，我在想，也許可以和妳在那裡會合。」

「是嗎？那為什麼不早說嘛。」

「因為我沒想到妳剛好也要去。」

「好啊，那我們可以在那裡見面。」

雖然淳子喜歡單獨旅行，但也瞭解孤獨不時帶來的痛苦，如果可以在國外和三島見面一、兩天，無疑是最完美的安排。

「公司方面應該沒問題，不知道能不能買到機票。」

「妳盡量朝這個方向安排。嗯，希望妳最晚八月八日可以到德國。」

「八日嗎？好，我知道了。」

淳子站在月曆前，用紅色麥克筆把八月八日那一天圈了起來。

翌日，她立刻去找了在公司設攤位的旅行社，決定八月七日從成田機場出發，直飛法蘭克福，也向上司報告，從七日開始請假。

接下來的日子，她努力克制內心的激動。當她決定一個人去旅行時，並沒有太多的興奮，所以，應該是和三島在德國會面這件事讓她感到高興。

沒想到在出發前不久，這份喜悅就遭到了破壞。出發前一週的七月三十一日，三島打電話給她。

他在電話中說，他不能去了。

「工作上發生了很大的變化，明天要去其他地方出差。妳特地為我改變了計畫，真不好意思。」

「是喔……但這也沒辦法。」

雖然淳子很失望，也對三島很生氣，但她也是通情達理的人，不會為這種事抱怨，但還是忍不住說：「那我乾脆也不去了。」

三島立刻緊張起來，不，是她隔著電話察覺到三島的緊張。「那怎麼行？妳還是去比較好，不，我認為妳應該去。」

「是嗎？」

「機會難得啊，拜託妳，還是按原計畫去吧。如果妳不去，我會很自責。」

「你不需要自責啊，是我自己決定不去的。」

「全都是因為我的關係啊，拜託妳，不要取消啦，妳不是說，想找回『什麼』嗎？我希望妳不要放棄。」

聽到三島充滿熱忱的說服，淳子被打動了，失望的心情也漸漸消失。

「嗯，好吧，那我自己去。」

聽到她這麼說，三島似乎鬆了一口氣。

「這就對了，很高興聽妳這麼說。」

「你明天要去哪裡出差？」

「北方，北海道和青森一帶。」

「是喔。」三島之前從來沒有去那裡出差過。「在我出發之前，記得再打電話給我。」

「好，我一定會打。」

掛上電話時，淳子決定要去旅行。就像三島說的，不能浪費這次機會。

三島在三天後打來的電話再度動搖了她的決心。三島在電話中再三確認淳子要在七日出發這件事，聽到她說，一定會出國後，才終於放了心。

「對了，有一件事想要拜託妳。」

「什麼事？」

「六日上午，有東西會寄到航空事業本部的資材倉庫，豐臣商事寄的，是一個大木箱，收件人是妳，裡面是書籍和事務儀器，希望妳幫我收一下。」

「然後呢？」

「妳幫我拿去第三停機庫後方，就這樣而已。」

「只要放在停機庫後方就好了嗎？會有人來拿嗎？」

「會有其他人去拿。」

「聽起來好像很可疑，你想要做什麼嗎？」

「我只能說，是一項極機密的研究。對不起，下次見面再告訴妳詳細情況。」

「是喔，原來是極機密研究。好吧，那個東西我搬得動嗎？」

「不，很重，可能需要揀貨起重機，如果妳不會用，可以請倉庫的人幫忙妳搬上揀貨起重機，不過，最好不要對別人說太多。而且，希望妳早一點去領貨，太晚去的話，倉庫的人打電話去妳辦公室就很囉嗦。」

「好，我會盡量處理，就只有這件事嗎？」

「對，不好意思，拜託妳了。」

「這點小事沒關係，對了，你要我帶什麼回來送你？」

「不用了，妳要保重身體，希望妳旅途愉快。」

「謝謝，那我到時候再告訴你旅途的見聞。」

三島在電話的另一頭沉默片刻，然後才說：

「希望妳在這趟旅行中忘記所有的一切，所有的一切。」

「嗯，我知道。」

「那就再見了。」

「晚安。」淳子掛上電話。

不久，她覺得有點不太對勁。她突然很在意三島說的話。忘記所有的一切是什麼意思？聽電話時，她解釋為拋開一切煩惱，但她漸漸覺得似乎話中有話。忘記所有的一切——是不是代表也要忘了三島？而且，他最後說「再見」，平時都是說「晚安」。

淳子極度不安，第二天打電話到三島的辦公室。為了避免遭到懷疑，她謊稱是人事部的職員，有事想要確認，必須和三島聯絡。

接電話的人告訴她，三島目前人在福井縣的美濱。

「美濱？不是去北海道或是青森嗎？」

淳子的內心隱隱作痛。三島人在美濱，根本沒去出差。

「請問是哪一位？」

對方似乎起了疑心，但她還有一件事想要確認。

「請問三島先生原本是否預定在今年夏天去國外出差？」

對方的回答十分明確。

「三島嗎？沒有，我沒聽說過。」

「喔……是嗎？」

「有什麼問題嗎？」

「不，沒有問題，好像是我搞錯了。謝謝。」她急忙掛上電話，愣在原地，只有心跳加速。

從頭到尾都是謊言。他根本沒打算在德國見面。

為什麼要說謊？

目的只有一個，就是試圖改變淳子的行程，但為什麼要改變？

淳子一開始以為三島打算趁自己旅行時，和其他女人見面，但她隨即露出自嘲的苦笑，捨棄了這個想法。三島根本不需要做這種小動作。他們既沒有結婚，也沒有約定共同的未來，如果他喜歡別的女人，根本不必在意淳子，可以直接投入對方的懷抱。

希望妳八月八日到德國——她想起三島曾經這麼對她說。三島具體指定八月八日這件事，讓她耿耿於懷。

淳子想，他該不會打算在八月八日做什麼？但對他來說，在做這件事時，我在日本會妨礙他。我到底會妨礙他什麼？我知道什麼對他不利的事嗎？他擔心我告訴別人嗎？我到底知道他什麼？

想到這裡，淳子不由得感到空虛。自己對他一無所知，因為他從來不談論自己。他隨身攜帶的照片上的少年似乎是他兒子，但他甚至沒有提過他兒子的事。

但淳子覺得不能怪三島，自己也一樣。她從來沒有告訴三島，自己曾經和有家室的男人深交，也隱瞞了對方是她的直屬上司，曾經為他墮胎的事；三島也不知道她和那個男人分手時，那個男人運用職權，把她從重機事業本部調到航空事業本部，成為公司女職員調職時的特例；三島更無法想像，她在這家公司工作十年，完全是為了和那個男人賭一口氣。

因為他從來不問。淳子想起大約一年前的事。她在員工食堂巧遇來航空事業本部出差的三島，以前，他所屬的重機開發事業總部屬於重機事業本部時，兩個人的辦公室比較近，遇到時會點頭打招呼。

「原來妳躲在這裡。」這是他在重逢後說的第一句話。

因為他提到「躲」這個字，淳子以為他知道自己調職的理由，但聊了幾句之後，發現並非如此。

「因為妳突然不見了，我一直很在意，所以平時很留意，不知道妳調到哪個部門了。」

「你可以去問以前辦公室的人。」

「是沒錯啦，但不是很奇怪嗎？會讓人以為我居心不良。」

事到如今，不知道當時的他是否有不良居心，但淳子認為應該沒有，而是重逢之後，他們很自然地越走越近。他從來不多問她的事，所以他們的關係也越來越深入。同樣地，她也很少對他追根究底。雖然從某種意義上來說，這種關係很空虛，但也很自在。

想到這裡，淳子突然想起一件事。

差不多一個月前，三島拜託了她一件奇妙的事。

三島要求她去篡改技術本館出入人員登記表。六月九日和七月十日都登記了三島的名字，希望她改成其他人的名字。

「兩次都是用鉛筆寫的，妳擦掉之後，用原子筆寫上別人的名字。隨便誰的名字都可以，最好是偶爾會去航空事業本部的人，但不要太常去的，不然可能會發現筆跡不一樣，妳就看著辦吧。」

「你把識別證借給別人用嗎？」

「是啊，妳願意幫忙嗎？」

「嗯，我會試試看。」

淳子沒有問他把識別證借給了誰，為什麼他的姓名不能繼續留在登記本上。她在這個問題上，也遵守了兩人之間默契。只是從那個時候開始，她漸漸有一種不祥的預感，覺得三島似乎準備踏進一個危險的世界。

和篡改登記表有關嗎？

還有另一件值得在意的事。就是六日那天寄來的箱子。那件事也很奇怪，裡面到底是什麼？

直接問三島是最迅速的解決方法。她知道三島的手機號碼，但是，她還在猶豫該不該打電話。他一定會假裝自己在北海道或東北，自己該如何回應？如果質問他，其實根本在美濱，不知道會有怎樣的結果？不會怎麼樣，只有兩個人的關係從此畫上句點，也可能會毀了他設計的一切。她很擔心自己的一通電話會破壞某些事。

她漸漸深信，三島打算在八月八日做什麼事，只是她無法想像是什麼事，只知道絕對不是什麼好事。

她開始猶豫，不知道該不該按原計畫出國旅行。一旦中止，或許真的會破壞三島的計畫，但在這種情況下，她實在不想出國。

左思右想之後，她想到一個折衷方案。延遲一天出國。把出發日期改到八日，如果在自己出國之前，沒有發生任何事，就告訴自己要放心。於是，她要求旅行社變更日期，對方回答她，剛好有小牧出發，途經關西機場的班機。

今天就是她出發的日子——

今天早上出門前，她在家裡得知了新陽事件，但因為事件的規模太大，淳子無法立刻和自己產生連結，只是以旁觀者的身分覺得發生了駭人聽聞的事。

直到她得知被偷的直升機是錦重工業製造時，才產生了窒息般的衝擊。而且，直升機原本停在第三停機庫。前天，她受三島之託，把木箱送去的地方正是第三停機庫。

更重要的是，這起事件和核電廠有關。這些因素都和三島有關。難道他計畫的就是這件事？

但她同時也覺得難以置信。他不可能做這麼驚天動地的事，只是巧合而已。他得知這件事，一定也會震驚不已，但是——

左思右想後，她還是決定帶著行李箱來機場。雖然她已經完全沒有心情出國旅行，但她想不到其他可以做的事。

到了機場之後，她沒有吃飯，就來到入境大廳的電視前瞭解事件的進展，她打算根據事件的發展決定自己該怎麼做。

但是，直至目前為止的發展，她完全找不出任何根據可以斷言這起事件和三島無關，反而可以強烈感受到三島的影子。尤其是營救孩子那件事。淳子想起他隨身攜帶的那張照片。她終於忍不住打電話給他，即使因為這通電話造成分手，她也只能認了。

但是，電話無法接通。三島似乎關掉了手機電源。她想了一下原因，但最後還是理不出頭緒。

她再度回到入境大廳，直到前一刻，她都目不轉睛地盯著電視畫面。

距離辦理登機手續截止時間只剩下五分鐘。

「還有五分鐘。」

機場警察牧野看著手錶嘀咕道。他和同事清水假裝是機場工作人員，站在辦理登機手續的櫃檯旁。他們的目光巡視著前來辦理登記手續的旅客，但大部分旅客都在辦理一個多小時後起飛班機的登機手續。和國內線不同，很少有人在出發前一刻才匆匆趕來辦理手續。

牧野手上拿著一張照片，是一個長頭髮、典型日本美女的臉部照片。照片上的女人表情很僵硬，因為這是從錦重工業員工登記資料影印下來的黑白照片，而且還是用傳真寄過來，很多細節都看不清楚，當事人的樣子可能和照片上完全不同。

牧野的左耳內有一個耳機，耳機傳來聲音。

「牧野，聽得到嗎？」是機場警察分局的無線總部在呼叫。

牧野按了藏在手心裡的對講機開關，小聲地回答：「聽得到。」

「旅行社和航空公司都沒有接到取消的電話，直到最後都不能大意。」
「瞭解，但已經沒時間了。」
「聽說赤嶺淳子經常出國，可能以為稍微遲到也不會有問題。」
「知道了。」
真希望自己也可以經常出國。牧野心想道，斜眼瞥了一眼櫃檯上方。那裡是將在一小時後出發前往法蘭克福班機的旅客名單，其中只有赤嶺淳子還沒有辦理登機手續。
牧野忍不住焦急起來，擔心赤嶺淳子發現自己和同事在這裡監視。

赤嶺淳子拉著底部有輪子的行李箱走出入境大廳，走向出境大廳的方向。中途有一個派出所，幾名警官進進出出。淳子呆然地看著他們，經過了派出所。
淳子已經放棄辦理登機手續，她來到出境大廳，是想辦理取消手續。
和一個小時前一樣，她經過入口。她的心情和行李箱都變重了，她甚至不想走路。
辦理登機手續櫃檯前大排長龍。她猶豫了一下，最後轉身離開了。光是想像自己撥開人群，擠到櫃檯前要求取消班機，心情就忍不住憂鬱起來。她打算找一個公用電話，在電話中比較容易說取消的理由。只要說自己在路上遇到了車禍，對方或許會表示同情。
她拖著沉重的腳步走出航站大廈，再度把行李箱推向入境大廳。不久之前，她作夢都不會想到自己會帶著這種心情迎接今天這個出遊的日子。
她的肩膀被人撞了一下，身後的人撞到了她。她驚訝地一回頭，發現是穿著制服的警官。
「啊，對不起。」年輕警官看著淳子的臉道歉後快步離開了。今天好像到處都是警察，是不是和新陽事件有關？

那件事和三島幸一有關——她已經對此深信不疑。不僅是因為最近他經常拜託她做一些奇怪的事，而是她想起他這一陣子不太對勁。即使在一起的時候，他也總是心事重重。

緊張和恐懼宛如海浪般打向她的心頭。她感到頭痛，想要嘔吐，甚至走路都有點困難。

入境大廳的入口就在前方，但她這次沒有走進去，而是從沿著建築物的步道向左轉。再轉一個彎，就是計程車招呼站。也許應該在搭計程車前先打電話。

剛才超越淳子的年輕警官站在轉角處，他和另一名警官眼神銳利地注視四處，似乎正在找人。他們手上都拿著紙，不時低頭看一下。可能是要找的人的照片。

淳子走過他們面前，兩名警官看了她一眼，但什麼都沒說。

她東張西望找電話，突然感到天昏地暗，身體失去了重心。她立刻蹲了下來。心跳加速，好像剛完成一場全速賽跑。

「妳怎麼了？沒事吧？」一個男人的聲音問道。淳子用手摸著額頭，輕輕點了點頭。探頭看著她的是剛才的年輕警官。

「對不起，我沒事，只是有點頭暈。」

「妳站起來時別太快了。」

「好，我已經沒事了。」她撐著行李箱站了起來，覺得仍然有點暈眩。

「妳可以走嗎？」

「可以。」

「是不是先找個地方讓她坐一下？」另一個有點年紀的警官說。

「好的。」年輕警官說完，拿起行李箱。

「不、不用了，沒關係。」

「妳的臉色很差，分局裡有簡單的床可以休息一下。」

淳子搖著頭。「我已經沒事了，謝謝。」

「那就好……妳去哪裡旅行？」警官問。

「呃，是歐洲。」她覺得說自己取消行程很奇怪，所以就說了謊。

「是嗎？真羨慕啊，但妳好像太累了。」

「好像是。」

「回家之後，最好馬上休息，可能還沒有適應時差。」

「好，我知道。」

「那就請妳路上小心。」警官說著，把行李箱推到淳子面前。他低頭看著行李箱，頓時停了手。

她不知道發生了什麼事，也低頭看自己的行李箱。把手旁貼著印了「J. AKAMINE」㉑的貼紙。

警官再度審視她的臉，然後一臉不解地問：「妳是赤嶺小姐？」

「對啊……」

他的眼中露出驚訝，他看著淳子叫了一聲：「股長。」

剛才那位上了年紀的警官回答：「怎麼了？」

「找到了。」年輕警官回答，他的臉上已經沒有前一刻的溫柔表情。

上了年紀的警官跑了過來，淳子看著他，又看看年輕警官銳利的視線，搞不懂發生了什

㉑AKAMINE為赤嶺的日文拼音，J則為淳子（Junko）的縮寫。

麼狀況。他們找到了什麼？我做了什麼？

混亂中，她隱約想到一件事。自己或許應該昨天就去德國。

40

關根駕駛的可樂娜一下長濱交流道，室伏的呼叫器就響了。應該是總部打來的。雖然他違抗上司的指示來到長濱，但在來這裡的路上，已經和總部聯絡了。室伏的上司澤井股長很瞭解他，也拿他無可奈何。

把車子停在路邊，用公用電話和澤井聯絡後，得知已經找到雜賀租屋的房屋仲介公司，澤井指示他們和長濱警察分局的人會合，簡直好像算準了時機。

「如果真是雜賀幹的，你要請客喔。」室伏對澤井說。

「好，我會考慮。」澤井的聲音難掩興奮。

之後，室伏立刻打電話到長濱分局，約定了會合地點。

「終於要和雜賀正面對決了。」

「現在還無法確定是他幹的。」室伏說。

長濱車站前有一個很大的圓環，車站大樓對面是大型超市大樓，站在大樓上可以清楚看到周圍的情況。關根轉動方向盤，緩緩繞著圓環前進。一個身穿灰色馬球衫、年約四十的男子站在車站入口，他手上拿著扇子，對著臉用力搧著。這也是他們約定的訊號。關根把車子停在他面前。

室伏打開副駕駛座的車窗問：「請問是水沼先生嗎？」

「對，你好。」男子搖著扇子，對他欠身打招呼。

「上車吧。」室伏打開後方車門的門鎖。

長濱警察分局的水沼一坐上後車座，立刻深有感慨地說：「啊，終於鬆了一口氣。」他似乎在說車內的冷氣。

「長濱分局今天也禁止開冷氣嗎？」室伏問。

「對啊，這裡夏天不開冷氣會死人的，而且今天是今年夏天以來最熱的一天。」

「是嗎？難怪。」室伏附和著。水沼說話帶著京都腔，勾起了他的懷念之情。

關根問：「房屋仲介公司就在這附近嗎？」

「對，離開這個圓環後往右轉，然後一直往前開。」

關根把車子開向水沼指示的方向。

「沒想到這麼快就找到了。」室伏轉頭對後方說。他是指雜賀住的地方。

「這裡是小地方，不過，運氣也很好。今天有很多房屋仲介都休息，打電話都接不通。剛好打通那一家，結果就找到了，否則的話，恐怕今天沒辦法找到。」

「房屋仲介為什麼今天休息？」關根嘟囔道。

「因為沒有冷氣，大家都覺得沒辦法工作，所以乾脆臨時放假。而且，也有人擔心會發生重大事故，就攜家帶眷逃走了。這條路平時會有更多人。」

從車站前筆直延伸的商店街上人影稀疏，也有不少商店拉下了鐵門。從新建的房子和漂亮的馬路來看，這裡平時應該是充滿活力的街道。

「你是怎麼問房屋仲介的？」室伏問。

「就是按照總部的指示，問一下有沒有人從去年年底到今年年初，在長濱市內租屋，年紀從將近三十歲到四十歲左右，沒有清楚交代以前的工作和住址，自稱是雜賀的可能性相當高。差不多就是這樣。啊，就是那裡，就是左側那家店。」水沼指著左側，關根踩了煞車，把車子停在路邊。

掛著「大森不動產」招牌的房屋仲介是一間門面大約兩公尺左右的小店，入口的玻璃門上貼了很多出租公寓的廣告。

水沼帶著室伏和關根走了進去，正在看電視的肥胖男人慌慌張張地站了起來。

「不好意思，打擾你了，我是剛才和你聯絡的長濱分局的人。」水沼說道。

「啊，你好。」老闆打量三位刑警後，對後方叫了一聲：「喂，趕快端冷飲出來。」他太太似乎在裡面。

「不用，不用忙了，還是先請教一下那位租屋客人的情況。」

「喔，好好，我知道。」

肥胖的老闆把放在一旁的厚實資料夾放在桌上，他的眼鏡已經卡進了臉頰肉裡，而且汗水滴在眼鏡上。室內沒有開冷氣，再加上空氣潮濕，感覺很悶熱。他似乎忠實遵守政府的呼籲，室伏覺得這位肥胖的老闆今天一天就可以流掉超過一公升的汗。

「呃，雜賀勳，年齡三十八歲。」房屋仲介的老闆把資料夾放在刑警面前時說。

上面還寫著雜賀以前的住址和職業。住址是福井縣大飯郡大飯町，職業是在亞瑪奇清潔公司任職。他並沒有說謊。

「沒有戶籍謄本嗎？」水沼問。

老闆輕輕笑了一下，抓了抓臉頰。

「這位客人沒有交這類證明文件，但他預付了十個月的房租。雖然我覺得很莫名其妙，但那種破房子不可能用來當黑道幫派的事務所，所以我也沒有多追究，就出租給他了。」然後，他壓低嗓門問：

「他幹了什麼壞事嗎？」

「目前還不知道。」室伏回答，老闆縮起粗肥的脖子。

「離這裡很遠嗎？」水沼問。

「走路的話有點遠，我開車帶你們去。」

「不，我們也開車，我們會跟在你後面。」室伏說。

房屋仲介老闆開白色的三菱Mirage，關根開車跟在後面。

「你們怎麼查到這個人的？」水沼問。

因為水沼幫了大忙，室伏把大致的過程告訴了他。水沼聽完後說：「果然很可疑。」雖然他的眼神很平靜，但那是刑警的眼神。

「那些反核、反核電廠的人有時候很激進。」他說。

「這裡也有反核運動嗎？」關根邊開車邊問道。

「當然有啊，尤其因為琵琶湖的關係。」

「琵琶湖？」

「他們說，一旦若狹和敦賀的核電廠發生事故，放射性物質就會流進琵琶湖，所以，為了保護琵琶湖免受輻射汙染，他們有時候會舉行抗議活動，最近倒是比較少見。」

原來每個地方的反核情況各不相同。室伏聽水沼說時，忍不住這麼想道。

前方的Mirage轉進了岔路，經過兩側都是漂亮房子的街道，還有賣玻璃工藝品的商店。Mirage轉了幾個彎之後停了下來，附近的房子感覺很雜亂。關根也停了車。

三名刑警站在冒著熱氣的柏油路上。

「就是那棟公寓。」房屋仲介的老闆用髒手帕擦著脖子上的汗水，指著前方說道。那裡是一棟長方形的米色三層樓老舊建築，外牆上有好幾道裂痕，還有好幾條汙漬的痕跡。

室伏觀察了周圍，沿著道路建造的每棟房子都有不同的感覺。有木造的老房子，也有用最新工法建造的新住宅，房子和房子之間的距離很近，搞不好可以聽到隔壁住戶的聲音。每棟房子都有一個狹小的庭院，都不約而同地放了一個鐵櫃子，而且幾乎每棟房子前都停了腳踏車，從這裡走到車站的確有一大段距離。

幾名刑警跟著房屋仲介的老闆走向公寓，那棟公寓有外側樓梯，但老闆沒有走樓梯，而是走向一樓。這裡也和隔壁的房子圍牆很近，雖然是大白天，光線卻很暗。

「請等一下。」室伏叫住了老闆，「是哪一個房間？」

「從裡面數過來第二間，一〇五室。」

「第二間嗎？」

室伏繞到房子後方。一〇五室的窗戶關著，窗簾也拉了起來，室內沒有開冷氣。室伏把耳邊貼近窗戶，完全沒有聽到任何動靜。

確認之後，他走回原來的地方，對關根說：「家裡好像沒人。這麼熱的天氣，如果不開冷氣，不可能門窗緊閉。」

「怎麼辦？」

「先按門鈴再說，你去守住後面的窗戶。」

「好。」關根立刻繞去屋後。

室伏和水沼跟著房屋仲介的老闆來到一〇五室的門前。門旁有一個很粗糙的門鈴，按了門鈴後，屋內沒有反應。他們又敲了兩次門，屋內沒有動靜。

「果然沒有人在家。」水沼說。

「是啊，但真希望看一下屋內的情況……」室伏在門的周圍張望。廚房的窗戶也關了，完全看不到屋內的情況，但他沒有權限要求老闆把門打開。

「大森先生，你手上有備用鑰匙吧？」水沼問房屋仲介的老闆，「可不可以把門打開一下？」

「我無所謂啊，你們可以隨便進去嗎？不需要搜索票嗎？」大森的大眼睛輪流看著水沼和室伏。

「我們不會進去，只在門口張望一下。」水沼說。

「是嗎？既然你這麼說，我就打開了，但我不想捲入麻煩事。」

老闆從長褲口袋裡拿出鑰匙，塞進鎖孔內轉動了一下，立刻聽到喀答的開鎖聲音。

「你往後退。」水沼要求仲介往後退，然後戴上手套，轉動門把。室伏也戴上了手套。水沼緩緩打開門。屋內除了廚房以外，只有一個房間，站在玄關就可以看到後方的窗戶。

「哇，太可怕了。」室伏忍不住叫了起來。因為屋內異常雜亂，資料、紙屑，以及好像是機械零件的東西散落一地，室伏愣在原地片刻。

「簡直就像是垃圾場。」水沼說。

「對啊。」

「要不要進去察看一下？」

「但是……」

「應該沒問題，」水沼看著門口的方向笑了笑，「如果和這次的事情無關，就當作沒進來過。那個老闆也不會去亂說的。」

室伏對他笑了笑，回報了他的好意。

「也對，那我就不客氣了。」

雖然他嘴上這麼說，但不知道該怎麼進去。地上丟滿了速食品的容器、零食袋和啤酒罐，室伏小心翼翼地踩在可以看到榻榻米的地方走了進去，不一會兒，關根也進來了。

「哇，這裡真髒啊。」他用力吸著鼻子。

「而且好臭。」

室內除了垃圾以外，還有不少用途不明的工具、電線和金屬片，還堆了不少雜誌和商品簡介，大部分都是電子技術的雜誌，商品簡介上詳細介紹了電子零件的特性。

「室伏先生，這是什麼機器？」關根指著房間角落的矮桌問，矮桌上放著電腦和測量儀器，還放了一個看起來是自製的鋁箱，和十四英寸的電視差不多大小，正面有很多開關和把手，用一根電線和旁邊另一個有天線的小型儀器連在一起。小型儀器看起來是用市售商品改造的。室伏也搞不懂到底是什麼。

「我怎麼可能知道？但你不要亂動這些東西。」室伏說，他越看越覺得不對勁。

打開壁櫥，上層是被褥和毛毯，下層放了一個紙箱。室伏往紙箱內一看，發現裡面丟了一些髒衣物和日用品。

「這裡感覺像是臨時落腳處。」關根說。室伏也有同感。

「找一下有沒有什麼東西可以瞭解雜賀的身分。」

「我正在找，但根本沒有地方可以站。」關根好像在走平衡木般穿越了房間。

「如果有可能留下指紋的東西，記得收起來。」

「沒問題嗎？」

「事到如今，不必理會那些手續。」

水沼從玄關走了進來。

「我剛才向公寓的鄰居打聽了一下，今天中午之前，雜賀還在這裡，沒有人知道他幾點離開。」

「他有車嗎？」

「鄰居說，沒看過他開車。」

「是嗎……？」

雜賀去了哪裡？很快就會回來嗎？

「室伏先生。」關根叫了起來。他把臉湊在當成垃圾桶使用的紙箱前。

「怎麼了？」

「這裡……好像有很多撕碎的圖紙之類的，有些地方還寫了字。」

室伏小心翼翼地走到關根身旁，紙箱內都是撕碎的紙片，也有一些圖紙和看不懂的符號。室伏猜想可能是電腦的程式。

「看不懂是什麼，還是去申請搜索令，請專家鑑定一下。」

室伏嘟囔著，拿起一張一張紙片看了起來，但他的手很快停了下來，身體微微抖了一下。

「喂，趕快聯絡總部。」他用壓抑的聲音說道。

「怎麼了？」關根問，水沼也伸長脖子。

「這次可以叫股長請客了……」

「啊？」

「中了。新陽事件就是雜賀幹的。」

「什麼？真的嗎？」關根瞪大眼睛。

「你看看這個。」室伏把紙片遞到他面前。

那也是被撕碎的圖紙，但可以清楚看到上面印的字。上面寫著——

錦重工業航空事業本部。

而且，還是機密資料。

41

新陽發電廠廠長中塚正在打電話給中央控制室。

「西岡，你聽好了，最後時限設定在兩點，兩點一到，反應爐立刻停止運轉，知道了嗎？」他一字一句清楚地說道，以免對方聽錯。

「兩點嗎？會不會提早？」

「有可能，但目前暫時決定兩點，你們作好心理準備。」

「好。」

「由你們操作停止運轉，我會讓緊急控制室的人在那之前撤退。」

「這樣比較好，要用正常停止的方式嗎？」

「不，緊急停止。你應該已經聽小寺說了，歹徒正在監測排水口的溫度，如果慢慢減少發電量，歹徒可能會在中途察覺溫度變化，讓直升機墜落，到時候你們就沒時間逃了。」

「瞭解。」

「按下緊急開關後，立刻從現場撤離。至於撤離地點，就去你剛才提議的安全罩。我已經和爐燃總公司討論過，他們也認為那裡比較妥當。」

「好，那裡應該萬無一失。」運轉課的西岡課長斷言道。

「之後，就用消防人員的對講機聯絡，但在安全罩內，可能收不到訊號，所以你要有心理準備。反正再聽從消防隊員的指示，總之，千萬不要輕舉妄動。」

「是啊，我們會像蝸牛一樣躲在殼裡不動。」

「有什麼狀況，我會隨時和你聯絡。」中塚說完，掛上了電話，然後看著窗外的反應爐。他在剛才的電話中沒有提到安全罩可能毀壞的可能性，雖然他很擔心，但眼前找不到其他的方法。要是安全罩有可能遭到破壞，其他地方遠比安全罩更危險。

「中塚先生。」消防隊的佐久間隊長跑了進來，他的神情比剛才更緊張了。「什麼時候開始撤退？」

「我剛才已經通知中央控制室，預定在兩點停機……」

「所以說，」消防隊長在腦海中盤算著，「在十分鐘前，就要離開這裡，搭車穿越隧道……最好能夠提前十五分鐘。」

「我打算在此之前，指示職員撤離這裡。」

「這樣比較好，如果同時撤退，隧道入口可能會陷入混亂。」

「我留在這裡。」

中塚說，佐久間露出意外的表情，然後重重地嘆了一口氣。

「就像即將沉船的船長一樣嗎？請你不要這樣。」

「不，我想要確認西岡他們平安，我無法讓他們在最後的關頭面臨危險，自己卻臨陣脫逃。而且，萬一發生什麼狀況時，必須在這裡發出指示。因此，必須由充分瞭解新陽的人坐陣指揮。」

「可以從灰木村觀察啊。」

「太遠了，發生狀況時，只有在這裡能夠看到。為了向西岡他們發出正確的指示，我必須留在這裡。」

「我瞭解，但是……」

「剛才救那個孩子時，直升機也可能墜落，但那時候大家都留在這裡。」

「現在的情況和那時候不一樣，歹徒這次會讓直升機墜落，墜落的地點也掌握在歹徒手中，沒人知道會不會墜落在這棟房子附近，所以，我們也讓消防車分散待命。」

中塚搖了搖頭，重複了剛才的話：「需要有人向西岡他們發出指示。」

佐久間用大手擦了擦臉，然後，又擦在褲子上。

「真是拿你沒轍。那我會派一名拿對講機的消防隊員和你在一起，在指示反應爐停機後，請你絕對不能離開他。」

「好。」

佐久間大步走向湯原他們說：「你們現在可以撤離嗎？眼前的情況，恐怕已經無能為力了。」

「是啊……」

正當直升機技師懊惱地點著頭時，警備部長今枝衝了進來。

「湯原先生在嗎？」

「我在。」湯原回答。

「剛才接到總部聯絡，似乎發現了歹徒的老巢。」今枝的聲音響徹整個房間。在場的職員都叫了起來。

「真的嗎？」中塚問。

「目前還沒有確鑿的證據，但相當有可能就是本案的嫌犯。他的房間內有自製的複雜無線電裝置，還有印著錦重工業航空事業本部的圖紙。」

「已經抓到他了嗎？」問話的是三島，他的聲音有點緊張。

「偵查員趕到時，嫌犯不在家。雖然偵查員在現場監視，但可能已經逃走，目前正動員滋賀縣警全力追捕。」

「滋賀縣嗎？」湯原問。

「在長濱市。」

「真厲害，在這麼短的時間就找到了。」小寺欽佩地搖著頭。

「怎麼發現他的？」湯原問。

「就是我剛才向你們提到的前自衛隊員，目前參加了曾經在核電廠下游承包商工作，因為受到輻射而死的同事職災給付問題的抗議活動。他這次的行動，可能是為以前的同事報仇。」

「前自衛隊員……」湯原不解地偏著頭。

「無線電裝置是怎樣的裝置？」山下問。

「不知道。所以，已經派人把歹徒家中所有的東西——包括儀器和圖紙——都用直升機立刻送來這裡。」警備部長看了一下手錶。「順利的話，二、三十分鐘就可以送到。」

「二、三十分鐘……」消防隊長看著手錶。

「那時候必須開始撤離……」

「不，如果有解決方案，或許可以延遲反應爐停機的時間。」中塚說。「當然，如果有解決方案的話。」說完，他看著兩位直升機專家。

「看到裝置之前，很難說什麼。」湯原的回答充滿技術人員的謹慎。

其他人都無法接話，現場陷入了短暫的沉默。

「如果那就是遙控裝置，代表歹徒已經無法操控直升機，」小寺看著中塚，「所以隨時可以停止反應爐。」

「目前還無法下結論。」中塚提醒道。

「無論如何，」警備部長說，「總算出現了一線曙光。」

中塚也由衷地這麼希望。

42

三島走向窗邊，離開了眾人，抬頭看著新陽上空。大B在和幾個小時前差不多的位置盤旋，眼前暫時還不會墜落，不過，聽雜賀說，「感覺它要墜落時，其實已經在墜落了」。

看來他順利逃脫了——

真是千鈞一髮。沒想到警方這麼快就查到了雜賀，三島原本以為警方會先查到自己。當他從湯原口中得知警方正在追查一個姓「雜賀」的男人時，立刻通知了雜賀，否則，現在所有的計畫都泡湯了。

希望他今天不要被逮到，不，只要再撐一個小時就好——三島為不知道逃去哪裡的搭檔祈禱。他完全猜不到雜賀會逃去哪裡。

不，其實他甚至不知道雜賀的本名，他一直覺得雜賀應該是假名。因為雜賀從來不談論自己的事，所以他以為姓名也是假的。

他們是在今年一月認識的。因為美花核電廠要更換蒸氣產生器，所以三島來到美濱町差不多有半年的時間，那天，他去參加了一場在岐阜市勞動會館舉行的集會，集會的宗旨是控訴在核電廠下游工人所承受的輻射危險。當時，三島因為某種原因，只要有機會，就去參加反核電廠的集會。那是一場連署集會，因白血病死亡的作業員的哥哥和母親，請眾人為親人的死申請職災給付連署。

那個作業員名叫田邊佳之，三島對死者所屬的大東電機也很熟悉。大東電機專門負責為若狹灣的幾家核電廠反應爐做定期維修，但他從來沒有見過那個姓田邊的作業員。

對放射線後遺症深有研究的知名國立大學助理教授站在講台上疾呼，政府必須承認，這個國家的核電政策是建立在犧牲眾多作業員的基礎上。三島也有同感，認為這個主張並沒有錯，但他想要補充一句話，他覺得那些自認為和核電無關的一般民眾，也必須認清這個事實。

演講結束，三島起身離席時，身後有人拍他的肩膀。回頭一看，一個尖下巴的高個子男人嘴角露出神祕的笑容低頭看著自己，眼睛有點鬥雞眼。他的臉色不能說是黝黑，而是接近灰色。

雖然對方的表情有點可怕，但三島想起以前見過他，只是一時想不起來在哪裡見過。

「沒想到廠商的人會來這裡。」那個人說。三島立刻察覺對方是核電廠下游廠商的工人，不一會兒，終於想起來了。

「你是亞瑪奇的……」

「你還記得？」男子的嘴唇像橡皮般向兩側張開，笑了起來。

「你也記得我。」

「當然記得，廠商的人中，只有你會去那種地方。」說完，他挑了挑單側眉毛。

對方是專門負責核電廠維修工作的亞瑪奇清潔公司的員工，去年大飯核電廠進行定期檢查時，不時在更衣室遇到他。通常廠商的技術人員不太會接觸到底層的工人，但那次定期檢查之前剛好發生了一點問題，所以，三島也連日進入重機室。對方說的「那種地方」，就是指一次冷卻室。

「你認識田邊嗎？」對方問。

「不，我不認識。」

「那你為什麼會來這裡？如果被人知道你的真實身分，恐怕會遭到圍攻。」

「我只是臨時想到，所以來看一下。那你呢？你和死者很熟嗎？」

「不能說不認識。」

兩個人走出了會場，男子突然提議：

「要不要去附近喝一杯？有一家店很安靜，不過安靜也是那家店唯一的優點。」

三島有點意外，抬頭看著這個高個子男人。因為他看起來不像會邀人喝酒的人，但三島覺得和他聊一聊也不壞。三島握著口袋裡的車鑰匙，稍微猶豫了一下。他剛才開車來這裡，把三菱越野車帕傑羅停在勞動會館的停車場。

「離這裡很近嗎？」三島問。

「走路十五分鐘左右。」

「那麼，」三島鬆開了口袋裡的鑰匙，「就稍微喝一下吧。」然後邁開了步伐。走在路上時，雙方自我介紹了一下，三島也是在那個時候知道他叫雜賀。

雜賀帶他去的那家店位在一棟狹小老舊大樓的二樓，只有留著白鬍子的老闆獨自站在ㄇ字形的吧檯內，真的是一家很安靜的店。雜賀點了野火雞威士忌純酒，三島因為要開車，所以點了啤酒。

「你對田邊的事有什麼看法？」雜賀問。

「看法？我覺得他很可憐，還這麼年輕。」

「你對白血病有什麼看法？你覺得和他的工作有關嗎？」

「不知道。」三島老實地說，「資訊太少了，只有一個樣本，誰都沒辦法下定論。」

「資訊並不少啊，電力公司有相關資料，內容差不多是這樣的。至今為止，曾有十萬人在田邊工作的核電廠工作，其中因白血病死亡的只有田邊一個人。白血病的自然發病率為十萬人中有四、五人，在核電廠工作者的發病率比自然發病率更低，由此可見，田邊的白血病和工作沒有任何因果關係。」雜賀複述了近畿電力對田邊佳之死亡一事的意見。

「這十萬人是人次，實際人數更少。」三島反駁。

「就是這樣。」雜賀點了點頭。

「這是很簡單的詭計，而且，如果不根據接觸的輻射量進行分類，根本沒有任何意義。」

在那天的演講中提到，田邊佳之的輻射被曝量超過了職災認定基準的「五毫西弗×從事年數」。

「不知道全國有多少人超過職災認定基準。」三島問。

雜賀知道這個數字。

「差不多五千人出頭。」

「是嗎?不過，如果沒有這五千人，日本的核電廠就無法運轉。」

「這我知道。」三島說。

職災認定基準為「五毫西弗×從事年數」，但反應爐限制法等其他法令的極限量為每年五十毫西弗，現實生活中，核電工作人員都是在這個標準範圍內工作。只要不超出這個範圍，就是在法定範圍之內。田邊佳之的被曝量並沒有超過這個法定範圍，所以電力公司主張「公司並沒有責任」。

但是，正如雜賀所說的，正因為有這個成為巧門的基準存在，核電廠才能按計畫運轉。如果把職災認定基準作為法定極限量，核電工作人員身上的警報器就會響個不停，根本無法工作，不可能在三個月內完成定期檢查。

「話說回來，這也是無可奈何的事。」雜賀接過第三杯波本酒時說。「即使有因果關係，這也算是職業病，和護理師受到院內感染的危險相比，根本是小巫見大巫。而且，既然做核電相關的工作，就應該有會受到輻射汙染心理準備。」

「雖然你這麼說，但還是會來參加今天這種集會。」

「今天的並不是反核集會，而是申請職災認定的集會。我剛才也說了，我認識田邊，希望可以幫他多爭取到一些錢。」

「喔，原來是這樣。」

「三島先生，你來這裡的真正目的是什麼?我不認為只是隨便來走一走。」

「就是來隨便走走。」

「真的嗎?」

「真多啊。」

「真的。」三島喝完杯中的啤酒，雜賀並沒有多問。

之後，雜賀把話題轉向奇怪的方向。他問三島有沒有去過航空事業本部。

「小牧的航空事業本部嗎？」

雜賀冷笑了一下，「還有哪裡有？」

「雖然其他地方沒有，但你為什麼問這個問題？」

「因為我很喜歡飛機和直升機，所以，曾經去過那附近幾次。」

「你的興趣真健康。」三島原本想說，人不可貌相。

「三島先生，你沒去過嗎？」雜賀為三島的杯子倒啤酒時再度問道。

「只有偶爾才會去。」

「是嗎？因為工作的關係嗎？」

「不，我的工作和那裡幾乎沒有交集，應該說完全沒有交集，只是有時候不同領域的研究內容可以成為良好的參考，那時候，就會去那裡請教。」

「你最近一次是什麼時候去的？」

「去年夏天，之後就沒再去過。」三島想起就是在那次遇到了赤嶺淳子。

「你對直升機熟不熟？」雜賀問。

「直升機？不懂，一竅不通。」

「航空事業本部正在針對CH-5XJ進行全面改造，你也沒聽說過嗎？」

「是將掃雷直升機的操縱系統電腦化嗎？」

雜賀點點頭，「就是那個。」

「我在公司報上曾經看過介紹，怎麼了嗎？」

「沒事。」雜賀搖了搖頭。「只是問一下你知不知道。」
三島覺得他很奇怪。
三島喝完一瓶啤酒和薑汁汽水後，兩個人走出那家店。冷風吹來，臉都有點凍僵了，「要不要我送你？」三島拿出車鑰匙問雜賀。
「不，不用客氣了。」雜賀笑嘻嘻地說。
三島覺得自己和對方並沒有那麼熟，不必堅持要送他。所以，他輕輕舉起手說：「再見。」轉身離開了。
但背後隨即傳來沉悶的聲音。回頭一看，高大的雜賀倒在柏油路上。三島驚訝地跑了過去，「你沒事吧？」
雜賀的臉色發黑，喘著氣說：「沒事，只是喝太多了。」
三島剛才看到他喝酒，覺得那點波本酒不至於讓他醉得不省人事。於是，他扶著雜賀去附近大樓屋簷下休息。
「你等我一下，我去把車開過來。」三島說完，走向勞動會館，聽到雜賀在身後自暴自棄地說：「不用管我。」
三島把車開回來時，發現雜賀已經不見蹤影。三島以為他體力恢復後自己回家了，所以就慢慢把車子往前開。開了大約兩百公尺後，終於發現了雜賀。他蹲在電話亭後方，三島把車停在電話亭旁，按了一下汽車喇叭。雜賀抬起頭，費力地擠出一個笑容。
三島走下車，打開另一側的車門說：「上車吧。」
雜賀遲疑了一下，不發一語地上了車。
「你住在哪裡？」

「長濱。」

「剛好順路，你先睡一會兒，到了我會叫醒你。」他讓雜賀躺在後車座。

雜賀沿途幾乎沒有說話，但上了高速公路後，他突然問：「這是你兒子嗎？」他似乎看到了貼在副駕駛座前的照片，那是智弘去遠足時拍的。三島回答說：「對。」

「幾歲了？」

三島原本想回答，如果他活著的話，但臨時改變了主意，這種事沒什麼好故弄玄虛的。他說：「已經死了。」

他看不到雜賀的表情。沉默了幾秒後，雜賀表達了感想。

「人生不如意事十之八九。」

「是啊。」之後，兩個人完全陷入沉默。

下了長濱交流道，雜賀說，他要在那裡下車，但三島不可能讓一個病人在周圍沒有民房，也沒有商店的道路中間下車，於是，繼續往市區開。這時，雜賀才終於說出了自己住的地方。

「不好意思。」雜賀下車後，向他道了謝。那時候，他的體力似乎已經恢復。

「不客氣，你趕快進屋吧。」

雜賀舉起右手向他敬禮，搖搖晃晃地走回自己的房間。三島目送他進屋後才離開。當時，三島覺得再也不會看到他了。

兩天後，三島才發現不對勁。

他找不到放在皮夾裡的員工識別證。識別證和信用卡一樣大，皮夾裡還放了好幾張其他的卡，所以他沒有立刻察覺遺失。

他回想最近的行動，但再怎麼努力回想，也不記得曾經把識別證從皮夾裡拿出來。進入核電廠時需要其他識別證，他並沒有放進皮夾。唯一的可能，就是拿皮夾時，識別證不小心掉了出來，但他把皮夾倒過來用力甩了好幾下，插在皮夾裡的其他卡片都沒有掉下來。

五天後，他還是沒找到，正打算向公司報失，沒想到接到了意外的電話。電話是敦賀車站打來的，說有人撿到了他的員工識別證，請他去車站領取。車站可能向公司打聽了他的電話，但即使他問為什麼自己的識別證會在車站，站務人員也說不清楚，只說是一個客人撿到後交到窗口，也沒有留下那位客人的姓名。

三島覺得很奇怪。因為他最近並沒有去過敦賀車站。

翌日，他去車站領取。的確是他的員工識別證。問站務人員在哪裡撿到的，對方回答說不清楚。

幾個星期後，三島再度想起識別證離奇遺失事件。那天，他和赤嶺淳子見了面。

三島也說不清楚自己愛不愛淳子，但他知道自己喜歡她，所以想要見她，見面的時候，也覺得時間過得很快。第一次和她上床時，他就知道不可能和她廝守終生。淳子應該也一樣，所以，彼此不過問過去的事也成為他們相處時的默契。

約會時，通常都是三島去淳子家。那一天，三島也去了她家。他躺在她的床上。

「你昨天有去我們工廠吧。」淳子坐在床邊的桌旁剝橘子皮時問。

「昨天？我沒去啊。」他回答。

「但技術本館的登記簿上有你的名字。」

「登記簿？不可能，怎麼會呢？」

「真的啊，我親眼看到的。重機開發，三島幸一。」從她的表情來看，似乎不像在說謊。

「真的是昨天的日期嗎？會不會是剛好把我去年去那裡時登記的登記資料拿出來？」

她搖了搖頭。

「是昨天的日期，不會錯。」

「真奇怪。」

「我還在想，既然你來了，怎麼沒來找我打聲招呼。」

「那不是我。」

「為什麼？那怎麼會有你的名字？」

「不知道，可能有人冒用我的名字。」

「但要有識別證才能進去……」她說的就是員工識別證。

「我知道了……」

三島想起幾個星期前遺失員工證的事，難道是撿到的人偽造的？

不——

他認為不可能。對方是為了這個目的接近自己，並伺機偷了員工證。那天晚上，三島把皮夾放在大衣口袋裡，喝酒時，他把大衣掛在酒吧的牆上。只要有心，隨時都可以偷走。

難怪雜賀那時候執意不肯搭自己的便車。三島心想。當時，雜賀一心想要趕快逃離自己。

從淳子口中得知這件事的三天後，三島驅車前往長濱。雖然他只去過一次，但那裡是個小地方，他記得雜賀家住哪裡。

他還記得雜賀的房間是一樓從裡面數過來第二間，雖然沒有掛門牌，但其他房間都掛了門牌，所以，他認定就是那一間。

他按了門鈴，沒有人應答，雜賀可能不在家。他試著轉動門把，發現門沒有鎖，一下子就打開了。這代表雜賀很快就會回來。

三島看到屋內的情況，忍不住目瞪口呆。他看到的是一片異常的景象。最先映入他眼中的是一台示波器，以及攤在榻榻米上的大量圖紙。矮桌上放著還未完成的IC板，和用來當作框架的鋁盒，以及沒有插上電源的電焊槍。

看到這些東西，三島確信就是雜賀冒用自己的名字潛入航空事業本部，他並不是普通的核電工作人員。

三島脫下鞋子進了屋，檢查散落一地的圖紙到底是什麼。不知道該說驚訝還是該說不出所料，那些圖紙上印了航空事業本部的文字，只是三島這個外行人完全看不懂是什麼圖紙，但從圖紙上蓋的機密章來看，絕對是雜賀用不正當的手段拿到了這些資料。

房間角落放了一個紙袋，三島也檢查了紙袋。紙袋內有一台筆記型電腦，還有一些電話線和電線，以及一本小型筆記本。三島翻開筆記本，第一頁寫了兩串用數字和英文字母組成的字串，好像是電腦的ID號碼和密碼，下一頁記錄了奇怪的內容。

「警衛一人，晚上十點從第一停機庫開始巡邏，凌晨兩點從第十停機庫開始巡邏，從後門用燈照一下而已。」

三島看不懂是什麼意思，正準備翻開下一頁，有什麼東西從筆記本中掉了出來。一看就知道是錦重工業的員工證，而且上面印的是三島的姓名和號碼，照片卻是雜賀的。除了公司章的顏色稍有不同，和真的員工證沒有任何不同。如果只是在窗口出示一下，根本不知道是偽造的。

這時，背後傳來開門的聲音，雜賀手上拎著便利商店的袋子走了進來，立刻僵在原地，但他立刻發現是三島，又咧著嘴笑了起來。

「原來這個破房子也會有客人上門。」他沒有對三島擅自闖入生氣，反而令人心裡發毛。

三島甩著偽造的員工證問：「這是什麼？到底是怎麼回事？請你解釋一下。」
雜賀冷笑著走進房間，絲毫沒有任何尷尬。
「惡作劇而已，沒什麼大不了，應該不會造成你的困擾。」
「你以為我會接受這種解釋嗎？我知道你用這個潛入航空事業本部。」
雜賀露出有點意外的表情。「會有人嚴格確認那個登記表嗎？」聽他的語氣，好像這才是大問題。
「這種事不重要，我要你把這件事解釋清楚。」
雜賀抓著頭走進房間，把便利商店的袋子放在一旁，盤腿坐在榻榻米。
「和你沒有關係。」
「這怎麼行？我有權利問清楚。」
雜賀用鼻子冷笑著。
「我上次就說過，我對飛機很有興趣，所以想看看別人製造飛機，就這麼簡單。」
「只是看看而已？」
「對。」
「那這是怎麼回事？」三島撿起旁邊的圖紙。
「這些都是航空事業本部的圖紙，我不知道你用什麼方法偷出來的，但你以為可以隨便偷出來嗎？」
雜賀收起了笑容，但隨即又冷笑著。他沒有說話。
「你不想說嗎？那我只能報警了。」
雜賀仍然笑著。他沒有發出聲音，咧著嘴笑著。

「你要不要說實話？只要你說實話，我就不報警，你別想用謊言騙我，我能夠分辨實話和謊話。」

雜賀再度抓了抓頭，緩緩鬆開盤著的腿。「真是拿你沒辦法。」

「你終於打算說了嗎？」

雜賀沒有回答，半蹲著身體，把手伸向壁櫥。三島以為他打算拿什麼東西向他說明，但事情並不是他想的那樣。雜賀突然身手敏捷地撲向三島，手上不知道什麼時候握著一把刀子。三島奮力抵抗，但轉眼之間就被雜賀制伏了，刀子抵在他的喉嚨上。

「要不要我從你這張說不停的嘴巴開始動手？你這個王八蛋真讓人火大。」

雜賀的臉上收起了剛才的笑容。他的眼睛宛如冷血動物。三島忍不住縮起身體，他說不出話。他試圖抵抗，但整個人好像被機器固定般動彈不得。即使隔著衣服，也可以感受到雜賀力大無比。

「你別來煩我，也不要再多問了，把我這個人和在這裡看到的一切都忘了，不准告訴任何人，當然也不許報警，聽懂了嗎？」他的聲音充滿惡意。雜賀每說一句話，銳利的刀尖就碰到三島的喉嚨。

「你到底想幹什麼？」

「你不長耳朵嗎？我不是叫你不准問嗎？」他瞪著眼睛說。

「如果我說會聽你的話，你會相信嗎？搞不好我離開這裡之後，馬上就去報警。」

「喔。」雜賀瞪大眼睛，低頭看著三島。

「你打算這麼做嗎？」

「既然你相信我，不如徹底相信我。我剛才說了，你無論對我說什麼，我都不會報警，我可以保證。」

「你這張嘴真是說不停。」刀尖從喉嚨移向下巴。「我並不是相信你，而是只要你不笨，就知道我的話已經說到這個份上，如果你報警，會有什麼後果。還是說，你以為我只是嚇唬你而已？」

三島沒有說話，雜賀把刀尖稍稍用力，壓進了他的皮膚。「只要你不隨便亂說，我就不會動你，懂了嗎？」

三島緩緩眨了眨眼睛，代替點頭。

「好，這樣很好，硬是想知道你不該知道的事，對你可沒好處。」雜賀緩緩鬆了手，身體也不再壓著三島，最後才把刀子從三島的喉嚨上移開。

這時，雜賀的表情突然發生了變化，他皺著眉頭，瞇起眼睛，好像看到了什麼令人暈眩的東西。他的身體失去了重心，沒有拿刀的手撐在地上，從肩膀的起伏可以察覺他呼吸困難。

「你怎麼了？」三島問。

「沒什麼。」他說話時顯得格外痛苦。

「你不舒服嗎？」

「和你沒有關係，你趕快走吧，我不想再看到你。」

三島覺得雜賀和那天晚上在路上昏倒的情況一樣，對雜賀來說，一定覺得自己昏倒，讓三島送回家是最大的失誤。

「你知道自己的身體哪裡出問題嗎？」三島問。

「你少囉嗦。」

「我幫你找醫生。」

「不要，你不要管我，我不會再使用假員工證了，你可以帶走。」雜賀蜷縮在榻榻米上，一隻手抱著頭，但仍然握著刀子。

三島站起來俯視著他。雜賀也沒有動彈。幾分鐘過去了，雜賀全身突然放鬆，他用力呼吸了幾次後抬起頭。室內的氣溫很低，但他額頭上冒著冷汗。

「你沒事吧？」三島問。

雜賀沒有理會他，只說：「你趕快走吧。」

三島轉身離開，伸出一隻腳準備穿鞋時，雜賀突說：「等一下。」三島回頭看著他。

雜賀吐了一口氣，把刀子丟在榻榻米上。

「你為什麼說不會去報警？」他問。

「啊？」

「你剛才不是說，如果我告訴你實話，你不會報警。你根本不知道我會告訴你什麼。」

三島忍不住苦笑起來。自己的確說了奇怪的話，但並不是信口開河。

「第一，無論航空事業本部發生任何事，都和我沒有關係。其次，」他巡視著室內，「看到這裡的東西，引起了我的好奇心，我覺得可能是有趣的事，想要親眼見識一下到底會發生什麼事。」

「你真是怪胎。」

「是嗎？」

「還有其他理由嗎？」

「就這樣而已。」

「是喔。」雜賀伸出雙腿，靠在牆上坐好。

一陣空虛的沉默。這次比上次更長。雜賀把丟在角落的毛毯拉了過來，披在身上。三島也把手放進大衣口袋，拉了拉衣襟。

雜賀開了口。

「我只是想要玩具。」他的聲音很慵懶。

「玩具？」

雜賀從攤在地上的資料中拿起一張照片，遞到三島面前。照片上是自衛隊的直升機，一架大型直升機。

「CH-5XJ，就是我上次和你提過的那架。」

三島驚訝地看著雜賀的臉，「你要偷那架直升機？」

「是啊。」

「怎麼偷？」

「讓它從錦重工業的停機庫飛出來，佔為己有。」

「你會開直升機嗎？」

「我開過小的，但不會開大B。」

「大……什麼？」

「就是那架直升機的名字。」說著，他從三島手上拿回了照片，「但並不需要我開。」

「你有朋友嗎？」三島問。

雜賀聳了聳肩，「說朋友也算是朋友，只是要從現在開始調教。」

三島思考著這個男人說話的意思，立刻就想到了。

「電腦嗎？」

「答對了。」雜賀從毛毯中探出頭，點了點頭。「CH-5XJ可以透過衛星導航系統確認自己的位置，按照事先輸入程式的飛行模式，在事先輸入程式的航線上飛行。所以，只要讓直升機從停機庫駛出來，發動引擎，移到可以起飛的位置，即使不需要飛行員，也可以飛到任何地方。」

「太厲害了。」他的這番話，改變了三島對直升機的認識。

「那架直升機很特別。」

「你打算飛去哪裡？」

「現在還沒有決定，但不管飛到哪裡都好。」

「必須是可以飛回來的地方吧。」

「飛回來？」雜賀似乎覺得很可笑。「才不要飛回來。」

「但你不是偷走了嗎？」

「起飛之後，就偷完了。很遺憾，那架電腦直升機不能自動降落，即使可以，我也不會讓它飛回來。偷那種東西回家也沒地方可以放。」

「那架直升機怎麼辦？」

「沒怎麼辦，飛在天上的東西，早晚會掉下來。」

「你要讓他墜落嗎？」

「那也沒辦法啊，乾脆墜落在國會議事堂怎麼樣？」他不懷好意地笑了起來。

三島無法判斷雜賀說的話有幾分真假。

「你偷直升機的目的就是為了讓它墜落嗎？你這麼做有什麼目的？」

「想做就做啊，就好像小孩子想要玩具一樣。」雜賀說話時笑了起來，但他的眼神難得真誠，三島覺得搞不好他真的這麼想。

三島將視線移到矮桌上。

「這是在做什麼？」

「遙控器。」

「遙控什麼的？」

「我剛才也說了，直升機進入起飛狀態後，就可以由電腦操控，在此之前，必須靠手動的方式操作。但如果由我親自在直升機上切換到自動駕駛，一走下直升機就會被逮捕。為了避免這種情況發生，必須用遙控的方式操作手動的部分。」

「無線遙控嗎？」

「就是這麼一回事。」

「聽起來好像很複雜，必須很熟悉驅動器的內部裝置……」三島說到這裡，突然恍然大悟地看著雜賀，「所以你才會潛入航空事業本部嗎？」

雜賀沒有回答，似乎覺得沒必要回答。

三島再度審視著正在製作的裝置，那絕對不是外行人能夠做出來的。雖然在研究室經常可以看到示波器，但普通人家裡不會有這種東西。

「你到底是誰？」三島低頭看著裹著毛毯的男人，很顯然，他絕對不是普通的反應爐清潔人員。

「我只是想要玩具的小孩子，這樣不就夠了嗎？」雜賀說。

三島心想，這個男人不可能透露更多了，於是，他又巡視了室內。「你不用再去航空事業本部了嗎？」

「不知道，可能還要去。」

「那這個就繼續留在這裡。」他用下巴指了指放在矮桌上的偽造員工證。「但最好在使用之前通知我一下。」

「我會這麼做。」

「做得很像，這也是你自己做的嗎？」

「不，請大阪的業者做的。」

「業者？」

「這世上，有各式各樣的業者，不管是假駕照還是假護照都有人做，只要有樣本就好。」

「原來是這樣。」三島只能聳肩。

「你為什麼會告訴我實話？」

「憑感覺吧。」雜賀冷冷地回答。

接下來的一段時間，三島處於輕度的興奮狀態。雜賀的話的確讓他受到很大的震撼，也覺得很驚人，一旦執行，真的會驚天動地，但他的興奮不光是因為這個原因，而是他開始思考如何把自己融入那個計畫中。

如今，很難回想起是什麼時候想到那個點子。也許是得知雜賀計畫的瞬間，也許是聽到他開玩笑說，要讓直升機墜落在國會議事堂的時候，也可能是離開雜賀的家，在路上走路時想到的。總之，當三島回到自己家裡時，那個想法已經在他的腦海中成形了。

三島幾乎無法專心工作，吃飯的時候，也都在研究這件事。那是很荒唐、很離譜的想法，他必須想清楚，因為一旦這麼做，他的人生就完了。

這是荒唐的妄想，不可能成功，一定會出問題——

不，目的並不在於成功，只要執行，就有了意義——

三島舉棋不定了好幾天，在他去雜賀家裡的第六天，終於做出決定。他在家裡看著兒子的遺照，下定了決心。

翌日，他再度前往雜賀的公寓。雜賀在家裡，一看到三島，似乎有點驚訝，但他沒有說什麼就打開了門。

「一切順利嗎？」三島看著矮桌上的東西問。

「有什麼事？」雜賀心情很不好，「我不是叫你別再來了嗎？」

「我有一個提議。」

「提議？什麼提議？」

「我可以加入你的計畫嗎？」

雜賀露出詫異的眼神看著三島的臉，「什麼意思？」

三島把他這幾天想的事說了出來。

他提議，讓 CH-5XJ 墜落在快滋生反應爐原型爐新陽上。

讓大 B 在核電廠上空盤旋，威脅政府——雜賀聽了，也忍不住驚訝。和他相處的過程中，這是三島唯一一次在心靈上佔了優勢。

「你為什麼要這麼做？」雜賀問。

「那你呢？你為什麼想要直升機？」

「想要不需要理由，小孩子想要電動玩具有理由嗎？當然沒有啊，想要就要，就這麼簡單。」雜賀冷冷地說。

「那你也當作我沒有理由。因為想要讓直升機掉在核電廠上，所以才這麼做。在此之前，因為想要恐嚇政府，所以就恐嚇。你不妨認為是這樣。」

雜賀用鼻子冷笑一聲。「簡直亂來。」

「對你來說，應該也有好處，你並不需要更改原本的計畫，你上次不是說，要墜落在國會議事堂嗎？現在只是把地點改成核電廠而已。其他的事都由我來負責。」

「你有自信不被警察逮到嗎？」

「不。」三島輕輕搖頭。「沒有，應該說，一定會被逮捕。」

「你有心理準備當然好，但如果你被抓，警察也會找到我。」

「應該吧。」

「你倒是回答得很乾脆。」

「那我問你，如果我不加入，你一個人偷直升機又會怎麼樣？你有自信無法讓別人查到是你幹的嗎？」

雜賀沒有回答，把頭轉到一旁，三島對著他的側臉說：

「你是不是曾經參與直升機的開發？否則，不會想做那種事，即使有這樣的想法，也無法做到。所以，警方很快就會查到你。」

雜賀把頭轉了回來，看著三島問：

「你知道我現在想什麼嗎？我很後悔當初告訴你。」

「你和我聯手，對你有很多好處。因為我本身就是錦重工業的員工，我在航空事業本部也有可以信賴的人，只要不說出真相，有可能得到那個人的協助。」那時候，三島已經想到了赤嶺淳子。

雜賀皺著眉頭，想了一下說：

「有你幫忙，的確更容易偷到大Ｂ。」他抽了一張面紙，大聲地擤著鼻涕。

所有計畫都是在雜賀家裡研擬出來的。那時候，三島知道雜賀從錦重工業偷了相當機密的資料，只有少數人能夠從電腦中看到這些資料。三島不由地想起雜賀記事本第一頁寫的那串看起來像ＩＤ號碼和密碼的文字，如果那是開啟機密資料的鑰匙，雜賀怎麼弄到手的？但是，三島從來沒有問過他這個問題。

同時，他還發現雜賀不僅精通直升機的操縱系統，對自動駕駛系統也有相當的知識和經驗，當雜賀開始談到影像回饋系統時，就更加明確了。

在建立這次計畫過程中，最讓三島頭痛的就是如何不讓反應爐停機。即使寄了恐嚇信威脅政府，一旦反應爐停止運轉，就要讓直升機墜落，敵人也未必會相信。因為從外觀根本無法判斷反應爐是否停機。

他很快就想到可以監測進水口和排水口的溫度，確實掌握反應爐的運轉狀況，也知道哪裡可以弄到紅外線熱像儀。茨城工廠的熱處理實驗室有一套用數百萬圓採購之後，就很少使用的儀器，攝影機也是可以用遙控方式控制的最新型，雖然放在上了鎖的櫃子裡，但所有人都知道，那把鑰匙管理很鬆散。

只要裝在直升機上，用無線電把拍到的資料傳送到地面的電腦就好，只是有一個問題，那就是目標是否能夠順利進入攝影機拍攝的範圍。如果拍不到，根本無法發揮監視的作用。如果無法將海水溫度圖像化的影像寄給新陽那些人，他們就無法抗拒停掉反應爐的誘惑。

當他說起這件事時，雜賀提到了影像回饋系統。

「可以為攝影機設定一個系統，讓它持續拍攝事先輸人的圖像。比方說，可以讓電腦記住新陽廠區的形狀。那裡的防波堤是白色的，很容易辨識。讓攝影機找到這個畫面後，就可以持續拍攝。當直升機開始盤旋時，就啟動這個系統。」

「如果有這個系統，當然就太好了，你可以做出來嗎？」

「如果我做不出來，幹嘛和你說這麼多廢話？」雜賀撇著嘴角笑了起來。

他花了兩個星期完成了這個系統。他說是根據市售的影像處理軟體修改的，但那也很厲害。據他說，因為只要攝影機改變角度就好，所以很簡單。

「如果要根據影像資料移動直升機，就會比較麻煩。」雜賀說這句話時的臉上充滿自信，三島覺得，那是研究人員特有的表情。

在測試紅外線攝影機時，他們用大阪的摩天大樓測試了三次，每次測試後，雜賀就進行微幅調整，把系統提升到十分完美的程度。

「實際執行時，直升機會上升到一千數百公尺。距離越遠，畫面的晃動越小，控制攝影機就越簡單，但問題在於溫度，有辦法順利測量嗎？」從大阪回程的路上，雜賀在車上問。

「應該沒有問題。」

「但會受到空氣層的影響，紅外線熱像儀會受到環境影響產生誤差，要不要同時使用雙色溫度計？這樣比較確實。」

雙色溫度計也是一種紅外線溫度計，使用兩種不同波長的紅外線測量溫度，不會受到和測定物之間的空氣汙染和密度影響而產生誤差。雜賀知道有這種裝置的存在，就代表他並不是普通的技術人員。

「有誤差也沒有關係，我們需要的不是絕對溫度，而是排水口和進水口的溫度差，而且，我不想讓系統變得更複雜。」

「那倒是。」雜賀點點頭。

紅外線溫度測量系統在五月底完成，差不多在那時候，三島聽茨城工廠的人說，某個單位的紅外線熱像儀遭竊了。三島得手兩個多月後，對方才發現失竊。

雜賀的無線電遙控系統也逐漸完成。無線電遙控系統由引擎啟動系統、提供電子訊號控制方向舵系統，以及切換到自動駕駛的系統這三個簡單的系統構成。雜賀說，正因為這架直升機已經引進了線傳飛控系統，幾乎不需要力學上的中繼點，完全靠電子訊號啟動各種驅動器，所以才能夠完成改裝。

但是，因為實體機的相關資料不足，有不少無法解決的問題。各種機器的裝設方法也需要再三研究。比方說，要把紅外線攝影機裝在哪裡，要怎麼安裝電線之類的問題，都必須在執行前決定。不能到了現場之後，才用電鑽打洞，用螺栓固定。

於是，雜賀在六月和七月分別潛入航空事業本部。三島指示他，一定要用鉛筆在出入人員登記表上填寫姓名和所屬部門。因為這樣才能在事後請赤嶺淳子篡改成別人的名字。

他們一開始就決定了行動的日子。那就是CH-5XJ舉行交貨飛行的八月八日。雜賀猜想前一天，那架巨大的直升機就會裝滿航空汽油，但在此之前並不會加油，那天之後，直升機就會交給防衛廳。

八月五日，他們最後一次討論，那也是三島最後一次見到雜賀。那天下著大雨，但他們求之不得，因為他們認定八日一定會放晴。

「那就萬事拜託了。」臨別時，三島伸出右手，雜賀似乎有點意興闌珊，但還是和他握了手。

三島至今仍然不知道雜賀是何方神聖，為什麼要偷大B也仍然是謎團，但是，三島覺得他和自己一樣，內心有某種糾結的矛盾，也有無處宣洩的憤怒。

雜賀顯然曾經在防衛廳工作，只是不知道在那裡發生了什麼事，但絕對是因為這件事讓他對某些東西感到失望。於是，他離開了防衛廳，從此銷聲匿跡。他一定有不得已的原因才隱姓埋名。

但是，三島認為，光是這些因素還不至於讓他下決心做這些事，一定是身處核電的世界，才讓他下了決心。

也許雜賀離開防衛廳後，並不是基於偶然投入核電廠的工作，但他在核電的世界也面臨了和之前曾經體會的矛盾和糾結，產生了同樣的憤怒。三島的這種想法並非毫無根據，因為他記得雜賀曾經對他說過這樣的話。

「這個世界上，有些行業必須存在，別人看了卻覺得討厭。核電廠也是其中之一。」三島猜想他在說這句話時，應該想到自衛隊的事。

田邊佳之事件或許引爆了雜賀內心的憤怒，從他不時提起田邊的事，不難察覺到他對那個年輕人的死耿耿於懷。如果繼續發揮想像力，或許可以認為，雜賀的身體狀況不佳也和核電廠有關係，也許他那麼關心田邊佳之的事，是因為那並非事不關己。三島知道他在蒐集有關白血病的文獻資料。

當然，這些都是三島一廂情願的想法，也許正如雜賀自己說的，他想要大B，只是基於小孩子想要玩具的相同心理。

真相隱藏在黑暗中。

43

高坂看到跟著偵查員進來的赤嶺淳子，心想難怪警官在機場會認不出她。錦重工業提供的照片中，她一頭長髮，五官並不明顯，但眼前的她一頭短髮，臉上的化妝也充滿異國情調。她今天要出發前往歐洲，也許是配合出遊的心情改變了化妝。

「不好意思，還勞駕妳辛苦跑一趟，請坐吧。」高坂請她在對面的椅子上坐了下來。

赤嶺淳子微微欠著身，坐了下來。看到她坐下後，帶她來這裡的偵查員立刻離開了。為了避免她產生抗拒心理，必須盡可能減少在場的警官人數。此刻除了高坂以外，只有小牧警察分局搜查一股的今野股長也在場。

這裡是小牧警察分局內的會客室。高坂得知她在機場時的態度後，決定不在偵訊室問話。她並非主動協助犯罪，出國也不是想要逃走。

「請問是赤嶺淳子小姐吧？」高坂問，看到她點頭後又問：「妳原本預定昨天出國，但在四天前臨時延遲了一天，今天又取消了行程，請問是為什麼？」

赤嶺淳子把手放在腿上不發一語。高坂以為她要行使緘默權，但片刻之後，她的嘴唇動了起來。

「因為我身體不舒服……好像感冒了，所以覺得延遲一天比較好。因為我一旦感冒，就很不容易好。」

「原來是這樣，但妳最後還是取消了這趟旅行。」

「對，因為身體還是很不舒服。」赤嶺淳子低頭回答。

「是嗎？那我們不能耽誤妳太多時間。只要妳誠實回答問題，我會立刻派人送妳回家。」

高坂拿起旁邊的一張紙攤在她面前。就是那張出入人員登記表，上面同時影印了六月九日和七月十日的登記內容。

「這裡有原口昌男的名字，但目前已經查明，並不是原口先生寫的，所以，我們調查了到底是誰寫的。經過筆跡鑑定，發現和妳的字很像。有人認為除了妳以外，沒有人能夠寫出這麼漂亮的字。所以，我想請教一下，這是妳寫的吧？」

高坂發現赤嶺淳子看到登記表時，眼珠子轉動了一下。之後，她的表情漸漸僵硬。

「不是我寫的。」她用略微沙啞的聲音回答。

「不是妳寫的？妳的回答真讓人意外，最近沒有其他人碰過這份登記表。」

「不是我，那不是我寫的，我也沒碰過這種東西。」赤嶺淳子重申道。

高坂嘆了一口氣，轉頭看了一下今野，再度看著她說：

「好吧，那再問另一件事。妳前天傍晚，從資材倉庫搬了一個大箱子，請問那是什麼？」

這是剛才得知的消息。在調查放在第三停機庫後方的木箱子時，資材倉庫的倉庫員說，前天下午，有一個女職員曾經拿走這個箱子，他曾經協助女職員把木箱子搬到揀貨起重機上，只是倉庫員不記得女職員的長相，所以，高坂是在套她的話。

但是，赤嶺淳子沒有上當。

「我不知道什麼木箱子，我也沒有去資材倉庫。」

「真的嗎？倉庫員說，他協助妳搬木箱子。」

「他認錯人了。」赤嶺淳子簡短地回答。

「妳知道我們在偵辦什麼案子嗎？」今野股長終於按捺不住地插了嘴。

「我猜想妳應該知道，目前敦賀半島發生了駭人聽聞的事，我們目前的調查是為了找到這起事件的歹徒。如果不趕快找到歹徒，後果不堪設想。我不知道妳在包庇誰，但請妳說實話。」

聽到今野的喝斥，赤嶺淳子的身體緊張起來，但似乎更封閉了內心。

高坂伸手拿起放在桌上的電視遙控器，對著房間角落的電視按了開關。電視中仍然在播放特別報導節目，出現了在敦賀市區拍攝的畫面。女記者對著鏡頭說：

「如各位所見，目前市區幾乎不見人影，也很少有車輛經過。大家都躲在家裡，也有很多人撤離到遠處。這一帶的公司行號和商店幾乎都臨時休業，整個城市宛如一座空城。大家只能帶著祈禱的心情靜觀事態的發展。以上是記者來自現場的報導。」

「赤嶺小姐，」高坂盡可能用溫柔的語氣說，「妳知道他犯了什麼罪嗎？」

赤嶺淳子微抬起頭，一定是對「他」這個字產生了反應。

「就是妳正在包庇的他所犯的罪，假設直升機墜落，在核電廠內引發爆炸。如果導致人員死亡，就變成殺人罪。不，即使沒有造成立即的死亡，輻射可能會汙染空氣。在今後幾年內，居住在附近的居民，或是日本各地都可能出現危害。從某種角度來說，比殺人更加罪孽深重。」

高坂觀察著她的反應繼續說道：

「但是，如果只是未遂，情況又不一樣了。即使直升機墜落在核電廠，如果沒有發生爆炸，情況又怎麼樣呢？他的罪行能不能構成殺人未遂呢？我個人甚至認為，恐怕很難以殺人未遂的罪名起訴，妳知道為什麼嗎？」

赤嶺淳子的頭比剛才抬得更高了，和高坂視線相遇後，垂下眼睛，然後又抬眼看著高坂。

「因為政府主張他的行為並不構成殺人。事件發生後，科學技術廳的人多次在電視上重申，即使直升機墜落，不會造成任何人員死亡，輻射也不可能汙染空氣。當然，因此造成社會的混亂，應該需要受到相應的懲罰，但諷刺的是，這次最直接的受害者爐燃和政府都紛紛跳出來為他證明，他的行為不構成殺人。」

高坂身旁的今野露出訝異的表情，他恐怕也沒有想到這一點。

「所以呢，」高坂對赤嶺淳子說，「只要妳說出真相，等於也在幫他。請妳趕快說實話，是誰拜託妳篡改登記表？」

但是，赤嶺淳子的態度沒有任何變化，她似乎心意已堅，決定什麼都不說。雖然高坂提到了他㉒，但其實目前還不確定歹徒是男是女，只是他相信是男人，而且對赤嶺淳子來說，是很特別的男人。

「現在我們按照時間順序，來回顧一下至今為止發生的事。」電視上的主播說道。「首先，這起事件發生在位於愛知縣小牧市的錦重工業試飛機場。」

畫面中拍到了錦重工業的停機庫，接著是警車停在停車場的畫面。高坂拿起遙控器，把音量調小。他和今野討論後，認為赤嶺淳子親眼看到事件後，會促使她開口，但顯然沒什麼效果。

「如果妳繼續保持緘默，妳也會變成共犯，這樣也沒關係嗎？」

今野心浮氣躁地說，但赤嶺淳子微微低著頭，斜眼看著電視，垂下的睫毛也沒有動一下。

高坂心想，這種恐嚇對眼前這個女人無法發揮作用。她可能不知道詳細情況，恐怕也無法接受自己的男人犯下這起事件的事實。她應該很想趕快見到那個男人，聽他親口說是怎麼一回事，然後請那個男人告訴她，現在該怎麼做。她決心在此之前，什麼都不說。正因為她是這種女人，才會遭到歹徒的利用。這次的歹徒並不是傻瓜。
也許來不及在直升機墜落前問出真相——高坂看著女人緊閉的嘴唇想道。

44

湯原和山下坐在一起，桌上攤著大B操縱系統的相關圖紙，但他們並沒有針對這些圖紙討論。在歹徒製作的儀器送來之前，根本無從討論起。
「這麼久還沒送到。」湯原看著手錶。得知警方已經找到歹徒住處至今，已經過了將近三十分鐘。
「是啊。」山下也低頭看著自己的手錶。「對了，湯原先生，沒聽到歹徒遭到逮捕的消息，果然逃走了嗎？」
「不知道，可能吧。」
「如果歹徒逃走了，為什麼沒帶走遙控器？」
湯原也很在意這一點，而且也猜到了原因。老實說，原因令人悲觀，但他仍然沒有放棄最後一線希望，所以不想說出心裡的想法。
「可能覺得逃走的時候很礙事吧。」湯原姑且這麼回答。
「歹徒放棄犯案了嗎？」
「既然他沒帶走遙控器，應該是這樣吧。」

㉒日文中的「他」和「她」的發音不同，「他」的讀音為kare，「她」的讀音為kanojyo。

「但是……」山下欲言又止時，一名年輕警官走進屋，走向湯原他們。

「自衛隊送來了這個，是救難隊拍到的照片。」

湯原接過照片，向警官道謝。那幾張大B的內部照片，是救難員在營救惠太前拍下的。

湯原不由得佩服救難員在生死交關的關頭，還拍下了這些照片。

照片拍到了裝了爆裂物的木箱和駕駛座的位置，只可惜並沒有照到歹徒改裝的部分。因為救難員無法進入直升機中，所以也是無可奈何的事。左側駕駛座後方有一排電子儀器，但畫面太黑，焦距也沒有對好。

湯原把照片放在桌上說：「太可惜了，這些照片沒有參考價值。」

「是啊。」

「那就期待長濱送來的東西，目前只能這麼辦。」然後，他又看了一眼手錶。

「長濱……喔。」山下陷入了沉思，似乎想到了什麼，然後突然對湯原說：「湯原先生，你還記得佐竹開發官嗎？」

「佐竹？」

湯原突然聽到時，一下子沒反應過來是姓氏，但隨即想起聽過這個名字。

「以前好像有這個人，詳細設計審查時……他還在嗎？」

「那時候他已經離開了，但我記得他腦筋很好。」

「對，他怎麼了？」湯原在問話時，產生了一個預感。他突然感到心慌。

「在你提到紅外線攝影機時，我就想到了。你說那個使用的是無人直升機研究中開發的影像回饋系統。」

「你說的無人直升機，是指使用了模糊控制系統的智慧型無人直升機嗎？」話題突然改變，湯原有點驚訝地回答。

「對，你不覺得兩種技術很像嗎？」

「對啊，都是透過識別圖像後，反映在下一個步驟上……」

智慧型無人直升機就是不需要飛行員駕駛的直升機，有多所大學和研究機構都投入了這項開發研究，可以在地面上，用無線電向直升機發出類似「再往右移動」或是「轉一個大彎」之類的指示，但目前都是運用在無法搭載人的小型直升機上，都是從撒農藥的產業遙控直升機改良的。全長大約四公尺，螺旋槳直徑也只有五公尺左右，但比起遊戲用的遙控直升機當然大多了。

在相關研究課題中，也包括了山下所說的影像回饋系統。利用無人直升機所拍攝到的影像資料，操縱直升機的自動降落、避開障礙物和導航的控制系統。比方說，在自動降落時，只要在降落地點做上記號，直升機上的攝影機就會搜尋這個記號，發現記號之後，在確認降落地點的地形後自動降落。

的確和這次的紅外線攝影的控制系統十分相似。

「湯原先生，你剛才說，藉由認識圖像轉動攝影機在技術上並不困難，但如果缺乏相關經驗，應該無法輕易完成。如果曾經研究過無人直升機，恐怕就輕而易舉了。」

「也許吧，但不能因為這樣就認為研究過無人直升機的人很可疑，而且，這件事和佐竹先生有什麼關係？」

「因為佐竹先生曾經研究過無人直升機。」

山下的話讓湯原大吃一驚，他看著後輩說不出話。

「真的嗎？」他忍不住壓低了嗓門。

「絕對沒有錯，因為是他親口告訴我的。防衛大學的航空宇宙工學研究室在研究無人直升機，佐竹先生是那裡畢業的，所以也參加了研究會。」

「是嗎？但我剛才也說了，不能因為這樣就懷疑他，其他領域也有使用影像回饋技術。」

「對，這點我也知道。如果只是這樣，我也不會想起佐竹先生，只是聽到長濱……」山下開始吞吞吐吐。

「長濱怎麼了？」

山下抬起眼問：「湯原先生，你知道《國盜物語》嗎？」

「《國盜物語》？司馬遼太郎的嗎？」

「對。」

「我知道，NHK還拍成連續劇，怎麼了嗎？」

「小組會議休息時，佐竹先生經常看那本書，你還記得嗎？」

「有嗎？你和他分在同一組，所以你可能記得比較清楚吧。怎麼了嗎？」

「聽到長濱的地名，我想起這件事。長濱這個地名是豐臣秀吉取的。」

「喔，原來是這樣。」湯原忍不住笑了起來。

「但這只是你的聯想吧。」

山下輕輕舉起手，制止前輩繼續說下去。

「我要說的還在後面，剛才今枝先生不是提到雜賀這個名字嗎？聽到這個名字時，雖然我沒有朋友姓這個姓氏，但覺得有哪裡不對勁，現在終於知道了。那是《國盜物語》中的人物，名叫雜賀孫市，是名叫雜賀黨的大砲隊首領。」

「雜賀……孫市？」湯原沒有看那齣連續劇，也沒有看過書，當然沒聽過這個名字。

「佐竹先生很不合群，說話的態度也冷冰冰的，很難猜透他在想什麼。他只有一次和我聊得很投入，就是和我討論《國盜物語》的時候，但我只是看了連續劇而已。我記得他當時說，他在那本書中最喜歡的人物就是雜賀孫市。」

山下低聲一口氣說完後，注視著湯原的眼睛，想要徵求他的感想。湯原的心裡不禁產生了疙瘩，雖然山下的話很跳躍，卻很有說服力。

「所以，你認為佐竹先生自稱是雜賀嗎？」

「我當然沒有十足的把握。」

「果真如此的話……」

曾經擔任開發官的人當然十分瞭解大Ｂ的機密，要犯下這起案子並非不可能。雖然為了拿到最新的資料，可能必須數度潛入錦重工業技術本館，但因為不是陌生的環境，所以並不至於太困難。唯一的問題是從電腦中竊取技術資料時，ＩＤ和密碼的問題——

「佐竹先生有沒有曾經來公司支援駐官？」

「我記不清了，但我記得曾經在公司遇到他好幾次，但忘了是不是來支援駐官……打電話回公司問一下，應該馬上就知道了。」

「嗯，那晚一點記得查。」

駐官是防衛廳派來監督的人員，錦重工業會給駐官一組ＩＤ號碼和密碼，以便能夠隨時確認相關研究的資料。駐官通常有一個扮演協助角色的開發官，如果佐竹曾經被派來支援，或許可以拿到駐官的號碼。

「但他說一定已經離開防衛廳了——」說到這裡，湯原閉了嘴。因為他察覺背後有動靜，當那個人走近後，發現是楢山開發官。

「你們在聊什麼？」楢山敏銳地察覺到湯原他們的態度問道。
山下有點慌張，湯原想了幾秒鐘後，鼓起勇氣問：
「我們在討論以前曾經加入B計畫的佐竹先生。」
「佐竹？」
湯原覺得開發官的表情產生了變化，立刻知道也許不該問，但他還是繼續問道：
「佐竹先生最近在忙什麼？」
「為什麼突然關心他？」
「我剛才和山下在討論，除了這個計畫的成員以外，還有其他人也很瞭解CH-5XJ的系統，結果就想到了佐竹先生。」他沒有說詳細的來龍去脈，避免刺激楢山。
楢山用力吸了一口氣，微微揚起下巴，翹著高挺的鼻子注視著湯原。他的薄唇微微張開。
「佐竹因為私人原因退役了。」
果然不出所料。湯原很想這麼說，但還是忍住了。
「具體是因為什麼原因呢？」
「詳細情況我也不太清楚。」向來伶牙俐齒的楢山難得這麼慌亂。
「他離開防衛廳後去了哪裡？」湯原問。
楢山張大眼睛，隨即目露厲色地瞪著他。
「沒必要告訴你，你也沒必要知道。」
「你們知道他在哪裡嗎？」
「不管是事務官還是自衛官，離職者都會持續追蹤調查，沒有任何例外。」
如果對方隱姓埋名，銷聲匿跡呢？——湯原還是把這句話吞了下去。

「那就好，對不起，問你這些無聊事。」湯原微微低頭道歉，楢山面無表情地低頭看著他們。

這時，遠處傳來叫聲。

「歹徒的裝置送到了。」

「太好了。」湯原向山下點了點頭，站了起來。

正當他想要離開，楢山抓住了他的右手。楢山的手很用力，這位高大的開發官在湯原的耳邊小聲說：

「不要對其他人提到佐竹的事，包括警方。我們已經在調查他了。」

湯原驚訝地看著楢山沒有表情的臉，內心產生一絲黑暗又陰險的空虛感，原來這票人一開始就知道歹徒是誰。

45

面對保持緘默的赤嶺淳子，高坂無計可施，於是，他們也跟著沉默起來。電視仍然開著，主播仍然用激動的語氣播報著事件相關報導。淳子心不在焉地看著畫面。

剛才已經派人去她家中搜索。大批偵查員此刻正在她狹小的公寓內翻箱倒櫃。

高坂認定歹徒是和淳子有特殊關係的男人，否則，她不可能接二連三地答應篡改出入人員登記表或是收下可疑包裹這些奇怪的要求，她昨天出國旅行的行程，恐怕也是受那個男人的指使。

去她家搜索的人員至今仍然沒有傳回好消息。不，其實已經有消息回報，鄰居看到她家不時有男子出入，但沒有人看清楚男子的長相。

高坂努力思考，覺得或許無法找到線索查出那個男人是誰。即使那個男人留下了日用品，也無法判斷他是誰。雖然會採集指紋，但如果那個人沒有前科，指紋就沒有任何意義。根據高坂的推測，歹徒可能沒有前科。

高坂從目前所掌握的資料可以掌握歹徒模糊的輪廓，這個人和他目前為止所接觸過的罪犯都不一樣，最大的不同，就在於在完成犯罪行為之前處處小心謹慎，但完全不在意犯案之後遭到逮捕。最典型的例子，就是他要求赤嶺淳子在包括犯案當天在內的短期間遠離日本，八成是擔心她得知事件後，會向警方通報，但是，她不可能永遠留在國外不歸。只要回到日本，不，或許在國外期間得知新陽事件後，就可能報警。然而，完全看不到歹徒試圖預防這件事發生的痕跡。

高坂甚至覺得，即使眼前這個女人不願說出他的名字，事件結束後，歹徒可能會自己跳出來。

正當他在考慮這些事時，突然發現赤嶺淳子臉色大變。她張大眼睛，嘴唇動了起來。她低下頭，緩緩看著自己的雙腿，又再度緩緩抬眼看著電視。

原來是電視——高坂也看向電視，電視上正在播放簡單介紹事件經過的錄影影像。

她看到什麼畫面產生驚慌？

高坂不認為自己看錯了。就在前一刻，赤嶺淳子宛若冰山般的表情突然發生了變化，不，即使現在，看起來也有點心神不寧。

「今野先生，你來一下。」他向小牧警察分局搜查一股的股長使了一個眼色後站了起來，今野也點了點頭，站了起來。

走出房間後，高坂問：「你有沒有覺得她和剛才不一樣了？」
「我也有同感。」今野回答。「好像突然坐立難安起來。」
「應該是看到電視的關係。」
「電視？」
「可能拍到了什麼，拍到了讓赤嶺淳子緊張的某個畫面。」
「那是NHK吧？」今野抱著雙臂，摸著下巴的鬍碴說：「好，那我馬上和電視台聯絡，把錄影帶調來看看。」
「拜託你了。」
目送今野快步離開後，高坂回到了會客室，看到赤嶺淳子慌忙重新坐回椅子上，桌上遙控器的位置也不一樣了，連電視都轉台了。
「妳果然很在意這起事件嗎？」高坂在她的對面坐了下來，用遙控器把頻道調回NHK，因為剛才讓赤嶺淳子緊張的畫面也許會再度播放。
她沉默不語。
「妳在那裡有親戚嗎？」高坂把菸灰缸拉到面前時說。
「那裡是指……？」
「敦賀那裡。有沒有親戚在那裡？」
赤嶺淳子停頓了一下說：「不，沒有。」
「是嗎？我也沒有親戚或朋友住在那裡，但這裡也不一定安全。聽新聞報導說，愛知縣和大阪都陷入一片混亂，因為大家都想躲去遠處。聽說如果有大規模的輻射外洩，受到風向的影響，那裡也會有危險。」高坂說話時，注視著赤嶺淳子的表情，試圖用各種話題測試她的反應。

「刑警先生。」她主動開了口。「你們不逃嗎？」

「如果有人想要逃，應該不會阻止他，但目前還沒有人提出這種要求。」

「因為你們相信很安全嗎？」

「並不是有堅定的信心，只是不相信也沒辦法，眼下只能盡自己的職責。我猜想在阪神大地震時參加救援的警官也是帶著同樣的心情。」

高坂在回答時，忍不住心想，她主動談論這些話題，代表她開始因為良心感到不安。似乎有了一線希望，但千萬不能操之過急。

她突然問：

「請問有警察去現場嗎？」

「現場？」

「就是新陽……」

「喔，有啊。福井縣警應該有派人去那裡，怎麼了嗎？」

「沒什麼，只是在想，那些人不撤離嗎？」

「在最後一刻應該會撤離吧，但在此之前，應該想盡一切辦法解決問題。」

「來得及嗎？我是說，在最後一刻來得及逃嗎？」

「誰都沒有把握，只能相信科學技術廳和爐燃的話，即使直升機掉下來也不會有危險。」

高坂忍不住思考，她為什麼談論這個話題，為什麼擔心現場的警官？這也是受到良心的苛責嗎？

之後，赤嶺淳子再度陷入沉默。高坂也沒有再發問，但搞不懂她為什麼沒有提出要回家。

她並沒有遭到逮捕，而是以證人身分來這裡接受偵訊，隨時都可以離開。

電視中傳來主播激動的聲音。

「直升機墜落即將進入倒數計時的階段，政府最後還是沒有答應歹徒提出的要求，歹徒會如何採取行動呢？會按照之前的預告，讓直升機墜落在新陽上嗎？還是在緊要關頭把直升機移開呢？目前完全無法預測歹徒的行為。」

赤嶺淳子看著電視，右手的手指緊緊抓著棉質長褲外的襯衫衣角，微微地顫抖著。

46

福井縣知事金山滋從縣警總部長打來的電話中得知了好消息。目前只有他一個人在知事室內，山根副知事、防災課的諸田課長和原子能安全對策課的長內課長在一個小時前，終於出發前往現場。根據目前的情況研判，恐怕無法阻止直升機墜落，核電廠顯然會發生某種程度的災害，因此，縣政府方面必須派人參加。

目前的好消息就是已經查到了嫌犯，並發現了歹徒操縱直升機所使用的裝置。聽到第二個消息，金山由衷地感到鬆了一口氣，因為他以為可以阻止直升機墜落。

金山覺得直升機一旦墜落很麻煩。即使災害再小，新陽恐怕也難逃暫停運轉的命運。問題在於之後，謹慎派一定會抗議，再度運轉真的沒有問題嗎？即使外觀看起來沒有問題，萬一開始運轉之後就出問題該怎麼辦？金山當然不可能不理會這些聲音，但又不能反對新陽重新運轉，如何拿捏將會成為一大考驗。

「可以逮捕到嫌犯嗎？」金山問。

「只是時間的問題，但有一件事要向您報告。」總部長打了招呼後告訴金山，嫌犯很可能曾經是防衛廳的儲備幹部，在福井縣警逮捕之前，先要交給防衛廳。

「這也是沒辦法的事，但是真奇怪啊，那個人到底是誰？」

「我也不太清楚，」總部長停頓了一下後問：「知事，您是否聽說過『懦夫遊戲』㉓？」

「懦夫……什麼？」

「這是我的一個在防衛廳當幹部的朋友告訴我的，詳細情況我也不太清楚，只知道是幾年前，防衛廳內發生的事件。一群年輕的研究人員計畫發動政變，還進行了模擬，如果只是這樣而已，也不值得大驚小怪——」

問題是這種模擬的內容洩露了，而且其中包含了很多防衛廳的機密。聽說洩密的是其中一名成員，但具體情況就不得而知了。更糟糕的是，這些機密資料落到了在野黨議員的手上，於是展開調查。防衛廳緊急調查了所有成員，處分了帶頭的人——

以上就是事情的來龍去脈，「懦夫遊戲」是那個模擬行動的名字。

「所以，這次的嫌犯就是當時受到處分的人之一。」

「喔，原來是這樣。」金山第一次聽說這種事。

「目前還沒有確定，如果果真是那個人，恐怕就會按照我剛才說的步驟處理。」

「我知道了，對我來說，只要事情能解決就好。」

「那就先這樣。」

掛上電話後，金山看著始終開著的電視。新聞報導還沒有提到已經查出嫌犯的消息。

政變——

金山之前也曾經聽過防衛廳內有類似的計畫，尤其是優秀的人，內心很容易累積不滿。

話說回來，這個人為什麼要讓直升機墜落在新陽？

金山不解地偏著頭。

47

湯原和山下一起仔細觀察著送到的裝置，立刻得出了結論，但他並沒有說出口。周圍聚集的相關人員都把最後的希望寄託在這個裝置上。

「怎麼樣？」中塚代表眾人問。

湯原點了點頭回答：「的確是歹徒使用的，做得非常精巧，絕對出自專家之手。」

「喔。」周圍人都鬆了一口氣。

「那可以用這個移動直升機吧？」新陽發電廠的廠長露出既不安、又期待的表情，湯原很希望能夠回應他的期待，但還是必須說出身為技術人員的專業見解。

「不，這恐怕……」說著，他看著山下。山下也對這個裝置感到失望。

「恐怕？難道不能用嗎？」

「現在還無法斷言，但這個可能性相當高。」

「為什麼？壞掉了嗎？」

「不，沒有壞掉，而是無法用這個裝置移動直升機。」

「怎麼會……」

㉓懦夫遊戲（chicken game）又稱懦夫博奕，源自兩車迎面行駛相互逼近的打賭遊戲，先踩剎車或先閃避者為輸家。

「可不可以請你說明一下？」後方傳來聲音。是消防隊長佐久間。

「沒問題。」湯原指著裝置說。「這是無線電遙控器，是用無線遙控系統改裝的。」

「我知道。」

「這個裝置可以做三件事，啟動引擎，操作主螺旋槳和尾舵，以及切換自動駕駛。」

「既然這麼厲害，」中塚說，「應該可以想辦法吧，只要從自動駕駛變回手動駕駛，再控制方向舵就好了，不是嗎？」

「問題就在這裡，這個裝置無法解除自動駕駛。」

「但不是可以切換……」

「只能從手動駕駛切換成自動駕駛，應該只要按這個開關就行了，」湯原說著，指了指裝置左側的開關，「但不能倒過來，無論再怎麼拚命按這個開關也沒有用。」

湯原深深感受到周圍人內心的絕望，但他也無能為力。

「原本應該有這樣的開關吧？」佐久間問。「可能駕駛座上有吧。」

「不，並沒有這樣的開關。」

「沒有？那怎麼切換回手動駕駛？」

「並沒有某一個開關可以從自動駕駛狀態變回手動駕駛，只要飛行員接觸駕駛桿、尾舵踏板或總距桿的其中一個，就會自動切換。當自動駕駛在飛行中發生狀況，如果解除後再操作操縱桿，就會造成時間上的損失，進而引發飛行上的失誤。如果這樣無法切換，就可以有特定開關直接停止自動駕駛裝置。」

「既然這樣，這台儀器也一樣嗎？只要移動操作螺旋槳的操縱桿，就可以切換為手動駕駛。」

消防隊長的疑問很合理，湯原他們也研究過這個問題，腦海中也已經有了答案。

「很遺憾，這台儀器無法做到。」

「為什麼？」

「當飛行員移動操縱桿時，感應器會察覺這個動作，把變位量變成電子訊號，這個訊號會進一步變換成A／D，傳入電腦，但歹徒剪斷了感應器的電線，另外裝了會發出電子訊號的儀器，然後用這台儀器進行遙控。也就是說，感應操縱桿動作的感應器目前處於被廢除武功的狀態。剛才說的解除自動駕駛，必須靠這個感應器的訊號才能夠完成。」

「因為感應器無法感應，所以也無法解除……」

中塚嘀咕道，湯原看著他，不得不說：「就是這樣。」

「太可笑了。」今枝部長氣鼓鼓地說著，拍著旁邊的桌子。「那是怎樣？這台儀器什麼都做不了嗎？」

湯原無法開口對他說：「就是這麼一回事。」因為他知道在案發後數小時內就查到歹徒，並發現了這個遙控器的偵查員有多麼辛苦。

其實湯原早就料到了。如果歹徒已經逃走，留在房間內的機器可能就是沒用的東西。

「所以說……所以說，如果政府接受了歹徒的要求，他打算怎麼移動直升機？」今枝部長努力克制著內心的憤怒問。

「有兩種可能，第一個可能，歹徒手上可能有另外的遙控器。」

「除了這個儀器以外嗎？」

「對，我猜想應該可以用無線電登入直升機上搭載的自動駕駛用電腦，可能事先輸入了移動直升機的程式，只要發出切換的指令就可以了。」

老實說，得知在長濱發現了歹徒的儀器時，湯原期待的是這個儀器，但實際看到時，他立刻感到失望。山下應該也有同感。

「歹徒帶了這個儀器逃走了嗎？」今枝問。

「如果帶著逃走，恐怕要開車，而且還需要天線。」湯原說。

「不，應該沒有帶著走。」綜合技術主任小寺插嘴說。「我認為還有另一個房子。」

「你為什麼會這麼想？」今枝問。

「就是那個發電廠整體的紅外線熱影像，歹徒必須隨時監測，所以，除了湯原先生剛才說的儀器以外，還需要通訊器材和電腦，我不認為歹徒會帶著四處走。」

「有道理。」中塚表示贊同。「我現在才想到，長濱的那個房間裡沒有接收直升機發出的紅外線熱像的設備不是很奇怪嗎？」

警備部長似乎也發現這個意見很有道理，緊繃著臉沉吟著。

「關於這一點，晚點再來研究。如果歹徒有好幾個人，就可能分頭行動。湯原先生，你剛才說，如果政府答應歹徒的要求，歹徒可能用兩種方法移動直升機，另一種方法是什麼？」

「嗯，另一種方法，搞不好……」說到這裡，湯原結巴起來。

「搞不好什麼？」

湯原下定決心開了口：「我在猜想，搞不好歹徒也沒有移動直升機的方法。因為歹徒預測到政府不可能接受他們所提出的條件，所以一開始就打算讓直升機墜落。」

「怎麼……」今枝說到一半閉了嘴，也許他原本想說：「怎麼可能有這種事？」但他之所以沒有說出口，是因為覺得湯原的話並非完全沒有道理。政府的確從來沒有打算接受歹徒的要求，所有人都知道政府不可能接受，所以，即使歹徒一開始就這麼認為也在情理之中。

「所以，歹徒就把那架直升機丟在那裡不管嗎？」佐久間問。

「我只是說，也不能排除有這種可能。」

雖然湯原這麼說，但他認為這種可能性相當高，最重要的原因就在於要設置這套設備很麻煩。歹徒必須在昨天晚上完成所有的裝置，當然必須盡可能省略不必要的步驟。他們認定政府不可能接受他們所提出的要求，所以也沒時間準備複雜的裝置。

「果真如此的話，」小寺說，「就應該趕快讓反應爐停止運轉，反正現在歹徒已經無法讓直升機墜落了。」

「不，這倒不一定。」湯原反駁說。

「是嗎？」

「即使歹徒沒有方法移動直升機，也可能有方法讓直升機墜落。因為墜落很簡單。」

「是嗎？」小寺難掩失望。

凝重的空氣籠罩了所有人。原本期待這個遙控器可以解除危機，所以，現在也格外失望。

今枝部長猛然站起來說：

「總而言之，現在就是無計可施。」

他的聲音難掩內心的焦躁。

48

長濱市——

雜賀並沒有回來的跡象。或許是因為陽光太熾熱，路上幾乎沒有行人，只有車輛偶爾經過時，揚起一陣灰塵。

室伏和關根正守在雜賀居住那棟公寓最靠馬路的那一間，從廚房的窗口可以看到所有進入公寓的人。雖然室伏他們不知道雜賀長什麼樣子，但他們深信，只要一看到，就馬上可以認出來。這間房子沒人住，他們向房屋仲介老闆交涉後，決定今天借用一天。

但這兩名刑警都認為，雜賀可能不會再回來。犯下這次事件的嫌犯，不可能因為其他的事離開家中。既然離開，就做好了不再回來的準備。

想到這裡，就不由得懷疑嫌犯留在房間內的奇怪複雜儀器到底能夠發揮多少作用。滋賀縣警的警官立刻帶走了那些儀器，如今可能已經送到新陽發電廠，但室伏懷疑那個儀器是否能夠發揮作用。既然嫌犯不打算再回來這裡，照理說應該會破壞儀器。之所以完好如初地放在那裡，就代表已經沒用了。

「支援警力怎麼還沒來？」關根喝著運動飲料說道，他的另一隻手上拿著漢堡。看到他在這個熱得像三溫暖的房間內，大汗淋漓地吃這種東西的樣子，室伏不得不承認自己老了。

「對啊，真的有點晚。」室伏看了一眼手錶，順便用手掌擦了擦臉上的汗。他打算等福井縣警的人來了之後就先離開。

室伏從長褲口袋拿出一個合成皮做的黑色盒子。那個盒子可以用拉鍊拉起來。

「這是什麼？」關根問。

「你猜是什麼？」室伏反問道。

關根喝完運動飲料後，微微偏著頭。

「放照相機的嗎？不，不太像，這個哪裡來的？」

「在雜賀家角落發現的。」

「啊？」關根瞪大眼睛。「這不好吧？」

「不必那麼計較嘛。」室伏再度放回了口袋。

他們在說話時，一輛大貨車停在馬路上，貨車上有搬家公司的標誌。兩名穿著相同藍色T恤的工人從貨車上走下來。這種時候有人搬家？室伏腦海中閃過這個念頭，但隨即看到跟著工人走下貨車，身穿長袖襯衫的人是長濱警察分局的水沼。

水沼帶著一名工人走向公寓，然後按了室伏他們房間的門鈴。

關根開了門，兩人點了一下頭，走了進來。關根立刻關上門。

「你是室伏先生嗎？」搬家工人打扮的男人問，但他的嚴肅表情和銳利的眼神和他偽裝的職業很不相符。

「是啊。」室伏回答。

男人點了點頭。

「我是防衛廳的。」他似乎無意說出具體所屬的部門。

果然是這樣。室伏忍不住想。他一看就知道對方不像是警察。

「辛苦了，接下來這裡就交給我們來處理，你們請回吧。」雖然他的語氣很客氣，但態度和整個人散發的感覺有一種壓力。

「交給你們？這是……？」

關根在一旁不滿地說道，室伏立刻伸出右手制止了他，然後問對方：「福井縣警總部知道這件事嗎？」

「當然知道。」男子看著室伏的眼睛回答。

「如果你有疑問，可以打電話確認。」說著，他遞上原本插在腰上的手機。

「不，那倒不必了。」室伏伸出手。「你知道雜賀的房間是哪一間嗎？」

「知道，就在裡面吧？」男子指著那個方向問。

「對，那……」室伏瞥了關根一眼。「我們就先離開了，接下來就麻煩各位了。」

「辛苦了。」男子向他們鞠了一躬。

室伏和關根離開了公寓。水沼也一起走了出來，剛才那輛搬家公司的貨車上，一個戴著工作帽的男人正在駕駛座上假裝睡午覺。室伏不難猜想，貨車後方可能躲了好幾個人。

「這是怎麼回事？嫌犯現在已經不是自衛官，而是退役的自衛官，防衛廳需要這樣勞師動眾嗎？」關根壓低嗓門問。

「顯然這個嫌犯不是單純的退役自衛官。」

「那到底是何方神聖？」

「我怎麼知道？」

「應該是菁英吧。」水沼邊走邊說，「聽說以前是儲備幹部，所以，防衛廳在把人交給警方之前，想要先瞭解是什麼情況。」

室伏點了點頭，他也有同感。從這次犯案的情況來看，嫌犯並不是只有體力而已。

室伏認為搞不好防衛廳更早就開始尋找雜賀的下落，只是苦於沒有任何線索，無法找到他的行蹤。雜賀應該不是他的真名。

於是，防衛廳的人開始確認從警察廳傳來的各種線索，等待可疑人物浮上檯面。否則，他們不可能這麼快就趕到這裡。

關根停在路邊的車子熱得像烤箱一樣，引擎蓋上熱氣蒸騰。關根打開兩側車門，發動引擎，又開了車上的空調，但暫時還無法坐進車內。

「我們送你回分局？」室伏對水沼說。

「不用了，我的車子就停在前面。」水沼說完，稍微壓低了嗓門：「你覺得雜賀那傢伙會回來這裡嗎？」

室伏皺著眉頭搖了搖頭，水沼看了後苦笑起來。

「對啊，我也這麼想。現在他一定在其他地方得意揚揚地看電視。」

「我有同感。」

「他要確認自己的計畫有多成功。」關根說。

「是啊，但是現在電視已經不再現場轉播了。」

水沼的話讓室伏很驚訝。「是嗎？」

「對，我剛才在分局看電視，都在播之前的錄影畫面或是一些無聊的解說。」

「是嗎？」

「因為電視台的記者也都紛紛離開現場了，聽說現場半徑八公里的範圍都無法進入。」

「是嗎？這麼說，即使想拍也拍不到。」關根表示同意。「不過，至少可以讓NHK留下來嘛。」

「NHK應該有留下來，只是無法把拍到的東西播出來。」

「為什麼？」

「為什麼？這……對吧？」水沼看著室伏，意味深長地笑了笑。室伏看到他的表情，察覺了他想說的話。

「原來如此，是這麼一回事。」室伏抓著下巴。

「那我就先走一步，我還會再和你聯絡。」水沼輕輕揮了揮手離開了，室伏也向他揮手。

關根似乎很不滿。

「什麼意思啊?為什麼拍到的影像不能播?」

室伏回答之前,把手伸進車內。「已經不那麼熱了,上車慢慢聊。」然後,他坐進副駕駛座,靠在椅背上,覺得還是相當熱。

關根也坐在駕駛座上,看到他關上車門後,室伏開了口。

「因為政府無法預測直升機墜落後到底會發生什麼事。可能不會發生任何事,也可能會導致重大災害。應該就是這麼一回事吧。」

「那為什麼電視——」說到這裡,關根沒有再說下去,驚訝地張著嘴,「是因為考慮到可能會發生重大災害,所以不在電視上播嗎?」

「因為電視的影響力很大,無論費盡口舌表達阪神大地震有多麼嚴重,也比不上高速公路倒塌的畫面。相反地,只要電視上沒有播出,之後想要掩蓋事實也很容易。假設造成重大災害,恐怕無法完全隱瞞,但如果只是核電廠發生一點故障,政府不會公諸於世。」

「根本是作弊。」

「誰知道呢,可能不想讓平時不關心核電廠的國民知道一些不必要的事。如果我是首相,可能也會這麼做。」

「這算是老人的智慧嗎?」

「不必那麼生氣,萬一陷入大混亂,累的可是我們警察。」

「那倒是。」

「先不管這些了。」室伏把椅子放了下來,雙手抱在腦後。「既然現在電視上看不到新陽的最新情況,雜賀還會坐在家裡嗎?」

「什麼意思？」

「你剛才不是也說了嗎？他想要親眼目睹自己的計畫是否順利。」

「對啊，但雜賀不可能去現場。」關根說出了室伏的想法。

「是嗎？」

「可不是嗎？半徑八公里的範圍都無法進入，周圍一定派了大批機動隊員在站崗，即使不知道他就是嫌犯，也不可能讓他靠近新陽。」

「這我知道，但嫌犯為了這起犯罪賭上了性命，你覺得他會甘心不看最後的結果嗎？」關根也不甘示弱，「即使他想看，在眼前的狀況下，很難想像他有什麼方法靠近現場。一旦被抓到，真的是賠了夫人又折兵。」

室伏嘆了一口氣。關根說得很有道理，但他還是認為嫌犯不可能不看自己冒著生命危險完成的計畫結果。於是，他決定換一個角度思考。

「不去現場就看不到新陽嗎？」

「只能從灰木村看到，因為發電廠面向大海。也可以搭船從海上觀察。我之前曾經看過環保團體搭船把骷髏頭的圖像打在新陽的反應爐廠房上。」關根把之前新陽達到臨界時的事告訴了室伏。

「在眼前的情況下，雜賀不可能搭船。」室伏想了一下後坐了起來。「即使看不到發電廠，但直升機呢？應該有地方可以看到吧。」

「這我就不知道了。那一帶的地形起伏很大，恐怕會被山擋住。」

「有沒有地圖？道路地圖。」室伏打開前方的置物櫃。

「在這裡。」關根從駕駛座旁車門內側的置物袋拿出一本厚厚的書，封面上寫著《全國道路地圖》幾個字。室伏翻開敦賀半島那一頁。

敦賀半島並沒有可以讓車子沿著海岸線繞一周的道路，半島的西側和東側分別有沿海的道路，但連結道路貫穿半島，沿著海岸的道路都到北端為止。新陽就位在西側道路的盡頭，東側道路的盡頭是敦賀發電廠。兩者之間相距三公里出頭。

「從敦賀核電廠的方向能不能看到新陽？」

「很遺憾，看不到。」關根語氣堅定地說。「中間隔了一座山，如果從道路的方向看，被敦賀核電廠擋住了，什麼都看不到。」

「雖然看不到新陽，但可以看到直升機吧，因為直升機在一千多公尺的高空。」

「不知道，可能還有角度的問題，況且，」關根偏著頭，「可能太遠了吧，雖然那架直升機很大，但應該不會像客機那麼大吧。」

室伏在長褲的口袋裡摸了半天，拿出剛才的黑色盒子。關根驚訝地問：「這個怎麼了？」

「是望遠鏡的盒子。」

「啊！」

室伏不理會張大嘴巴的關根，再度低頭看著地圖，但從地圖上完全看不出任何名堂。

他把地圖闔了起來。「好，出發了，開到最快速度。」

「去哪裡？」關根說著，已經把自排車的排檔桿放到了D檔，鬆開了手煞車。

「那還用問嗎？當然是去看直升機。」

「去敦賀核電廠嗎？」

「不。」室伏說。

「是更前面的立石岬。」

49

新陽發電廠第二管理大樓的人員開始撤離。目前已經決定要讓反應爐停機，除了作業員和消防人員以外，所有人都要撤離到廠區以外的地方。

三島開著自己的三菱越野車帕傑羅，載著同是錦重工業的員工湯原和山下，沿著和來時相同的隧道往回開。

「到頭來，我們根本無能為力。」坐在後車座的山下說。「惠太順利獲救，原本我還希望可以有點貢獻。」

「那也是無可奈何的事，雖然這架直升機是我們製造的，但飛上天空後，我們也束手無策。總之，這次的歹徒得逞了。」湯原說話的聲音充滿懊惱。

「你們不必在意。」三島看著前方說。

「在這裡的所有人，沒有一個能夠幫上任何忙，大家都束手無策。我也一樣，這次只有那個勇敢的救難員完成了使命。」

不知道是否因為這番話讓兩名直升機技術人員無言以對，兩個人都沒有說話。

「有一件事我實在無法理解。」山下改變了話題。

「只有一件事嗎？我很多事都無法理解。」湯原自嘲地說。

「也對啦，只是有一件事我特別在意。假設那個叫雜賀的是嫌犯，為什麼要冒用佐藤常董的名字？」

「你是說電子郵件嗎？」

「對。」

「的確讓人搞不懂，搞不好是在開玩笑。」

「如果要開玩笑，可以找航空事業本部或核電廠的高階主管啊，佐藤常董負責重機業務，而且是製造火車車廂，完全沒有交集。」

「也對，三島，你有什麼看法？你知道和佐藤常董有什麼關係嗎？」

「不，我不知道。」三島不假思索地回答。這個話題也沒有再繼續下去。

三島深刻反省，在這次的計畫中，冒用佐藤伸男的名字的確是畫蛇添足。電子郵件可以隨便用一個人的名字，只要有心，完全可以做到，但他之所以會用佐藤的名字，是因為偶然在赤嶺淳子家裡發現了佐藤的信用卡簽單。三島認為此舉可以避免淳子從歐洲回國後遭到警方調查時包庇他，一旦淳子知道自己以前外遇對象的名字遭到三島濫用，即使再怎麼濫好人，也會無法原諒他。

但是，三島覺得自己的這種想法很滑稽，自己太多慮了。她根本不可能包庇犯下如此滔天大罪的自己。

穿越隧道，駛出發電廠大門時，看到將近二十輛自衛隊的車輛排成一排。他們在這裡待命，以防任何災害發生。自衛隊員都在車上。

除此以外，還停了幾輛消防隊的救援車。消防隊員忙碌地走來走去，不知道在準備什麼。

負責核電廠維修業務的N公司宿舍前的停車場內，剛才營救山下惠太的救難隊直升機停在那裡，吸引了他們的目光。救難員也在那裡。

「他們還沒離開嗎？在幹什麼？」山下問。

「可能覺得搞不好需要再次出動吧。」湯原說。

「什麼意思？」

「新陽的作業員還留在裡面，萬一發生意外，必須把他們救出來，但如果周圍都陷入火海，根本無法從地面靠近。」

「原來是為那個時候做準備，有道理。」

三島聽著他們的對話，把車子繼續往前開，最後車子停進了N公司宿舍斜對面的商店停車場。這個商店除了提供簡餐以外，還賣麵包和點心，門口有公用電話和自動販賣機。

三島把車子熄了火，打開車門。坐在後車座的兩個人也下了車。這時，一陣風吹進車內，吹起一張相片，掉在湯原的腳下。他撿了起來，露出複雜的表情，遞給了三島。

那是原本貼在副駕駛座上的智弘照片。

「你兒子嗎？」湯原問。

「對。」三島把照片放在襯衫胸前口袋時回答。

「是喔……」湯原似乎聽說了三島兒子的死訊，此刻不知道該說什麼。山下也尷尬地不發一語。

「如果還活著，現在是國中一年級。這是他小學四年級的時候拍的。」三島說完之後很後悔，覺得不該說這些無聊的事。

「聽說是意外？」湯原問。

「是啊。」

「真可憐。」山下可能覺得自己該說點什麼，所以有所顧慮地開了口。

三島轉頭看著山下說：「我有話要提醒你。」

「我嗎？」山下緊張起來。

「什麼話？」

「因為我覺得應該把這次的事當作是教訓，所以才說的。如果我不說，你可能永遠不知道。」

山下搞不清楚狀況，不安地眨著眼睛。

「非要現在說不可嗎？」湯原問。

「對。」三島對著湯原點頭後，再度看著山下。「關於政府為了營救你兒子而接受歹徒要求這件事。」

「我對這件事深表感謝，為了我的兒子，政府付出了很大的代價，也給全國民眾帶來了很大的困擾。」山下很努力地表達自己的心情，但三島聽他說話時不停地搖頭。

「的確付出了某種程度的代價，被迫省電的民眾中，也可能有人認為是困擾，但政府並不覺得他們付出了代價，而是覺得在賭博中贏了。」

「什麼意思？」湯原問。

三島看著山下說：「雖然歹徒要求全國各地核電廠的反應爐停止運轉，但政府並沒有接受這個要求。」

「什麼？」山下張大眼睛。

「不是停止了嗎？」湯原也在旁邊說道。

「那是詭計。我剛才確認了，只有四個反應爐真的停機，而且都是發電量很少的核電廠。」

「怎麼可能……」山下微微張著嘴巴。

「怎樣的詭計？」

「並不難，只要使用模擬器就好。」

「模擬器？控制裝置的嗎？」

「對，每家核電廠都設置了用來訓練的模擬器，和實際的控制盤一模一樣。作業員實際進入控制室值班之前，每天用模擬器進行訓練，外行人根本看不出和真正的控制盤之間有什麼差別，儀器類也和正式控制盤一樣可以活動，警報裝置也會響。所以，電視實況轉播反應爐停止運轉時，其他部分都在真正的中央控制室轉播，只有反應爐停止的鏡頭是從模擬室轉播的。有兩座反應爐的核電廠，就使用兩次模擬器，為了避免穿幫，絕對不會連續播出。為了增加真實性，挑選了影響比較少的四座核電廠真的停機。」

「原來是這樣。」山下低下頭。「我完全沒有發現。」

「沒有在控制室工作過的人不可能發現。」

「你什麼時候發現的？」湯原問。

「一開始就發現了。」

「真的嗎？」

「那當然啊，因為控制盤和模擬器都是我們做的。」

「你為什麼沒有告訴我們？」湯原面帶慍色。

「說了又怎樣？只會讓山下更擔心而已，以為一旦歹徒發現，就會氣急敗壞地讓直升機墜落。不光是我，其他人也是基於這個原因沒有說。」

「其他人？」湯原皺著眉頭。

「其他人也都發現了嗎？」

「當然啊，中塚廠長和小寺主任都是核電專家，不光是他們，全國各地的核電廠相關人員都察覺那是詭計。爐燃總公司也是因為知道這個詭計，才會提議即使新陽的反應爐停機，歹徒可能也不會發現。他們認為既然可以假裝停機，實際卻不停機，相反的情況也可以做到。」

當時，爐燃總公司認為歹徒並不是核電方面的專家。

「是嗎？但仔細想一下，我能理解為什麼要這樣做，畢竟不能因為救我兒子一個人，就讓全國的核電廠都停機。」山下垂著眼睛告訴自己。

「你不需要說這種話，我認為你應該生氣，因為政府放棄了你兒子的生命，認為你兒子死了也無所謂。」

「你說得太過火了。」湯原瞪著三島。

「難道政府完全沒有想過歹徒可能會識破那個詭計嗎？」

「這……」湯原聽了，忍不住想要反駁，但隨即沉默了。

三島繼續說道：「當歹徒提出營救孩童的交換條件時，政府最在意的就是國民的眼光。如果不讓核電廠的反應爐停機，就會遭到輿論的抨擊，認為政府輕忽人命。但是，核電廠不能停，這不是威信的問題，而是一旦有讓所有核電廠都停機的狀況發生，將會對政府的核電政策造成影響，相信政府首腦對如何處理這件事傷透了腦筋，最後想出了這次的方法。首先向國民宣佈，接受歹徒的要求，實際上卻讓反應爐繼續運轉，轉播假停機的影像。如果一切順利，就在一切塵埃落定後，得意揚揚地宣佈那是假的，可以大聲宣佈，一整天都不靠核電廠發電的情況並不存在。萬一歹徒發現詭計，讓直升機墜落……」他看著山下，壓低了聲音說：「就會隱瞞用了詭計這件事，把歹徒說成是十惡不赦的大壞蛋。一切都是圈套，都經過周詳的計算。」

三島對這番推理充滿自信。不，他猜到政府不會真的停止反應爐，而是會用某種詭計來應付。但是，他覺得即使那樣也無所謂，如果這個詭計很完美，能夠瞞過廣大民眾，就具有和實際停機相同的效果。當然，他不可能把內心的這些盤算也告訴眼前這兩個人。

三島住口之後，有幾秒空洞的時間。湯原皺起眉頭，注視著斜下方。

山下從長褲口袋裡拿出手帕，擦著額頭上的汗水。

「你要說的話只有這些嗎？」

「只有這些。因為我覺得你應該知道，所以才告訴你。」

「是嗎？很高興聽到這些話，也許真的如你所說的那樣。不，八成就是這樣。我也瞭解政府的做法，但是，三島先生，」說著，他看著三島，「我還是心存感激，多虧了大家，才能救惠太一命。」

「那是你的自由。」三島只能這麼說。

山下點點頭。

「湯原先生，我們該走了。」

「是啊。」湯原回答後，轉頭看著三島。

三島用大拇指指向商店。

「我要打電話回公司。」

「是嗎？那我們就先走一步。」

說完，湯原追向已經邁開步伐的山下。

等他們走遠之後，三島拿起電話聽筒，插入電話卡，按事先設定的步驟操作。確認電腦回應後，他輸入了號碼。這是他向電腦發出的最後指令。

掛斷電話後，他把電話卡放回皮夾，然後打算把剛才的照片也放進去，從胸前口袋把照片拿了出來。那是智弘遠足去高尾山時拍的照片，頭上戴著養樂多燕子隊的球帽，比著V的手勢。

三島覺得山下是因為他兒子獲救，才會說那些話。如果他兒子死了，又得知是政府造假，態度應該會完全不一樣。

三島不禁想起九個月前的事。那天，他在整理智弘的遺物。在此之前，只要看到這些東西就讓他痛苦不已，所以都丟在紙箱裡。

那些遺物幾乎都是智弘的衣物、玩具、漫畫、文具、教科書、參考書、筆記本和海報。智弘不喜歡看書，沒有任何課業以外的書籍。

三島決定把大部分東西都丟棄，因為他覺得即使留下來也沒有任何好處。他聯絡了離婚的前妻，前妻請他拿去丟掉。前妻離家時，帶走了放滿兒子照片的相簿。前妻似乎覺得這樣就足夠了。

三島捨不得丟掉兒子的筆記本，上面記錄了兒子留下的文字。雖然上面寫的是算數的習題或是漢字的筆順，或是隨手畫的牽牛花，但只要一看到，智弘寫下這些內容時的身影就浮現在他眼前。

把這些筆記本留下吧——三島閃過這個念頭時，看到了那本筆記本。那是國語筆記本，前面都是抄寫老師寫在黑板上的內容，但後半部分突然出現了以下的塗鴉。

核電鬼滾出去——

那些字是用簽字筆寫的，但並不是智弘的筆跡。三島深受打擊，隨即有了不祥的預感。

然後，他檢查了所有的筆記本和教科書，發現了不少證據證實了他的預感。

還有其他的塗鴉。「不要散播輻射」、「不要把這裡變成車諾比」，還有不少地方只寫了「去死」。在算數教科書上的某一頁，還用麥克筆畫了蘑菇雲，旁邊畫了一塊幕碑，上面寫了三島智弘的名字。

三島看到這些，終於瞭解了真相。不，這麼說並不正確，在智弘發生意外的幾天後，他就曾經聽到奇怪的傳聞，智弘在學校可能遭到霸凌。那是和智弘不同班學生的母親告訴他的。

三島感到很意外，因為從智弘身上完全感受不到這一點，妻子也說沒有發現任何跡象。當時應該仔細調查一下，但他和妻子都沒有任何積極的作為。他們無法想像小學五年級的智弘會自殺，最重要的是，他們已經身心俱疲。也許是內心的防衛本能發揮了作用，認為智弘意外身亡，他們的心情也比較輕鬆。

但是，看了這些充滿惡意的塗鴉，三島詛咒自己的愚蠢。智弘完全可能因為父親做核電相關的工作遭到同學的霸凌，雖然智弘從來沒有說出口，但一定試圖用各種訊息傳達內心的苦惱。然而，自己和妻子都沒有察覺，讓智弘選擇走上最糟糕的路。不僅如此，即使在智弘死後，也不曾試圖瞭解真相。

三島去見了智弘意外身亡時的班導師。中年男老師說，智弘在班上應該不至於遭到霸凌。三島覺得他說話語氣有蹊蹺，忍不住繼續追問，於是，班導師告訴他：

「班上有一個同學的家長投入反核運動，所以同學們就討論，以那個同學為中心，製作保護地球環境的壁報。每個同學把自己調查的內容寫成文章貼在壁報上。對，我不能否認因為那個同學負責此事，所以班上的確有反核的氣氛。我認為應該由學生發揮自主性，在這件事上並沒有干涉他們。三島同學嗎？他也參加了，我並不覺得他和大家關係不好。是嗎？原來教科書上有這些塗鴉……我沒有發現，可能只是惡作劇吧，我是這麼認為的。」

三島問了那個帶頭的學生姓名和地址，班導師勉為其難地告訴了他，同時說了一番很奇怪的話。他說，那個叫九谷良介的少年因為家庭因素，這一陣子都沒來上學。因為他現在已經不是九谷的班導師，所以不瞭解詳細的情況。班導師還拐彎抹角地補充，不希望事到如今，三島再把事情鬧大。

三島又去找最初告訴他智弘遭到霸凌的那個同學。那個同學不瞭解詳細的情況，只說有一段時間，智弘的班上流行一些很奇怪的話。

「他們常常說輻射，說那張桌子遭到輻射汙染，一旦摸了，輻射就會轉移到身上。我也不是很清楚，好像他們針對三島同學周圍，或是他摸過的地方這麼說。」

然後，那位同學叮嚀，希望三島不要透露是他說的。

三島還找了幾個當時和智弘同班的同學，但每個同學得知是三島智弘的父親，就拒絕和他會面，或是即使見了面，也什麼都不說。即使有人開口，也一再重複「不知道」、「不清楚」。三島努力從他們的表情中瞭解真相，但他們都戴上了「小孩子的臉」這張假面具，完全不洩露任何細微的感情變化。三島好幾次都忍不住想要狠狠揍他們一頓，但那些小惡魔似乎在內心嘲笑他。

他在展開調查的第二週，去了九谷良介的公寓，但九谷家沒有人。信箱裡塞滿了信件，塞不下的信件就放在門口。三島呆然地站在他家門口，鄰居的家庭主婦告訴他，良介的母親安惠正在住院，良介住在安惠的娘家。他父親賢次每天深夜才會回家。三島問了其中的原因，對方只告訴他：「好像很複雜。」

三島決定去見九谷良介的班導師。年輕的女老師起初極度警戒，之後從她口中得知了令人震驚的內容後，三島終於瞭解了她警戒的原因。

導師說，這一年多來，九谷家持續遭到騷擾。

最初只是無聲電話這種常見的騷擾，不久之後，他們不曾訂購的郵購商品陸續送上門，誹謗中傷的信件不斷，有時候一天就有十幾封，大部分都不會留下寄件人的名字，有時候甚至會冒用和九谷家關係密切的人名，當事人當然沒有寄過這種信。

有一次，全國反核、反核電廠運動的團體寄了大量抗議信到他們家，似乎有人冒用九谷賢次和安惠的名字，寫信指責那些反核運動人士。九谷夫婦親筆寫信給所有人澄清誤會，並希望他們日後參考這些筆跡進行判斷。

但是，騷擾行為變本加厲，對方連續多次向左鄰右舍寄送侵犯九谷一家隱私的傳單，鄰居家的信箱都收到了寫有安惠和某位反核運動的男子一起上賓館的信函，而且，惡作劇信件和包裹仍然不斷寄送，甚至還寄了竊聽九谷家電話的錄音帶。

最令九谷夫妻震驚的是他們收到一封信，信中夾了一張他們獨生子照片，似乎是在良介放學途中偷拍的。

安惠終於無法承受精神上的重重折磨，罹患了身心症住進醫院。良介也深感痛苦，於是，九谷賢次決定，在騷擾風波平息之前，讓兒子住去妻子的娘家。

很顯然地，騷擾者對九谷夫妻參與的反核運動心生反感。九谷賢次已經報警，在參加反核集會時，也當眾訴說了這個事實，誓言絕對不會向這種卑劣的手段屈服。

三島回想起九谷家信箱溢出來的大量郵件，發現那些郵件原來都是惡意的聚集。

得知這些情況後，三島去拜訪了九谷賢次。那天是星期六的白天，九谷正準備去妻子娘家探視兒子。九谷戴著金框眼鏡，即使是假日，頭髮也梳成整齊的三七分，看起來像是一絲不苟的銀行員，但他其實在專門進口食品的公司上班。

一開始，九谷對三島充滿懷疑，當三島坦率地說出至今為止的經過時，他才漸漸放鬆了警惕，聽到三島推測智弘是因為遭到霸凌而自殺，也深深地點頭。

「這種事的確有可能發生。我們大人雖然完全無意攻擊從事核電工作的人，但小孩子很容易從分清敵我的角度去思考問題。可是，」他話鋒一轉，「不能因為這樣，就認為良介也加入了霸凌，這種結論未免太跳躍了。或許我這麼說你也不相信，但我兒子不會做這種事。」

身為父親，當然會這麼說。三島也不奢望對方會認罪，只是想瞭解他們這種人。

於是，三島問了九谷夫婦參加反核運動的契機。

「總而言之，就是車諾比事件。」他回答說：「因為做食品進口的關係，當時對我們造成了很大的衝擊，完全不知道該吃什麼才安心。當然，在此之前，外國食物也曾經發生各種問題，但都只是暫時性的問題，只要挑選產地，限制種類就可以克服。可是輻射的問題就不一樣了，會對所有食物產生影響，而且沒有人知道會持續多久。當時我就在想，如果不正視這個問題，人類終究會滅亡。」

九谷的談話內容了無新意，但看到他滿腔熱血的神情，三島終於發現，原來這個世界上有人真心為世界的未來擔心，九谷的態度並不像是陷入自我滿足而已。

在他們談話期間，電話鈴聲響了好幾次，九谷卻對電話鈴聲毫無反應，也沒有接電話。三島忍不住發問，他露出疲憊的笑容說：

「一定是騷擾電話，對方可能知道我週末在家。如果我太太或兒子找我，會打我的呼叫器。」

九谷說，家裡的電話裝了答錄機，即使播放答錄機，也都是一些不堪入耳的內容。

「真不方便啊。」三島說，九谷告訴他，早就已經習慣了。

最後，三島拜託，能不能讓他和良介見面，因為他想當面向良介瞭解情況，但遭到了九谷的拒絕。

「我能夠理解你的心情，如果我站在你的立場，也會說相同的話，但是很抱歉，我不能讓你和良介見面。」

即使三島說，只要見一下就好，他的態度仍然沒有改變，還對他說：

「不瞞你說，我兒子目前的狀態並不理想，他無法說話。有一次他獨自在家時接到電話，對方可能在電話中說了什麼可怕的事。之後，他就對電話心生恐懼，半夜電話突然響起時，就會全身痙攣。不久之後……」

三島聽了之後，也不便繼續拜託。最後，九谷淡淡地問，為什麼要有核電廠這種東西？因為有很多人需要——三島回答。九谷露出一絲厭惡的神情。

從此之後，三島的心境發生了變化。並不是因為他同情九谷良介，原諒了他對智弘所做的事。況且，沒有任何證據顯示九谷良介是霸凌的主犯，而且，除了他以外，還有誰參與霸凌已經不重要了。

三島漸漸發現，良介的痛苦和智弘的死都來自相同的原因，他們都是受害者。那麼，禍害的根源到底是什麼？

於是，他回想起為了確認智弘是否遭到霸凌，他和智弘以前的同學見面時的情況，想起他們宛如假面具般的臉。他發現並非只有小孩子有那種臉，很多人在長大之後，仍然沒有丟掉這種假面具，然後，漸漸成為「沉默的大眾」。

三島覺得自己找到了答案，已經不容懷疑。智弘死在他們手上。真正的戰鬥正要開始。三島持續思考，他覺得該做點什麼，但自己又能做什麼？能不能向那些沉默大眾的可怕假面具丟一顆石頭？

就在這裡，他遇見了雜賀勲。

50

愛知縣警小牧警察分局——

響起了敲門聲。門打開了，今野探頭進來，看到高坂後，輕輕點了點頭。

「錄影帶送到了。」今野小聲地說。

「沒想到這麼快。」

「縣警總部一直在錄製NHK的節目做為紀錄，我們很幸運。」

「風水輪流轉，好運終於轉到我們這裡了。」

高坂和今野一起走去刑警辦公室，那裡已經放了電視和錄影機。看到兩個人走進來，年輕的刑警按下了播放鍵。

「從剛才的時間研判，差不多是從這裡開始。」那名刑警說道。

螢幕上出現了一名女記者，正在說明敦賀市區的情況，高坂覺得畫面很熟悉。的確就是這個節目。

記者報告各地的情況後，螢幕上出現了至今為止的事件過程。這些畫面也很熟悉。赤嶺淳子差不多就從這時候開始出現了變化。

在介紹直升機遭到偷竊的地點時，畫面上出現了錦重工業的停機庫，接著是新陽發電廠。「停一下。」今野突然說：「再往回倒一點，從拍到停機庫的地方開始。」

年輕刑警按照他的吩咐倒帶，畫面停在停機庫的鏡頭。

「好像是從這裡開始。」今野對高坂說：「只有這裡可能和那個女人有直接的關係。」

「嗯。」高坂把臉湊到電視前。這個畫面中拍到了什麼讓她心慌意亂的東西？但那只是遠距離拍攝直升機遭竊的停機庫，沒有拍到任何人。

今野在一旁嘆著氣：「什麼都沒有嗎？」

高坂沒有答腔，搖了搖頭。

「繼續播下去。」

在今野的指示下，年輕刑警按了播放鍵。停機庫的畫面結束後，就是新陽發電廠。主播報導了歹徒寄了恐嚇信、警察廳長舉行記者會，以及歹徒提出了營救孩童交換條件等消息。

「這麼短的時間內，真的發生了很多事。」今野嘆著氣說道。

接著是直升機的技術人員抵達新陽，經過大門，以及全國各地核電廠的反應爐停機的情況，以及營救孩童的那一幕高潮——

「再從頭播一次。」高坂說。

倒帶時，他忍不住思考。剛才赤嶺淳子並沒有很專心地看電視，顯然並不是很細節的部分，畫面上一定出現了某個足以讓她慌亂的事物，但為什麼自己看不到？

他回顧了剛才和她之間的對話，她突然開始擔心直升機墜落可能造成的危害，甚至擔心前往現場的警官的人身安全。為什麼？

錄影帶開始播放第二次。高坂定睛細看，仍然沒有看到任何吸引目光的畫面。
「我們認為她看到電視後態度有所改變，難道是我們的錯覺嗎？」
今野這麼說時，高坂忍不住站了起來。
「停。遙控器可不可以借我一下？」
他從年輕刑警手上接過遙控器，把錄影帶稍微倒帶，然後又按了暫停鍵。
畫面上出現的是新陽發電廠的大門。錦重工業的兩名直升機技術人員坐在警官駕駛的車進入發電廠。
「怎麼了嗎？」今野問。
「赤嶺淳子突然很在意現場的情況，似乎在思考直升機萬一墜落時，可能造成的危害。」
「所以呢？」
「我一直在思考原因，終於想到。會不會某個對她而言，很重要的人物可能在現場？」
「什麼？」今野張大眼睛。
「她之前並不知道，但看了電視後偶然發現這件事，所以才會陷入慌亂。」
「所以，歹徒在新陽嗎？」
「雖然這種想法很唐突，但如果從歹徒可能是內部人員的角度思考，並不算太大膽。」
「所以，電視有拍到那個歹徒嗎？」今野看著畫面。「這兩個人的確是錦重工業的員工，和那個女人有交集……」
「不，應該不是那兩個技術人員，電視上曾經多次提到他們前往新陽，赤嶺淳子不可能不知道。」
「那……」

「這個人是誰？」高坂指著畫面的角落。一個男人站在警衛室前。

他用遙控器讓錄影帶繼續播放。那個男人離開警衛室，斜斜地走過鏡頭前。他的視線瞥了鏡頭一眼。

「給我電話。」今野命令年輕的刑警。

高坂和今野一起回到會客室時，赤嶺淳子仍然看著電視，她顯然在擔心男友的安全。她知道能夠讓他遠離危險場所的唯一方法，就是向警方供出一切，所以，她沒有提出要回家，但是她又不希望他遭到逮捕。此刻她的內心一定像暴風雨中的大海般翻騰不已。

高坂注視著她的臉坐了下來，她像剛才一樣低下頭。

「我們已經找到嫌犯了。」高坂靜靜地說。

「他目前人在新陽發電廠。」

赤嶺淳子的肩膀立刻抖動了一下，然後緩緩抬起頭。她的雙眼充血。

「但是，」高坂接著說，「目前還無法逮捕他，因為我們要開始尋找證據。按照目前的情況來看，恐怕很難阻止直升機墜落，但我們一定會逮捕他。」

赤嶺淳子舔著嘴唇。她可能感到口渴。

「如果妳是為他著想，就請妳對我們說實話，我們可以立刻逮捕他，也可能順利阻止直升機墜落，這樣對他也比較好，也許可以拯救他的性命。」

「沒錯，他想要死。」今野在一旁插嘴說道，這句話對她造成了很大的衝擊。

今野繼續說了下去。

「如果不是想死，根本不可能主動進入現場。直升機很快就要墜落了，所有相關人員都開始撤離，但不知道他會不會撤離。而且，我們也不知道撤離是否能夠確保百分之百的安全，只能祈禱一切平安。」

赤嶺淳子用右手擦著左手臂，高坂發現她的視線飄忽不定，呼吸也變得急促。

「赤嶺小姐，」高坂開了口，「是妳篡改了出入人員登記表嗎？」

她痛苦地扭了一下身體，然後就靜止不動，輕輕點了點頭。

今野重重地吐了一口氣。高坂聽著他的嘆氣聲，又問了第二個問題。

「是妳把木箱子從資材倉庫搬出來的嗎？」

數秒的沉默後，她再度點頭。

「木箱子搬去哪裡了？」

「第三停機庫後面……」

高坂和今野互看了一眼。赤嶺淳子這句話足以證明她和這起事件有關。因為除了一部分目擊者以外，只有歹徒或是共犯才知道木箱子放在停機庫後方。

「木箱子裡面是什麼？」

「不知道。」

「有人請妳搬過去的嗎？」

「對。」

「就是拜託妳篡改登記表的那個人嗎？」

「對。」

「他是誰？」

赤嶺淳子緩緩抬起頭，她的眼眶周圍也都紅了起來，但始終沒有落淚。

「請你們不要讓他死。」
說完，她說出了那個名字。
那個名字和高坂他們猜測的是同一人。

51

海面泛著粼粼波光，湯原忍不住瞇起眼睛。
灰木村的漁港看不到任何村民的身影，取而代之的是新陽的職員、警察、消防相關人員，以及自衛隊員的身影。如今，所有人的目光都集中在大海對面的新陽發電廠，和懸在一千數百公尺上方的巨大直升機。
「喂，請問是中塚廠長嗎？是我，飯島。」
飯島副廠長正用手機打電話。中塚和消防隊員仍然留在發電廠內。
「那裡還有其他職員嗎？對，除了作業員以外，是嗎？那一切就按預定計畫進行，好，我知道。」掛上電話後，飯島對著周圍大聲宣佈：
「十分鐘後停機。」
緊張的空氣變得更緊繃了。十分鐘後停機，誰都無法預料會不會因此導致直升機墜落，但此刻已經無計可施了。
「我已經和公司聯絡了，笠松本部長要我轉達，說大家都辛苦了。」山下走了回來。
「真諷刺，我們只能眼睜睜地看著大B墜落。」湯原半開玩笑地回應。
「還有一件事。」

「什麼事？」湯原問。山下露出靦腆的表情。

「惠太順利回去那裡了，高彥第一個跑上去迎接他。」

「是嗎？」湯原的表情也稍微柔和起來。「不知道他有沒有向惠太道歉。」

「好像有，但惠太根本不恨他。」

「那就好。」

這是目前唯一令人開心的話題。

「呃，打擾一下。」旁邊傳來說話聲。抬頭一看，身穿橘色衣服的年輕自衛隊員向他們鞠躬。山下立刻向他打招呼。

「這位是救難員，就是他救了惠太。呃，是上條先生吧？」

「對。」上條回答。

「喔，是嗎？真的太感謝你了。」湯原也向他鞠躬，對方是個臉上還帶著稚氣的年輕人，難以想像他剛才完成了不可能的任務。

「這是我們的工作。對了，你們有沒有看到直升機內的照片？」他問。

「對，看到了。多虧了你，讓我們充分瞭解了目前內部的狀況。」湯原說。他無法對救難員說，那些照片派不上用場。

「是嗎？那就好。」說完，上條又遞出一張照片，「其實還有另外一張，但因為手抖得很厲害，拍得很模糊，所以就沒有送過去，但我想還是給你們看一下。」

湯原接過照片。那張照片的確抖得很厲害，看不太清楚，和之前那幾張照片所拍到的畫面也沒有太大的不同，並不具有參考價值。但他還是把照片交給山下，向上條道了謝：「謝謝你特地送來。」

「那架直升機已經沒辦法救了嗎？」年輕的救難員看向新陽的方向問道。
「很遺憾。」湯原回答。
「是嗎？我們剛才還在討論，也許會派我們再度用剛才的方式再度去那架直升機上，設法把直升機移開。」
「應該不可能。」湯原苦笑著。「而且，歹徒一定會阻止。」
「是啊。」
「那我就先告辭了。」上條正準備離開，山下突然叫了起來。「啊！」
「怎麼了？」
「湯原先生，你看這裡。」山下指著照片，「駕駛座前的儀表板上有電線拉出來。」
湯原定睛看著山下手指的位置。山下說得沒錯，儀表板的GPS螢幕旁有一條電線。
「對啊。」
「好像和第三單元連在一起。」第三單元是兩個駕駛座之間的一個儀器。「你覺得是怎麼回事？」
「怎麼會有電線從儀表板後面跑出來？」
「對啊，但那個紅外線熱影像裝置不是裝在儀表板後方嗎？可能就是那裡的電線吧。」
「那裡的電線？」湯原想了一下，終於找到了答案。「我懂了，第三單元是自動駕駛裝置的操作裝置……可以自動發出停止訊號。」
「什麼意思？」不知道什麼時候出現的小寺主任問。
「歹徒果然沒有親自監視，而是在排水口的水溫發生變化時，紅外線熱像儀就會發出訊號，直升機就會自動墜落。」

小寺聽了，忍不住眉頭深鎖。

「是嗎？原本以為即使反應爐停機，歹徒如果不會立刻發現，直升機墜落的時間稍微延遲，機器整體就可以降溫。」說到這裡，他似乎下定決心似的用力點頭。「這也是無可奈何的事，事到如今都一樣，反正直升機最後還是會墜落——」

「不，等一下。」湯原打斷了小寺，在腦海中整理思考的內容，確認靈機一動的想法並不是自己錯覺而已。幾秒鐘後，他抬起頭說：「也許有辦法移動直升機，不，可以移動。」

周圍紛紛傳來驚叫聲，大家都在聽他們的對話。

「可以移動……要怎麼移動？」小寺問。

「只要排水口的溫度下降，就會自動發出引擎停止的指示。在這個瞬間，自動駕駛也會解除，也就是說，駕駛模式會變回手動駕駛。」

「然後使用那個嗎？」山下說：「要用嫌犯留下的那個遙控器嗎？」

「對。」湯原點點頭。「在自動駕駛解除的瞬間，用那個來操控螺旋槳。」

「但是，引擎已經停止運轉……還是說，可以重新啟動引擎嗎？」小寺問。

「不，這恐怕很困難，但是沒有問題，可以利用自旋模式。」

「自旋模式？」

「直升機在空中時，即使引擎熄火，也可以靠自旋模式降落，利用下降時產生的風使螺旋槳繼續旋轉，避免墜落，就是自旋模式。但想要發揮自旋模式，必須人工操作螺旋槳。」

「但不是統統都停止了嗎？方向舵無法發揮作用吧？」

「即使引擎停止，電力系統仍然沒問題。沒問題，方向舵可以發揮作用。」

「用嫌犯的儀器……真的行嗎？」

「值得一試，反應爐反正要停機了。」湯原充滿自信地回答。
小寺問身旁的年輕職員：「有沒有把嫌犯的儀器帶過來？」
「被警方拿走了。」
「那立刻向警方借用一下，拿來這裡。」
「不，這裡恐怕不行。」湯原說。「距離太遠，電波傳不到，必須在更近的距離。」
「那要回發電廠嗎？」
「不……」湯原搖了搖頭，看著在一旁聽他們對話的上條。「能不能讓我坐上直升機靠近大B？」
上條似乎已經猜到湯原想說什麼，黝黑的臉上露出爽朗的笑容。
「只要上面的人同意，我們隨時可以出發。」
「那我們會設法聯絡上面的人。」小寺說。
「我去直升機那裡待命。」說完，上條跳躍著跑了回去。
小寺對飯島副廠長說：「趕快向中塚廠長報告，停機的事先暫緩一下。」
「我知道了。」飯島拿起手機按了起來。
「湯原先生，」山下一臉嚴肅地說，「我也一起去。」
「不，我去就行了，最後就讓我來解決吧。」
山下似乎欲言又止，但還是輕輕點了點頭。
「拜託你了。」
「交給我吧。」
湯原用拳頭輕輕敲了敲山下的胸口。

52

引擎發出低吼聲。關根沿著九彎十八拐的山路轉動著方向盤，輪流踩著油門和煞車，幾乎快把車底板都踩破了。室伏雙腳用力踩在車底板上，努力讓自己在座椅上維持坐直的姿勢。幸好沒有對向來車。

右側的敦賀灣在陽光下閃著熠熠光斑，前方是一片沙灘，平時那裡總是有許多五彩繽紛的海灘傘，傘下躺著無數來海邊嬉戲的遊客，但今天完全看不到這樣的景象，賣食物的攤位也收了起來。

「這裡也發佈了撤離命令嗎？」室伏問。

「應該吧，因為這裡距離新陽不到十公里。」關根呼吸急促地說。前面遇到一個急轉彎，輪胎發出刺耳的聲音。車子經過了色濱、浦底，中途因為道路工程，只剩下單線道，設置了臨時號誌燈，但關根完全無視號誌燈，一踩油門闖了過去。

汽車收音機內傳來記者的聲音。

「根據剛才確認的消息，發電廠職員幾乎全都撤離了，但因為新陽仍然在運轉，所以，還有作業員留在現場。直升機目前的情況沒有變化，但汽油可能已經快用完了。」

「不知道雜賀會不會在那裡。」關根說。

「不知道，但如果是我，就會去那裡。」

室伏確信只有那裡可以看到直升機墜落，而且，這次的嫌犯不可能放棄親眼目睹直升機墜落那一幕的機會。

敦賀核電廠出現在左前方，雜木林和鐵網擋住了去路。遠方是暗粉紅色的圓頂建築，據說預算不足的電影公司曾經把這裡當成是隱藏在山裡的祕密基地佈景。

道路另一側的停車場內還有車輛，這裡的職員似乎並沒有撤離。

大門前停了一輛警車。一名警官走了過來，向他們舉起一隻手。關根放慢速度，在警官面前停了車。

警官走過來時，關根出示了證件。

「請問你們來這裡的核電廠有什麼事？」警官問。

「不，我們有事去前面。」關根說。

「前面？」警官皺著眉頭。

「剛才有沒有人經過這裡，去前面的海岬？」室伏問。

「海岬嗎？」警官沉默片刻後抬起雙眼。

「剛才有一名漁夫。」

「漁夫？」

「他說家裡有小孩子，就急匆匆回家了。」

「之後有再回來嗎？」

「不，他說他沒車，所以要搭船撤離。剛才經過這裡時騎機車。」

「謝謝，快，趕快發車。」室伏對關根說。

「怎麼了？那裡什麼也沒有。」警官問。

「不，沒關係。」室伏小聲叫關根動作快一點。

關根向警官說了聲：「辛苦了。」立刻鬆開了煞車，從照後鏡中看到警官一臉錯愕。

「是他嗎？」
「不知道，但你開快點。」
敦賀核電廠前方不遠處是一片茂密的樹林，穿越樹林，又是沿著海邊的道路。
不一會兒，前方出現了一個小漁港，漁港內停了十幾艘漁船。
關根把車子繼續往前開，右側是漁港，左側是民房，幾乎都是老舊的木造房子，沒有任何人的動靜，有一塊牌子上寫著「外人不得停車」，可見經常有人在這裡隨便停車。中途有一個公車站，站名是立石岬。
漁港後方是防波堤，關根把車子停在防波堤前。車子開不進前方的小路。
「這裡根本什麼也看不到。」關根一下車，立刻左顧右盼，然後指著民房後方說：「可能要去山的另一側。」
「我知道。」
這時，室伏看到旁邊停了一輛機車，便走了過去。那是一輛一百五十ＣＣ的老舊機車。
「這輛機車嗎？」關根也跑了過來。
「八成是。」一把剪刀插在機車的鑰匙孔上，這是飆車族偷機車時經常使用的手法。「把車牌抄下來。」
「好。」關根回答後，立刻抄了下來。
「抄好了。」
「好，那我們走吧。」
「去哪裡？」
「別問那麼多了，跟我來。」室伏邁開步伐。

走過防波堤下方，有一條可以勉強讓人通過的小路沿著海岸線向前方蜿蜒。右側是大海，左側是一片鬱鬱蔥蔥的樹林。室伏他們走在路上，數十隻海蟑螂像蟑螂一樣立刻向兩側散開。

「要走去哪裡？」關根在後方不安地問。

室伏看著大海的方向停下腳步。距離陸地二十公尺的海上有一顆圓形的岩石露出海面，周圍找不到其他類似的岩石。

「就是那塊岩石。」他嘀咕道。

「那塊岩石怎麼了？」

「是記號。我幾十年前來過，看來我的記憶力還不差嘛。」

室伏繼續往前走了一小段，來到岩石側面時停了下來，看著和大海相反的方向。茂密的樹林中，只有那裡沒什麼樹，他說：「就是這裡，錯不了。」

「這是什麼？」

「是通往上面的路。雖然不太好走，但上面就是石階了。」

「原來可以從這裡上去。」

「上面有一個燈塔，走快一點，十分鐘就到了。」室伏說完，立刻走向山路。

53

灰木村漁港——

湯原和小寺以及飯島他們討論了反應爐停機時的聯絡方式，因為只要稍有閃失，就會造成無可挽回的後果，所以雙方反覆確認了好幾次。

一名年輕職員跑了過來，「嫌犯的儀器已經送去救難隊那裡了。」

「謝謝。」湯原說，剛才已經確認救難隊將提供協助。

「把湯原先生送去救難直升機那裡。」小寺命令那名年輕職員，然後看著湯原說：「那就萬事拜託了。」

「別擔心，一定會很順利。」湯原看著大家的臉，斬釘截鐵地說。

湯原在眾人的目送下，坐上年輕職員開的車離開了漁港。經過灰木村，正準備駛上通往新陽大門的上坡道時，一輛車子從上面駛下來。那輛車在湯原他們的車子旁停下，副駕駛座旁的車窗緩緩降了下來，警備部長今枝探頭問：「有沒有看到三島先生？」他的問題完全出乎湯原的意外，眼神也很銳利。

「沒有，剛才我們還在一起，可能還在上面吧？」自從在商店停車場分開後，湯原沒見過他。

「是嗎？」警備部長關上了車窗。

發生什麼事了？湯原心想。警察找三島有什麼事嗎？

不一會兒，車子來到新陽門口，然後右轉，在N公司的停車場前停了下來。上條他們已經做好了隨時起飛的準備。

「拜託各位了。」湯原跑向他們。

「拜託你了——就是這台儀器嗎？」上條把手放在直升機上的儀器上確認道。

「對。」湯原走到儀器旁，再度確認儀器的功能。電池還很充足，問題在於不知道能不能順利操作，但現在既沒有方法，也沒有時間確認，只能死馬當活馬醫了。

一個戴著墨鏡、有點年紀的男子欠著身走了過來，湯原猜想他是飛行員。

「我是根上，是這架直升機的機長。」這位資深飛行員用低沉而洪亮的聲音向他打招呼。

「拜託了。」湯原鞠了一躬。

「要多靠近那架直升機？」

「我想想，」湯原思考了一下後回答，「在兩、三百公尺下方。」

「下方嗎？不用飛到它旁邊嗎？」

「不，飛到旁邊反而不行，因為那架直升機引擎停止後就會向下墜落，如果不事先在下方，就很難操控。」

「我知道了。」根上機長點了點頭，走回駕駛艙。

湯原猛一抬頭，發現三島站在他身旁。湯原很訝異他怎麼會在這裡。

「你們要用這個幹什麼？」三島問。

「要賭最後一次機會，只能賭運氣了。」湯原沒有時間向他詳細解釋。

「湯原，」三島靜靜地開了口，「被蜜蜂叮一次比較好。」

「你說什麼？」

「即使直升機掉下來，新陽也安全無虞，所以不必冒這種危險。」

「聽你這麼說，我稍微鬆了一口氣，但我還是盡力而為。」說完，他轉頭對上條說：「ＯＫ！出發吧。」

上條點了點頭，對三島說：「這裡危險，請你退後。」

湯原坐上直升機。這是他第一次搭乘 UH-60J。他從技術人員的角度觀察直升機內部，很多設計讓他不得不讚嘆果然是很棒的機體，直升機就該像這樣。

引擎發動後，螺旋槳轉動。湯原繫好安全帶，看著放在地上的儀器，祈禱它能夠順利發揮功能。

當引擎越來越大聲時，直升機的尾部翹了起來，機身微微前傾，緩緩開始上升。湯原從窗戶看著地面。

這時，他看到了奇妙的景象。

好幾個男人走向三島，今枝部長也在其中。湯原想起他剛才就在找三島。

立石岬——

寬約一公尺的山路持續向上延伸，室伏沿著高低不一的石階往上跑，忍不住皺起眉頭。沒想到這裡的坡度這麼陡，而且還很長，不由得發現自己和當年的體力相比，實在退步太多了。汗水噴了出來，從下巴流到胸口。他停下腳步，抬頭看著上面。山路在中途轉彎，看不到前方，只知道前方還有很長一段路。

「要不要休息一下？」

「不，沒問題。」他再度往上走。

石階消失了，變成了水泥坡道，但沒有鋪柏油，感覺只是隨便用水泥鋪一下。走過水泥坡道後，又變成了普通的山路。

「小心點，快到山頂了。」室伏小聲地說。「嫌犯可能在上面。」

關根點了點頭，稍微放慢了腳步。

雖然室伏對關根說，嫌犯可能在上面，但其實他對此深信不疑，他在思考發現雜賀後該怎麼辦，卻始終想不出什麼好主意。

兩名刑警小心翼翼地來到山頂。前方出現了一個白色燈塔，那是一個只有數公尺高的小燈塔，周圍用石頭圍牆圍了起來。這兩名刑警並不知道敦賀市的市徽就是這個從明治十四年開始啟用的燈塔。

有一個男人站在立石岬的燈塔上。這麼熱的天氣，他穿了一件灰色雨衣，舉著望遠鏡。

室伏也看向男人觀察的方向，看到那架直升機像芝麻般大小。

那個男人似乎聽到了腳步聲，拿下望遠鏡，回頭看著室伏他們。他的雨衣內穿了一件汗衫，身體很壯碩，但臉色很差，而且整個下巴都是鬍碴。

他看到室伏他們也完全無動於衷，再度舉起望遠鏡觀察。關根想要走過去，室伏用手制止了他。

「最好不要靠太近。」

「為什麼？」

「這裡不怕他逃走，我在意的是他的行李。」

「行李？」關根看向男人，發現他腳下放了一個黑色行李袋。

室伏看向遠方的天空，發現出現了另一個黑點，慢慢靠近那架巨大的直升機。

UH-60J——

大B的巨大機體越來越近，湯原覺得全身都起了雞皮疙瘩。不是因為緊張或是恐懼，而是親眼目睹了自己的作品完美的飛行。有那麼一剎那，他忘記了自己身負的任務。

「這樣可以嗎？」上條透過機內通訊系統問道，他似乎在問兩架直升機之間的距離。湯原用力點頭，上條傳達給駕駛座後，UH-60J 就開始盤旋。大B出現在右斜上方，大約有兩百多公尺的距離。

上條動作俐落地把右側的門開得很大，陽光照進機艙，雜賀做的遙控器面板反射著陽光。

那個遙控器由自製的鋁框架、筆電和無線電遙控組件這三個部分組成。上條蹲了下來，按照事先商量好的方式，小心翼翼地把鋁框架放在湯原的腿上，以免連結各部分的電線拉斷。湯原在安全帶的保護下操作遙控器。

準備就緒後，上條笑著不知道說了什麼。湯原沒聽清楚，問他說什麼，上條重複說：

「這是全世界最大的無線遙控直升機。」

湯原也笑著點頭。

新陽發電廠第二管理大樓——

中塚正在接小寺打來的電話。

「是我。準備已經就緒了嗎？……好，那電話不要掛斷。」他把電話放在桌上，轉頭看向身後。只有佐久間和三名消防隊員站在他的身後。「他們已經準備好了，可以通知控制室了嗎？」

「沒問題。我們所有人都已經就位了。」

聽到佐久間的回答，中塚伸手拿起放在旁邊的另一個電話，打到中央控制室。

「這裡是控制室。」電話中傳來西岡課長的聲音。

「我是中塚，準備好了嗎？」

「隨時都沒有問題。」西岡緩緩說出每一個字，似乎想要讓自己心情平靜。

「你等一下。」中塚拿起剛才放在桌上的電話。「小寺，你聽得到嗎？」

「聽得到。」

「那我要開始倒數計時了。」

「請開始吧。」

中塚雙手分別拿著電話，看著桌上的時鐘。時鐘顯示兩點三十三分。他吞了口水後開了口。「倒數十秒。」

中央控制室——

消防隊員拿著電話放在西岡的耳邊，因為西岡雙手放在緊急停止的開關上，無法拿著電話。緊急停止時，必須同時按下兩個開關，以防操作失誤。

西岡的耳中傳來中塚低沉的聲音。「五……四……三……二……一。」西岡雙手的肌肉緊張，在聽到「停止」的聲音同時，按下了兩個開關。

通報緊急停止的警鈴響了，儀表板上亮起了警示燈，但西岡不理會警示燈，和消防隊員一起跑向出口。

大B——

裝在機頭上的攝影機和解析裝置一如歹徒的期待，至今仍然順利地發揮作用。攝影機的視野範圍仍然涵蓋了新陽發電廠整體，持續監測著最重要的部分，也就是排水口和進水口的海水溫度。

下午兩點三十三分過後，這些數據出現了變化。解析裝置演算排出口和進水口的溫度差急速接近零。這個數值很快就低於原先設定的數字，於是，這個解析裝置發出了一個訊號，這個訊號透過電線傳入自動駕駛裝置的引擎控制回路，電腦根據接收到的這個訊號停止引擎轉動——

UH-60J——

根上機長宣佈反應爐已經停止運轉。湯原從剛才就開始操作遙控器，那時候，大Ｂ的自動駕駛還沒有解除，他無論做什麼都是白費工夫。

他原本認為從反應爐停機到大Ｂ發出墜落訊號之間應該會有幾秒的時間，因為他以為海水的溫度不至於突然發生變化。

然而，變化突然出現。大Ｂ的螺旋槳旋轉次數才剛改變，下一剎那，巨大的機體就開始向下墜落。

引擎停止了——湯原來不及叫出聲音，立刻小心謹慎地操作著遙控器上的握桿。

大Ｂ因為承受了來自機體下方的風力，螺旋槳繼續轉動，必須將螺旋槳的葉片迎角調到最適當的角度，才能保持維持平衡的自旋模式。風力帶動螺旋槳的旋轉速度既不能太快，也不能太慢，但湯原決定不理會這種平衡關係，眼前的首要任務，就是讓直升機離開目前的位置越遠越好。湯原拚命調節相當於機上操縱桿的握桿，藉此改變螺旋槳的葉片角度，但這是他第一次使用遙控器，完全不得要領，只能用眼前的實物邊試邊用。

大Ｂ的機體越來越大。因為它正在墜落，它並不是直直地往下墜，而是帶著一定的角度。螺旋槳的葉片角度改變了，成功了。湯原心想。雖然他覺得這段時間很漫長，但確認引擎停止至今才不到五秒鐘。

「朝這裡下降了。」上條叫了起來。大Ｂ的確朝向他們的方向慢慢下降。

但是──

隨即聽到一聲激烈的衝擊聲。湯原看到大Ｂ以和剛才無法相比的驚人速度下降，不，是墜落。前一刻還在轉動的螺旋槳突然停了，中心冒著煙。機身失去了重心，機頭向下衝。大Ｂ遮住了陽光，巨大的機影籠罩著湯原他們搭乘的UH-60J，好像快撲上來了。湯原聽到驚叫聲，其實他自己也叫了起來。

他的身體感受到激烈的加速度，對時間感覺失真，他的耳朵什麼都聽不到，只看到敞開的機門外，大Ｂ的巨大身影靜靜地通過伸手可及的空間，繼續向下墜落，宛如慢動作般深深地烙在他的腦海中，宛如大船在海上沉沒。

湯原探出身體向下張望，看到大Ｂ被吸入了大海。轉眼之前，濺起的水花如同煙火爆炸般帶著弧度四散。距離新陽發電廠有數十公尺的距離。

在不到一秒的空白後，立刻響起了爆炸聲。大海表面被炸碎了，水柱竄向三百六十度的所有方向。火焰飄舞，冒著煙和蒸氣。爆炸並沒有一次就結束，而是持續了兩、三次。

湯原渾身發抖地看著眼前的景象。他的身體無法動彈，也無法發出聲音。爆炸終於停止，但耳朵深處仍然殘留著爆炸聲，耳機不知道什麼時候掉了。

當一切都結束時，大Ｂ已經不知去向。海面上留下無數白色泡沫形成的圓形，顯示出大Ｂ消失的位置，周圍有數十個漣漪。定睛一看，海面上浮著無數零星的東西。可能是直升機的零件或是裝備品。

湯原仍然無法動彈。

新陽發電廠第二管理大樓——

直升機在大海中消失後，中塚仍然呆若木雞。聽到電話鈴聲，他才終於回過神。和中央控制室之間的專線電話響了。

「我是中塚。」

「廠長，我是西岡。情況怎麼樣？」

「嗯……」中塚吞了口口水後說：「直升機墜入大海了，已經沒事了。」

「是嗎？太好了。」電話中可以感受到西岡鬆了一口氣。

「你回到控制室了嗎？」

「對，我們剛才逃進了安全罩，但看到似乎沒什麼狀況。」

「機電的狀況呢？」

「我會再度仔細確認，目前沒有發現任何問題。」

「是嗎？我會立刻派作業員去支援。」

「拜託了。」

電話掛斷後，中塚看著身後。消防隊長佐久間黝黑的臉上露出了笑容。

「辛苦了。」中塚說。

「大家辛苦了。」佐久間點頭回答，然後命令下屬：「我們撤退吧。」

目送消防隊員離開後，中塚在旁邊的椅子上坐了下來。他好久沒有這種放鬆的感覺了。他必須向爐燃總公司報告情況。筒井理事長此刻一定坐立難安。

沒關係。他忍不住想。今天午餐也沒吃，休息一分鐘也不為過。

灰木村漁港——

爆炸告一段落後，周圍響起了掌聲。除了新陽的員工以外，警察和自衛隊員也都露出了笑容。

「啊呀呀，剛才到底是什麼狀況？直升機在空中發生小爆炸時，我整個心都涼了。」小寺看著山下問道。

山下已經知道了這個問題的答案。

「歹徒不希望直升機受到自旋的影響，導致墜落速度放慢。所以裝了一個小型炸彈，無論是因為汽油用光，還是接收到紅外線熱像儀的指令，只要引擎停止，就會發生爆炸。炸彈應該裝在排檔箱內。」

「歹徒連這一點也都想到了嗎？」

「對，但可能因為某種原因，導致歹徒按炸彈的開關稍微延遲了，湯原先生利用這個空檔，用遙控器操作了螺旋槳的角度，改變了直升機墜落的角度。」

「所以，歹徒在最後的關鍵時刻沒有得逞。」小寺說完，再度看著海面。

UH-60J——

湯原漸漸回過神。聲音再度回來了，他也逐漸瞭解了周圍發生的狀況，發現自己搭乘的救難直升機正在緩緩下降。

一塊手帕遞到他的面前。上條向他伸出手。湯原接過手帕，擦著額頭上的汗水。

上條大聲問：「你現在最想做什麼？」

湯原說出了腦海中閃過的念頭：

「最想在有冷氣的房間內喝啤酒。」

「我也是。」上條伸出右手。湯原緊緊握住了他的手。

54

立石岬——

室伏屏住呼吸，看著直升機墜落、爆炸。雖然一切在轉眼之間就結束了，但也有看完一場電影時意猶未盡的感覺。身旁的關根似乎也有同感，看著直升機墜落的海面不發一語。

室伏從眼角餘光發現有動靜，他看向那個方向。

他剛好看到雜賀放下望遠鏡，把望遠鏡丟了出去，然後開始抽菸，根本不把室伏他們放在眼裡。

「你是雜賀動嗎？」室伏問，但他似乎沒有聽到室伏的聲音，目不轉睛地看著遠方。

關根正想要走過去，室伏伸手制止了他。雜賀從旁邊的行李袋裡拿了什麼東西出來。是一把黑色的手槍。

室伏和關根緊張起來。室伏大吼一聲：「不要做傻事！」

奇怪的是，室伏並不認為雜賀會向自己開槍，他認為眼前的男人想要自殺。他說的「傻事」，就是指這件事。

雜賀左手握著槍，懶洋洋地把槍口對著刑警，但他的臉沒有轉過來，仍然看著直升機墜落的海面。

「少囉嗦。」他說，「安靜一下，葬禮還沒有結束。」

他高高舉起拿著槍的手，對著天空開了槍。

美濱町——

三島幸一的房間內，電腦又有了新的動作。電腦收到三島最後發出的指令後，持續確認某個數據資料。

那是大B的紅外線熱像儀每隔三十秒透過通訊裝置傳回來的數據。

通訊裝置不再傳回任何數據。當這個狀態持續超過一分鐘，電腦會自動進入下一個步驟。

首先，電腦找出了事先擬好的文章，然後，將文章傳真給指定的幾個地方。

文章的內容如下：

「各位相關人士：

很遺憾，政府沒有接受我方的要求，導致CH-5XJ墜落在快滋生反應爐原型爐『新陽』上，以上消息已經獲得確認。

我方確信新陽不會有任何安全上的疑慮，這次所準備的爆裂物只有十個黃色炸藥。反應爐的各種安全裝置將確實發揮作用，此刻，反應爐應該在安全的狀態下逐漸冷卻。

這次的嘗試是我方發出的警告。

沉默的大眾不能忘記核電廠，不能假裝視而不見，必須隨時意識到核電廠就在我們身邊，必須思考這件事所代表的意義，然後，由他們作出選擇。

這次我方以新陽做為目標，是因為最能夠帶來危機感，但其實還有另一個原因，就是當全世界最大的直升機從一千數百公尺的高空墜落時，其他核電廠可能會有輻射外洩的危險。

這和反應爐廠房是否牢固沒有關係。

我方所擔心的是萬一發生失誤，直升機墜落在核廢料池中。核廢料池的天花板並不像反應爐廠房那麼牢固，只有一層薄板，下方整齊排列著含有大量鈽的核廢料。一旦直升機墜落在核廢料池中，即使只有十個炸藥，一旦發生爆炸，後果不堪設想。

鈽將會和水混合，然後附著在核廢料池的牆上，就像汙垢黏在浴缸上一樣。也會因為乾燥的關係，變成細微的粒子在空氣中飄浮，飄到很遠的地方。這些粒子可能會進入人體的肺部，黏在肺上，持續發出輻射。

發生這種情況的機率很低，但並不是完全等於零。既然不是零，我方當然不可能拿那種核電廠來冒險。目前，日本各地的核電廠都有大量核廢料。

只有剛開始運轉不久的新陽沒有太多核廢料，而且，新陽的核廢料池位在地下室，我方預測即使直升機墜落，也不會受到影響。

這件事很諷刺。被認為具有危險性的快滋生反應爐原型爐在我方的計畫中，反而是最安全的。

由此可以證明，我們生活周遭的反應爐各不相同，它們有著各自不同的表情，既會對人類展露微笑，也可能齜牙咧嘴。只追求它們的微笑是人類的傲慢。

再度重申，沉默的大眾絕對不能忘記核電這件事，必須隨時意識到核電，自己作出選擇。

小孩子被蜜蜂叮過之後，才會知道蜜蜂的可怕。祈禱這次的事可以成為教訓。

無法保證每次都只有十個黃色炸藥。

「天空之蜂」

三島站在新陽的大門前，看著大B最後的身影。眼前的結果並不符合他的劇本。

他對眼前的失敗並沒有感到不甘心和懊悔，只感到空虛，那是對沒有得到答案產生的空虛。他想要追求答案。

三島嘀咕著，但很小聲，所以，在他身後負責押送的今枝沒有聽到。

「什麼？你有說話嗎？」警備部長問。

「沒有。」三島回答，再度看著大海的方向。

其實，他是這麼說的：

「總有一天，大家會發現墜落在新陽上比較好。」

他緩緩鬆開了握緊的拳頭。

□集滿4個印花贈品（二款任選其一）：

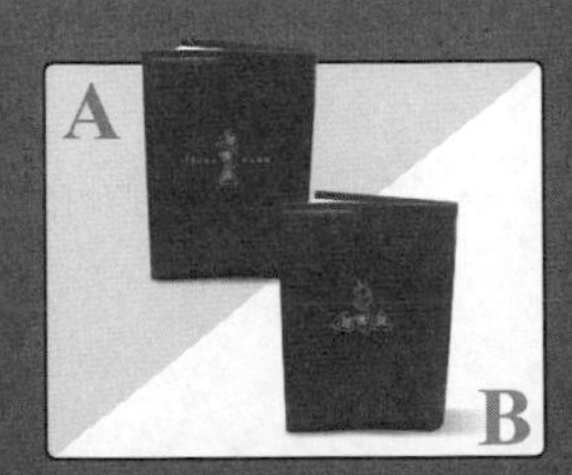

A：【推理謎】LOGO皮質燙銀典藏書套一個
（黑色，25開本適用，限量1000個）

B：【推理謎】吉祥物『獨角獸』圖案皮質燙金典藏書套一個
（咖啡色，25開本適用，限量1000個）

□集滿8個印花贈品（二款任選其一）：

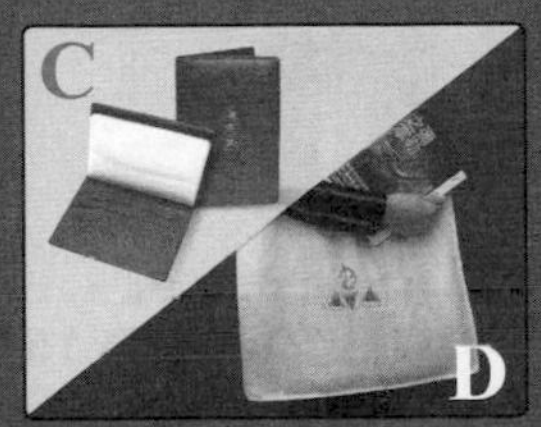

C：【推理謎】LOGO皮質燙金證件名片夾一個
（紅色，11.5cm x 8.6cm，限量500個）

D：【推理謎】吉祥物『獨角獸』圖案環保購物袋一個
（米色，不織布材質，41.5cm x 38.6cm，限量1000個）

□集滿12個印花贈品（三款任選其一）：

E：【推理謎】LOGO不鏽鋼繩鑰匙圈一個
（限量500個）

F：【推理謎】吉祥物『獨角獸』圖案馬克杯一個
（白色，320cc容量，限量500個）

G：【密室裡的大師特展】限量專屬T-SHIRT
（黑色，限量150件。尺寸分為XXL、XL、L、M、S，各尺寸數量有限，兌換時請註明所需尺寸，如未註明或該尺寸已換完，則由皇冠直接改換其他尺寸，恕不另通知，並不接受更換尺寸）

【注意事項】

◎本活動僅限台灣地區讀者參加。
◎贈品兌換期限自即日起至2013年12月31日止（以郵戳為憑）。
◎贈品圖片僅供參考，所有贈品應以實物為準。
◎所有贈品數量有限，送完為止。如讀者欲兌換的贈品已送完，皇冠文化集團有權直接改換其他贈品，不另徵求同意和通知。贈品存量將定期在【22號密室】官網上公佈，請讀者在兌換前先行查閱或直接致電：（02）27168888分機114、303讀者服務部確認。
◎皇冠文化集團保留修改或取消謎人俱樂部活動辦法的權利。辦法如有更動，將隨時在【22號密室】官網上公佈。

國家圖書館出版品預行編目資料

天空之蜂 / 東野圭吾著；王蘊潔譯. -- 初版. -- 臺北市：皇冠，2013.02 面；公分. --
（皇冠叢書；第 4288 種）（東野圭吾作品集；15）

譯自：天空の蜂
ISBN 978-957-33-2969-5（平裝）

861.57 102000774

皇冠叢書第 4288 種
東野圭吾作品集 15

天空之蜂

天空の蜂

作　者—東野圭吾
譯　者—王蘊潔
發 行 人—平雲
出版發行—皇冠文化出版有限公司
台北市敦化北路 120 巷 50 號
電話◎ 02-27168888
郵撥帳號◎ 15261516 號
皇冠出版社（香港）有限公司
香港上環文咸東街 50 號寶恒商業中心
23 樓 2301-3 室
電話◎ 2529-1778 傳真◎ 2527-0904
著作完成日期— 1998 年
初版一刷日期— 2013 年 02 月
初版五刷日期— 2015 年 12 月
法律顧問—王惠光律師

讀者服務傳真專線◎ 02-27150507
電腦編號◎ 527012
ISBN ◎ 978-957-33-2969-5
Printed in Taiwan
本書定價◎新台幣 350 元 / 港幣 117 元

謎人俱樂部贈品兌換卡

我要選擇以下贈品（須符合印花數量）：☐A ☐B ☐C ☐D ☐E ☐F ☐G 尺寸：______

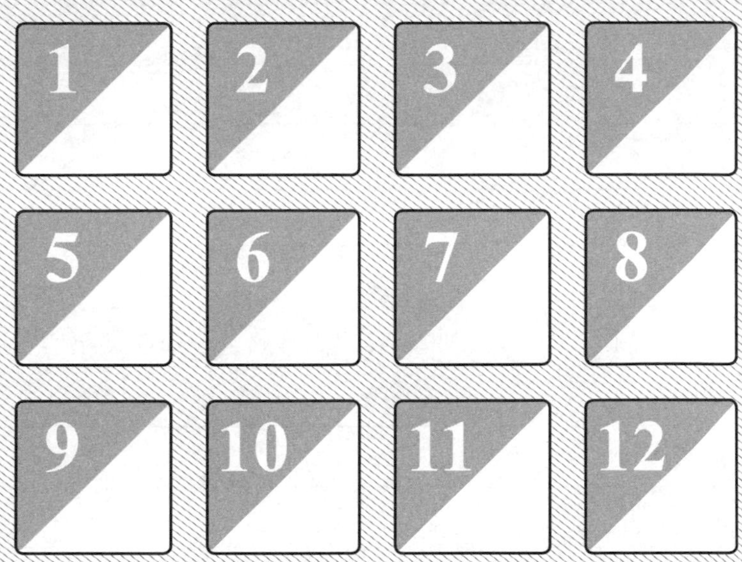

◎請沿虛線剪開、對摺、裝釘後寄出。

【個人資料蒐集、利用及處理同意條款】

您所填寫的個人資料，依個人資料保護法之規定，皇冠文化集團將對您的個人資料予以保密，並採取必要之安全措施以免資料外洩。您對於您的個人資料可隨時查詢、補充、更正，並得要求將您的個人資料刪除或停止使用。

本人同意皇冠文化集團得使用以下本人之個人資料建立該集團旗下各事業單位之讀者資料庫，做為寄送出版或活動相關資訊、相關廣告，以及與本人連繫之用。本人並同意皇冠文化集團可依據本人之個人資料做成讀者統計資料，在不涉及揭露本人之個人資料下，皇冠文化集團可就該統計資料進行合法地使用以及公布。

☐同意　　☐不同意

我的基本資料

姓名：__________

出生：______年______月______日　性別：☐男 ☐女

職業：☐學生 ☐軍公教 ☐工 ☐商 ☐服務業

☐家管 ☐自由業 ☐其他______

地址：☐☐☐☐☐ __________

電話：（家）__________（公司）__________

手機：__________

e-mail：__________

◎請沿虛線剪開、對摺、裝釘後寄出。

我對【東野圭吾作品集】系列的建議：

寄件人：

地址：□□□□□

北區郵政管理局登
記證北台字1648號
免 貼 郵 票

〔限國內讀者使用〕

10547

台北市敦化北路120巷50號

皇冠文化出版有限公司 收